美人記

5

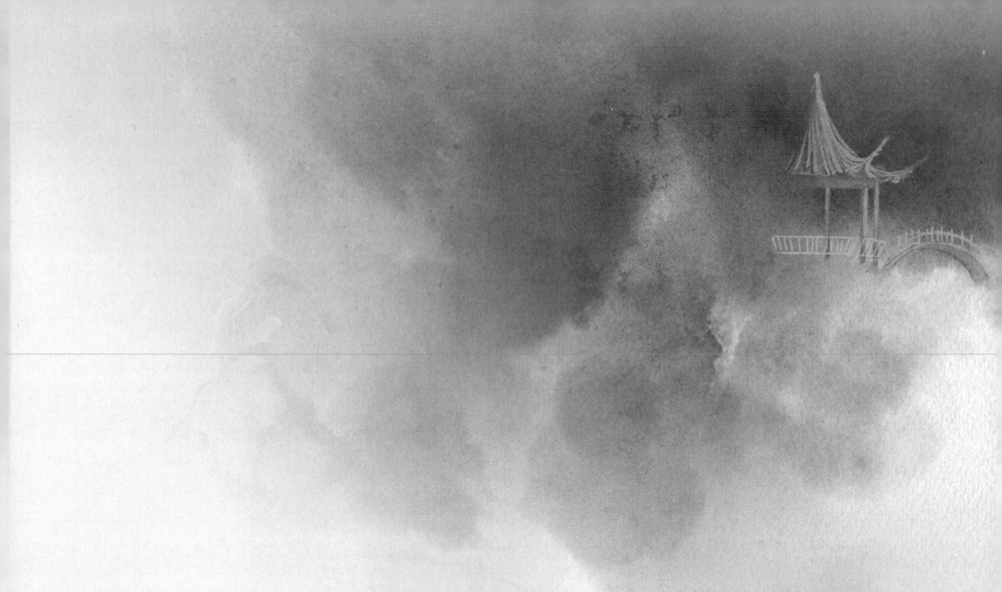

目次

壹之章

裝模作樣扮神棍

何恭到州府的時間是下午，何忻就請他住在自己的別院了。按理拜訪人該是白天上午才好，不過孫御史是官員，平日裡肯定不可能在家，於是，當天傍晚何恭就帶著帖子親自去。何恭想的是，倘孫御史在家，能見到則見。若是孫御史不在，也留下帖子，擇日再去。

何恭的判斷很準確，而且運道不差，何恭一說自己的身分，看門的老家人便道：「是沈大人的家人吧？真巧，我家大人也是剛回來。」就領何恭一行三人進去了。

何家不是擅長交際的人家，自從何子衿不再賣花，何恭還是頭一遭來州府。孫府的地理位置不錯，在州府中心的芙蓉街棋子胡同，不過，孫家不大，就是個四合院，院中兩棵柿子樹，如今柿子樹葉子落了，枝子上掛著好幾串柿餅，一個寶藍衣袍的青年人正站在樹下……捏柿餅。何恭家裡常有人送柿子，閨女又善庖廚，時常把吃不掉的柿子做成柿餅。柿餅做法簡單，去皮後在陽光下曬，曬到果肉發皺下陷時時常捏一捏，有助於柿餅晾曬。

見老家人引人進來，那人從容地放開柿餅，看著何恭覺得眼生，問：「這位是……」

老家人笑道：「大爺，這是沈翰林的姊夫，碧水縣何家大爺。」

何恭要行禮，不想孫御史行動更迅捷，一把扶住他，神色中多了幾分親近，「何兄不許多禮，這就生分了。我跟阿素在翰林做了三年同僚三年鄰居，我們兩家連房子都是挨著，我可沒少去他家裡蹭飯吃。」叫老家人帶沈山與小福子去吃茶，自己挽何恭的手進屋裡去。

孫御史與沈素交情不錯，早便聽沈素提到過姊夫家，知道何恭品行極佳，再加上孫忠還往何家去了一遭，回來沒少讚何家人熱絡實在。這幾年兩家雖少有見面，年下節下卻是沒斷了往來。孫御史家境尋常，何恭打一進門就瞧出來了，院子比他家的要小，屋裡齊整，卻沒什麼貴重東西。何恭心說，看來這事應該能辦的。

孫御史家裡沒丫鬟，親自倒了盞茶給何恭，「何兄現下心裡有底了吧？」

何恭是個老實人，道聲謝接了茶，因被孫御史說中心思，面上不禁有些窘色，「倘您這兒滿堂富貴，我還真不敢貿然開口。」

孫御史一笑，「看何兄滿面風塵，想是有急事。」

何恭沒心思吃茶，嘆道：「實在是一件難事，我家在鄉下，沒個商量的人，想著您是自帝都來的，見識肯定比我高遠，就來了。」

何恭便如實將趙家的事說了，何恭道：「我家那裡，就是別的縣裡也有不少人家託趙家門路想為閨女求一門富貴的。我並不是這樣的想頭，我並不盼閨女如何富貴，就想著一家子守在一起，能時時見著閨女才好。小女親事已經定了，原是想著明年及笄就定下親來。出了這事，我家裡商量著，下個月就訂親。就是擔心趙家不依不饒，我也打聽過，有人說朝廷選妃自有章程，有的又說趙家有這門路，已送了不少人家的閨女去宮裡做娘娘了。為這事，我夜不能寐，很是擔心。以前都是別家上趕著給趙家送禮，才能走趙家的門路把閨女送宮裡做娘娘。趙家這回，不知為何，倒像是盯上我家似的。」

孫御史耐心聽何恭說完，眉心輕蹙，面龐顯露出幾分慎重，思量片刻道：「趙家哪來的門路，何兄知道不？」

孫御史一聽就覺得趙家幹的像販賣人口的事兒，孫御史知道碧水縣，最顯赫的是胡家，據說同帝都承恩公府是同宗，但碧水縣胡家一向低調，胡家族長是位辭官回鄉的官員，在知府任上致仕的，回鄉也是致力於家鄉教育，風評很是不錯。趙家什麼的，孫御史真沒聽留心過。今上皇子十三位，趙娘娘在宮裡多半品階不高，但像趙家這麼作死的人家還是不多見的。不要說趙家不過是暴發戶，便是真正的高官顯貴，也沒這樣一年往宮裡送幾十口子娘娘的本事。趙家之事，必有蹊蹺。

何恭嘆道：「趙家老三娶的是總督府的小姐，成親那日，聽說熱鬧得不得了，還是總督家的公子親自送嫁的，就是今年九月的事兒。」

孫御史笑問：「何兄沒去湊熱鬧？」聽孫忠說，何家在碧水縣過得也不錯。

何恭道：「我跟趙家不大熟，就是話也沒說過幾句。他家修園子、辦喜事，闔縣打發人送帖子，我也順大流隨了禮，禮不重，卻也不會得罪人，可要說結怨，我實在想不出。」

與何恭說話，就知道這是個老實人，這樣的人，的確不容易與人結怨。孫御史很快有了主意，「這我信。趙家也荒唐，他家娶的……這幾天我沒事，不如我跟何兄回去瞧瞧？」

何恭上門是想著跟孫御史打聽一二的，沒想到孫御史拿了這麼個跟他回家的主意。

何恭先是驚訝，繼而道：「好。」

孫御史道：「何兄放心，要是真有什麼事，起碼我能幫著勸和一二。」

何恭點頭，「嗯。」心下覺得，怪道孫御史能同阿素成為朋友，脾氣一樣跳脫啊。

孫御史盛情地留何恭吃了晚飯，他家晚飯簡單得很，燒的是山菇燉雞麵，孫御史道：「自從阿忠上次去你家吃了這山菇燉雞麵，他就隔三差五要燒來吃，總說沒你家燒的味兒好。」

何恭雖不會燒飯，但他生來有個會燒飯的爹，後來又生了個會燒飯的閨女，對易牙之道還真有些了解，笑道：「我們家丫頭說，野雞喝湯，家雞吃肉，要是燒麵的話，用野雞吊湯味兒更好。倘湊巧沒野雞，用土雞的話，雞不要用鐵鍋燉，用瓦罐來燉，瓦罐嚴實，不會跑味兒，這樣燉出的雞也好吃，湯也好喝。」

孫御史讚嘆：「我聽阿素說，你不會做飯來著？」倒是阿素，會燒幾樣不錯的菜。

何恭笑，「聽丫頭念叨過。」

何家委實沒料到，何恭去的時候是三個人，回來時變成五個了。

何老娘一見著孫御史就喜歡，笑讚：「果然是我們小舅爺的朋友啊，哎呀，大人生得可真好，才貌雙全的。」

孫御史笑，「您老人家也是慈眉善目，福壽安康。」

何老娘頭一回聽到當官的奉承她，笑得見牙不見眼，連聲道：「好好好。」又給孫御史介紹了沈氏：「咱們通家之好，都認認吧。」

孫御史家就他一個，何家也人口簡單，這通家之好還真不是誇大。

孫御史與沈氏互相見禮，孫御史心說，嫂夫人與阿素頗是神似。見著何子衿時，孫御史直嘆：「這要不說，我還得以為大侄女是阿素的閨女呢，哎喲，生得真像！以前在帝都時，我可沒少聽阿素念叨外甥女！」看他這侄女生得喲，這老趙家也不算沒眼光啦！

孫御史又道：「聽說我這侄女好才藝，又會種花，又會算卦的。」

何子衿笑，「孫叔叔過獎啦。」

孫御史道：「有空給我也算一卦。」

「成！」何子衿脆聲應下。

孫御史打趣：「可得給叔叔算便宜些。」

就近來的路上，孫御史便打聽出何子衿的絕技，聽說何侄女已是城中成名人物。

何老娘搶鏡，「給你免費算！」

孫御史大笑，覺得何家人很有意思。正笑著，江念過來了，孫御史拉著他的手讚道：「長江後浪推前浪。」雖然生得不像沈素，卻也眉清目秀的好相貌。

孫御史不似尋常人想像中的御史的鐵面，人家生得簡直是唇紅齒白芙蓉面，相貌好，性子瞧著也不錯，說話也有趣，連俊哥兒都被孫御史誇了幾句虎頭虎腦。待傍晚何洌和江仁回來，孫御史瞧著何洌有些失望，覺得同阿素不大像，不過都是好孩子。

孫御史帶了見面禮，男孩子一人兩枝湖筆，女孩子就何子衿一個，孫御史給了何子衿一串珊瑚珠。何子衿覺得孫御史不像富戶，孫御史有看破人心的本領，當下道：「我家臨海，這東西不稀奇。」

何子衿便歡歡喜喜地收了。

孫御史來何家就住下了，第二日還參觀了何子衿的占卜室。孫御史瞅著這屋裡地板上鋪的雪白的小羊毛毯，脫了鞋才進去，再就近欣賞了懸於牆壁上的神仙二字，讚嘆：「這兩字寫得不凡啊。遠望自生悠然之意，字體飽滿，轉折處又見蒼勁，好字好字！」

孫御史每讚一句，何子衿的下巴就要往上抬那麼一點，待孫御史讚嘆結束，何子衿的下巴就與姜婆子第二次來何家造訪時差不多啦。好在在她面前的不是何老娘，不過，孫御史也挺好奇的，忍笑問何子衿：「我說大侄女，這字又不是妳寫的，妳瞎臭美什麼呀？」

「誰說不是我寫的？」

孫御史才不上這當，指指自己的眼睛道：「這要是妳寫的，我的眼珠子輸妳。」

何子衿噗哧一笑，「那還是算了吧，真嚇人。就是能寫，被孫叔叔您這眼珠子一嚇，我也不敢寫了啊！」

孫御史叫著何子衿就地往蒲團上坐，「來來來，坐下，同叔叔說說趙家那事兒。」

說到這個，何子衿就怪鬱悶的，她收一收散在毛毯上的裙襬，道：「我爹應該跟您說了，我爹去州府的時候，趙家又叫官媒婆來我家跑了一趟。要說以前趙家雖然也常涉及什麼往宮裡送娘娘的事兒，但都是別人求他家，他家把架子擺得極高，這次還是趙家頭一次主動，您說稀不稀奇？」

孫御史相當配合，點頭道：「稀奇。」

「這是前幾天才查到的，其實趙家老二以前根本不知我是圓是扁，是芙蓉縣的一個徐財主來找我算卦，同趙二爺提起我來，趙二爺這才上了心。」

「徐財主是故意提妳的，還是無心呢？」

「這就查不出來了，要說故意，徐財主也不能認的。不過，徐財主是做酒水生意的，他家發家跟州府章家有關。徐財主有個妹妹在章家做妾，自打那時，他家得了這酒水生意。」

「妳懷疑這事同章家有關？」

「這我就不知道了，我從不認得章家。」

孫御史又問：「還有別的事嗎？」

「與這件事相關的，就這些了。」

「那與這事無關的呢？」

「那就太多了。」

「不不不，」孫御史晃一晃手指，做個否定的手勢，「妳心裡還有件事讓妳起疑。」

孫御史篤定，何子衿狐疑地望向孫御史，孫御史問：「不好說？」

何子衿未料孫御史這般敏銳，她道：「是阿文哥。我有個姊姊，嫁的是縣裡胡家。我也是才知道，阿文哥家裡同帝都承恩公府是同宗。阿文哥家裡一向很低調，要不是趙家總是來尋事生非，阿文哥也不會把事兒說出來。我也不知道，太后姓胡。」

孫御史眼睛彎彎笑，「這件事啊，放心，我不說出去就是。」

何子衿鬆了口氣，再三叮囑：「您可千萬別跟別人說，我總覺得，我總覺得……」

孫御史又同何子衿做了一回保證，何子衿這才放心。

孫御史在帝都能與沈素做鄰居，可見不是什麼富裕人，但能一路秀才、舉人、進士、做官這條路走下來，可見孫御史家裡也不算窮。而且，此結論亦可由孫御史那雙青蔥玉手上看出來，那雙手一看就是除了讀書習字，啥都沒幹過的樣子。何子衿好幾次伸出自己的小胖手同江念嘀咕：「這可真沒天理，孫叔叔一個男人家，手長那麼好看做什麼，沒得浪費。」

江念捉起他家子衿姊姊的小胖手，不輕不重咬一下，「我覺得子衿姊姊的手最好看。」

子衿姊姊曲指敲他腦門，「你要是敢咬孫叔叔的手，說不定人家得把你的牙敲下來。」

江念鬱悶，「我幹嘛去咬一個男人？」子衿姊姊可真有想像力。

兩人正討論孫御史的手，孫御史遛遛達達過來，笑咪咪地對何子衿展示了一下自己修長潔淨的十指，臭美道：「怎樣才能有一雙完美的手是有祕訣的，想知道不？」

何子衿真不是那種對著漂亮叔叔明顯的炫耀，然後仰臉四十五度天真又無邪地問「為什麼」的女孩子，她頗是嫉妒地道：「有什麼祕訣啊，都是天生的，我家阿念的手也是天生的好看。」拉出江念的手對孫御史顯擺了一回，還加以一番華麗形容：「現在阿念的年紀是沒孫叔叔大，但您看我家阿念的手，手指纖長勻淨，皮膚細膩潔白，指骨不大不小更顯精緻，唯有右手中指第一個指節因長年握筆而生出一些薄繭，不過，正是由於這一處薄繭使得阿念的手由單薄的皮相美進而昇華出淵博的味道來。以後待阿念像孫叔叔這個年紀，我都不知要用什麼樣的詞彙來形容阿念的手啦。」

孫御史點頭忍笑，「是啊，我要不是眼中親見耳中親聞，都不能信這是凡人的手。」

江念被他家子衿姊姊讚得耳朵都快燒起來，道：「手好看難看的有什麼，關鍵得像子衿姊姊一樣，有內涵才好。」

孫御史頭一回見到未婚夫妻這般肉麻的對話，請教江念：「手還能看出內涵來？」果然是情人眼裡出西施啊！就何大侄女那小肥手還能瞧出內涵來？

江念卻是道：「當然啦，子衿姊姊會燒菜會女紅會種花會卜卦，我還沒見過誰的手比子衿姊姊的手更有內涵呢！」

江念絕對是發自內心的誠懇，誰知孫御史跟腦子有病似的大笑個沒完。不過，孫御史還真得承認，子衿大侄女燒的菜實在是一流的美味。

到了何家，何恭特別叫閨女燒了一回雞湯麵給孫御史吃，孫御史這麼竹竿瘦的人，連吃兩碗，驚掉何子衿下巴，覺得竹竿也挺有內涵的：簡直太能吃啦！

何子衿覺得孫御史是個深藏不露的吃貨，孫御史也覺得，按理何家就是千畝田地左右的小地主階級，結果怎麼何家這麼會過活呢？譬如早上必得一人一碗牛乳，簡單的吃法是加糖煮開來喝，有時子衿大侄女心情好，還會做雙皮奶、炸奶糕一類的吃食。就是這樣，何家並不奢侈，但每樣東西吃得都很精緻。就拿孫御史主僕都喜歡吃的雞湯麵來說，自從前年孫忠從何家吃了雞湯麵，隨從兼廚子的孫忠也沒少在家裡燒，可燒來燒去就是不如何家的好吃。如今在何家又吃了一回，才知道訣竅不知何恭說的那樣簡單，什麼用野雞吊湯土雞燉肉，關鍵還有一樣，人家何子衿是用雞湯和的麵，所以麵才能入味。

用雞湯和麵，倘不是與沈素交情不錯，而且深知何家就是當地土鱉，祖上十八代沒出過啥出眾人物，孫御史得以為這家子是落魄貴族呢。這樣想並不是看不起何家，單單是孫御史的判斷力而已。其實沈素吃東西也挺精細，但一些飲食技巧與何家比還是有些不如的。

像何家，不說雞湯和麵，就是吃魚也吃得各種花樣。魚必然要吃活的新鮮的，買回來之後從不現吃，得在水盆裡養個三兩日，去一去土腥味。燉湯必要小火細燉成奶白色，不夠火候則不鮮美。若是遇著草魚之類的肉肥刺少的大魚，天冷時，何子衿就喜歡吃酸菜魚，或者做魚肉鍋，以及熏魚、炒魚片、魚圓。又因沈氏不吃豬肉，何家多吃牛羊肉，牛肉則要看運道，羊肉的話，也是不同部位吃法不同，羊蹄清燉、肋排紅燒，孫御史還有幸嘗過何子衿煎的羊排，孫御史都不禁感嘆：「怪道阿素早早成親生子，我要有兒子，就輪不到阿念了。」

江念道：「您連媳婦都沒呢，哪來的兒子？」

何老娘一拍大腿，「媳婦也不用愁，別處不說，咱們碧水縣好閨女也不少。阿欣啊，您忒會吹牛！再說，就是有兒子，能比得上他跟子衿姊姊青梅竹馬一起長大嗎？想要個什麼樣的，只管跟大娘說，大娘幫你介紹。」孫御史大名孫郝欣，據說孫御史還有個哥哥叫孫赫仁。何子衿剛知道孫氏兄弟的大號時，覺得孫老爹取名的臉皮也忒厚了些。

孫御史笑嘻嘻地說：「大娘，我要求不高，會過日子，品格比得上大娘您一半就成。」

這話把何老娘逗得樂個不停。

見過孫御史的人品人才後，何老娘悄悄同自家丫頭道：「做官就是好啊，看孫御史，每天啥都不幹就有俸祿拿！」還鼓勵江念：「好生念書，以後咱們也去做御史。」

嘗過何子衿的好手藝後，孫御史還有幸見著何子衿幫人占卜時的衣著，一見便是驚為天人，一個勁兒問何子衿：「大侄女，這是傳說中的唐神仙觀星時穿的衣裳吧？」

孫御史甭看性子活潑了些，能這個年歲做到從六品御史，學識是極不錯的。四書五經大部頭啃過，一些野史小說人家也讀過，尤其何子衿穿的這身衣裳，野史都有記載，說唐神仙身負星河，腳踏祥雲，翻譯過來就是唐神仙穿的是星辰繡氅，腳上踩的是踏雲履，直接表現就是何子衿這身裝扮。何子衿非但氅衣上繡了星辰，繡鞋上也有模有樣繡了幾朵祥雲。

何子衿矜持地頷首，「孫叔叔好眼力。」

孫御史圍著何子衿參觀兩圈，方問：「大侄女，妳不是道家出身嗎？難道是觀星一派？對呀，妳那卷軸上寫的是神仙呢，難不成貴師是神仙宮出身？」妳這是啥門派啊？

「不是啦，我們是朝雲派。」何子衿隨口給自己師承命名。

「這是什麼門派，倒沒聽說過。」

「新門派。」何子衿說完一拉面紗，去淨室打坐了。自從徐財主那事兒後，何子衿再占卜就都戴上面妙。不過，她沒料到今日前來占卜的就是趙二爺。

趙二爺打何子衿的主意，幾番未能到手，更加心癢難耐。這不，他也效仿徐財主，直接搶了十月二十前來問卜的人的號牌，就為了見一見何子衿是何絕色。

何恭一見趙二爺，立刻道：「小女身子不適，今日不能占卜，趙二爺請回吧。」

趙二爺敢來，自然是萬全準備，讓一步，將焦點位置讓給身後人，指著那位年紀不大但架子山大的年輕男子，道：「何秀才，你睜大眼睛瞧瞧，這位可是總督府的公子，過來找你家仙姑卜卦的。」

何恭氣得臉色發青。

江念上前道：「那可不巧，今兒御史大人要占卜。要不，您幾位商量一下？」

孫御史一撣衣袖，那風采那氣派，比衙內還衙內，他皮笑肉不笑地一抖腿，「哎喲，今兒見著熟人了！李公子，你怎麼來了？」

這位李公子還真認得孫御史，卻是如同見鬼，瞪大眼睛，「假好心，你也要占卜？」

「說什麼呢？」孫御史上下打量他一眼，「你出來惹事生非，總督大人知道嗎？」

李衙內還真有些怵孫御史，孫御史見江念瞅他抖啊抖的一條腿，立刻將腿收回，負手而站，一臉正氣地怒瞪李衙內。李衙內冷哼一聲，拂袖而去。孫御史冷聲喝道：「站住！」

李衙內臉色發青，他咬牙道：「姓孫的，你別太過分！」他也是有身分要臉的人！

孫御史過去站在李趙二人面前，沉聲問：「我聽說有人冒充外戚，自稱國丈國舅，李公子知道此事嗎？」

李衙內咬牙不說話，孫御史瞥他一眼，話卻是對趙二爺說的：「向來只聽說太后皇后娘家可稱國丈國舅，歷來國丈都是有品階有爵位的，皇后母族有承恩侯之爵，正一品侯爵之位。太后母族賜承恩公，超一品國公爵。這是朝廷法典，明文規定，不然宮裡娘娘多了，自超品皇后，正一品皇貴妃，從一品貴妃二人，正二品妃位三人，分別是德妃、賢妃、淑妃，還有從二品的昭儀、昭容、昭嬡、修儀、修容、修嬡、充儀、充容、充嬡九人，正三品婕妤九人，從三品容華九人，正四品美人九人，從四品貴人九人，正五品才人九人，從五品小儀九人。後面還有淑人、宛才、敬訓、訓儀、御女、待選娘子。除了后族，就是皇貴妃的娘家也不敢自稱國丈國舅。哦，對了，蜀王生母就是今上皇后，蜀王雖未就藩，蜀王世子就在州府，不然請蜀王世子過來認認親？」

李衙內冷汗都下來了，他那些把戲哄一哄沒見過世面的無知小民還差不多，對著孫御史是不夠看的，李衙內忙道：「孫御史，沒人冒充國之外戚！」

「沒有最好，要是有，便是死罪。」

李衙內都是一腦門子冷汗逃竄而出，趙二爺更不必說，出何家大門時還被絆個狗吃屎，被一干狗腿連抬帶抱搶了出去。

何子衿在屋裡貼著門聽到了孫御史的威風，見人走了，出來道：「孫叔叔，您真威風！」花種得再好如何？卦卜得再準又如何？遇到這等衙內無賴，都不如一個官身有用。

「好說好說，我跟妳爹過來就是幹這個的。」孫御史又抖了兩下腿，大包大攬，「放心，以後有我在，包管阿貓阿狗不敢過來生事！」

於是，做了好事的孫御史得瑟地抖了一天的腿。

何子衿真心覺得，孫御史太牛啦。

御史不算什麼大官，何況孫御史這種巡路御史，官職不過從六品，卻能逼退蜀中第一衙內。何子衿都尋思，孫御史是不是有啥了不得的背景。

孫御史對何家人道：「他們啊，無非就是看百姓淳樸不大懂這官場上的事兒，就到處招搖撞騙。便是有女在宮裡為妃，宮裡生下皇子的妃嬪總有十幾位，除了皇后家，沒人敢自稱國丈國舅，尤其蜀王之母也是皇后。雖蜀王未在帝都，趙家這事叫蜀王府知道也忌諱。」

何恭嘆，「真是世風日下，人心不古。」

何子衿道：「孫叔叔，我聽說蜀王世子還是個小孩呢，就是有忠心的臣子一道在王府，怕也是想著多一事不如少一事。」

何老娘覺得自家丫頭年歲小，不會說話，忙道：「妳孫叔叔是做官的，御史老爺的話，還能有錯？」人家好心幫了咱們，而且，何老娘覺得剛剛孫御史實在夠威風，所以，她老人家就此論斷，孫御史的話絕對是很有道理的。

孫御史並不介意，反覺得何子衿腦子靈光，「大侄女說的也有理，不過妳別擔心，蜀王府一向不是怕事的。如今蜀王府主事的人，總督大人也要讓三分的，不然，李衙內怎能如此忌憚？放心吧，他不敢再來尋事，他出來幹的這事，總督大人怕是根本不知道。等我回州府，一定去給總督大人提個醒。」

何子衿點點頭，沒說什麼。她也知道，憑孫御史現在的官銜，能逼退總督衙內就是意料之外了。想直接把蛇打死，就太為難孫御史了。

倒是趙家能把李衙內帶來，必是要翻臉的意思，還是先把趙家解決了再說。

何子衿私下同孫御史打聽：「我聽說朝廷也是分幫成派的，孫叔叔，有沒有這回事？」

孫御史以為大侄女神神祕祕的要打聽什麼，剛抖了兩下腿，一聽這話，險劈了胯，連忙站穩扶住腰道：「小丫頭家，吃吃喝喝就算啦，打聽這些做什麼？」

何子衿撫一撫袖口繡的一圈小花，把自己剛烤出的魚片推到孫御史面前，「前兒孫叔叔不是說我這魚片烤得好嗎？新烤的，嘗嘗，鮮得很。」

「吃人嘴短，不敢吃。」孫御史堅持不收這賄賂。

何子衿厚著臉皮道：「就問問唄。書上都說呢，人無遠慮，必有近憂。我就想，萬一蜀王府和總督府是同一陣營的，趙家這點事兒算什麼呢？」

孫御史盯著何子衿那張俏臉片刻，感嘆道：「看不出來啊，妳挺有野心的！」

妳不是在想怎麼把總督府幹掉吧？

「我一個丫頭家，吃吃喝喝就算了，哪裡來的野心？孫叔叔，您可別冤枉我。來，吃魚片吃魚片！」何子衿裝出一副粉嫩樣，當然，她現在本身也挺粉嫩，何子衿道：「孫叔叔，您是不知道李衙內這等人？說句老實話，他要有本事或者有些正經事做，怕是不會跟趙家攪在一處。這等人仗著父輩一點地位，就覺得自己如何了不起。他這樣的人，是不會把我們這樣的鄉下百姓放在眼裡的，說不得他還覺得自己臉上有一種叫威嚴的東西，認為今天沒在我家逞威風，是傷害了他的威嚴哩。您在，他不敢過來尋事生非，可您總有回州府的時候，各種情況我都得考慮上。」

孫御史搔搔下巴，很不解道：「現在女孩子的腦子都這麼好用了啊？」

何子衿對於這種話實在無語，心說，怪道孫叔叔還打光棍呢。不過，何子衿還是很敏銳地從孫御史的話裡聽出了些別的味道，「難不成孫叔叔覺得女人就合該弱智？」

不想孫御史嘆口氣道：「弱智就好了。」

何子衿八卦兮兮地說：「看來，您喜歡的人肯定不弱智吧？」

孫御史抖抖眉毛，「小丫頭，妳還知道什麼叫喜歡？」

何子衿嘆口氣，語重心長道：「我請教孫叔叔一個問題吧。」

「說。」

「孫叔叔，您多大了？」

「比妳大的多，二十七啦。」孫御史一臉自豪，也不知這有啥可自豪的。

「三十還沒娶上媳婦。」何子衿這話簡直差點把孫御史氣死，她忙安撫他：「聽我說。您看您吧，一表人才，年少得志，要是您這樣的人都娶不上媳婦，除非這世上女人的眼睛都是瞎的。可其實大多數女人眼睛是雪亮的，所以說，孫叔叔您至今光棍，只有三種可能。」

何子衿伸出三根胖手指分析道：「第一，您喜歡的人，人家不喜歡您；第二，喜歡您的您不喜歡；第三，你們彼此有意卻不能在一起。」

孫御史不上這當，抄著手道：「世上姻緣都在這三種裡面了。」

何子衿再接再厲：「但是，您一個大男人，怎麼知道女孩子的心事呢？您要是跟我說，說不定我能給您一些意見。」

「妳能給我什麼意見？」孫御史一副不信的模樣。他年紀比小丫頭大十幾歲，閱歷學識都非小丫頭可比，他為啥要跟小丫頭說自己單身的原因？他寧可去跟媒婆取經，當然，不是完全不要臉的地步，他是不會這樣做的。

何子衿毫不氣餒，挑眉笑，「譬如要是像哪個男人說：『現在女孩子的腦子都這麼好用了啊』的話，要擱我，我是絕對不會考慮這種男人的。」

孫御史好笑，「怎麼，還得罪妳啦？」小丫頭家，心還挺細。

「這話就包含了您平日裡對女人不大尊重的意思，您覺得女人天生低男人一等，天生就該是男人附庸的思想。」

「我的天！」孫御史連連擺手，「我可沒這意思，我一向覺得女人都是真善美的化身，充滿智慧，我沒有半點看不起女人的意思。」

「真沒有？」

「沒有沒有。」孫御史就差指天為誓了。

何子衿就不解了，「那怎麼人家還看不上您呢？孫叔叔，您的條件不錯啊！」

孫御史真鬱悶了，「人家的條件比我更好。」

「有多好。」

「比我聰明，比我有錢，出身比我好。」孫御史嘆口氣，「我的運道向來不差，就是婚姻上坎坷了些。」

「孫叔叔，您這樣的人品，又是一片癡心，哪怕您心儀的是宰相家的小姐，宰相也會慎重考慮的吧？」

「妳哪裡知道啊？」

「不會還是單相思吧？」

「嘖，什麼單相思啊？」孫御史將臉一苦，「人家根本看不上我！」

看來孫御史起碼跟人家表露過心意了，何子衿驚奇，「孫叔叔也算人中龍鳳啦！」

孫御史道：「那是妳還沒見過人中龍鳳。」

何子衿的八卦之心完全被挑起來了，完全忘了先前是要同孫御史打聽官場上的事兒，這會兒就一門心思問：「孫叔叔，您喜歡的人是不是腦子特好使啊？」

「起碼比我腦子好使。」

「那您怎麼還能說這種『現在女孩子的腦子都這麼好用了啊』的話？要是阿念說了這種話，我理都不會理他。您說這種話，還打算相思，相個毛喲，人家聽到這話也得說您慣常無視女孩子的。」

「我哪裡會無視？比我有地位，比我聰明，比我有錢，我恨不得天天看到她才好。」

何子衿驚嘆，「孫叔叔，您果然有眼光啊！」

「這還用說？」孫御史洩氣，「有眼光有啥用，人家也看不上我。」

「能讓孫叔叔看上的果然不是凡人。」何子衿感慨，又問：「她看不上孫叔叔，總得有個正經理由吧？」

「看不上還能有啥理由？」一說這事，孫御史便自信全失。

何子衿道：「她要是嫌孫叔叔官職低，孫叔叔就說，您還年輕呢，前程在後頭。要是嫌孫叔叔俸祿低，您就說，過日子細水長流。烈女還怕纏郎呢，您得拿出決心跟毅力來。老話說的好，只要功夫深，鐵杵磨成針。女人都心軟，只要能讓那位姑娘看到孫叔叔您的真心，這事肯定能成。」

這話完全不能給孫御史鼓勵，孫御史像霜打的茄子，無精打采，「承大侄女的吉言。」

「看您這樣……」何子衿最看不上男人這種衰樣，「您得這樣想，人家有那麼好的條件擺著，不止您瞧得見，長眼的都瞧得見。您沒人家聰明，沒人家有錢，連地位都比不上人家，人家憑什麼看上您？您想，那姑娘聰明智慧，有錢有身分，還缺啥？啥都不缺，就缺個一心一意待她的丈夫。您得做到別人做不到的事，讓人家姑娘看到您有別人沒有的真心。」

「哎喲，大侄女，妳這幾句話挺在理的。」

「本來就是。您就放心吧，女孩子有年歲催著，孫叔叔喜歡的女孩子，就是再拖也拖不過二十歲的。孫叔叔加把勁兒，您這外出做官，若是兩地相隔見不著，就要時常給人家捎東西寫信才好。」何子衿說起道理來，還一套一套的。

「哪裡有這麼容易？」孫御史受此事打擊不小，一向神采飛揚的臉也沒精打采的了。

「那麼優秀的女孩子，容易早早被人捷足先登，也輪不到你啊！」

孫御史說一句，何子衿就跟一句，兩人嘀咕半日，真就把孫御史的自信心給嘀咕起來。孫御史笑，「看不出來，大侄女還挺有見識的，女孩子都似妳這樣想嗎？」

「是啊！」何子衿一向自信。

孫御史問：「妳是不是就看中阿念對妳好啊？」

江念就算潛力股，現在相對而言，自身條件是比不上何子衿的。

何子衿道：「是啊，我跟阿念自小一道長大，互相了解。阿念喜歡的東西，我都知道。我喜歡的，阿念也知道。除了要對彼此好，關鍵得有共同語言。」

孫御史道：「可惜沒有一處說話的機會。」

「孫叔叔怎麼笨啦？現在沒機會，您就得為機會做準備。她喜歡什麼，你都要去了解。她喜歡什麼顏色，您送衣料子就得挑人家喜歡的送。她喜歡吃什麼，現在雖然人家不同您一處吃這樣飯，但您得心理有數，以後一處吃飯時起碼能談論一下菜色。還有，她喜歡看什麼書，什麼樣的性格，您都得心理有數。喜歡可不是兩個字的事，如果您一無所知，就對人家說喜歡，您喜歡人家什麼呢？」

孫御史一派迷戀的仰慕，「我就喜歡她那種與眾不同的風采。」

「怎麼個與眾不同法？」何子衿八卦。

孫御史道：「一見她，我就再看不到其他人了。」

「一見鍾情？那位姑娘肯定很漂亮吧？」

「在我心裡是。」孫御史還很照顧大侄女的自尊，「子衿，妳也很可愛。」

何子衿翻個白眼，「不用您安慰啦，我又不喜歡大叔。」她比較喜歡嫩草阿念。這種話完全不能傷害孫御史，孫御史心道，我也不喜歡小丫頭！

何子衿八卦了一回孫御史的戀愛史，幫孫御史重塑戀愛信心，兩人又商量去縣裡逛逛。主要是孫御史此次大敗李徜內，三下五除二幫何家的麻煩給解決了，就這麼回州府，孫御史都覺得白出來一趟。何況小鎮倚山背水，風景還是很不錯的，於是，孫叔叔要求大侄女帶自己遊覽縣城風光。何子衿挺有些小虛榮，覺得孫御史非但是個從六品的官員身分，而且相貌俊俏，帶出去頗有面子，於是就爽快同意了。

江念卻不大願意，他理由充分：「子衿姊姊出門不大安全，我帶孫叔叔出去是一樣的。」雖然暫時打掉趙家的手，但後患未除，江念還是很擔心子衿姊姊。當然，江念不會說出口的是，子衿姊姊總是跟孫御史在一處唧唧咕咕的，他有點吃醋了。雖然知道子衿姊姊不想打攪自己念書，但江念也很喜歡跟子衿姊姊唧唧咕咕好不好？

孫御史盯著江念片刻，點頭道：「嗯，也好。」

何子衿倒也沒啥意見，道：「阿念，那你就帶孫叔叔在咱們縣走走吧。晚上做蜜汁藕，早點回來。」又絞了幾塊碎銀子給江念帶在身上，在外頭吃飯讓他略盡地主之誼什麼的。何子衿道：「孫叔叔不像富戶，出門不要讓孫叔叔花錢。」

孫御史跟誰都能說到一處去，他跟著江念逛了逛碧水縣的大廟芙蓉寺，又遊覽了碧水縣的知名景點碧水潭。孫御史望著碧波蕩漾的水域道：「這可不像水潭，倒像個大湖。」

「以前就是山上的水流下來積成水潭，後來水潭逐漸變大，前朝末年疏浚了一回，碧水潭接入芙蓉江，這片水域就寬廣了。不過，叫慣了碧水潭，現在也有很多人這麼叫。有人在淺水的地方養荷花，要是春夏來，接天蓮葉、映日荷花，景致極佳。」江念見路邊有賣榛子和山栗子的，各買了三斤，道：「子衿姊姊做的榛子酥和板栗餅都很好吃。」

「子衿手很巧啊！」

「是啊！」江念應一句就不說他家子衿姊姊的事兒了，他不喜歡跟別的男人討論子衿姊姊，江念看孫御史腳力不錯，就問孫御史：「孫叔叔要不要去我們縣裡書院看看？當初建書院時，我們是五個縣建一個書院，商量好久，我們縣太爺還是將書院爭取到了碧水縣。」

孫御史極有興致，便說要去。江念帶他上山，山間多松柏，偶見松鼠山雞一類的小動物出沒，還問：「這會兒山長約莫也在書院，要是孫叔叔不想表露身分，我就不提您的官身。」

孫御史笑，「胡山長是我極敬仰的人，你說也無妨的。」

孫御史望著這山，道：「這山管理得可真好。」並不是那種雜草矮樹叢生的荒山，山間樹木高聳，很顯然人為管理的好山林。

江念道：「當然啦，山上種的樹不到六十年，朝雲道長是不允人砍伐的。就是到了六十年的樹，也是砍一棵補種兩棵，而且伐樹種樹也是有講究的，要看樹周圍的環境，倘是被樹冠遮住的地方，便是種上小樹也長不好。小樹補種了，還得有人修理，那些旁逸斜出的枝幹，得提前砍去，樹才長得直長得好。」

「這位道長很了不起啊。」孫御史忽然想起來，「朝雲道長？子衿說過她是朝雲派的，跟這位道長是有什麼關係嗎？」

「朝雲道長是子衿姊姊的師傅，不過，子衿姊姊占卜不是跟朝雲道長學的，子衿姊姊是無師自通的。」

孫御史心說，那丫頭的大忽悠無師自通倒是真的。

孫御史隨口道：「你家子衿姊姊怎麼拜了位道人為師啊？」凡稱道長，都是男的。現在男女大防雖然不似前朝那般厲害，但也還是講究的。

「緣分吧。」江念也不知該怎麼解釋，其實子衿姊姊沒正經拜過朝雲道長為師傅，好像就是他家子衿姊姊一廂情願的「朝雲師傅朝雲師傅」喊了十來年，就喊成「師傅」了。

兩人一邊爬山一邊閒話，後面跟著孫忠與書僮四喜。江念與四喜是慣常爬山的，故此並不覺得如何，令江念意料之外的是孫御史，生得弱不禁風的單薄模樣，竟也有好體力，待到芙蓉書院，只是面色微紅，額角微汗而已。

孫御史還同孫忠道：「還是山上好啊，每天爬爬山，腿腳才舒坦。」

孫忠笑，「是，跟著大爺外出做官這些年，就是山路走的少了，叫人怪懷念的。」

江念是碧水縣人氏，認識的人就多，書院外的商業街已經有些模樣。先同幾家租他家子衿姊姊鋪子的小商販打過招呼，眼尾瞧見江仁的書鋪子裡半掩著門，江念覺得奇怪，大白天正是做生意的時候，怎麼倒掩著門？請孫御史稍等，江念推門進去，先介紹一下這書鋪子是兩間，外頭一間陳列著書本紙張的一些貨品，裡頭一間是存貨的倉庫。推開門，江仁並不在外間，江念剛要往裡間走，就見江仁匆忙出來，道：「阿念？你怎麼來了？」

江念不著痕跡地掃過江仁衣襟上的一點水痕，伸長脖子往裡間去瞧，江仁一把勾回江念的脖子，把他往外頭帶，就瞧見站在門口朝他微笑的孫御史。江仁笑，「孫叔叔，您來啦！哎喲，這都晌午了，來來來，咱們去芙蓉樓搓一頓。」說著就要關門。

孫御史笑得頗有深意，江念不稀罕管江仁的事，「我帶孫叔叔去學裡，你自己忙吧。」江仁鬆了口氣，朝江念拱拱手，多謝他手下留情。江仁送了江念與孫御史幾步，方折回了書鋪子。孫御史同江念感嘆：「少年情懷總是詩啊！」

江念心想，孫叔叔這老光棍是在懷念自己的少年情懷嗎？

胡山長對於書院教育非常上心，幾乎只要不是休沐日，便風雨無阻過來書院。甭看這麼操心這麼忙活，以往做官時身子骨兒經常這不舒坦那兒酸疼的老毛病，操勞書院這幾年硬是無藥自癒了。原本致仕回鄉就以為沒幾年好活的胡山長，如今身體倍兒棒，吃嘛嘛香了。

孫御史來何家的事，胡山長也是剛知道不久，主要是趙二爺帶著李衙內去何家的事兒，基本上碧水縣消息略靈通的人士都知道了，趙二爺早放話出來要把何子衿弄到手。胡山長是想著幫何家一把的，結果未及援手，趙二爺就萎了。一打聽，才知道何家請了御史過來。

對於孫御史的到來，胡山長並沒有刻意過去拜訪，一則他致仕前官職比孫御史略高些，二則不知孫御史的脾氣性情，不好貿然唐突。今見江念帶著孫御史來了，胡山長心下暗讚阿念會辦事。是啊，與其以致仕官員或何家親戚的身分與孫御史相見，胡山長更喜歡自己現在的事業，便是書院山長。

官場之人見面，先敘年庚，胡山長不論是自年紀還是官職還是中進士的時間，都是孫御史的前輩。由於孫御史是沈舅舅的好友，沈舅舅是何家的實在親戚，胡家也是何家親家，這樣一算，胡山長就成了胡世叔，孫御史就成了孫賢侄。

兩人主要談的內容是書院建設，胡文與江念出去令廚下準備午飯，胡文跟江念打聽：「你瞧著，孫御史喜歡吃什麼菜？」

江念道：「孫叔叔沒什麼忌口的，不過，他更喜歡魚。」

胡文道：「河魚沒關係吧？」

江念不解，「咱們這兒又沒海魚。」不吃河魚吃什麼？

胡文小聲道：「不是趙三的媳婦就聞不慣河魚的土腥味嗎？」

江念：孫叔叔又不是趙三媳婦！何況他覺得適當挑剔無妨，譬如有人不喜蔥蒜薑香菜的味道比較能理解，但要做到趙三媳婦那種嫌河魚土腥，吃雞只吃三個月小雞的雞骨頭，純粹腦子有病。餓她三個月，就啥都吃了。

胡文心裡盤算著中午菜單，對江念道：「你去朝雲觀要幾條芙蓉魚來。」

要說芙蓉書院的地方也是朝雲觀免費提供給縣裡建書院的，朝雲觀頗有資產，這大半山頭都是朝雲觀的，尤其朝雲觀附近還有一處寒泉，裡面生了一種魚，魚肉細膩，鮮美無比。不過，這是朝雲觀私產，尋常人是吃不著的。胡文知道這魚，是因為他在何家吃過幾回。子衿不是同朝雲道長關係不錯嗎？胡文想著，雖然聽阿念說人家孫御史不像個挑剔人，山上也沒什麼稀罕東西，但也要拿出最好的來款待人家才好，畢竟孫御史幫岳家解決了不小的麻煩。只是朝雲觀一向不與外面來往，胡文跟人家道長說不上話，就命阿念去討魚啦。

書院並沒有太豐盛的食物，好在書院在山上，野味是不缺的，雞湯、清蒸魚、燜兔肉，餘下再有幾個時蔬，清清爽爽的一餐飯，都是家常東西。酒水也是沒有的，胡山長笑，「書院裡沒備酒，賢侄嘗嘗咱們這兒的山野味道。」

孫御史笑，「要是書院有酒，怕世叔教導不出阿念這樣的學生啦。」

胡山長心下自得，嘴裡卻對江念道：「阿念不許驕傲，有許多人都是少時得意，早早中了秀才，結果就因自滿自大，文章再不能進益，一輩子就此蹉跎了。」

江念應一聲是，說自己一定努力念書云云。

胡文見祖父得意之情都溢於言表了，笑道：「孫叔叔嘗嘗我們這山上的魚，這是山上一處寒泉中產的魚，別處再沒有的。」

孫御史嘗過之後果然大讚：「好魚！味道鮮美，肉質細膩，細品後還有些果子的香味，這是什麼魚？」

胡文笑，「就是山上野魚，沒什麼名兒，因生在芙蓉山，祖父就叫它芙蓉魚了。孫叔叔覺得有果子的香味兒，是因為蒸時要稍微放些葡萄酒的緣故。」

孫御史不吝讚美：「山是好山，魚是好魚。」

胡山長道：「山水有靈性，我年輕時宦遊各地，最後歸鄉，還是覺得這山味兒最好。」

孫御史很是贊同，又同胡山長打聽：「當初世叔怎麼想著把書院建在山上了？我倒不是說山上不好，只是每日學子上山下山，未免辛苦。」

胡山長道：「賢侄果然是個細緻人，一則這書院建在山上清靜，想把文章念好，不清靜是不行的。二則也是我年輕時考功名時的感受吧。我自幼念書，而立之年方中進士，不過少時家中祖母嬌慣，書雖念得還算可以，但身嬌體貴，頭一次秋闈，舉人九天考試，我第四天就受涼高熱被監考的官員給送出貢院。這考功名可不僅是要文章好，倘身子不結實，秀才試好過，舉人進士皆是九天，如何熬得過去？何況念書本身也要體力的。我想著，書院建山上，哪怕最不喜鍛煉身體的學生，每天上山下山的一段路也能把身體走結實了。三則嘛，這山上地方是朝雲觀免費給書院使用的，省下些錢財，正好用在孩子們身上。」

孫御史頗是欽敬，「倘世人皆有世叔這樣心胸，天下太平，指日可待。」

胡山長很高興認識孫御史這樣的年輕後輩，待午飯後孫御史告辭，胡山長還一直送孫御史到門口。孫御史再三請胡山長留步，胡山長仍是命胡文送孫御史到書院大門口。

辭了胡文，江念就帶孫御史下山了。

孫御史在山路上還問：「阿念，山上不是還有個道觀，你怎麼沒帶我去瞧？」

江念道：「朝雲觀是朝雲師傅的私產，現在不大招待香客了。」

孫御史便不再說什麼了，覺得這道人有些古怪。

孫御史回來，很是讚了一回碧水縣的風景、書院，也沒落下碧水縣的山珍野味。

傍晚何子衿在做糯米藕時，孫御史在一旁瞧著，道：「這藕啊，最嫩的要屬春夏的藕梢，涼拌最好。這糯米糖藕是蒸的，用老一些的藕比較好。」

何子衿深以為然，「孫叔叔，您也是行家啊！」

孫御史笑，「過獎過獎啦！」

何子衿問：「孫叔叔，您晚上吃不吃宵夜？」

「不吃，我得保持身材。」孫御史十分堅決。

想到孫御史的辛酸戀愛史，何子衿鼓勵他：「放心吧，有志者，事竟成。」對於孫御史保持身材的說法相當肯定，「我也很討厭男人弄個十月懷胎的肚子，看著就蠢。」

江念琢磨著自己要不要也拒絕宵夜，子衿姊姊就說：「正好有藕，阿念，晚上剁上些豬肉包餃子吧。」

一聽要吃蓮菜餡的肉餃子，江念立刻轉了主意，想著還是先把個子長起來，再說保持身材的事。他現在正長個子的時候，怎麼吃都不胖的，便道：「好，我幫姊姊剁餡兒。」

周嬤嬤在一旁笑道：「有我呢，哪裡用哥兒忙活？哥兒去念書吧。」江念非但是秀才相公有功名的人，還馬上就是家裡的姑爺了，怎麼能叫姑爺下廚呢？

何子衿把糯米藕往砂鍋的湯汁裡一放，讓丸子留心火候，就與江念、孫御史出去說話。孫御史說起芙蓉山的風情，以及書院的齊整、胡山長的人品，滿口稱讚，最後還道：「妳那道長師傅挺怪的啊，我還想去道觀轉轉呢，不想人家不待外客。」

「這有什麼奇怪的，高人隱士不都這樣嗎？」何子衿道：「沒點兒古怪脾氣，都不好自稱高人的。」一聽得孫御史又是一樂。

大家在何老娘屋裡說話，孫御史一介大男人也十分厚臉皮地聽著一屋子女人唧呱，何子衿宣布一重磅消息：「現下我也不再接給人占卜的生意啦，後頭那些排了號的，到明年七月份也就差不多啦。」

何老娘一聽，頓時急了，「怎麼不接了？不是算得好好的嗎？」這可都是銀子啊！

何子衿道：「昨夜我夜觀星象，我能得的天機也就是到明年止。凡事都是有定數的，強求反是不好。」

「胡說八道，我怎麼沒瞧出啥天機來？」

「您那老花眼，也就能把天上的星星一個瞧成倆。」

孫御史險些笑出聲來，何老娘這會兒也顧不得他，只覺肉疼得緊，問何子衿：「那天機有沒有告訴妳，姓趙的什麼時候倒楣啊？」

何子衿鐵口直斷：「就在眼前了。」

何老娘狐疑地問：「不會是瞎說的吧？我怎麼沒見他家倒楣？」

何子衿嘿嘿一笑，「您老要知道，就該您老當大仙啦。」

何老娘瞥丫頭片子一眼，嘀咕一句：「神神叨叨……」以示不屑。

糯米藕好了，何子衿命丸子、四喜給蔣三妞送了一份過去。

何子衿很會用蓮藕做菜，第二日早上又做了炸藕盒，何冽一邊咬著藕盒，一邊道：「就是可惜得新炸出來才好吃，帶到學裡不方便。」中午他們帶的飯菜，學裡食堂會幫著放到蒸籠上熱一熱，所以，像炸藕盒和炸丸子這類菜，都不好帶學裡吃的，因為在蒸籠上一蒸菜就軟塌了，反不好吃。

何子衿道：「想吃明兒還做，這又不費事。」

「凡炸的菜都不好熱第二遭的，不獨是蒸籠上一蒸失了原味，就是哪怕在油裡過油炸一遍，你也會覺得過了火。」江仁感嘆，「子衿妹妹，妳這手藝真是絕了。上次去州府進貨，我還在州府館子裡吃了一回炸藕盒，覺得還沒妳做的好吃呢。」

江仁讚了何子衿一回，從何子衿的手藝說到何子衿的人品，再從何子衿的人品誇到何子衿的本領，那真是誇得何子衿好似天上神仙下凡。江仁原就是做生意的嘴巴，這讚起人來，真叫一個天花亂墜、滔滔不絕，把何洌聽得直說：「哎喲，要不是知道阿仁哥說的是我姊，我以為阿仁哥說的是廟裡的菩薩呢！」逗得大家笑翻。

何子衿狐疑地瞧著江仁，「你不會是想讓我漲工資吧？」

江仁挑眉瞪眼，「這可不是把妳阿仁哥看扁了？我這話完全是真心實意出自肺腑！」

孫御史笑咪咪地瞅江仁一眼，江仁笑嘻嘻道：「其實我是想著，這回阿冽他們休沐，我也請兩日假，要回家一趟。」

何子衿反應很快，「不會是回去相親吧？」

她這話一出，何家諸人都覺在理，何老娘道：「嗯，阿仁也是大小夥子啦，你又是家裡獨子，是該張羅成親的事了。傳宗接代，可是大事呢。」

沈氏也說：「你娘時常同我說，就盼著你早日成家了。」長水村是沈氏的娘家，沈氏對娘家自然是很熟悉的，問江仁：「是哪家的閨女？」

何洌也跟著湊熱鬧，問：「阿仁哥，什麼時候吃喜酒啊？」

俊哥兒不知有沒有聽懂，就手舞足蹈，奶聲奶氣地喊：「媳婦兒！媳婦兒！」

江仁一向臉皮厚實，這會兒也不禁臉上微紅，連忙道：「不，不是相親，是章嫂子說她家附近有處小院，雖不大，也是個二進院子，蓋的年頭不長，因是舉家就剩女眷了，要往芙蓉縣投親，就想把這小院賣了。我過去瞧了一回，院子說是不大，正屋廂房加起來也有十來間屋子，青磚黛瓦，還挺新的，要價四十五兩，我還到三十八兩，給了訂銀，簽了契書，小章哥給做的擔保。我想著回家，一則是把銀子拿來，二則也叫我爹我娘來認認門。」

何老娘大讚：「阿仁出息啊，宅子都置下了！」甭看她老人家別的不靈光，這上頭靈光得很，與沈氏道：「宅子都悄不聲置好了，我看媳婦也八九不離十啦！」

沈氏深以為然，「阿仁做事勤快，又有出息，如今置了宅子，家裡也是有田產土地的。你喜歡什麼樣的姑娘，只管與我說，縣裡好姑娘多著呢。」

江仁三兩口喝光碗裡的牛乳，將碗一放，滿面通紅的，「我、那個，我、我，那個，我先去鋪裡了啊！」說完就跑了，大家更是哄堂大笑。

何子衿一邊笑一邊說：「阿仁哥午飯多半也給羞忘了，阿洌，你帶去給阿仁哥。」

何洌用過飯就帶著兩個便當去找隔壁馮家同窗一起上學去了。

孫御史來何家不過數日，就感覺到這家人每天歡欣活潑地生活，再加上有美食供應，孫御史遂打算多住些日子。他就在縣裡這兒逛逛，那兒瞅瞅，還時不時買些東西。如今孫御史也不要江念做陪客了，江念畢竟年歲小，又要念書以備明年秋闈，孫御史便從胡家借了胡文來隨他觀賞風景，拜訪一下縣太爺什麼的。看一個縣的人情風貌，基本上也就知道本地父母官是什麼路數啦。

江念索性就在家念書，或者同子衿姊姊說一說江仁的八卦：「不知道阿仁哥跟哪個天仙好了，那天我帶孫叔叔去書院，阿仁哥就跟人家在裡間嘀嘀咕咕。我一進門，阿仁哥立刻從裡間出來把我往鋪子外帶，衣襟上還有淚痕呢。」

何子衿摸著下巴分析，「阿仁哥不會被人騙了吧？」

「阿仁哥多精啊，只有他騙人，沒有人騙他的。」江念有理有據的，「平日裡阿仁哥都是在鋪子裡打理生意，就是晚上，我們住隔間，他也沒有夜不歸宿過。我想著，肯定是正經人家的姑娘，不然也不值當置宅子了。其實阿仁哥喜歡大些的宅子，像咱家三進宅院這樣的。他肯定是急著把事兒定下來，一時沒有合適的宅子就先買了個小的。」不然江家也是有百幾十畝田的人家，而且自江仁來縣裡給何子衿打理鋪子這幾年，江家的田地已經增加到二百畝了，長水村他家是首富，在縣裡置個三進宅院肯定沒問題的。

何子衿道：「這也是，就是不知道阿仁哥瞧上的是誰了。」

江仁的意中人是哪位天仙一時不能知，到了書院休沐日，江仁早提前一日訂了車馬，起個大早連早飯都沒吃，揣了兩個熱包子，又帶了一葫蘆水就坐著馬車回家去了。第二日，江大舅王氏夫妻就來了。

一家三口先是去瞧了江仁買的宅院，把餘款付給人家，正式在衙門過了契書。江仁在碧水縣這幾年，他本就是個跑生意的人，故此，碧水縣衙門裡熟人不少，給了書吏一角銀子，書吏給他插個隊，半盞茶的時間就都辦齊全了。

王氏到了何家說起兒子滿是驕傲的抱怨：「這小子越發膽色足了，置宅子這事竟不先與家裡說一聲。回家一說他在縣裡置了宅子，把我給驚得一宿沒睡好。這樣的大事，只管自己做主。要不是宅子的事還要做交割，他爹非給他正正家法不可。」

何子衿笑，「看大娘說的，阿仁哥這幾年掙的銀子，再買一處這樣的宅院也夠了。事事不用你們操心就把宅院買好了，大娘還抱怨什麼，該高興才是。」

王氏笑道：「高興高興！」一轉話頭：「聽說大姑娘喜事近了，我還沒給妳道喜呢。」

何子衿道：「大娘要是得閒，屆時過來一道熱鬧熱鬧。」

王氏打聽：「什麼日子，我必來的。」

沈氏笑，「十一月二十二。」

大家說一回何子衿的親事，王氏又發愁起兒子的親事來，何老娘道：「那天我還說呢，阿仁這孩子有出息，在縣裡置了宅院，你們家裡也有好幾百畝田地，何不就近在縣裡說一門好親事？我看阿仁這孩子以後是有大出息的，就看哪家閨女有福氣嫁過來啦。」

自從兒子到縣裡掙錢開始，王氏就一向以這個兒子為榮，如今兒子又在縣裡置了房舍，便是自王氏本心，也覺得家裡土妞配不上兒子了，只是……

王氏道：「唉，咱們不是外人，不瞞嬸子，天下做親娘的心，自是都盼著兒子配一門好親事的。在家裡給那小子說過十門親事不止了，他只是不樂意，您說把我氣得，我就常說，這哪是兒子，分明是我上輩子的冤家，只把我愁得沒法子，可怎麼著呢？在我們村子那塊，三鄉五里的聽到是我家小子要說親，人家媒人都不願應承了。嬸子、妹妹都不是外人，妳們見的世面也比我多，要是妳們見到好姑娘，覺得阿仁還配得上人家，只管跟我說，我啥都不挑，現在只要那小子願意，我就都願意的。」

這成親的事雖然講究父母之命，媒妁之言什麼的，也不好不問問孩子的意思，尤其她家這個，說親說的人家媒人都不上門了，王氏覺得腦袋上的白頭發就是給兒子愁出來的。

何老娘心裡一劃拉，還真有要做媒的意思，「既這麼說，我就給阿仁留意啦。」

王氏直念佛：「只要這小子肯成親，嬸子就是我家恩人哩。」

江仁置宅子是大喜事，江大舅夫婦都是喜在心頭樂在眉梢，尤其見何家還住著一位御史大人，那就是又驚又喜了。鄉下人最怕見官，儘管孫御史極清俊極和氣得人物，江家夫妻猶是戰戰兢兢，留下給何家的山物，當天就坐車回了老家。

雖然比較怕見官，江氏還是得意了一回，回家與公婆道：「阿仁他爹見著官老爺，話都說不俐落了，還靠阿仁給他爹圓場哩。這孩子去縣裡這幾年，的確是開了眼界長了見識，人也穩重大方。」這麼出息，果然不是鄉下丫頭能配的。

江太太含笑聽了，放下正在剝的花生簸籮，問：「宅子如何？」

江大舅道：「是處不錯的宅子，知根知底的人家介紹的，青磚黛瓦，院子裡是青磚鋪地，齊整得很，住了十來年，外頭瞧還新著。裡頭大樑用的是紅松，還有幾樣家具主家沒搬走一塊留下了，我看雖是榆木，也是老榆木。等天暖和了，我帶爹娘過去住上幾日。」

江老爺道：「說到家具，咱家也要幾塊好木材，要不要給阿仁宅子裡打上幾件新的？」

王氏倒了幾碗熱茶分了，道：「爹，我想著，阿仁這已是說親的年紀了，將來新媳婦還不陪嫁過來？」

江太太十分關心孫子親事，連忙問：「這麼說，是有眉目了？」

「我託給親家嬸子了，我想著，咱們這附近的好閨女都給那小子說遍了，他沒一家樂意的，不知是不是姻緣不在咱家裡，而是在縣裡。親家嬸子是個熱心腸，說咱阿仁有宅子有地的，自己也勤快能幹，說一門縣裡的親事不難。」王氏喝口茶潤潤喉嚨，「我想讓他碰碰運道吧，反正孩子說大也不大，要是縣裡娶不上，再在家裡說，也有的是人家。」

江太太道：「這也成，就是人家一家家的都抱上重孫了，只叫我急得慌。」

王氏忽想到一事，連忙放下茶碗道：「聽說子衿的卦極靈的，這好不容易去了一回，怎地就忘了請子衿給咱阿仁卜一卦，看看阿仁什麼時候成親呢？」

江大舅道：「子衿一卦十兩銀子，每個月只卜三卦，哪有空給妳卜雞毛蒜皮的小事？」

王氏尚不知此八卦，驚得不得了，「我了個乖乖的，子衿這卦是金子做的吧？」中老年婦女腦子都奇葩，王氏感嘆：「早知這樣，不叫阿仁去學做生意，不如同子衿學卜卦。」

江大舅認為媳婦癔症發作，對此言此語不與理會。

江家人在家裡絮叨一回江仁的親事，江念則在家同江仁道：「看大伯大娘急得不得了，你跟哪個好就直說了唄，別叫他們總是惦記了。」

江仁搓搓手，道：「那事且不急，我告訴你一件事，趙家把芙蓉縣找玄水觀的王神仙不知給弄到哪兒去了，以後可別叫子衿妹妹再卜卦了。」

江念一愣，問：「這是什麼時候的事兒？」

江仁道：「說是五天前趙二帶著個年輕公子去找王神仙卜卦，卜完之後，第二天王神仙就不見了。當天有人見趙二的馬車嚴嚴實實地出了芙蓉縣，我是今兒下晌方得的信兒。以往只聽說趙家採買小姑娘，這他娘的怎麼連老道都偷啊，那玄水觀的王神仙都六七十了。」

江念道：「人沒了，道觀沒報官沒找人？」

「王神仙留了一張字，寫的……」江仁一時還記不得了，自袖筒裡取出一張紙箋瞅瞅，方道：「哦，寫的這個……大道本無我，無我亦非我，今日留書去，不用再找我。」

江念聽到這打油詩都算不上的順口溜，唇角抽了又抽，想著這種檔次也敢稱自稱神仙，真是世間之大，無奇不有了。他家子衿姊姊人稱小仙，已是謙虛至極了啊。

江仁見江念只盯著這紙看，忙收了起來，道：「我看趙家跟瘋了似的，你說趙二帶著個年輕公子，會不會就是帶的李侪內？」

江念道：「我就奇怪他們偷個老道做什麼。」

江念一時想不出來，又道：「孫叔叔見多識廣，咱們問問孫叔叔去吧。」

孫御史頗得何家人信任，像江念和江仁這樣不大不小的少年有事也喜歡同他商量，因為他們實在想不出，趙家偷個老道做什麼。

孫御史搔搔沒毛的下巴，眯著眼睛道：「老道嘛，無非就是占卜、煉丹、修道、長生的本事。無緣無故偷個老道，這又不是什麼天仙絕色……」瞅一瞅王老道的留言詩，又道：「就這學問，還不如子衿呢！」

這叫什麼話，何子衿不滿，「光有學問沒用啊，我這占卜的生意可不如王道長。王道長會請神上身，他在山上建了道觀，手底下徒子徒孫好幾十個，人稱王神仙。」

孫御史點點頭，「這麼說，還是個有名的道人？」

對於宗教界，何子衿也算踏進了半隻腳去，頗是了解，道：「在我們附近是這樣子的，那王老道特會裝神弄鬼。他家原來是芙蓉縣挺平常的人家，後來不知怎麼了，突然就不過凡間日子，跑山上去修仙了。因著他修仙，一家子都致富了，後來在山上買地皮建了道觀。主要是他那道觀推出的業務比較多吧，他那觀裡既有燒香求籤，還有占卜打卦、請神上身、望風水和卜吉日、靈符開光、賣丹藥、點燈油，外加各種節慶日的講道論法的一條龍活動，規模比較大，收入也比較多。要不是芙蓉寺有定期的廟會收租，他那玄水觀都要越過芙蓉寺了。」

孫御史一邊聽一邊樂，道：「哎喲，你們這行貓膩還挺多的啊！」

何子衿正色道：「我可不像他，他是給錢啥都幹。您是不知道，他先時還幹過一件特缺德的事兒呢。我占卜都是憑良心說話，從來都是勸人行善的。」

這個孫御史倒是信的，何子衿明顯是屬於膽子比較小，賺些小錢就收手的人。這種性子也沒什麼不好，知道收手反而能賺到錢。像王老道這樣，名聲大收入高，風險也大。

何子衿問：「孫叔叔，您說趙家把王老道弄到哪兒去了？會不會是去了州府給總督大人算卦去了？」越是位高權重越迷信，這個何子衿在上輩子都能深有體會。

「這個說不好，反正肯定是個大人物，不然也不值當把王老道給綁架了。」孫御史把字條還給江仁，還說：「字寫得不錯。」

江仁笑笑，忙又小心摺好，揣回袖子裡去。

江仁有事同何子衿商量，私下叫了何子衿去屋裡說，江念一塊跟進屋去。

江仁說江念：「我是跟子衿妹妹說正經事。」

江念幫子衿姊姊倒了盞茶，同江仁道：「行啦，一人計長兩人計短。看你打光棍可憐，有什麼話就直說吧，還用得著偷偷摸摸的，當我不知道是為你那檔事兒似的。」

江仁指著江念道：「早婚也不至於這副嘴臉吧？」

眼下不就是要訂親嗎？哼！有本事比一比誰更早成親！

江念得意地揚揚下巴，「快說快說。」

江仁就說了，想請何子衿幫忙卜一卦。

何子衿有些目瞪口呆，「難不成阿仁哥你是要我幫你算你什麼時候成親？」

「不是不是。」甭看不少人來找何子衿算卦，江仁是從來沒這個心思的，他道：「不是給我占卜，是給你們老何家族中三太太占卜，就是跟何祖母打過架的那個。」

無緣無故突然說起三太太來，自然是有原因的。江仁就說起了他的戀愛史，原來江仁的意中人不是別人，就是曾與蔣三妞一道拜薛千針為師的何琪。

江仁有些小害羞，道：「是去歲春天她去山上打菜時認識的。」

「阿琪姊不是都在做繡活，怎麼還要去山上打菜啊？」繡娘的手都要好生保養呢。不要說去山上打菜這樣的重活，洗鍋洗碗這樣的活計最好也少做。

何子衿一問，江仁臉色就黯然了，「剛開始我們只是認得，後來她常去山上，或是打菜，或是去林子裡尋些野山菇。我們漸熟後我才曉得，她長年白天晚上的做繡活，眼睛不大好，近來已經做不了那個了。打去歲春天，就是在家裡幹些粗活。那狗娘養的一家子，實在不是個人。阿琪跟三姊姊同齡，這會兒都十八了，她家裡先時為了叫她給家裡賺錢，攔著不說親。後兒她眼睛不行了，我聽章嫂子說，有人提親，她家就說沒二百銀子的聘銀是再不能叫她嫁的。有一戶肯出二百兩，可人家是買去做妾的，阿琪死活不依，她家才沒把她給賣了。」

江仁道：「以往我不知道她家裡這些事，只覺得她是個好姑娘，還想著，等我再攢一攢銀錢，才好明媒正娶地去她家提親。那天我知道了這事，如何還等得，正趕上她去山裡撿山栗子，就問了她，她要是願意，我就回家籌銀子去。她就哭了，說我要花那些銀子去聘她，她家怕是連二十兩的陪嫁也不能給她的。原我想著，我家裡雖不是大戶，二百兩銀子湊一湊也是有的。我跟阿琪兩個都不是懶人，以後好生過日子，難道還值不了二百銀子？本來我打算著，帶著我爹我娘看過宅子就跟他們商量這事來著，阿琪突然給我送了信兒，說她弟弟好幾年秀才都落榜，她家裡覺得可能是什麼東西妨礙著他家了。其實這一兩年子衿妹妹在咱們縣裡聲名卓著，他家是想請子衿妹妹算一算的。這不是先前她家跟咱家打過架，她家裡不樂意低這個頭，就打算去玄水觀，結果王老道被人給弄走了，我這才知道王老道失蹤的事。阿琪原是想叫我給子衿妹妹提個醒，她覺得無端偷個老道，說不得是同行嫉妒，使了壞心。」

「我們倆商量著，她家既然在玄水觀沒算成，怕是不能干休的。我已同阿琪說了，看她能不能勸她家裡來找子衿妹妹算。」江仁懇切道：「子衿妹妹，要是他家求到妳頭上，妳可得幫哥哥一把啊！」

何子衿道：「這事不難，不過咱家同他家好幾年不說話，你確定他家會來找我卜卦？」

說到三太太家，江仁就是一肚子火氣，道：「妳是不知道，他家只拿小子當人。阿琪就一個弟弟阿滄，那小子在家是個寶貝蛋。為著他，他家裡什麼錢都肯花的，什麼事都肯做的。年年只為他考秀才不知道在芙蓉寺花了多少香火錢，他也沒中個秀才回去。你們族裡的阿洛去歲中了舉人，大家都說何家祖墳風水好，要出大人物，他家裡可急得不得了。子衿妹妹，只要他家來，妹妹就給他家一個面子吧。」

何子衿點頭，「成。」覺得阿仁哥有智謀，又說：「原來阿仁哥喜歡大一些的姑娘。」

江仁笑，「也不是喜歡大的，就是遇上了，覺得是大是小都沒關係。再說，陳琪又不大，妳還比江念大兩歲呢。」

江念怒道：「我心裡上是跟子衿姊姊一樣大的。」

老鬼回答：我比子衿ㄚ頭大幾十歲。

江仁正有求何子衿，擺擺手道：「說笑說笑，看你，真惱了可就是孩子啦。」

江仁說過這事沒幾天，三太太還真走了個曲線救國的方式來跟何家走關係，三嬸子先是去族長家找族長太太叨叨，說起舊事來：「就是家常過日子，也少不了上牙碰下牙呢，我那老妹妹還真就記仇了，這好幾年也不同我說話。唉，我就是想辯白也沒機會，我可怎麼著呢？想著咱們族裡要說有威望，就是嫂子您啦。」這麼一韻三嘆想請族長太太幫著說和。

劉太太又不傻，三太太平日不常來她這裡，突然來了，還提起何老娘。劉太太知道她們好幾年不和了，先前還幹過一架。反常必為妖啊，劉太太就問：「以前沒聽妳念叨阿恭他娘，這是怎麼了，妳是有事找阿恭他娘嗎？」

三太太開始還沒好說，後兒才道：「不為別個，嫂子不知，我家裡這幾年總有幾番不順，阿琪的親事，媒人給說了好幾門不錯的親事，可阿琪那死丫頭不知怎地，吃了秤砣一般，就是不樂意，我想著是不是什麼東西妨礙著了。如今咱們這近處，也沒什麼靈驗的大仙，就是咱們族裡的子衿丫頭，聽說她的卦是極靈驗的。我只擔心我那老妹妹還記著先時舊事，不好說話哩。嫂子在族中一向受人敬重，我這也不獨不是為了給家裡卜卦，也是想著咱們同族本就是一家子，總這麼僵持著，在族裡影響也不好。我年歲長一些，願意給老妹妹賠個不是，以往那些事就算翻過去了，以後咱們一族裡歡歡喜喜過日子，豈不好呢。」

劉太太想了想，打發人送帖子請何老娘到她家裡說話。何老娘還奇怪呢，她同劉太太關係一向不錯，想著劉太太想一塊說話打發個人說一聲她就去了，怎麼還下帖子呢？

何老娘拿著帖子翻來覆去地看，還同自家丫頭顯擺：「哎喲，妳劉祖母越發講究啦，還下起帖子來了。我這得去呀，哎呀，穿什麼衣裳好呢？」叫何子衿來給她搭配衣裳，第二日又起個大早，著了新衣化了新妝，把手飾匣子裡的幾樣金首飾都插載上了。

孫御史滿口讚道：「大娘，您這一身可真氣派！」

何老娘扶著余嬤嬤的手正要出門，聽孫御史這話，喜得樂彎了眼，還謙虛道：「什麼氣派不氣派的，我說呢，就家常衣裳唄，又不是去外處，可這丫頭死活不依，非得一大早折騰我這老手臂老腿兒的，叫我換了新襖新裙還戴這新抹額。唉，我說呢，衣裳換一換便也罷了，又給我插戴這一腦袋，不成個樣兒，我不依，她還不高興。」

孫御史肚子裡都要笑翻了，道：「大娘，您非但衣裳鮮亮，您人也年輕啊，尤其這麼一打扮，哎喲喂，咱碧水縣的老太太裡，要論齊整，大娘您是個尖兒啊！」

何老娘咯咯直樂，「不行了，有年紀啦。其實主要是丫頭弄得這胭脂好，別人家的胭脂沒這麼潤，面脂也是她自己配的，冬天塗一些，不皴臉。」

孫御史一奉承，何老娘都顧不得出門了，同孫御史絮叨起來沒個完，正說到自己這狐皮裡絳綢面的披風呢，余嬤嬤就受不了了，道：「太太，咱們再不走太陽就落山啦。」

「哪有那麼晚？」何老娘這才說：「你在家歇著啊，中午叫丫頭做好吃的，大娘下晌回來咱們再聊啊！」

孫御史笑說：「成！」還送了何老娘幾步。何老娘哪裡敢當，忙叫他止了步，還招呼一聲叫周婆子去肉鋪子裡多割些肉回來。

何老娘與劉太太年紀差不多，時常在一處說話，是極熟的。何老娘以為就是尋常絮叨絮叨，不想劉太太提到三太太。說到舊怨，何老娘仍是氣不打一處來，道：「嫂子是沒見她當初那小人得志的樣兒，不就是我家三丫頭倒了大楣嗎？她可是得意啦，在外頭可著勁兒給我造謠說嫌話。也不知我家倒楣，她就有什麼光沾似的。」

劉太太勸：「我的妹妹，這都多少年的事了？行啦，聽我的吧，她都到我這兒來主動要跟妳賠不是呢。說來都是姓何的，上頭是一個老祖宗，如今一個族裡住著，低頭不見抬頭見，真就不說話不來往的也不好。她三嬸子那人糊塗，我是盡知的，如今她明白過來了。老話說的好，人非聖賢，孰能無過？知過能改，善莫大焉。妹妹，就看在我的面子上吧。」

何老娘琢磨著叫三婆子給她賠個不是，也是有光彩的事兒，何況還能給族長太太一個面子。不錯不錯，這事兒怪有面子的，何老娘就應了：「我聽嫂子的，只要她別像以前那樣討人厭，不然我再不依的，以前的事就算了吧。」

劉太太笑呵呵地說：「好，我來安排。妹妹今兒就別走了，我已叫阿洛他娘預備了席面，再把他三嬸子叫來，都在我這兒吃飯，咱們熱鬧熱鬧。」請兩人吃了一餐飯，就算和解了。在飯桌上，三太太就說了想請子衿占卜的事兒。

何老娘道：「我們丫頭剛說了，不再接占卜的事兒了。」

三太太心下暗道，這死老婆子慣會拿捏個臭架子。她也是個靈活人，對著劉太太以目相求，劉太太道：「妹妹，能幫就幫吧，他三嬸子也是為了阿琪的事。」

劉太太主要是心疼何琪，覺得這姑娘委實運道不好投生在三太太家裡。苦了這些年，還沒個婆家，再拖下去，可真就難嫁了。一個姑娘家，難不成真就一輩子不嫁人了？

何老娘是喜歡串門子四處遛達的人，族中事她都熟的，聽這話卻是不大信，打量著三太太道：「哎喲，妳還會為阿琪占卜，我聽這話咋不能信呢？」

三太太道：「這叫什麼話，我怎麼就不能給阿琪占卜啦？阿琪是我親孫女，她與妳家三丫頭同歲，我急她婆家哩。」

何老娘夾了塊紅燒肉，剛要擱嘴裡，一聽這話當下放碗裡，先不吃肉，也得把話說了，她道：「妳急就不要要價二百兩了。當別人不知道呢，還要把孩子賣給人家做小，妳說妳虧不虧心？」何老娘雖也是重男輕女，可她看不上三太太這等人，轉頭與三太太的媳婦五奶奶道：「妳好歹是阿琪的親娘，雖說男孩子重些，也不能把女孩子論價賣了呀！我說妳們是不是傻啊，還是八百輩子沒見過銀子錢呀？阿滄不是要考功名的人，難不成以後阿滄為官做宰的，叫別人一打聽，他姊是給人家做小的，妳們這臉面還要不要？阿滄這臉面還要不要？就是咱們闔族，也丟不起這個臉！」

劉太太也是知道此事的，當時她就想找三太太說道一二，只是後來何琪以死相逼，事兒沒成，也就罷了。此時，劉太太只裝不知，問三太太和五奶奶婆媳：「還有這等事？」

五奶奶忙道：「沒，再沒有的事。是有個不知好歹的人來問，我已經打了他出去。我親親的閨女，只怕她嫁得委屈，哪裡能叫閨女做小？」

劉太太放下筷子，嘆道：「這話對。好好的孩子，給多少錢也不能叫孩子去做小。不為別個，咱們族裡不是那等族風。」

其實何氏家族就是個小家族，族中女孩子是做妻還是做妾，以往族裡也沒管過，但現在不同啦，何洛已是舉人，後年就要去帝都參加春闈，眼瞅著自家孫子要出息，劉太太也格外注重族中人行事，務必得保證族內名聲清白。何氏家族雖是小家族，但家族也得是「族無犯法之男，家無再嫁之女」的清白人家才好。至於女孩子做妾的事，最好也是不要有才好。

想到三太太、五奶奶這對婆媳的貪財品行，劉太太又道：「阿恭他娘說的對，阿滄是要求功名的人，可得時時注意。」

三太太和五奶奶原只為圓場，聽劉太太何老娘這樣一說，事關何滄日後功名，婆媳二人連忙點頭應下，並保證絕不會讓家裡女孩子做小云云。然後，三太太話鋒一轉就又轉到請何子衿幫著占卜的事兒，何老娘道：「是真的不再放號牌子了，不過，大嫂子在這兒，看著大嫂子的面子，我回去問問我們丫頭，看能不能給妳們安排了。我話說前頭，銀子錢可是一分都不能少的啊！」

三太太與五奶奶只得不討價還價，想著倘能算出阿滄的功名，咬咬牙花上十兩銀子也捨得。三太太還勸何老娘：「來，妹妹吃這魚。」勸得何老娘直翻白眼，心說，就知道拿著大嫂子家的好吃食做人情。

五奶奶也說：「嬸子，您吃酒，這酒甜絲絲的。」又誇何老娘家兒孫有出息：「聽說阿洌念書也是極出息的。」又道俊哥兒：「再沒見過這般白淨招人疼的孩子。」再讚何子衿：「子衿肯定是神仙托生的吧。」

何老娘這不禁勸也不禁誇的，竟喝多了。下晌扶著余嬤嬤回家時就樂呵樂呵唱了一道。回家吃了兩碗醒酒湯後，她老人家又唱了半日，待第二日早上醒來，嗓子都半啞了。

孫御史瞅見何老娘就樂，還道：「大娘，妳可是有一副好嗓子呢。」

何老娘還隱隱約約記得自己昨兒唱戲的事兒，嘻嘻一笑，擺擺手謙虛道：「不行啦，已經老了。我年輕時，那嗓子才叫好呢。有一回秋雨下個沒完，一連下了二十幾天，大家都說要有秋汛，我們丫頭她祖父心寬哩，天塌下來也不會擔心半點的脾氣，雨下得愁人，他倒是拉起胡琴，我就對著那雨天唱了半日，你猜怎麼著？」

「怎麼著？」孫御史忍笑問。

何老娘一臉認真，「我一開嗓兒，嘩，那下了二十幾天的雨就停啦。然後，我唱了半日，下晌就出太陽啦。」

孫御史笑到打跌。

何子衿打完健身拳，聽到何老娘這話，跟著湊趣道：「要不說呢，有許多人問我為啥突然就會占卜了，我就說興許是傳自祖母哩。」

何老娘想想，大言不慚：「還真有可能。老何家往上數三代，也沒一個有神通的人。妳舅舅只是念書有本事，妳外公外婆更不懂占卜啊，我看妳這靈氣真是從我這兒傳過去的。」

何老娘說著占卜，就想到三太太想請何子衿占卜的事兒。何子衿沒想到三太太動作這麼快，就聽何老娘道：「她慣是個嘴巴壞的，我原不想應，可阿洛他祖母為我們說和，看老嫂子的面子，也不好不應。我說了，就是妳擠出空閒來也是十兩銀子，一分都不能少的。」

江仁早託過她，何子衿心中自是願意，卻仍是嘆口氣，露出一絲為難，道：「既然祖母都應承下了……您也知道我每個月其實都是卜兩卦空一卦的，算了，就讓她們過來吧。」

何老娘歡喜道：「成！」

何恭私下找老娘談了回「一把年紀不要喝醉酒」的問題。

何老娘死不承認，「我哪裡有醉啊？也沒喝幾碗。」

何恭道：「娘，您以前就這樣，醉了就喜歡唱曲兒，昨兒唱了半天半宿，還說沒醉？」

「行啦行啦，不就是多喝幾碗酒嗎？」何老娘覺得面子掛不住，嘀咕道：「沒覺得醉，不知怎地就喝多啦，你說怪不怪？」

何恭無力地道：「怪，真怪。」

何老娘不理這些個，而是有正經事同兒子商量：「你不知道，阿洛他祖母這次叫我過去，還給我下帖子，你看，人家多講究。」何老娘覺得，下帖子這事既講究又洋氣。

何恭試探地問：「娘，您的意思是，也給您做個帖子？」

何老娘笑，「弄這個做什麼？沒得浪費紙張，不用不用。哎，你要是非給我弄個帖子，也只得依你啦。」

何恭道：「……我知道啦。」

何恭找紙給他娘做帖子，另一邊她閨女也迎來了三太太和五奶奶婆媳。沈氏一向是個面子上過得去的性子，雖然兩家好幾年不說話了，不過這次是人家來找她閨女占卜的，生意上門，沈氏便也客氣了三分，道：「三大娘和五嫂子進來吃茶吧。」

何老娘卻是將眼一翻，唱白臉道：「親兄弟明算帳，吃什麼茶呀，先付銀子。」

三太太頗是肉疼地從懷裡摸出個天藍底子繡金元寶的半舊荷包，摳摳索索自荷包裡取出兩個銀錠子交給何老娘，還道：「足兩的。」

何老娘早命余嬤嬤備下銀秤了，秤了一秤方收下，讓余嬤嬤上茶。三太太剛割肉似的付了十兩銀子，哪裡還有心思吃茶，道：「子衿有空先給我們卜了吧。」

何子衿道：「今兒不成，您也知道，我向來是逢十才動卦的。不為別個，得到那天這卦的靈性才能養回來。昨兒祖母回來同我說了，我給您空了一天出來，就這月三十，您過來，我再給您占卜。」

三太太頗為失望，「今兒卜不了啊？」一瞅何老娘，那這老婆子收我啥銀子啊。何老娘卻是道：「妳去打聽打聽，就是排隊領號牌的，一個號牌也要訂金三兩的。我讓丫頭得罪人給妳們插隊，先收妳十兩多不多？」

三太太也不是好纏的人，道：「原我也沒想賴帳，只是我今兒付了銀子，可是把銀子都付清了，待三十我再來，妳可別找我收銀子了。」

「當我跟妳似的掉錢眼兒裡了啊？」何老娘還聲明道：「錢是交了，可先說好，三十占卜來一個就行，沒有收一份錢給妳們婆媳倆卜的理。」

把占卜的事兒掰飭清了，三太太也不走了，在何老娘屋裡坐下吃茶，反正銀子也付了，既然今日卜不了，不如白吃兩盞茶回去，還招呼兒媳婦：「妳也嘗嘗妳嬸子這兒的茶，她家都是好茶，我在族長大嫂子那兒吃過一回，還帶著花香。」一嘗卻滿嘴苦且澀，還不如自家吃的茶呢。三太太吧嗒著嘴，皺著眉頭同何老娘道：「怎麼跟我在族長大嫂子那兒吃的兩樣味兒啊？我說弟妹啊，妳可不能這般厚此薄彼。我花大價錢來占卜，妳就給我吃茶葉沫子，咱們還是同族老妯娌哩，妳這也忒不地道了啊！」

何老娘豎了眉毛，瞪眼道：「這是茶沫子？妳可別不懂眼啦！妳看看這茶色，再聞聞這茶香，這可是上等好茶哩。族長大嫂子那個是我春天得的，就那麼點兒，我自家都沒留，想著大嫂子是個斯文人，就全給了她，妳有福，妳嘗了一回。這個茶也不錯啦，一兩銀子一斤，還是我們家小舅爺託人帶回來的帝都皇帝老爺賞給他的上等好茶，還說不好？我問問，妳吃過好茶嗎？知道好茶啥樣嗎？」何老娘一編就是一套。

三太太便又細呷了一口，咂摸咂摸道：「果然是好茶啊！」又說：「這帝都的東西就是不一樣啊，皇帝老爺待的地方，風水好，東西更好，連這茶與咱們平日吃的也不一樣。」

「那是。」何老娘揚起頭，得意非常，心下卻是偷笑，這不懂眼的傻老婆子啊！

三太太吃了兩盞茶，見何老娘沒有上點心的意思，便帶著媳婦告辭，路上同媳婦道：「那個死老刁婆子，以為誰吃不出來呢？就是街上五個大錢一斤的爛茶葉沫子，還糊弄我說是帝都捎來的。帝都捎來的她還不得藏褲腰裡，看她還捨不得拿出來吃呢。」

五奶奶道：「那娘您怎麼還坐著不走？」倘不是為了兒子，她才不樂意看何老娘那嘴臉，還坐下吃啥茶，趕緊回家唄，自家也有茶吃。

三太太惡狠狠道：「去老刁婆子那兒一趟，就是五個大錢一斤的茶沫子，我也得吃兩盞才算解氣！」又道：「老天也沒眼，怎麼就叫他家丫頭大仙附體了？咱家倆丫頭呢，大仙一個也不來。」這大仙眼神不好啊，抱怨一道，婆媳倆回家去了。

三太太一走，何老娘晃晃茶盞，道：「這茶就是不一樣啊，泡了兩遍就不出色了，虧得那三婆子沒繼續再吃，她要再接著吃，還得浪費一壺茶水。」交代余嬤嬤：「不找這茶我還想不起來，讓周婆子煮幾個茶葉蛋，俊哥兒愛吃。」

余嬤嬤應一聲，丸子跑腿去了。

待得十月三十那一日，何子衿早早起來沐浴焚香，穿戴打扮好就去了淨室盤腿打坐。孫御史看她那莊嚴的樣，悄悄同江仁道：「瞧著還真有些神道啊！」每次看何子衿這番打扮，孫御史就有一種術業有專攻的想法。

江仁道：「那是，只要見過子衿妹妹占卜的，都說她是神仙投的胎。」這縣裡比子衿妹妹還漂亮的姑娘真不多，要不也不能招惹到趙二那條野狗。想到趙二，江仁道：「好些日子沒見這野狗了，都說他出門，也不知到哪兒去了。」

孫御史微微一笑。

江仁用過早飯就與何冽和馮家兄弟一道去書院上學的上學，打理生意的打理生意，三太太與五奶奶婆媳倆也是大早上的就來了。何老娘有言在先，只能給一個卜，婆媳全明顯商量好了，三太太去了淨室，五奶奶在跟何老娘沈氏婆媳說話，也無非是些家長裡短的閒話。

不一時，陳姑丈送了半頭鹿來。五奶奶見了陳姑丈就有些不好意思，縮手縮腳打了聲招呼。陳姑丈未料得何家還有女客，雖然五奶奶年歲不輕了，到底不好共坐一室，沈氏道：「五嫂子來我屋裡，咱們說些私房話。」又招呼陳姑丈：「姑丈你慢坐。」

陳姑丈笑應，看沈氏帶著五奶奶走了，方坐下與何老娘道：「說來也巧，昨兒我坐車回來的時候，經過黑林坡時，這鹿撞了上來，被護衛一箭射死，正好帶回家來。大郎他娘說了，家裡留一半，給妹妹一半。」實際上，昨兒陳姑丈回到家就聽說何家來了孫御史，今兒他老人家藉著這鹿立刻親自上門，帶何老娘去瞧那鹿。

何老娘瞧過鹿，道：「這鹿可不小，半條就有七八十斤了吧。」

陳姑丈笑，「是啊，平日裡上山打獵也不一定能遇著，倒是路上平白得了，可見今年運道好。妹妹還記不記得，有一年大雪，我跟阿恭他爹出門，臨年往回趕，經黑林坡的時候，那時候窮啊，凡事只靠兩條腿走，我們還說呢，運道不好，回家就遇著大雪。我們踩著雪，深一腳淺一腳，從林子裡跑出來，那黃羊跑得急，把阿恭他爹撞個跟頭，當時我還以為是狼，嚇得我趕緊扶起他，才見黃羊也撞懵了，我們倆就把羊牽回來，咱們過個肥年。」

何老娘最愛說舊事了，笑道：「是啊，那時年下秤二斤肉就了不得，哪敢想現在呢？」

陳姑丈道：「一轉眼，咱們也老了。」見俊哥兒和忠哥兒一人拿一個竹蜻蜓跑進來，陳姑丈抱起俊哥兒來親香了一回，逗得俊哥兒咯咯直笑，陳姑丈讚道：「這孩子生得越發好了。」又問：「子衿丫頭呢，怎麼沒見？」

何老娘道：「今兒是三十，族裡有人過來占卜。」

「哎喲，看我這記性，成天瞎忙，日子也記不得了。」陳姑丈絮叨了些閒話，就說到有用的了，「我回來才知道趙家那幫混帳的事！唉，真是老天沒眼，叫這些混帳東西發達了，如今更是無法無天，聽說趙家老二挾裹著玄水觀的王神仙去帝都招搖撞騙了！」

說到趙家，何老娘就來火，「原來是去了帝都，還以為他把王神仙怎麼著了呢！好事不瞞人，瞞人沒好事，還不知去做什麼見不得人的勾當！」

陳姑丈道：「早晚會有報應的。」

何子衿在裡間給三太太占卜，三太太在家已早想好算什麼了，問何子衿：「我就想幫我們滄哥兒卜一卜前程。滄哥兒念書，夫子都讚的，只是不知為何，總是時運不好。」

何子衿問了何滄的生辰八字，掐指一算方道：「自生辰上看，倒是個少年得志、平步青雲的命數，怎地現在還未有功名？」

這話真是入了三太太心坎，三太太直拍大腿，急道：「是啊，早在阿滄他娘生他時，我們就請的青城山的神仙看好文曲星的方位才生的。神仙說是大吉大利，日後必得功名的好方位呢。他平日裡念書極好極用功，只是不知為何，考功名時總有不順。」

一縣一族的住著，這些事三太太不說，何子衿也都知道。何子衿閉眸沉思片刻，取了龜甲，雙手高擎，唇間陡然發出一陣玄奧音符，直嚇得三太太一哆嗦，接著就見龜甲中逸出一縷青煙白氣，三太太大震，驚得只知張嘴卻說不出話來。何子衿手腕一抖，自龜甲中閃出一道金光落在雪白羊絨毯上，五枚金錢一明一滅後歸於沉寂。三太太雙目圓睜，嗓中不由自主發出「咦」的一聲。

何子衿一瞧這卦，皺眉道：「怪呀！白虎鎮西，青龍東起，玄武在北，唯朱雀移位，為陰生陽沉之相。難怪難怪，陰長則陽衰，自卦相上看，必是有一陰人或是陰物剋了府上文昌之氣，以致文昌微弱，不能顯聲揚名！」

何子衿一邊說，素白的手指點在一枚金錢上懸空一指，接著她指尖燃起一縷青色火焰，曲指一彈，那一縷焰火正中三太太眉心。三太太被燙得哎喲一聲，何子衿過去一指按滅，三太太眉心燙出一水泡來。何子衿一臉莫測高深道：「陰人並非施主。」

何子衿這神神道道的一番折騰，三太太已是信得不能再信了，忙問：「那是哪個？」

何子衿道：「朱雀屬南，原該在南方卻位往東移，該是應在你們府裡原住南邊現住在東面的一位陰人。」

三太太一想，道：「琪姐兒以前住在南屋，後來搬到東廂與她妹妹一道住了。」

何子衿問：「近來府上可有什麼不順意之事？」

三太太是誠心為孫子前程而來，既說到何琪，她張嘴便道：「要說不順意，就是琪姐兒的親事了。這兩年給她說了二十戶人家不止，她總不樂意，要生要死，真是愁死我了。」

何子衿又問了何琪的生辰八字，連聲道：「此女生辰年月俱應陰年陰月，這等八字原也是有些福分的，只是陰氣太盛。我與府上公子早便相識，他年歲未長，陽氣不足，故此受了克制，想破此法倒也簡單。」說到關鍵，何子衿偏又沉吟起來住了嘴，一雙眼睛淡定無波地望向三太太。三太太忙問：「小仙妳快說，不論什麼法子，我都去辦！」

何子衿道：「剋陰必得金才成，打一十八兩八錢八分八的赤金朱雀拿到我這裡來，我為朱雀開光，由此女佩於身上，府上情形當有好轉。」

一聽說要十八兩八錢八分的赤金朱雀，三太太險些癱在羊絨毯上，大冷天硬是急出一腦門子熱汗來，急道：「這……家裡哪有這些金子，就是傾了家也湊不上，得去賣地了，可是還有別的法子？」

「或是將此陰人移出府去，抑或為令公子另尋住處。」

三太太哪裡捨得讓寶貝孫子住到外去，直接道：「那……那將她嫁出去如何？」

何子衿眼微閉，「此法雖大善，只是令女生辰不同尋常，怕一時間難找相配之人。」

三太太連忙道：「小仙且放心，我自有法子。」說完就頂著眉心一水泡起身告辭了。

見三太太走了，何子衿盤腿靜坐，直待聽到三太太婆媳告辭的聲音響起，她仍在靜坐，倒是三太太忽然想到還有件事沒問，推門見何子衿仍是在打坐，不知要不要開口，想到十兩銀子的卦錢，三太太就硬著頭皮問了：「小仙，那我滄哥兒什麼時候能中功名啊？」

何子衿伸出一手作蓮花狀，莫測高深道：「一去二三年，歸來汝且知，若問鴻鵠日，當是青雲時。今日緣法已畢，妳且去吧。」

三太太學問有限，沒聽大懂，還要再問，已被何老娘自淨室門前揪走了。何老娘道：「哪有妳這樣的，我丫頭為幫妳卜算耗了三年修為，妳還沒個完啦？」

三太太哎喲哎喲直叫喚，將衣領自何老娘手中搶出來，「小仙面前，妳尊重些成不成？小仙也就肉胎做了妳家孫女，待日後成仙成道，還輪得到妳來擺譜？」自己整整衣領子，理理衣裙，「妳既做了小仙的祖母，不求妳有造化，起碼得有個模樣才成，沒得給小仙丟臉。」

何老娘搖擺下腦袋，撫一撫頭上金燦燦的金簪，一臉得意，「我丟臉，也是我家才有這仙緣。不似某人，眼珠子都紅了，妳家也沒這仙緣仙法。」

三太太不理何老娘，「我全看小仙的面子！」一扯媳婦，氣呼呼地走了。

路上五奶奶方問：「娘，您這眉心怎麼有個包呢？」

三太太深吸一口氣，道：「這就是小仙的靈通哩。以往別人都說她有神通，我只不信，哎喲，妳是沒親見，妳若親見就知道她的本事啦。」繪聲繪色說起何小仙占卜時的神通來。

另一頭，陳姑丈白送半頭鹿，沒能順利見到孫御史。孫御史同胡文出門了，陳姑丈中午在何家用過午飯，便告辭離去，走時何子衿送他，他悄悄託何子衿替他跟孫御史牽線。

何子衿道：「孫叔叔不過是從六品御史，姑祖父這麼上趕著認識他做什麼？」

陳姑丈道：「多個熟人多條路，誰還嫌關係多？妳小丫頭不懂。」

「有啥不懂的？鐵打營盤流水的官，孫叔叔就是個過路官兒，不過是他與我舅舅相熟，如此兩家來往著，我可看不出姑丈你能沾他什麼光。要是正管的知州知府鹽課老爺，您上趕著拉關係，他一個御史，實在跟你八竿子搭不著啊！」

何子衿可不好糊弄，陳姑丈只得道：「妳不知道，孫御史同蜀王府相熟。妳傻不傻，他雖是個流水過路官，蜀王府以後可是咱們這兒的地頭龍。蜀王府的人，特難攀關係，就是個小屬官，也冷淡得不成。妳既然搭上孫御史這條線，為姑祖父引薦一回可怎麼了？姑丈這次特意在州府打聽了，趙二與李衙內帶著王神仙去帝都，怕是巴結上大人物了。趙家如野狗一般，咱們在家裡，雖有些小錢小勢，到底沒他家巴結得高遠。沒個硬靠山，遇著事只能乾生氣。如今好不容易有孫御史這關係，再怎麼也不能閒置了。妳想想，倘咱能得蜀王府青眼，以後妳還有什麼好愁的，怕是趙家也不敢動妳，蜀王可是皇帝老爺的親兒子。」

何子衿道：「那姑丈與我說趙二去帝都巴結誰，好叫我心裡有底，可別說你不知道。」

陳姑丈之所以想叫何子衿替他引薦孫御史，就是覺得何子衿是何家難得的精明人。看吧看吧，這丫頭忒不好糊弄。陳姑丈輕聲道：「具體我真不知道，這原是機密事，我也只影影綽綽知道總督大人與東宮相熟。能叫李衙內親自去帝都的，豈是尋常人？這消息不好確定，我卻覺得是有些影兒的。」

何子衿沒啥反應，她上輩子在電視裡見東宮見得多了，歷史書上也有好些呢。

何子衿如此淡定，讓陳姑丈不由問：「妳知道東宮是啥吧？」

何子衿白眼，「太子唄，這誰不知道？」

陳姑丈服她了，道：「丫頭好定力。」又叮囑何子衿：「待御史回來，別忘了跟御史提姑祖父一兩句。」

「知道了。」何子衿送陳姑丈出門。

何子衿回屋時也順道去廚下瞧了一回鹿，何老娘正琢磨著怎麼吃鹿肉。

何老娘道：「中午燉一鍋來吃。」

何子衿看著自己燙紅的指尖，道：「這會兒燉，中午也吃不上，周婆子正忙午飯，她也沒功夫，還是下午再燉，也不用燉太多，有個兩三斤就夠了。我看這半頭鹿可不小，得七八十斤吧？咱們自家也吃不了這許多，且又是個稀罕物，我叫周婆子剁了十來斤給三姊姊家送去，她家裡人口多。再分一些給族長家、薛師傅，還有隔壁的馮伯伯家，餘下的連骨帶肉還能有四五十斤，咱們自家吃也吃不完。聽祖母的燉一些，留下鹿腿和半片後丘上的肉。不如晚上吃烤肉，再叫了三姊姊和阿文哥過來，一家子熱鬧熱鬧。」

何老娘瞠目結舌，「我還想著吃到過年呢，叫妳這一分派，全都沒啦。」

「再有剩下的或做熏肉或做醬肉都好。現在又不是沒肉吃的年頭，無非是鹿肉稀罕些，其實市面上偶爾也有賣的。」

何老娘撫著胸口直抽氣，「我看要擱妳自家過日子，沒幾天就得要了飯！」

這大撒手的脾氣，真是心疼死個人啦！

要是別的時候，何子衿這般大手大腳打發東西，何老娘定是不允的，只是如今孫御史在家裡住著，還幫了大忙，她雖是沒啥見識，也知這年頭像孫御史這樣的好官不多，何況又是家裡小舅爺的好友至交。家裡沒什麼好東西招待，這還真不是何老娘犯摳捨不得，主要是碧水縣窮鄉僻壤，全縣就一家拿得出手的酒樓芙蓉樓，還是跟何家有過節的趙家開的，何老娘是堅決不去芙蓉樓吃飯或者從芙蓉樓叫席面來吃，而其他的小館子，燒的菜還不如她自家燒的呢，所以只是家常飯食招待孫御史。難得人家孫御史平易近人也不嫌棄，好不容易家裡有了半頭鹿，的確該熱鬧一二的。

故此，哪怕何老娘有些心疼，也沒反對，還打發余嬤嬤親自去給胡家送鹿肉，主要是同胡老太太說一聲，叫蔣三妞晚上回來吃飯。

胡老太太待蔣三妞素來不錯，自從蔣三妞生了兒子，在胡家就站住了腳。胡老太太收了鹿肉，笑與余嬤嬤道：「跟妳家老太太說，多謝她想著，一會兒就叫文哥兒媳婦過去。」很爽快地放人。待余嬤嬤走了，胡老太太對蔣三妞道：「家裡正好有兩籠鵪鶉，親家家裡正有客的時候，咱們鄉下地方，稀罕物沒有，這個倒容易得，妳帶了去，給親家太太添菜吧。」

蔣三妞笑，「是。」

胡三太太道：「親家老太太真是時時惦記著侄媳婦，有什麼好的都立刻打發人送來給侄媳婦，連帶我們也跟著沾光。」

蔣三妞笑道：「看嬸子說的，這也是各有各的心了。我家裡貧寒些，家裡人只知念書，富貴東西沒有，人卻是心實。也就咱家的長輩，待媳婦如同閨女，倘要擱在那刁鑽古怪的人家還得說呢。婆家這樣的好日子，娘家還三天兩頭打發人送吃的，倒似在婆家吃不上飯似的，實不知非得咱們親近才會如此。不然若真是疏遠的，就是有這心，也不知該不該送。」

自從嫁了胡家，蔣三妞在身家上是胡家媳婦中最窮的一個，於是，她就常標榜自家是讀書人家，有內涵。再加上娘家的確看顧她，蔣三妞自己又有了兒子，與胡文夫妻情分亦佳，故而這小日子過得也是順風順水。

胡三太太道：「也得是侄媳婦這樣的明白人，才有這樣的見識。」

胡三太太是知道何家來了位御史的，雖不好聲張，待蔣三妞卻是越發和氣。蔣三妞不姓何，可何家實在待她不差，非但時有東西送，也常過來說話看孩子。正經親家，也就是如此了。胡三太太琢磨著，胡文娶了蔣三妞，說不得真就走了運道也不一定。

蔣三妞看著兒子睡了午覺，交代好婆子丫鬟好生看著兒子，方回了娘家。

貳之章

巧弄天機說姻緣

何老娘見蔣三妞回來很高興，又見她帶了鵪鶉，便道：「正好叫周婆子晚上醃上，明兒個炸來吃。」上了年歲，口味重，何老娘平日裡就愛個焦炸丸子啥的。

蔣三妞說：「炸的時候在油裡過兩遍才焦香焦香的，配了粥飯都好。」

何老娘也是這樣想，說一回鵪鶉，又說到江念同子衿訂親的事，蔣三妞笑道：「我就說我嫁得夠近了，子衿比我還近。前後鄰住著才好，怪道阿念提早就置了宅子。」

何子衿笑嘻嘻地問：「三姊姊，寶寶又長大沒？」

說到兒子，蔣三妞話就多了：「一天一個樣，就是愛睡覺，白天總睡，晚上鬧騰。」

何老娘笑，「這是長個子呢。」

蔣三妞道：「睡覺時還會做夢，有時哭有時笑的。」

在養孩子上，何老娘簡直無所不知，道：「這是夢娘娘在教他本事。」

蔣三妞問：「夢裡能學什麼本事啊？」

「這妳就不知道了吧？夢裡學的本事大著呢。」至於是啥大本事，何老娘也沒具體說，但何老娘給了個具體的判斷方式，問蔣三妞：「重陽是哭的時候多，還是笑的時候多？」

蔣三妞道：「我看是笑的時候多，哭就是有時候哭一兩聲就睡實了。」

何老娘手一拍，「看吧，這就是聰明的孩子。夢娘娘在夢裡傳授孩子本事，要是學得好，夢娘娘就會讚他，孩子就會笑。要是那笨的，總是學不會，夢娘娘就會罵他，孩子就會哭，所以說，孩子是聰明是笨，打小就能看出來啦。」

說起孩子，大家都格外歡樂，待傍晚胡文和孫御史回來，連帶著何冽、江仁也從書院回家，見家裡預備了燒烤，何冽歡喜得不得了，問：「爹，我能叫阿炎他們過來一塊吃嗎？阿炎也喜歡吃烤肉。」

何老娘聽她孫子這般實在，強忍著沒翻白眼，心說，誰不愛吃烤肉啊？傻子都愛！她這傻孫子喲！何老娘剛要攔一攔，就聽她這傻兒子已嘴快道：「去吧，把你馮大伯和馮大娘都請來，咱們一起熱鬧熱鬧。」遠親不如近臨，馮家也是親戚，兩家素來情分極好，何況孫御史也見過馮家人，並不算陌生。

何冽歡喜地去請人了，何子衿及蔣三妞張羅著在東廂安置杯盤果碟、桌椅器具，江念與江仁也跟著忙活，江仁悄悄問江念：「今日卜得如何？」

江念瞧著江仁這迫不及待的勁兒，想著江仁娶個媳婦怪不容易的，也就沒賣關子，痛快地道：「你就安心吧。」

江仁情不自禁露出歡喜模樣，心裡尋思著自己也該準備提親的事了。

何家的烤肉會非常不錯，東廂原是以前何子衿養花的地方，如今何子衿不養綠菊了，卻也仍然熱愛園藝。養花弄草啥的，何子衿是一把好手，家裡一年四季盆景不缺，進了十月，菊花漸次凋零，養在花缸裡的茶花開始結出花苞。何老娘往烤肉架前一坐的時候就發現了，咦，雖然咱家是送出去了不少東西，可人家都是有回禮的。

胡家給了兩籠鵪鶉，這個何老娘是預備明天早上吃的。薛師傅與李大娘收了鹿肉，也給了兩匣子州府的好點心。族長家何洛帶了半扇野豬肉來，何洛當然就不走啦。馮家帶來美酒與水果。這麼一擺，再加上醃好的肉片，還有自家丫頭種的青菜，已是將桌子擺滿了。

何老娘一盤算，嗯，沒吃虧，就開心地坐下吃烤肉了。

因為人多，便是分桌而坐，每桌各設烤架，男人們一起，孩子們一起，女人們一起，外間是丫鬟煮茶燙酒，馮太太也帶了家裡的幾個丫鬟過來幫忙。

男人主要是吃肉，女人多是葷素搭配著吃，譬如沈氏就喜歡烤好的肉用白菜葉或青菜葉捲來吃，馮太太偏愛將烙好的薄餅在烤架上略烤，然後配上烤肉、青菜、甜醬、蔥絲。這兩種吃法都與何子衿前世的吃法相似。何老娘喝口米酒，還勸馮太太：「他大娘多吃啊！」

馮太太笑，「要說吃食上頭，也就是嬸子家了。我在家也是一天三頓有魚有肉的給他們哥兒幾個做菜燒飯伺候他們，阿炎那小子還總是說我做的飯菜不如嬸子家的香。」

何老娘聽了高興，「我也不會弄吃食，都是這丫頭，天生嘴刁，就愛搗鼓這個。」

「祖母不是說我像祖父嗎？」何子衿在肉排上刷上一層薄薄的梅子醬，一股梅子的酸甜香氣夾著肉香飄逸開來，手下俐落地將肉排切了四塊，一塊給馮太太，「大娘您嘗嘗這個。」又給何老娘盤裡放了一塊，另一塊再切小塊給俊哥兒吃。何子衿自己細細吃著，邊聽何老娘不知多少次說起她早死的美食家祖父來。

何老娘眉開眼笑，道：「可不是這個話嗎？要是丫頭她祖父活著，兩人可就有事兒幹啦，得天天商量著搗鼓吃的。」接著又說自己老頭子活著時如何多才多藝如何心地美好。

蔣三妞一邊含笑聽著，一邊去瞧男人桌上，見胡文沒有多吃酒，這才放心吃起來。

胡文多經酒場，這樣的家常吃飯，跟酒場自然是不一樣的。胡文在給孫御史介紹何家的數種烤肉醬，胡家早先就有舉縣聞名的高檔飯莊碧水樓，雖說現在碧水樓已經關門了，但胡文對於美食還是頗有心得的。再加上這些天他做孫御史的嚮導，孫御史不是愛擺架子的，兩人也已經熟了，一邊烤肉，胡文就各樣醬汁介紹了一回。這種是放蜜汁的，這種是調了葡萄酒的，這種有辣椒油蒜末，這種是五味醬，還有最金貴的是一種加了胡椒粉的醬。胡椒是金貴物，難得不說，價錢也高。

孫御史與何恭道：「何兄，你家在飲食上也是一等一的講究人家了。」

何恭笑，「阿文知道的比我還清楚。」問胡文：「你嬸子那醬鋪裡有這許多醬啊？」

胡文道：「醬鋪子主要是賣甜醬、麵醬、芝麻醬、花生醬、豆醬一類的醬，現在咱們吃的烤肉醬是用這幾種醬配上秋油、酸梅、甜酒、蔥薑椒鹽等調料調出來的。」

何洛說：「子衿妹妹打小就愛廚藝，小時候家裡有啥好吃的都會叫我們過來一道吃，現在廚藝更好了，阿念你眼光好，運道也好。」

江念幫老丈人斟酒，聞言只笑，「阿洛哥你年紀也不小啦，是不是有點兒急啊？」

何洛笑，「你還打趣我了。」

胡文道：「不是打趣，光棍的日子不好過，阿念是關心你。」

何洛瞥孫御史，孫御史笑罵：「幹嘛幹嘛，有個媳婦就了不起啊？我們這是屬於眼光太高才一直打光棍呢！」

胡文失言，自罰一杯。

大家繼續說話，馮燦跟何洛打聽青城山求學的事，何洛道：「別人覺得山上苦，我倒覺得是念書的好地方。山上清靜，心裡也就安靜。薛先生性子極佳，很樂意指點咱們這些後生晚輩，只是有一樣，他從來不肯收徒，可說句老實話，比起正經磕頭拜師的先生來不差什麼。只要去，能教的先生都會教。」

江念問：「阿燦哥，明年你準備下場考秀才了？」

馮燦道：「嗯，想試一試。」

「你就是今年下場，問題也不大。」

馮燦道：「秀才試我倒是不急，就是想著考一回，還是要準備充裕些。案首不敢想，總要有個廩生，聽起來也體面。」

孫御史道：「這倒是。秀才舉人還好，等你們春闈時就知道了，都是進士，一榜不必說，狀元榜眼探花，這是萬眾矚目。二榜也還好，像我這樣的，考進翰林做庶起士，散館後或是繼續留在翰林，或是六部派官，多是留在帝都了。要是做官做的順當的，熬個三四十年，起碼也能熬到個三四品。便是外放，差使也不會太差。同進士就不一樣了，三榜同進士，入翰林是沒門兒了，只要是進了三榜，就安生地去戶部打點弄個外放差使吧。運道好的，家裡有門路的，能挨個好地方，不然窮山惡水，倘是有兩把刷子的自是不怕，要真是個四體不勤五穀不分的，簡直不是去當官，送命的都有。」抿口酒水，又道：「這其實還不是最要緊的，最讓人不明白的就是一榜二榜對三榜的鄙夷了。說句心裡話，三年一屆的春闈，好幾千人的考試，裡頭只選三百人，按理同進士也是其中佼佼了，偏生就把同進士鬧得跟低人一等似的，要我說，委實不大公道。」

胡文亦道：「是啊，像我這樣的，連秀才都考不中，那還不要活了？」夾一塊烤肉吃了，繼續問：「孫叔叔，就沒例外的嗎？」

孫御史笑，「例外的當然有。有人貢士榜單出來，一看排名太低，乾脆不參加殿士，這叫主動棄榜，待三年之後重新來過。也有人根本不參加春闈，直接舉人就去謀實缺，而且，不謀好缺，專找窮山惡水的缺。」

「還有這種人？」

「那是自然，所謂藝高人膽大，就是如此了。」孫御史道：「像前頭蘇相，他家兒子都是進士出身，而且都入了翰林，但蘇相做內閣首輔時，他家公子散館之後，蘇相給兩個兒子安排的地方都是貧瘠困苦之地，如今兩子皆為幹才，雖不比蘇相當年，在朝中也有令名。」

蘇相啥的，前內閣首輔啥的，諸人聽起來就像天書了，哪怕身負舉人功名的何洛和江念也一樣，這兩人覺得，內閣首輔簡直就是此時夜空的月亮一樣遙遠。不過，說到蘇相，江仁卻是知道的，江仁道：「蘇相家的公子，哎喲喂，我知道，蘇才子特會寫話本，寫得忒好，蘇才子的話本最好賣。」他是書商，對會寫話本子的蘇才子的話本子特熟，於是，也就知道蘇才子有個做過首輔的爹啦。江仁說到蘇才子的話本，還拊掌稱讚起來。

孫御史笑，「看來，蘇不語的話本是真有名氣。待阿仁你成親時，我送你一副蘇不語的手書做賀禮如何？」

江仁激動得話都說不俐落了，剛張嘴要說話，卻是咕咚一聲嚥了口口水，把大家逗得哄堂大笑。江仁顧不得別人笑他，大聲道：「成！孫叔叔，這可說定了啊？」

「說定了！」

江仁幫孫御史斟滿酒，自己舉杯，「我先敬孫叔叔一杯，孫叔叔，您可真是我的知己啊！孫叔叔，我乾了啊，您隨意。」

吃飯就是這樣，吃好吃壞的總要吃得歡樂方好。這頓燒烤吃到天黑，大家盡興方散。孫御史晚上回去繼續聽江仁同江念商量江仁提親的事兒，孫御史這老光棍湊在一旁出主意。

孫御史這才知道江仁為了娶媳婦還發動了何子衿這個小神棍幫忙，孫御史道：「我看這家人肯定得著緊把閨女嫁出去，你可得動作快些。再有，先去跟你家裡說一聲，婚姻大事，沒有不知會爹娘的。你自作主張，將來吃苦的是你媳婦。」

江仁應了，忽又起了個主意，道：「孫叔叔，您能給我寫幅字不？」

孫御史笑，「哎呀，來跟我求字啊？」

「寫一幅吧。」江仁央求，「您不知道，我認識的那姑娘是極好的，就是她家裡人，只拿兒子當人，不拿閨女當人，還勢利眼得不行。孫叔叔您就給我寫一幅『碧水英才』，我拿去吹吹牛唬唬人，這親事也就成了。」

江仁是說盡好話，把孫御史當菩薩似的雙手拜了好幾拜，直把孫御史寒得不行，尤其是碧水英才四字，孫御史第一次見這麼會自吹自擂的。

鑒於江仁也算是光棍同盟中的一員，孫御史就給他寫了份手書。

江仁第二天就拿去裝裱了，然後又跟何老娘與沈氏說起何琪：「這麼冷的天，還去山上撿山栗子呢，唉，真叫人心疼。」

何老娘不傻，而且，在某些方面，何老娘簡直機敏得要命。

何老娘立刻警醒了，問：「阿仁，你不會是看上琪丫頭了吧？」

江仁厚著臉皮，還以退為進，「我看上也沒用，我一個鄉下小子，哪配得上人家？」

何老娘不愛聽這話，她老人家一向護短，張嘴便道：「你怎麼啦？我看你們同個年紀的，比你有出息的沒幾個！小小年紀就知道做生意賺錢置房舍置田地，誰嫁給你是她的福氣。你成天在鋪子裡不知道，阿琪那丫頭是個好的，小時候就做針線補貼家用，可她家裡不成，一窩重男輕女偏心眼兒！不說理，死摳兒，勢利眼，跟這樣一家子做親家，以後有得煩。」

重男輕女偏心眼兒這句形容詞，還是跟她家丫頭學來的。何老娘決定，以後丫頭片子再抱怨她偏心，就拿出三太太來對比，丫頭片子就知道她有多心善了。

江仁道：「三太太那一家子，闔縣都有名的，我也聽說過一些。我也不為她家，就為她這個人，就圖她這個人好。」

何老娘頗有想像力，被江仁這話驚得不輕，壓低了聲音問：「你們都好上啦？」

沈氏也嚇一跳，這可不成啊！江仁早早來縣裡給她閨女打理鋪子，兩家又是親戚，江仁平日裡就住她家，要是鬧出不好的事，如何跟江家交代？沈氏盯著江仁問：「真好上了？」

江仁連連擺手，臉紅成一片，道：「沒沒沒，沒有，是我自己單相思。就想問問祖母跟姑姑，妳們看這事兒成不成？」他他他……他還是童男子哩。

沈氏把心重揣回肚子裡，端起茶呷一口，道：「阿琪這孩子是沒得說，你實在樂意她，去幫你說說看也無妨，只是你得先跟你家裡商量好。你家就你這一根獨苗，家裡長輩對你這親事操了多少心你也知道。你祖母說的對，阿琪雖好，奈何娘家難纏，你得有心理準備。」

江仁忙點頭道：「只是得請姑姑和祖母待我爹娘來時替我美言幾句呢。」

「這個美言有什麼用，以後天長地久過日子，誰還不知道誰？就是我們說得天好，你爹娘難道不會看人？再者，這是你的終身大事，只有實話實說，沒有花言巧語的。你回家也好生跟你爹娘商量，他們一向疼你，你實話說了，能成就能成，倘你弄些不實的話糊弄他們，以後叫阿琪如何跟你過日子？那孩子也夠命苦的了。」沈氏說了江仁一通，主要是覺得江仁太不成熟，弄出這種事情來。還說什麼沒私情，沈氏會信才有鬼呢。

江仁就仗著臉皮八丈厚，任你怎麼說，他都陪笑臉聽著，磨得人也沒了脾氣。

沈氏卻不是好糊弄的，私下叫了閨女到屋裡問原由，何子衿只好實說了。沈氏氣了個倒仰，她說怎麼好端端的三太太這麼低聲下氣過來占卜呢，原來是幾個小東西搗鬼。

沈氏沉了臉，責怪道：「妳怎麼不先跟我說？」

何子衿一副沒心思的模樣，「我琢磨著，這事兒能成再跟娘您說啊，萬一成不了，跟您說不是白叫您擔心嗎？」

沈氏氣極，「我得多謝妳啊，還知道我會擔心。」

何子衿摟著她娘的肩晃啊晃，笑道：「這是怎麼說的，阿琪姊不也挺好嗎？我看阿仁哥真是一顆紅心就瞅準她了。」

沈氏拍開閨女的手，道：「阿琪是好，可三太太那一家人太討厭。阿仁他家雖說不是縣裡人，阿仁自己多麼能幹，我看他打理生意很有一手，以後咱幫幫他，他自己也能支起一攤子事業來。憑阿仁的人品才幹，說個講理人家的閨女也說得到。」

何子衿勸她娘：「千金難買心頭好，不論多好，看不對眼也不行，這就跟您和我爹當年似的。誒，娘，您當年怎麼看上我爹的呀？」

要論真心，她爹當年才叫真心呢，一邊是青梅竹馬的富家表妹，一邊是她娘這窮村裡的小村姑。哎喲喂，當初兩人怎麼看對眼的呀？

沈氏啐一聲道：「成天沒個規矩，胡說八道的！」接下來，沈氏的表現足以說明她跟何老娘絕對是有婆媳緣的。沈氏這把年紀，兒女成群的，也就不矜持了，道：「妳爹人品周正，那也是尋常人能比的？這看人啊，什麼都是虛的，就得找人品好的。什麼叫人品好，估計妳也不懂，我跟妳說怕妳也不明白，多瞅瞅妳爹就行了，妳爹就是一等一的好人品。我跟妳爹這些年，咱家日子雖不是大富大貴，但每一天的日子都踏實。」然後把丈夫讚了十多分鐘。

何子衿道：「阿念也很不錯的。」

沈氏道：「這種話，三十年後再跟我說我才信。」一擺手，高傲又自信，「總之，跟妳爹沒得比。」一覺得閨女比起自己來，眼光還是差些的。

叫何子衿這一打岔，沈氏就忘了追究她對江仁與何琪私下戀愛知情不報的事兒了。倒是沈氏與丈夫私下說起此事時，何恭相當開明，「妳以前不就說阿琪能幹嗎？」

「阿琪雖好，三太太和五奶奶討人厭。」

何恭好脾氣笑笑，「阿仁又不是入贅，他自個兒已經在城裡置了宅院，自己過日子，與丈人家能有什麼關係？無非是好就多來往，不好就少來往罷了。我看三族叔五族兄平日裡還能過得去。再說，這過日子，一輩子的時間長著呢，有個能說到一處的媳婦，過一輩子舒坦日子，要是兩人看不對眼，再好的日子心裡不痛快也是白搭。」

「這倒也是。」聽丈夫這樣說，沈氏才軟了口氣，道：「也就是看著阿琪那丫頭不容易，待王嫂子來咱家，我與她好生說一說，以後婆媳好相處呢。」

江仁的親事，就這麼成功了一半。

江仁是個有心眼的人，好在他不只是有心眼，他還有一樁好處，能聽得進長輩的教導。像他與阿琪姑娘的事，原本他打算著，八九不離十再跟父母說。如今沈氏、孫御史都讓他先去家裡同父母商量，想了想，他便同何子衿請了一日假，回了老家。

江仁雖是請了假，也不叫書鋪子歇業，而是請了小福子暫代兩日工。將書鋪子的事兒都交代好了，江仁方去廟會上找了一輛同村的驢車，搭車回家。

江仁突然回家，把家裡爹娘喜得不行，一家子正在院裡剝花生，王氏拉了兒子到跟前，接了兒子的包袱，笑道：「怎麼這會兒回來了，可是有事？」

「沒什麼事兒，不是眼瞅著要休沐嗎？前兒我出門，見有塊料子不錯，扯了八尺，給娘您跟祖母做衣裳穿。」江仁不是空手回來的，還給祖母、母親買了衣料子帶回來。

王氏忙解開包袱皮，見果然一塊絳紅的衣料子，心裡更是歡喜得不得了。拿了衣料子遞給婆婆，江太太摸了摸，笑道：「是好料子，還是綢的，只是可惜，家裡哪裡配穿呢？」

王氏忙道：「看娘您說的，哪就不配了？平日咱做活捨不得穿，難不成就沒個過節過年？娘只管交給我，我親自來做，咱們娘兒倆一人一身，待節下穿出去也好見親戚賓客。」

江太太笑呵呵道：「好好好。」孫子給買的衣料子，老太太心裡歡喜。

江氏眉飛色舞收了衣料子，拉兒子進屋，一邊問兒子渴不渴餓不餓，一邊喊家裡的小丫鬟抓隻公雞宰了燉上，晚上燉了雞來吃。

江老爺擱下在撿山貨的籮筐，在外頭拍一拍身上的土灰方進來，一家子坐在暖暖的屋子裡說話。江仁見氣氛不錯，就把親事啥的同家裡說了，相中了縣裡哪戶人家的閨女，家裡給他嚇一跳，王氏連聲問：「到底是哪家的姑娘，你細與我說一說。」

江仁道：「與子衿妹妹同族，以前拜薛千針學過針線，是薛千針薛大家的入室弟子。」

甭看王氏在村裡住著，由於薛千針是碧水縣乃至芙蓉府的第一繡娘，她也是知道薛千針的名聲的。一聽說是薛千針的入室弟子，王氏心下一喜，笑道：「你是怎麼認識人家的？人家可看得上你這窮小子？」真是個冒失小子，先前也沒聽兒子提過，原來是相中了這樣的好閨女。她兒子果然是眼光高呀！

江仁道：「還不大熟呢，就是我在山上鋪子打理生意，她去山上撿山栗子瞧見過一兩回。娘您不是總催我成親嗎？我瞧著那姑娘挺好，就回來與你們商量商量。」

王氏有些不自信地說：「人家能看得上咱們家？我聽說薛千針可有名氣了，一副繡圖就賣好幾百兩銀子。」

江仁嘆口氣，「原我也不敢想呢，薛大家只收了三個徒弟，一個就是現在嫁給阿文哥的三姊姊，娘也見過她的。另一個叫桂圓，也早出嫁了，嫁的是做買賣開鋪子的好人家。她與三姊姊同齡，按理也當早嫁人了，只是她運道不好，她人是極能幹的，她的繡圖雖不敢同薛師傅比，可上等繡圖也賣過上百兩紋銀，在同門師姊妹中是最好的。」

聽到這裡，王氏抽了口氣，「這麼多銀子？」這可是二十畝上等田地啊！

「娘，您聽我說。」

王氏兩眼放光，「快說快說！」她兒子果然眼光一流啊！

江仁道：「她家裡是極重男輕女的，她有個弟弟還在念書，家裡看她能掙錢，只攔著不准她出嫁。現下她已不再刺繡了，她家裡也不攔她出嫁了，我瞧著她是個過日子的人，就是不知道爹娘和祖父祖母的意思。」

在兒子的親事上，王氏機敏至極，「為啥不刺繡了？難不成是在跟家裡賭氣？」

江仁嘆，「不是，繡活太傷眼睛，薛大家讓她養幾年，她就不做了。」

王氏並不笨，先前只是為人家一副繡件上百兩的事兒給驚著了，如今聽兒子說不繡了，又聽到傷眼睛的話，王氏大驚，「難不成瞎了？」

「娘，您想哪兒去了？」江仁道：「只是現在不繡了而已，幹活做家事一點都不受影響。我男子漢大丈夫也養得起女人孩子，難不成還要女人做繡活養我，那我成什麼人了？」

王氏心知這閨女怕是眼睛真的不大好，頓時不樂意，道：「你不為自己想，我也得為我孫子想，萬一這眼睛不好傳給我孫子，以後子子孫孫都受害。這親事不成，哪怕你瞧上的是個窮人家的閨女，我也不是那嫌貧愛富的，只要與你投緣我便認了，這身上有殘疾的不成！」

王氏一口否了，江仁還要再說，他爹江大舅道：「這剛坐了大半日的車回來，水還沒喝一口，飯也沒吃呢。趕緊去給兒子弄點吃的，什麼事兒不能吃飽飯再說？」

王氏不肯動，說氣話：「要是知道他回來說這個，還不如不回來呢。」

江大舅臉一沉，王氏不好再說，嘀咕兩句，起身去廚下弄吃的了。雞也沒得吃了，就弄了碗素麵就要端上去。江太太叫住媳婦，低聲勸她：「這不是一塊商量嗎？妳這是做什麼？阿仁好不容易回來一趟。」從屜上取了蒸好的熏肉，一起端了進去。

天兒冷，江仁雖說路上帶了吃的，可這麼冷風勞氣的，路上也沒吃幾口，見著熱騰騰的麵條與臘肉都要吞口水了，抄起筷子來連吃兩碗才算穩住了心。見兒子這狼吞虎嚥，吃得鼻尖冒汗的模樣，王氏也心疼了，問：「路上就沒帶幾塊點心墊補墊補？」

江仁一抹嘴道：「帶了吃的，大餅裹肉。帶的時候是熱的，路上沒大功夫就冷了，我就沒吃。我搭阿杜哥的驢車回來，阿杜哥路上餓，看他吃那硬餅子不忍心，就給他吃了。」

王氏道：「以後回來別坐這驢車了，也沒個篷子。」

「沒事兒，早上出來暖和得很，何況咱同村的，也放心不是？」

王氏原是養過三個孩子，結果只活了江仁這一個，雖說家裡不是什麼大富之家，兒子自小兒當成心肝兒寶貝一般養活的，再加上江仁還挺上進，小小年紀就知道去縣裡找了活計。自從給何子衿做了書鋪子掌櫃，銀子掙了不少，家裡添了田地。兒子這般有出息，在長水村也是數得著的，王氏平日裡甭提多驕傲多自豪了。想著兒子怎麼單就眼神不好瞧上一個眼神不好的閨女呢？王氏想著想著就哽咽了，道：「你娶你的，說到底也不是我跟她過一輩子。做娘的，是親娘，又不是後娘，哪個不願意給兒子娶個能服侍兒子的媳婦呢？難不成你娶了她，你白天去鋪子裡打理生意，晚上回家還要服侍她？」

江仁虧得是做慣了生意的人，頗有耐心，道：「娘，我不早跟您說過了，她又不是瞎子，就是不再做繡活而已，不耽擱別個事兒的。娘也想想，您叫我相了那麼多次的親，我都沒瞧中，可見兒子眼光高著呢，要真不好，兒子也瞧不上不是？您這看都沒看，就挑這一大堆的毛病，有的沒的，您這就想偏了。」

王氏捏著帕子擦眼淚，「好，哪怕你說的是真的，這閨女天好地好，天上仙女下凡塵，可聽你說著她家這為人處事我就不樂意。自來結親，兩家家風得差不離，咱家雖是鄉下人家，但都爽快講理，可她家那是什麼人家，為著兒子硬攔著不叫閨女出嫁，叫閨女做繡活把眼睛熬壞了。這樣的刻薄人家，你現在覺得沒啥，以後有了兒女，要如何走動？再叫兒女學了那一家子的刻薄小氣去，子孫萬代受影響。」

江仁道：「各家過各家的日子，要是透脾氣，多來往些無妨，倘脾氣不合，便少來往些。我又不指望著岳家過日子，我單就看中她那個人。」

王氏說一句，江仁辯一句，把王氏頂得胸悶氣短，當天傍晚就躺床上了，燉雞也沒吃。江仁倒是一人吃了兩根大雞腿，吃得香。江大舅看兒子這沒心沒肺的樣子，心下也是來氣，晚飯後叫他西間屋裡問：「你就非這閨女不娶了？」

「要是爹娘不同意，自然是娶不成。只是娶不成她，我瞧著別人不是那麼個意思。」

江大舅揚了兩回巴掌硬是沒打下去，指著兒子的腦門問：「你這叫什麼眼光？好好想想你娘的話，你還沒正經過過日子呢。結下那等親家，以後有你煩的時候。」

江仁道：「爹，您也見過阿文哥，胡家不比咱家富貴百倍，阿文哥就相中了三姊姊，他們現在難道過得差了？」

「蔣三姑娘雖沒爹沒娘，可你姑丈家講理，當作親家來往只有高興的。她那娘家不是講理的，咱家都是老實人，我跟你娘就你一個，以後撕扯起來，我怕你連個幫手都沒有。」

江仁特有信心，道：「我還能叫他們欺負了去不成？」

江大舅嘆氣，「你以為結親是簡單的事嗎？你娶了人家的閨女，做了人家的女婿，既做了親，凡事便不是一是一，二是二那樣簡單了。」

「爹，兒子就相中她了。」江仁直接耍起牛脾氣。

江大舅無法，罵兒子道：「孽障孽障！」甩袖子走了。

江大舅回屋也睡不著，王氏正躺炕上哼哼著，見丈夫屋來，一骨碌自炕上爬起來，連忙問道：「如何了？改主意沒？」

江大舅嘆，「這哪裡是兒子，分明是一頭強牛！」

一聽這話，王氏又倒了回去，直捂著額頭道：「我盼他娶親盼了這些年，他就相中了這麼個瞎眼的妖精，這日子過得還有什麼意思？」

江大舅道：「妳這麼絮叨有個啥用，我看那小子是吃了秤砣鐵了心。」

王氏氣極，「當初就不該讓他去縣裡，不去縣裡，這會兒咱孫子都抱倆了。」

江大舅掀被子上了炕，道：「妳淨說這沒用的，這小子向來是一根筋。要我說，家裡給他說親就說了二三十家，也有不錯的，他只是看不上，說不定這閨女的確不錯……」

「什麼不錯？一個半瞎子，能好到哪兒去？」王氏忽地一嗓子，險驚著江大舅。江大舅畢竟是一家之主，氣得敲炕沿，「妳喊什麼？有話不能好好說？」

王氏伏枕頭上哭，「好好說個啥，兒子都要娶半瞎子了，我不想活了！」

江大舅被這母子倆二重氣，氣得發了狠話，道：「明兒我就打這混帳個半死！這個混帳東西！」翻天覆去的這兩句，江大舅罵了半宿。

爹娘已氣得不得了，江仁卻是在祖父母屋裡跟祖父母說話，他還幫著剝花生，一邊剝一邊吃，「祖父、祖母，等孫兒以後賺了更多的銀子，不用你們做活，你們只管享福就是。」

江太太笑，「我們做慣了活兒，要是哪天不做點啥，倒覺得不得勁兒。」

江仁道：「何家祖母也跟祖母似的，手上總得占著點什麼，一天不閒著。」

江太太笑問：「何家是實在人家，你沈姑姑也好，為人精細，會過日子。聽說前幾年何氏族中還出了一位少年舉人，是不是？」

「嗯，是阿洛哥。」江仁同祖父母說起何洛，「阿洛哥是族長家的孫子，念書刻苦得很，為了求學，往青城山去請教薛帝師，在山上一住三年，身邊只一個貼身書僮服侍。要不，也不能年紀輕輕的就考出舉人來。」

江太太道：「是啊，我以前聽你說起來，覺得何氏族中的人家都不錯，怎麼你相中的這家就是這等人品呢？」

「人也不能都一樣，要是她與她家裡人一般，我也就不喜歡了。就如同姑丈家隔壁沈大家似的，他家人就刻薄，大丫二丫連祖母都誇她們能幹的，我看她們人也好，只是運道差些沒遇著好爹娘。」江仁認真地說：「祖母，我啥都不圖。我也還年輕呢，以後總有我的出路，我就覺得她好，就是想娶個順心順意的女孩子。」

江太太嘆口氣，問：「你這事兒，何家知不知道，你沈姑姑知不知道？」

「知道。我回家來也露了些口風，何祖母和沈姑姑只說她是個好的，可她家人難纏，叫我回來跟你們商量。」

江太太道：「婚姻大事得慎重。現在家裡不願意，是不想你以後太辛苦，可是有一樣，倘是親事成了，就是她了，你以後可不興後悔的。」

江仁登時大喜，高聲應道：「這是一準兒的，祖母難道還信不過孫兒？」

江太太無奈一笑，「今兒累一天，先去歇了吧。親事是急不來的，咱家就你一個，怎麼著也得容人去相看相看那閨女。就是你娘那邊，也得你娘點了頭。」

江仁在家裡磨了三天，他娘不鬆口，他又惦記著書鋪子的生意，只得無精打采地回了碧水縣。江仁一到何家，何子衿這八卦的先跟他打聽。

江仁道：「祖父祖母父親都沒什麼，就是我娘，還不應呢。」

何子衿安慰他：「這原也不是急得來的事兒。」

江仁路上早想好主意了，「子衿妹妹，妳訂親的時候，我爹娘定要來的。」

何子衿笑，「阿仁哥，你可抓緊些，我聽說三太太家裡請了官媒給阿琪姊說親呢。」

一聽這話，江仁便笑不出了。

實際上，何子衿訂親要十一月的日子呢，江家夫妻根本等不到那會兒，沒隔幾天王氏滿嘴燎泡，江大舅以及江太太江老爺，一家子就風風火火來了。

何老娘都說：「人家就阿仁一棵獨苗苗，金貴哩。何況婚姻大事，再沒有不慎重的。」

幸而江念院子寬敞，收拾收拾就能住了。

江太太和王氏婆媳倆主要是跟何老娘及沈氏打聽何琪家的境況，何老娘與沈氏婆媳兩個都說：「要說阿琪這丫頭是沒得挑，一等一的好丫頭，勤快又會過日子，與我們三丫頭還是同門師姊妹，一向和氣的。」就是她家裡人不大好。

王氏嘴上一圈的燎泡，啥都吃不下。因生了江仁這麼個強種，王氏沒少跟何老娘、沈氏哭訴：「養兒子有什麼用啊，生來就叫人操心。打他小時候，咱們村裡別的孩子兩歲就斷奶，他吃到六歲。自小叫人著急，沒叫我省下一丁點兒的心，好不容易大些瞧著懂事了，又這樣牛心左性的。親家太太呀，養兒子有啥用啊？」

何老娘斬釘截鐵地回答：「當然有用，養兒防老！」

王氏捶著胸脯，「哪裡還有老呢？我這會兒就得被他氣死。」

沈氏乾脆說：「不願意也就算了，嫂子妳可別這樣糟心。」

王氏又道：「還是瞅一瞅這閨女吧，我那個牛心左性的孽障，都這個年歲再不成親，耽擱下去，我就怕閉眼的時候連孫子也見不著。」

江太太這一向好聲氣的，聽這話都不入耳了，道：「看妳這說的什麼話？親家太太親家姑奶奶都說閨女是好閨女了，咱阿仁不說別個，眼光是有的。只要閨女好，就是娘家略有些不大和氣，我也認了。咱只圖這閨女好，這不是咱孩子相中人家了嗎？我都這把年紀了，就盼著阿仁過個順心日子。他在縣裡這幾年，全承親家太太親家姑奶奶照看，如今給他娶房順心合意的媳婦，兩人一條心過日子才好。聽親家太太姑奶奶說，那閨女是個能吃苦的？」

何老娘點頭，「真是咱們縣裡一等一的好閨女。」也是何琪運道不好沒攤上好爹娘，不然憑江仁，不一定娶得到何琪。

「那就好，咱家在村裡家境還算可以的，只是在縣裡就尋常了。我家日子吃穿總夠，縣裡也置了宅院，孩子們年輕，只要勤快，日子總能過得。」江太太笑咪咪地同何家婆媳商量著如何先尋個機會相看一二，再請媒人提親的事兒。

何老娘心說，還是阿仁他祖母明事理。

江家要相看的事兒還是請蔣三妞託了薛千針，薛千針叫了何琪過去說話，江家婆媳順道看一看。王氏原是不大滿意這門親事的，去薛大家那裡一趟回來卻是回轉了，對何琪的嫌棄消了不少，回家與丈夫道：「那閨女眼睛水靈靈的，咱娘也說，委實不像有毛病。」

江大舅道：「妳這叫什麼話，人家無非就是累著了得歇幾年，又不是眼睛真有殘疾。」

王氏心裡順暢許多，自倒了盞熱茶，笑道：「面皮白淨，生得也不錯，杏仁眼，鵝蛋臉，瞧著倒不像十八的。怪道咱阿仁就相中了人家，自相貌上看，的確不差的。見人有禮，大大方方的，不是那等縮手縮腳拿不出手的。」

相貌不差，品行上何家婆媳都是可靠人，都說何琪好，王氏想著，肯定也差不太多的。這麼尋思著，王氏竟也勉勉強強願意了。

江太太知道兒媳轉了主意，笑說：「就說嘛，好賴的先來瞧一瞧。阿仁這孩子，自小就是個眼光高的。」

王氏道：「那小子，先前給他說了二三十門親事他都不樂意，說不得緣法就在這兒。」

江家兩代人都來了，且江家人也願意了，便與何家商量著，找官媒說親。這次找的官媒就是縣裡有名的王媒婆，上次替趙二跑腿來何家說親，把趙二的消息洩露給何家的那個。

王媒婆聽說是江家瞧上何琪，王媒婆笑與江家婆媳道：「哎喲喂，江太太江奶奶，妳們可著實有眼光啊，怪道是能養出小江掌櫃的人家。要說阿琪這丫頭，再賢慧勤快不過的了，闔縣打聽打聽，著實是一等一的好閨女。人能幹，相貌也好，性子更是再正派不過。」

這個王媒婆是肯定的，因為三太太和五奶奶那對婆媳委實沒良心，好好的閨女，前兒還為著幾百銀子的聘禮要把閨女許做妾，何琪卻是個明白人，死活不肯依從，這事方沒辦成。

王媒婆道：「您家可真有眼光，要這親事能成，小江掌櫃享一輩子福氣。」

江仁笑，「還得王大娘您多替我美言幾句。」

王媒婆臉上笑得跟朵花兒似的，「只管交給大娘。小江掌櫃你也是咱們縣裡一等一的後生啦，我時常教導我們小子，你們看人家小江掌櫃，年紀輕輕的就這樣會做買賣置家業。」

王媒婆說笑了一回，就起身要去說媒。江仁親自送了她出去，悄悄塞給了王媒婆一塊銀子，笑道：「待我這事兒成了，以後還有重謝。」

王媒婆笑得更歡，手中將銀子一掂就順勢揣袖子裡了，還給了江仁一個飛眼，「你要是再不成，我就不知他家要什麼樣的姑爺了。」

三太太和五奶奶要什麼樣的姑爺，現在真是不挑了，就是以前百兩聘禮也減到了五十兩就肯嫁閨女。奈何何琪不肯嫁，她一副要老死家中的模樣，簡直愁死她娘跟她奶奶了。

王媒婆上門，一說是江仁，三太太與五奶奶礙著前頭與何老娘有些嫌隙，便不大樂意，還是王媒婆說：「哎喲喂，我的嬸子我的嫂子，妳們可擦亮了眼吧。小江掌櫃妳們還不樂意，這縣裡妳們還樂意誰呀？這樣能幹的後生，我閨女是嫁了，我閨女要是沒嫁，我得把我閨女說給他，還輪得到妳家？這一兩年，縣裡打聽小江掌櫃的人可不少。年歲輕輕就做了掌櫃，這才幾年，就在縣裡置下房產。再說，西邊三太太家裡來的那個官老爺，妳們知道不？」

三太太頗是嫉妒，想著老天沒眼，怎地就那叫摳婆子結交下了官老爺，嘴裡還得酸溜溜地道：「這怎能不知，那官老爺也沒別的事兒，天天在咱們縣裡晃悠。」

「人家可是從帝都來的大官，縣太爺在他面前都不敢拿大，與咱們縣裡胡老爺平輩論交的！妳家阿滄不是一直在考功名嗎？待這親事成了，也能叫阿滄過去與官大人親近一二。」王媒婆巴啦巴啦一通說，袖子裡揣著江仁給的銀角子，不忘給江仁面上貼金鑲銀，「那官老爺還給小江掌櫃寫了一幅字，妳們可知道上頭寫的是啥字？寫的是『碧水英才』！」

「知道什麼是『碧水英才』不？就是說咱們碧水縣的後生裡，小江掌櫃是最好的！」王媒婆道：「這樣的好後生，您家要錯過了，以後還能尋著更好的？」

三太太有些意動，嘆道：「只是不知我家裡那丫頭的意思呢？妳也知道，她現在是神人的話也不聽啦！她不點頭，我也不敢強她啊！」

「唉，少不得我親去同阿琪說一說！阿琪這丫頭，還是明白事理的！」王媒婆出馬，有三太太及五奶奶陪著，到何琪的閨房裡與她介紹江家的境況，王媒婆道：「我實與姑娘說，姑娘別人不知，妳們同門師姊妹蔣三姑娘妳總認識的。妳們一個族裡住著，誰都知道誰，妳一聽就知我這話實不實誠。這後生是給何小仙在山上打理書鋪子的掌櫃，姓江，現在就在你們族裡西頭三太太家裡住著。他家裡與何小仙她舅家是一個村的，兩家還是親家，小江掌櫃的姑媽嫁給了何小仙的舅舅，他們是這麼個親戚。江家雖是莊戶人家，家裡也有兩三百畝的田地，家產不算薄了。小江掌櫃在縣裡替何小仙打理書鋪子，人能幹得很，已在咱們縣裡置下了宅院。我想著這樣的後生就是難得的了，他家裡就他哥兒一個，以後家業都是他的，也沒人分家產。除了田產，家裡莊戶宅院是三進，縣裡這處是兩進，就是你們成親，也是在縣裡住著，自家小夫妻過日子。」

王媒婆絮絮叨叨說了一通，一直說到口乾，三太太都急得問何琪：「看妳嬸子跟妳說這半日，妳倒是願意還是不願意啊？」

何琪微微欠身，柔聲道：「有勞嬸子，終身大事，我總要尋思尋思。」

既沒一口回絕，王媒婆就知有門，笑道：「是該尋思尋思。姑娘只管細想想，我明兒個再來，妳給我個准信兒，如何？」

何琪沒說什麼，只是微微低下了頭，才能不叫人看到自己微紅的臉頰，心卻是緊張得快要從嗓子眼裡跳出來了。

成了！竟然真的成了？

三太太念了聲佛，請王媒婆去自己屋裡吃茶，同王媒婆告狀半日：「我只愁她這親事，只盼這回能開眼，早些定下來，也了了我這樁心事呢。」

王媒婆喝口茶潤喉，道：「不是我說話直，嬸子疼孫女，也留孩子留得年歲忒大了些。嬸子瞅瞅，闔縣上下，哪家閨女不是十四五就說親呢？阿琪都十八了，如她這個年歲的姑娘，孩子都老大了。這女孩子不比男孩子，男孩子大些，只要有本事，像你們族裡的何洛何小舉人，不要說十八，二十八也有大把的黃花大閨女肯嫁。女孩子怎能一樣？一過年歲，就如同秋後的老茄子，先前再水靈，過了節氣也不值錢啦。」

五奶奶嘆，「是啊，要不老話說呢，女大不中留，留來留去留成仇。」

「這話才是正經。」連勸帶嚇哄了這婆媳倆許多話，王媒婆方起身告辭。

江家長輩都樂意了，何琪無非就是矜持一下，她既點了頭，三太太及五奶奶都恨不得去廟裡還願，五十兩聘禮銀子的話也不提了，只要江家看著給，肯把人快些娶走也就罷了。

江家商量著，在村裡娶個媳婦多著也就是二十兩銀子的聘禮，如今是娶縣裡的媳婦，哪怕先時有些不樂意，可家裡就這一個兒子，怎麼著也不能寒磣著。一家子商量過後，還是按五十兩預備的。倒是王氏還託何子衿給算了個吉日，何子衿笑，「阿仁哥早託我算過了，最近的吉日就在下個月，十一月二十二。要是急著成親，臘月還有一個吉日，臘月十二，那天正是大吉大利。」

王氏道：「訂親日正趕巧也是大姑娘訂親的日子，果然是極好的日子。」

江家又託王媒婆去與何琪家商量訂親成親的日子，何琪家自是千允萬允的，如此便將大事定下來了，訂親在下個月二十二，成親則在臘月十二。江家又急著給江仁裝修縣裡宅院，總之是忙得腳不沾地團團轉。

江家這樣忙活著，孫御史卻是要回州府了，何家人頗是難捨，孫御史笑道：「此間事了，我也就回去了，待子衿訂親時我再過來。以後家裡若有什麼為難的事，只管去州府尋我。」在何家住的這些日子，孫御史還真住出了些感情，他是極喜歡這率性真誠的一家人。

何老娘囑咐：「可一定得來，要是實在忙來不了，我託人給你送喜蛋去。」

孫御史哈哈一笑，滿口應了。

如今天寒，何家託了何忻家的馬車，車裡收拾得暖暖和和的密不透風，再往車裡狠放了兩床新棉被，讓孫御史或倚或蓋都使得，還給帶了不少山貨，讓孫御史回州府慢慢吃。

送走孫御史，何家也要開始忙何子衿的訂親禮了。正是忙碌之時，胡家傳來了個不大喜悅的消息，胡文在外地做官的父親辭官回家了。

胡文如今不過十七歲，就是長兄也才二十出頭，他爹今年四十五歲，在官場上正是當打之年，實不是辭官養老的時候。何老娘在家聽說胡大老爺回鄉的事兒就說了：「阿文他爹按理年紀不算大啊，怎麼就辭官回鄉了？」

沈氏也覺得奇怪，「這哪說得好呢？過些天三丫頭回來問她就知道了。」

何子衿道：「做官的人心思跟常人不一樣，歷史上就有個做官的人，忽然想到家鄉的鱸魚和蓴菜，結果就辭官回鄉了。」

「還有這樣的傻蛋？」

何子衿笑，「歷史上都讚美這人呢，還管這段歷史稱為『蓴鱸之思』。」

「這樣放著官不做的傻蛋，竟還有人讚美？」何老娘深覺不可思議，道：「讚這傻蛋的也都是腦子不正常的。」何老娘尋思著，問自家丫頭：「妳說，會不會阿文他爹也想咱們這家裡的魚啊菜啊的？」

何子衿道：「不管是不是，平安到家了，就是福氣。」

何老娘覺得這話不對味兒，道：「平安就是福氣？」

「胡家大老爺又不是七老八十幹不動的辭官回家，他雖比我爹大上十來歲，卻也是正當壯年，好端端的如何就把官兒給做沒了呢？官場上少不了起落，但看胡家大老爺能平平安安地回來，沒攪進什麼官司裡去，難不成不是福氣？」何子衿不疾不徐道。

沈氏也覺得玄，道：「不會是胡家大老爺任上有什麼不到之處吧？」

何子衿道：「就是有什麼不到之處，如今官職已經罰沒，餘者並未追究，家口得以保全，就此回家，天大運道了。」

沈氏嘆，「平日裡瞧著那官身威風，可真出事就是要命的事呢。」

何老娘年紀大了，膽子也小，聽沈氏這話極是贊同，「就是啊。要我說，咱們家裡這太太平平的小日子就挺好。沒什麼大富大貴，但一家人在一起，平平安安的，過得也踏實。」

胡家要面子，自然要說胡大老爺是辭官回來的，可有些見識有些官場常識的都知胡大老爺這回鄉怕是算不得衣錦還鄉了。胡家也沒擺酒，只是知會了些親戚。

胡山長一如往常，忙於書院之事，胡文也是跟著祖父身前身後的打理些瑣事。蔣三妞頭上多了個婆婆，雖然她不怎麼入婆婆的眼，到底不如以往隨意，妯娌間的事務也多了起來。

蔣三妞回家說起公公辭官的事兒，並未相瞞，道：「說辭官是好聽，實則老爺為官不謹，差使上出了差子，陛下不喜歡，免了他的官職。要說官兒沒了，好歹平平安安回了家，豈不也是福氣？可老爺動輒聲氣不好，不敢在老太爺跟前發作，重陽他爹卻得了兩回不是。」

何老娘一聽這事兒就不大歡喜，譏笑道：「這可真是天下奇事，自己沒把官兒做好，難不成倒怪起旁人來？真有本事，像戲文中出將出相的，脾氣大些倒無妨，這樣本事沒有，偏生脾氣天大，動輒拿不順心的事兒遷怒旁人，算什麼？」

蔣三妞嘆，「有什麼法子，老子教訓兒子，誰都說不出不是。好在重陽他爹不必科舉，我們家裡大爺才慘呢，上科秋闈落榜，明年正是秋闈，大爺本就用功，如今大老爺回家，鼻子不是鼻子，眼不是眼的，大嫂子私下哭了好幾遭，太爺叫大爺去山上念書了，也是避一避大老爺的晦氣。」

「妳不必理他，只管叫他作去，我就沒見過哪家日子能過好是這樣作出來的？」何老娘已是一千個看不上胡大老爺，道：「人這一輩子，總少不了些溝啊坎兒的，倒楣不要緊，誰還沒倒楣過？就是這種一旦倒楣就打雞罵狗，處處尋事生非的才是第一等的可惡。這種人倒下一回，這一輩子也就起不來了！」

沈氏亦道：「長輩也難免有不順意的時候，只當沒看到沒聽到罷了。倘大奶奶心有不順，能勸就勸幾句，不能勸便也罷了，要緊的是妳自己的日子，可得過好呢。要是有什麼難處，只管回家來說，家裡總不會看著妳吃虧的。」

蔣三妞道：「我們倒還好，重陽他爹是庶出，先時有人說不好，我倒覺得好。我們太太這一回來，威風也大得很。姑祖母、嬸子也知道，我們老太太規矩簡單，對媳婦、孫媳婦都很疼惜，就是二太太、三太太其實規矩也不嚴厲，我們太太這一回來，大奶奶和二奶奶每日都要去她跟前立規矩。重陽他爹不是她生的，約莫她也不大看得上我們，我也省了事，平日城只管把孩子看好了，去老太太跟前說說話，倒如往常一樣。」

沈氏笑，「這就好。」

何老娘也說：「得了實惠才是真呢。」

蔣三妞在家待了半日，把婆家的事說了，這才回婆家，又預備給何子衿訂親的禮物。

訂親前，何子衿與江念又去了趟山上，與朝雲道長說了胡大老爺罷官回鄉的事。這會兒師徒倆說話也不掖著藏著了，「先前孫叔叔來縣裡待了快一個月了，孫叔叔多是同阿文哥在一處，也不叫阿念給他做嚮導，不知他忙什麼了。這突然間，胡大老爺就給罷官回鄉了。」

何子衿道：「以前聽阿文哥說，他家是與帝都城的承恩公府胡家聯了宗的，不知是胡大老爺真就當官不謹慎，還是什麼原因。」

朝雲道長一笑道：「胡山長當年也不過是個五品知州致仕，胡家大老爺官場造詣遠不如其父，他那芝麻綠豆的小小官職，何須放在心上？」

何子衿忽就想到先前王神仙被擄一事來，道：「陳姑祖父說是他在州府聽說的，王神仙被趙二和李衙內帶到了帝都城去，只不知是去做什麼了。我把這事兒同孫叔叔提了提，孫叔叔說，道士無非就是占卜打卦、煉丹長生一類的本事。」

「這話是對的。」

何子衿道：「師傅，您這裡也得加強防衛啊！」

「怎麼，妳還怕我被人擄去？」

何子衿琢磨著，「這得看王神仙是否得用了，倘王神仙不得用，萬一趙二狗急跳牆，咱們這塊比較有名聲的道家，也就是咱們師徒了。我在家裡不怕，人多，師傅您在山上，人煙稀少，萬一被人擄走，可怎麼找您呢？」

朝雲道長哈哈大笑。

聞道亦笑，「師妹，要不妳給師傅占卜一二，看師傅會不會被人擄走？」

何子衿白他一眼，「這叫深思熟慮，知道不？有什麼好笑的？」

聞道笑到肚子疼。

何子衿索性不理他，把近期碧水縣發生的事兒同朝雲道長絮叨了一回，說了自己跟江念訂親的事，朝雲道長也道：「早些訂親也好。」中午在朝雲道長這兒吃過飯，下午便告辭了，現在家裡很不放心她出門拋頭露面。

朝雲道長給了她一個匣子，說是訂親禮，何子衿沒客氣就收了。

兩人回家的路上還特意去江仁的宅子裡瞧了一回，江仁現下也從江念的宅子裡搬到自己的宅子住了，訂親禮物都自家裡運了來，妥妥當當用紅綢紮著放東廂裡，就等著訂親的正日子送到何琪家去。到江仁家時，江仁正在試穿紅袍呢，何子衿去裡屋與王氏說話。

江念打趣江仁：「就差塗倆紅臉蛋兒了。」

江仁笑，「咱倆一樣。」問江念：「你衣裳做好沒？」

江念道：「自然是做好了的。阿仁哥，你這衣裳也忒簡單，怎麼連個繡紋都沒有？」

江仁道：「這是早就做好了的，喜慶就行，要啥繡紋？我好衣裳得等成親那天穿。」說到成親，得意地道：「我是後發先至啊！」

江念點頭，「阿仁哥這一把年紀，是要早些成親的好。」

江仁大為不滿，理理紅袍袖子上的鑲邊，「什麼叫一把年紀啊？」

他正當成親的年歲好不好？再說，阿琪還大他一些呢。

大喜日子將至，大家說話亦是歡喜，看過江仁，江念與何子衿就告辭了，王氏苦留二人用飯，何子衿笑道：「大娘這些天正忙，要請我，待阿仁哥成親後，我天天過來吃飯，定要把大娘吃得煩了。」

王氏咯咯直笑，「我正盼閨女呢，大姑娘天天來才好。」親自送他二人出門，何子衿卻是不讓，江念道：「叫阿仁哥送我們就成了。」

江仁笑著說：「妳倒越發譜兒大了。」送他二人出去。

何子衿訂親，也是碧水縣的一件熱鬧事了，主要是何子衿在碧水縣頗有名氣，以前她養花就養得闔縣有名，如今占卜也是遠近聞名的小仙，她訂親訂的又是碧水縣前科案首江念秀才，何家還是碧水縣的老住戶，族中人不算，親戚朋友們能來也都來了。

江念一大早就身著喜服過來何家，前來幫襯的馮太太笑道：「哎喲，阿念，你今兒個可不能這麼早來。」

江念道：「不知怎地，走著走著就順腳過來了。」他早把訂親的吉服做好了，特意去李大娘繡坊做的針線，繡的是祥雲牡丹紋，穿上甭提多氣派，他進去特意給子衿姊姊瞧一回，見子衿姊姊已是打扮好了。何子衿挽了百合髻，頭上戴著江念送的金首飾，同樣是一身大紅衣裳，衣裳上的繡紋與江念身上的明顯是一套。

江念看得有些癡，道：「姊姊今天可真好看。」

何子衿笑，「阿念這身也好看。」

江念搔一搔頭，想謙虛幾句，沒謙虛出來，僵著手腳撣撣衣袍道：「我也覺得不賴。」

兩人相視一笑，何子衿拉他坐下說話。

何老娘進來把江念拎出去，攆他回自己院裡去，「趕緊回去，一會兒再來。」

江念臨回自己院子還同他家子衿姊姊說一聲：「子衿姊姊，我先過去，一會兒就來啊！」把馮太太笑得不行。何洌要跟江念去，何老娘又攔了，「阿洌，你明兒再過去。」

沈氏笑，「孩子們在一處慣了的。」

馮燦大些，說道：「我過去阿念那邊，看他可齊全了。」

總之是熱鬧非常的一日，江念也請了先生同窗們過來吃酒。何家自有何家的親戚朋友的熱鬧，有的是雙方朋友，倒也不為難，實在是江念的宅子與何家宅子就挨著太近了，串個門就是兩步的事兒。

胡大太太剛回碧水縣不久，蔣三妞原就是庶子媳婦，且何家論起來不算蔣三妞的娘家，何家閨女訂親，胡大太太是不準備去的，結果胡老太太要去，胡大太太只得跟著去了。

何家熱鬧得不得了，何子衿坐自己屋裡，一身大紅衣裳的裝羞，胡老太太還親自去瞧了回何子衿，笑說：「今兒個打扮得真俊。」

胡三太太也笑，「以前只聽說過美若天仙，天仙什麼樣，咱們誰都沒見過，如今見著小仙姑娘，咱們也算是見過仙女了。」何子衿占卜素有名聲，被胡三太太一打趣，大家皆笑了。

何子衿抿嘴一樂。

胡大太太見她頭上簪兩三支金釵，腕上一對金鐲，小小年紀已是生得明眸皓齒，的確是難得的好相貌。胡大太太心下掂量，這家閨女也算不錯了，只是行事不講究，哪怕急著嫁少年秀才，這還沒及笄呢，就先把親事定下，這樣上趕著，倒顯不出女孩兒的尊貴了。

胡大太太隱隱有些瞧不上何家，可隨著婆婆去何老娘的屋裡坐了，打眼一瞧，前來吃酒得很有幾家穿戴不錯的婦人。陳姑媽也帶著媳婦早早到了，說到這親事，陳姑媽滿臉是笑，直說親事結得好。除了陳家這一宗親戚，還有何氏家族裡交好的人家都來了，另有族中媳婦提前來幫著忙活席面，再有隔壁馮家太太一家子也是一大早就來跟著待客的，故此，雖是閨女訂親，何家也熱鬧得很。

江念家裡就稍顯冷清了，不過，胡山長與幾位先生都去了，來的多是秀才啊同窗一類。江念一不留神，還吃多了酒。

他倒是酒品好，吃多了酒也只是紅撲撲的一張臉瞅誰就樂，然後一句話說八遍，譬如江念就對著子衿姊姊說：「子衿姊姊，妳看我這身如何？」

何子衿灌他兩盞醒酒湯，說：「不是託了阿文哥幫著擋酒，怎地還喝這麼多？」

何洌道：「阿念哥酒量不成，我聽阿炎說，阿念哥喝了五六杯就醉啦。」

給江念灌了醒酒湯，何子衿就交代給何洌：「送阿念回去歇著吧。」

江念被何洌拖走時還問：「子衿姊姊，妳看我這身如何？」

何洌不知江念哥喝醉這般囉嗦，替他姊答：「傻，傻得不得了，傻！」

傻哥兒顛顛兒跑進來，奶聲奶氣喊：「哥，你叫我幹啥？」

一家人俱是笑翻了。

江念第二日用早飯時，被何洌笑話了一回。

何洌裝模作樣問他：「阿念哥，你昨兒那身兒可真俊，怎麼今兒沒穿啊？」

江念早把醉前的事兒忘光了，裝模作樣地回：「那是喜服，不好天天穿的。」

何洌捂嘴直樂，沈氏和何老娘等人也都是眼裡帶笑。

江念想，哎喲，大家都為我跟子衿姊姊訂親的事兒歡喜呢！

江念和何子衿與江仁和何琪是同一日訂親，不過，江念年歲小，何子衿也不大，他倆的親事總得放幾年再說成親的事，倒是江仁及何琪都到了年歲，臘月十二就辦了喜事。

江家給了五十兩的聘禮，三太太和五奶奶撐死給何琪置辦了五兩銀子的嫁妝。成親的正日子，王氏一見兒媳婦的嫁妝，臉就直接黑了，還是江太太拽她一把，王氏方緩了臉色，含笑招呼過來吃喜酒的親戚朋友。何子衿一家子都去了，何老娘很大方地隨了份厚禮，還有何家來送親的人，看了何琪的嫁妝都覺得面上無光，想著三太太五奶奶一家子也忒摳兒了。

何子衿拉住送嫁的一位本家七奶奶，與七奶奶耳語幾句。七奶奶直念佛，趕緊讓人去外頭找了一塊磚頭一塊瓦片擺在嫁妝最後，念嫁妝單子念到最後時，極有底氣地喊了句：「小河莊村上等田三十畝，縣裡三進宅子一處。」

王氏那張強顏歡笑的臉立刻來了個春光燦爛，底下已有親戚朋友忍不住驚呼：「果然是縣裡大戶人家的閨秀啊，這樣又陪房子又陪地的，哎喲喲，阿仁好福氣！」

「是啊，這份嫁妝在咱們村裡也是有一無二的。」

「除了縣裡的大家主，誰家會捨得這樣大手筆的給閨女陪嫁？」

「怪道先時阿仁這親事總是不成，果然是好飯不怕晚。」

「阿仁有出息，嫂子妳也有福氣。」

王氏甩著帕子笑說：「不圖別的，主要是我這媳婦人好。」心裡還詫異呢，剛開始那些破盤子破碗的，原來大頭在後面。王氏琢磨著，或許是媳婦想著，以後他們小倆口是在縣裡過日子，這些東西就是陪送到咱村裡來，他們小倆口用不到，故此撿了些便宜貨來陪嫁？

王氏胡思亂想著，總歸媳婦嫁妝豐厚，也是歡喜得不得了。

何老娘也覺得奇怪，悄悄同沈氏道：「真個太陽打西邊出來了。」

三太太家裡要肯這般大方陪嫁，何琪早嫁出去了。

沈氏看自家閨女一眼，「這樣也好，嫁妝薄了，咱們臉上也不好看。」到底都姓何。

何老娘捏個桂圓，剝了殼去了核，給俊哥兒塞嘴裡了。

俊哥兒還跑洞房看了回新娘子，不知哪個嫂子大娘給他塞了一兜的核桃，他回來全給何老娘了。何老娘美極了，覺得二孫子自小就有孝順長輩的美德，全賴她教孫有方。

江家甭看是鄉下人家，正經也是有二百來畝地的小地主，且僅有江仁這一個兒子，親事辦得特熱鬧，席面也是肥雞大鴨的實誠至極。何老娘一邊吃著一邊想，雖不如她家裡飯菜的味道，也都是實誠的好東西。

江念是做過案首的秀才，江家特意請他與何恭陪坐在首席，覺得體面，又很是鄭重地給鄉親們介紹了一回，鄉親們都說：「哎呀，比沈老爺當年中秀才的時候還小呢！」

江大舅笑，「是啊，阿素當年可不是案首。」

人們便道：「念相公以後比沈老爺更得出息。」

有學問的還拽兩句文：「虎父無犬子。」

江念笑咪咪地陪著鄉親們說話，人們更覺他和氣，人品好，都說道：「跟沈老爺當年一個樣，就是當了官老爺，待咱們也是一樣的親近。」

有學問的那位再拽兩句文：「這叫有其父必有其子。」又恭維何恭得了好女婿，江念也有福氣，能與縣裡的小仙兒訂親云云。

送親的七奶奶在堂客這邊的首席上也有了底氣，與江太太和王氏婆媳道：「不是我自誇，阿琪這閨女，在我們族裡是數一數二的好閨女，品性好，相貌好，能幹勤快，那一雙巧手就更甭提了，德容言功，樣樣都占，令郎實在有福氣。」

王氏早在聽到何琪嫁妝裡的房子與土地時已是樂得顛顛兒的，聽七奶奶吹捧何琪，也跟著歡喜道：「是啊，說到底還是我家阿仁運道好，要不哪能娶得這麼好的媳婦呢？」給七奶奶倒酒，繼續道：「親家奶奶嘗嘗，這是我們鄉裡自釀的果酒，香得很，卻不醉人。」

王氏這般客氣，七奶奶吃了兩盞酒，又誇江仁：「也是您家公子能幹，我們縣裡的人都知道他，小小年紀就這麼風裡來雨裡去的打理生意。年紀輕輕的，便知道掙錢養家。非得這樣的後生才可靠呢，親家好家教。」

王氏笑，「我家小子也就是做生意的一點本事，全賴我們親家姑奶奶顧看他。我家姑爺本事更大，在帝都做官。」吹噓沈素。

「知道知道，沈老爺是咱們闔縣都有名的，那會兒沈老爺做了翰林衣錦還鄉，我還見過一回。」豎起一根大拇指，「氣派！」

成親這種喜事，大家說的自然都是好話。

何子衿還見到了少時的小夥伴，她舅鄰居沈大家的兩位姑娘沈大丫和沈二丫。兩人是過來幫著準備宴席的，沈大丫話少，只是瞅著何子衿笑，沈二丫倒是主動說：「子衿妹妹，妳還記得我們不？」

「當然記得，大丫姊、二丫姊。」

沈二丫笑，「我們常在村裡聽人說起妳呢，妳現在也是大姑娘了，真好看。」

沈大丫道：「妳又說這樣的呆話。」

「哪裡是呆話，分明是實話。」

兩人與何子衿說幾句話，打聲招呼，就又過去幫忙燒火做菜了。

因時人的婚禮都是在傍晚舉行，吃過喜酒，時間已晚，何家一家子便歇在了江家。沈氏這才得空悄悄問何子衿，何子衿悄聲道：「是薛大家給阿琪姊的添妝。」

沈氏點點頭，便不再多說了。

王氏今兒雖然累得很，卻又興奮得睡不著，大晚上的還同丈夫絮叨：「媳婦這嫁妝真是實誠，要知這樣，聘禮咱們該多置辦些呢。」覺得給媳婦的嫁妝薄了。

江大舅吃了不少酒，已是昏昏欲睡，偏生王氏一直在耳邊絮叨。

江大舅嘀咕一句：「睡吧睡吧，嫁妝多還不好？」

王氏嘀咕兩句，看丈夫跟個死人似的，想一想兒子結了門好親，心道，以後就指著兒子過日子啦。想到兒媳婦嫁妝殷實，王氏一骨碌從炕上爬起來，把前兒準備的給兒媳婦的敬茶荷包找了出來。掂掂荷包裡那對銀鐲子，覺得分量不足。她咬咬牙，托著油燈翻了回箱底，找出一對老金簪裝了進去，把銀鐲子換了出來，此方又鎖好箱櫃，回炕上睡覺去了。

第二日小夫妻早起敬茶，王氏也是和顏悅色，江太太江老爺更不必說，都給了實誠的見面禮。何家在江家用了頓早飯，就告辭要回縣城了。沈氏低聲囑咐了何琪幾句，無非是只管安心好生過日子的話。

江家一直送何家到村口，在車上何老娘還說：「親家這喜事辦得真熱鬧。」

送親的一行人也是今兒回縣裡，七奶奶到何家雇的這車上來說話。七奶奶性子熱絡，在族裡就是個愛管事兒的，且她家裡日子過得也還興旺，兒女雙全，父母皆在，是難得的全福人，所以人們有什麼喜事也愛找她幫著張羅。

七奶奶這會兒都直拍胸脯，道：「當初阿琪的嫁妝二十幾台抬出來，我覺得還可以，不想一看嫁妝單子，險些寒磣死我。要真是家裡拿不出來的倒也罷了，阿琪打小就給娘家掙錢，怎麼能這樣刻薄孩子？」嘆口氣，「還是薛大家心地仁慈，有了這房子這地，阿琪也能在婆家站住腳了。」甭以為江家是鄉下人家就輕視了，人誰都不傻，嫁妝是薄是厚，一望即知。王氏先時臉上是什麼樣的顏色，知道有田有宅後又是什麼顏色，七奶奶不瞎，看得清楚。

何老娘深以為然，「那三婆子向來不開眼的，也就是阿琪還算有運道。」

「可不是嗎？阿琪那丫頭，瞧著是有後福的。」七奶奶又問何子衿：「小仙兒，薛大家既要給阿琪添妝，怎麼倒把東西給了妳啊？」

何子衿道：「東西給三太太，能落到阿琪姊手裡嗎？」

七奶奶嘆，「是啊！」又說族裡出了三太太五奶奶這一家子委實丟人。

何老娘也說：「要不是薛大家大方，丟臉丟到村裡去了。人家還得說呢，咱縣裡人這般不開眼。」她很有些縣城人的自得與榮光。

「可不是嗎？」七奶奶與何老娘頗有共同語言。

何老娘肚子裡卻想，這薛大家也是個偏心眼，何琪是薛大家的徒弟，她們三丫頭也是薛大家的徒弟，而且年下節下的，家裡都有備禮給薛大家，可三丫頭成親的時候，薛大家可沒這般大方。一樣是弟子，怎地還兩樣對待啦？

因車上有七奶奶，何老娘沒說這話，及至回了家，何恭在後頭付車錢，沈氏和何子衿帶著俊哥兒先陪何老娘進屋裡去，何老娘往榻上一坐，這才說起薛大家的偏心眼來。

何子衿道：「哎喲，您可別說了，咱家又不是陪送不起三姊姊的。」

何老娘瞥她，「傻蛋！這是一碼事嗎？誰還嫌東西多哩！以前我略多疼妳弟弟些，妳不還常跟我強嘴，說什麼不患寡而患不均嗎？」家裡淨是讀書人，何老娘也頗受了些熏陶。

「那是您偏心眼我才那麼說的！」

「薛大家這就是偏心眼！」何老娘下了論斷。

何子衿打發了丸子下去休息，悄悄把實話說了：「您還真信呢？這是阿琪姊私下攢的銀兩託薛大家置辦的田產地畝，如今不過是借薛大家個名兒。」

何老娘與沈氏都驚了一回，沈氏道：「阿琪這丫頭當真有心。」情知娘家靠不住，自己一手好針線早便能賣得上價錢。她是薛大家的入室弟子，在李大娘的繡坊裡多年，約莫是平日裡慢慢積攢下的。

何老娘也說：「是啊，竟有這樣的心思，真是叫人想都想不到。阿仁可是撿了個大便宜，娶了這個的媳婦，阿仁自己也是個能幹的，以後還愁過不好日子嗎？」

何老娘說自家丫頭：「妳也學著些。」

何子衿將手一攤，無奈道：「我得了錢全都被祖母收走，哪裡攢得下？」

何老娘笑罵：「我是叫妳學著長心眼，沒叫妳學著偷攢私房！」又道：「妳的錢我都替妳攢著呢！還有妳的地，一畝不少妳的！」

何琪和江仁三朝回門時就回了縣裡過日子，雖然何琪自有屋宅，但小倆口人少清靜，住還是住在江仁的小院兒裡。不為別個，這年頭男人住了女人的宅院，易有入贅之嫌。何況，何琪的宅子在出租中，每個月固定有二兩銀子的收成。

三太太家擺回門酒擺得也不大豐厚，論及實惠，尚不比江仁家的喜酒，好在江仁絲毫不在乎，他媳婦早把事原原本本說與他聽了。江仁對他媳婦有這麼多的嫁妝也有些吃驚，不過，小倆口過日子，媳婦嫁妝豐足了不是什麼壞事。

回門酒時，三太太和五奶奶叫了何琪去屋裡說話，就同她打聽起薛大家給的添妝禮來，主要是七奶奶回縣裡已嚷嚷得半個縣城都知曉了，三太太五奶奶更沒現由不知道。

何琪聽到祖母問，輕聲道：「都已交給婆婆了。」

三太太拍著大腿，睜著一雙眼睛問：「妳的東西如何給妳婆婆收著？是她跟妳要的？」

何琪笑道：「看祖母說的，我家裡就相公一個獨子，將來家裡的還不都是我們的？地契房契原是貴重物，帶在身上也不安全，我就交給婆婆了。我婆家說是村裡莊戶人家，家裡也是有田有地的，哪裡會跟我要這個？」

三太太脫口而出：「不安全交給我幫妳收著，還不一樣？」

何琪笑笑不說話。

三太太想著東西早沒了，多說無益，又絮叨了許多讓何琪婚後長心眼的話。坐一時，江仁就在外頭叫她了。何琪起身道：「相公明日還要去鋪子裡幹活，我就先回了。」

「去吧，妳男人的銀錢，自己走點心。要擱妳家不方便，擱咱家裡也是一樣的。」

何琪道：「我一個婦道人家，如何敢過問家中錢財，自然都是相公做主。」

三太太險些被這個孫女噎死，待何琪走後，三太太與五奶奶道：「真個沒用，錢都不知捏在手心兒裡，以後有的苦吃！」

五奶奶長吁短嘆，「以往瞧著她聰明，不想要緊事上就這麼傻實在，令人愁得慌。」

婆媳倆嘆回氣，發回愁，五奶奶道：「好在還有二妞，二妞可得多教一教方好。」

江仁和何琪辭了娘家，還去何家走了一趟。何家拿出好茶好果的招待他們夫妻，江仁事事都熟的，何琪與何家是同族，但因三太太何老娘兩人看不對眼，何琪反來的少。職業影響氣質，何琪自幼學繡活，當真是養出一股安謐靜美的氣韻。何老娘對三太太五奶奶死看不上，對何琪倒是挺好，一則不看佛面看僧面，江仁在家裡住好幾年，跟半個孫子沒什麼兩樣；二則何老娘天生就喜歡能幹活能掙錢會過日子的閨女，於是，瞧著何琪就十分順眼了。

何老娘樂呵呵地道：「阿仁果然沒看錯人。」

何琪嘆，「這也是沒法子了，我自認還算孝順，七八歲就學著一些打絡子的活兒，這些年蒙師傅教導，李大娘也照顧我，我也給家裡掙了幾百畝地。只是我都這個年紀了，再不出嫁老在家裡，以後可怎麼過日子呢？」

何琪不得不為自己考慮，且她不是「有情飲水飽」的世界觀，她深知再有情的人，倘到了飲水飽的地步，那情分也要散的。為了將來，不得不籌畫著悄悄攢下私房，託師傅幫著置房子置地，這樣在婆家方能站住腳。一路走來，好不艱辛。

「知道知道，我們都理解妳。」何老娘露出個神祕兮兮的笑容，小小聲道：「放心吧，不會給妳往外說白。」不過，何老娘又驚奇了，「哎喲，妳做繡活可比三丫頭掙的多！」

何琪笑，「師妹有您這樣慈祥的長輩疼愛，哪裡捨得她多做繡活呢？」

有人拍馬屁，何老娘十分受用，「這倒是。」

其實何琪也不全是拍馬屁，她真是覺得蔣三妞雖在父母緣上差些，在何家的運道委實不錯。何老娘論輩分只是姑祖母，而且以前何老娘在族中的名聲跟她祖母差不多，只是傳聞不可輕信，名聲雖差不離，為人著實不同。蔣三妞遇著何老娘這樣的姑祖母，也是有福了。

從何琪做事就能看出來，她是再有主見不過的人，偏生說起話來給人一種柔順之感，頗為討人喜歡。何老娘傍晚留飯，何琪原是覺得不大好，江仁那邊已經說：「姑姑家不是外處，咱們吃了飯再回。」

何琪笑，「相公已同我說了好幾次，說三祖母家的飯食好吃。」

何老娘在族中排行行三，與何琪祖母三太太有些緣法。

何老娘笑咪咪地假謙虛一句：「也就是家常吃食。」又指著何子衿，「這丫頭嘴饞，天天搗弄吃的，用那些好油好鹽的，不好吃也對不起那些好料啊！」

江仁和何琪這成親後也就到過年了，待書院放假，江仁就把鋪子裡的東西收拾好，寄放到朝雲觀，在何子衿這裡結了銀子，帶著何琪回了老家過年。

還要再提一事，江仁成親前，孫御史託人送了信與一道布幅，再加上給何子衿和江念的訂親禮。信上說差使事忙便不親自來參加了，布幅是江仁極崇拜的帝都蘇才子的手書。江仁得了這布幅喜得不得了，走哪兒帶哪兒，在縣裡就帶縣裡來，回家就帶家裡去。

江仁與何琪小倆口辭了何家人，帶著何子衿發的年貨及自己置辦的年貨回鄉過年。何子衿及江念一起去朝雲觀送年禮，何家自己也過了一個熱鬧的新年。過了年，何子衿就是及笄之年了，沈氏與何老娘商量：「子衿都訂親了，還要不要過及笄禮？」

何老娘將眉一挑，道：「當然得過。咱家丫頭本就少，算上三丫頭才倆。別人家四五個丫頭輪番過及笄禮，送的那些東西還沒往回收一收呢。」說到這個，又道：「咱家一直人丁稀，在這走禮上便格外吃虧，虧好幾十年了。」悄與沈氏道：「妳年歲也不大，再有個孫子孫女的才好。」她老人家現在也不挑男女了。

沈氏道：「相公今年要準備秋闈，不好分他的心。」

何老娘一想，「這也是。」一拍手將事情定下來，「那就秋闈後再說。」

沈氏頗為無語，其實他們夫妻二人一向和睦，但孩子真得看天意，再有個小閨女小兒子的，沈氏倒也不介意。

上元節前，江仁與何琪回了縣裡，就過了一個年，江仁便胖了一圈。

何冽說：「不知道阿仁哥回家吃什麼好的了。」

江仁笑，「等以後你成親就知道啦。」

何冽撇嘴，「不就是娶媳婦，看你得意的。以後阿琪姊生了兒子，你還不得上天啊？」

江仁笑得越發歡快，拱拱手，「承弟弟吉言。」既已成親，下一步就是生兒子啦。

何琪面頰也紅潤了些。她是個安然的性子，在婆家過得很不錯。王氏見兒媳婦的嫁妝豐厚，且媳婦又是縣裡來的，性子柔順，王氏也不是會拿捏媳婦的人，除了趁著過年帶著何琪認認親戚，就是給何琪調理身子。這都歲數差不離了，也該預備生養啥的了，所以，一個年過完，小夫妻倆都胖了。如今這回了縣裡，何琪多是在家裡安靜做針線過日子，偶爾會去蔣三妞、薛千針，或是何家串一串門。

江仁買了個十來歲的小丫鬟給她支使，粗活都不讓她做。

何子衿及笄禮時，何琪送了一身衣裳給何子衿，那針線細緻得不行。
何子衿道：「怎麼敢勞動姊姊？阿琪姊，妳該多養養眼睛呢。」
何琪朝何子衿眨眨眼，抿嘴一笑，什麼都沒說。
何子衿卻是注意到何琪的眼睛不似以往那般瞇了，先是有些迷惑，後也跟著笑了，想著何琪真是好演技，裝近視都能裝得世人都信了。
何琪說：「衣裳做得粗了，等妹妹成親時，我下功夫給妹妹做一身。」
何子衿笑道：「這就很好了，我細做也沒這樣的好針線呢。」
何子衿及笄禮前，沈瑞趕來了碧水縣。
這些年不見，沈瑞越發高大了，往街上一走，活脫脫一座人形鐵塔。他逕自牽馬往何家去，那般威武模樣，隔壁馮太太家的小廝進喜見了這樣的壯漢去何家都嚇一跳，撒腿就往家裡報信去了，直道：「太太，隔壁何大爺家裡來了強人！」
馮太太嚇一跳，「這是怎麼說的？青天白日的，強人如何敢來？咱們縣裡素來太平！」
進喜比劃道：「真的，這麼高，五大三粗的黑臉大漢！」
馮太太連忙就出去要看，進喜十分忠心，說道：「太太稍慢，小的先去瞧瞧！太太，您聽著何大爺家的動靜些，有不對的，您先藏起來！」進喜跑去何家探看情況了。
話說沈瑞一進何家門，何家真沒把他認出來，主要是這些年不見，沈瑞變化太大了。
沈瑞年歲並不大，還不到二十，只是變化頗大，沈氏和何老娘卻沒怎麼變，沈瑞進門納頭就拜，口稱：「沈瑞給姑奶奶請安了！」

沈氏驚得手裡的帕子都掉了，張張嘴說不出話。何老娘瞇眼看了一會兒，嗓門抬得老高，道：「哎喲，真是是小瑞啊，咋長這麼高了？」

沈瑞又向何老娘請了安，何子衿在廚下聽到動靜，連忙出來，望著沈瑞直道：「小瑞哥，你咋這麼高啦，可真威武！」

俊哥兒這輩子頭一遭見沈瑞這樣高大的人，驚嘆得睜圓了雙眼，奶聲奶氣問他姊：「姊，這是戲裡的大將軍嗎？」

沈瑞是知道俊哥兒的，一把將他抱起來，笑問：「這是俊少爺吧？」

俊哥兒點頭，「我小名叫阿俊，大名叫何冰。」

沈氏這才回了神，激動得眼圈都紅了，問：「小瑞，你怎麼這會兒突然就來了？」是不是娘家出事了？可看沈瑞的樣子也不像。

翠兒已跑到隔壁江念家叫正在攻讀的何恭和江念這對翁婿過來。

大家見了沈瑞都很高興，沈瑞一一見了禮，何恭擺手，「不必如此，又不是外人。」

沈瑞道：「大爺接到姑爺姑奶奶寫的信，說子衿姑娘要同念少爺訂親，打發我回來。」

何老娘笑，「親事已經定好啦。」

沈瑞驚道：「子衿姑娘不是今年才及笄嗎？」看看江念，念少爺還小子衿姑娘兩歲。

「這不是事急從權嗎？去歲有個千載難逢的吉日，大吉大利的，就在去歲訂啦。」何老娘問：「阿素可好？親家太太親家公可好？家裡人可都好？」

「家裡都好，就是一直惦記您，惦記姑奶奶、姑爺和姑娘小爺們。」沈瑞從袖子裡取出一疊信來，「這是大爺寫的，這封是給姑爺的，這封是給姑奶奶的，這封是給子衿姑娘的，這封是給念少爺的。」還有給何老娘的信，何老娘字識的不全，就一起給何恭了。

沈瑞繼續說：「帶了不少東西來，只是他們走得慢，我就先騎馬回家來了。」

何老娘笑顏逐開，「還帶什麼東西呀，人來了就成！」

沈瑞又取出個漆紅的木匣子給何子衿道：「這是大爺給子衿姑娘的及笄禮。」

何子衿打開，見是一套晶瑩璀璨的金首飾，何老娘笑得眼睛都睜不開啦，直道：「哎喲，這可忒貴重啦！」可真是好東西，小舅爺這做了官就是大方啊！

何子衿道：「我舅這是發財了呀？」跟沈瑞打聽：「不是都說帝都居，大不易嗎？」

沈瑞就說起沈素在帝都的事來：「開始到帝都，帝都啥都比咱們縣裡貴，咱們縣裡一兩銀子能買一頭羊，在帝都二兩銀子才只得半頭。幸而大爺是做官的，朝廷有專門給官員租的宅子，倒是便宜，一個月五百錢房租，再加上大爺的俸祿，日子也還算過得。如今大爺還在翰林，已是正六品了，大爺辦了那個給舉子們講課的書院，哎喲，辦書院比做官的俸祿可多多啦。說來還多虧了子衿姑娘託人捎銀子去，大爺說了，書院有子衿姑娘一大股……」

何老娘笑咪咪地道：「哎呀，親家小舅爺忒客氣。」又問：「辦書院真這麼賺錢？」

「開始人不大多，辦的時間久了，有了名氣，生意就好做了。現在家裡已置辦了宅院，不再租房子了。」沈瑞說話很實誠，「我是跟著鏢局的人一塊回來的，到了州府，先去見了孫老爺，孫老爺給找了咱們縣裡何忻老爺家的掌櫃，在他家借了一匹馬先過來的。」

何恭笑道：「阿忻族兄不是外人，一會兒叫小福子把馬牽去還就是。」

沈氏同翠兒道：「讓小福子弄些黃豆清水把馬餵飽。」

翠兒轉身出去找丈夫去餵馬，見丈夫與進喜在說話，進喜有些尷尬地撓撓頭，道：「福子哥，你忙吧，我先回了。」

翠兒問：「怎麼了，進喜來可是有事？」

小福子哭笑不得與翠兒說了，翠兒笑道：「這個進喜，可真會胡思亂想。」又說了餵馬的事，小福子道：「我已餵了，倒是妳去跟周嬤嬤說一聲，晚上多添幾個菜，看看廚下的東西可夠，不夠妳來與我說，我現買去。」

沈瑞回來，何家晚上很是熱鬧了一回。沈瑞只算下人，但何家規矩沒這麼大，讓他一起上桌吃了。桌間聊些帝都的事，聽沈瑞說起帝都風情，都十分嚮往。

沈瑞說：「念少爺中了案首，大爺也歡喜得很，想著今年秋闈姑爺和念少爺定要下場的。帝都裡宅子都預備下了，大爺說那宅子就是給念少爺和子衿姑娘成親用的。」

何洌道：「舅舅想得可真長遠。」

何老娘樂呵呵道：「長遠還不好？」阿念是沈素的兒子啊！

沈瑞一路車馬勞頓，晚飯後沈氏令他先去歇了，何老娘也打發孩子們都散了，自己叫了丫頭片子到屋裡欣賞沈素給自家丫頭片子的金首飾。何老娘拿在手裡對著燈細細觀量，與余嬤嬤道：「現在日子是好過了呀，咱們年輕時，不要說這樣精緻的首飾，我那會兒叫我那死鬼爹給我打個韭葉寬的素圈金鐲子，死鬼爹還跟要剜他肉似的，哪兒見過這個。」

「是啊，沒這些花樣，也沒這樣精緻。」余嬤嬤道：「可真好看，看這鵲登梅的簪子，多喜慶啊，寓意也好。不知金匠師傅如何打製出來的，比畫上畫的都真。」

何子衿已經臭美地簪了一支在髮間了，她生得明眸皓齒，烏髮如雲，又正是好年歲，不要說戴這樣精緻的金簪，就是一支木簪插髮間也是別有韻味。

余嬤嬤拍手讚道：「這東西也就配咱們大姑娘戴了。」

何老娘雖然心裡頗是贊同，嘴裡還是道：「就知道臭美。這可不是尋常戴的，等妳及笄時再戴，我先幫妳收起來吧。」

何子衿道：「總收著做什麼，明兒我就戴。」

何老娘說：「真個不存財的，這會兒戴了，及笄禮再戴就顯不出新鮮來了。」

何子衿拗不過何老娘，何老娘就歡歡喜喜替自家丫頭把首飾收起來了。

與此同時，何恭與沈氏也在屋裡說話，沈氏問：「阿素給你的信呢，給我看看。」

何恭道：「妳看了可別著急，也沒什麼要緊事。」

「什麼事啊？」沈氏取了信看，這一看不由臉色微變，咬牙輕聲道：「這世道也是無眼，怎地叫那賤人就發達了呢？」

何恭輕聲道：「到底是阿念的親爹，別這麼說。」

沈氏道：「就怕以後事多。」

何恭收了信點在燈上燒了，安慰妻子道：「這就是妳想多了，阿素不過是跟咱們說一聲，交個底。倘真是什麼要緊的干係，阿素在信中肯定會說的。何況，怕是那邊根本不知道有阿念這麼個人。妳想想，這些年也沒人來找過阿念。咱們心裡有數就行了，別多想。」

沈氏便也不說什麼了。

過了兩日，沈瑞說的路上帶的東西也送來了，各人皆有禮物。何老娘得了兩匹錦緞，料子絕非縣城能購得的好料子，何子衿也說：「真是好東西，這樣的綿軟，光澤多雅致啊！」

沈氏道：「這料子穿在身上一準兒舒服，母親趁勢裁兩身衣裳吧，叫子衿給您做。」

何老娘撫著錦緞道：「裁什麼衣裳啊，我這把年歲了，箱子裡的那些衣裳都是嶄新的，這個且留著，等俊哥兒成親時我再裁新衣裳穿。」

何子衿道：「那得猴年馬月啊？」

「胡說八道，我俊哥兒今年就三歲了，再過十二年也就成親了。」什麼猴年馬月，這不是詛咒我俊哥兒娶不上媳婦嗎？何老娘頗為丫頭片子的話不滿，叮囑她：「妳舅舅給妳的衣料子也擱我這屋裡吧，要是妳收著，非得全糟蹋了不成。」

「我可不存著，我要做衣裳的。」

「知道知道，妳做衣裳時我再給妳，妳哪裡會存東西。」

沈氏與何子衿道：「各剪上幾尺給妳三姊姊留著，也叫她好生做兩身衣裳穿。」

胡大老爺罷官回家，胡家雖產業多，家中子弟也多，開銷便大。如今胡家也是要節省著過日子，公中衣裳都做得少了，三丫頭又是個精細的，只面上那一兩身好衣裳罷了。三丫頭自己倒沒什麼，沈氏就覺得誰不勢利呢，三丫頭穿戴不比妯娌，就怕下人們小瞧。只是何家平日裡穿戴遠比不了胡家，好料子什麼的更是有限，如今有了，就想補貼三丫頭一些。

何老娘張了下嘴，想攔到底沒攔著，她雖心裡更偏著自家丫頭些，但媳婦這樣說，委實難得。何老娘道：「慢慢日子就好了，還年輕呢。」

沈氏笑，「我也這樣說，咱家當年也尋常，日子都是慢慢過的。」當然，沈氏這般大方也是沈瑞這次來還私下帶了五百兩銀票給她收著，說是書院的分紅。沈氏原是不想要，不過弟弟信上都說了，叫她攢著給閨女做嫁妝，沈氏覺得這話有理便收了。如今荷包豐盈，自家日子好了，三丫頭夫妻都是過日子的人，能幫襯沈氏是極願意幫襯他們的。

何子衿的及笄禮很是熱鬧，雖然一般人都先及笄後訂親的，但你家非要反著來，別人也說不出什麼。何老娘和沈氏婆媳早對張羅這樣的酒席很有心得了，提前一天就開始準備，菜蔬魚肉的都得到位，該料理出來的先料理出來。

何子衿自廚下端來個白瓷大碗，裡面是新從鍋裡撈出來的紅燒肉，熱騰騰的正冒熱氣，上面橫放一雙筷子，筷子上搭著個白麵餅。何老娘一見就樂了，叫俊哥兒來吃肉。見俊哥兒和忠哥兒手裡一人一塊鹵豬肝，丸子瞧著，兩個小傢伙正啃得歡。

何子衿道：「祖母吃吧，落不下他們。這是剛從鍋裡撈出來的，吃著正香。」

何老娘拿了餅撕成兩張皮，裡面夾上兩塊冒油燙嘴的紅燒肉，咬在嘴裡，那滋味就甭提了。何老娘一邊吃一邊誇：「咱丫頭生的日子就好，二月二，天兒還冷，提前一天殺豬宰羊，不用擔心肉會壞。」要是生在五六月就慘了，正熱的時候，什麼席面都不好辦。

何老娘現今是全無煩惱啦，尤其她家丫頭去歲也把親事給定了，這過了及笄禮，再等幾年大些出嫁就成了。出嫁也無妨，兩家只隔一堵牆，到時根本不用丫頭和阿念開火，過來吃飯就行，還是一家人過日子。

何老娘正樂呵，忽又想到一事，心說，不成，丫頭出嫁就是別人家的人了，過來吃飯是沒問題，但她要向丫頭收伙食費。這收多少為宜呢？哎喲，丫頭片子這般刁鑽，得想個好法子，不能叫她挑出不是來才好！

何老娘一邊想一邊樂呵，當天跟著一眾幫襯的親眷把東西都理清楚，晚上叫丫頭幫自己參謀明天的穿戴，就早早睡下了。

第二日一大早，何老娘抱著金首飾就去了何子衿屋裡，見何子衿正梳頭，笑說：「來來，正好，妳不是早臭美想戴這新首飾，戴吧，今兒是正日子。」

鄉下人過及笄禮沒有城裡人講究，城裡人是正經有個及笄儀式，鄉下人無非就是擺幾桌酒，請親戚朋友的過來熱鬧一日也就是了。何子衿揀了幾樣首飾對鏡插戴上，何老娘見她髮間別一支赤金牡丹步搖，一支半含半放的迎春花，腕上一對金鐲，兩只金戒子，餘者並未再戴，便指導道：「再多插戴幾個，顯著富貴。」

「這就行啦，弄一腦袋金銀，多像暴發戶呀！」

「屁！多少人想暴發還沒這好東西呢！」何子衿死活不肯再多插戴，何老娘便把暴發戶概念運用到自己腦袋上去了。何子衿梳妝好也幫何老娘畫個相宜的妝容，就是瞧著何老娘一腦袋金銀不大好，偏生何老娘不聽，何子衿也就隨她去了。

何老娘還出去悄與沈氏說：「我叫她多戴幾支金釵，咱家又不是沒有。她平日裡臭美得不得了，這會兒又不肯戴了。哎呀，關鍵時候不頂用啊！」

何老娘正絮叨著，何子衿在她背後道：「說我什麼壞話呢？」

何老娘嚇一跳，立刻改口：「哪裡說什麼壞話，說妳好看！」幸而沒讓丫頭片子聽到，不然又得強嘴。

何子衿挑眉拋個媚眼，「主要是像祖母您呢。」

何老娘笑，「這話很是。」瞧著自家丫頭這一身大紅衣裙，歡喜地道：「這身量像我年輕的時候，柳枝似的，臉龐也像，眼睛像妳娘，會長。」自己也承認自己的瞇瞇眼，不如兒媳婦的大杏眼了。

俊哥兒跑過來，說他姊：「像新娘子。」

何子衿問他：「你還知道什麼是新娘子啊？」

俊哥兒甭看年紀小，邏輯很清楚，道：「知道，穿紅衣裳的就是！」因何家日子興旺，這年頭成親都要找些小小子壓床，比較吉祥，俊哥兒三歲的人生還真沒少幹這差使。

沈瑞、江念和何洌都在前頭忙活，用過早飯，胡文夫妻及江仁夫妻也過來了，還有族中一些嫂子親眷的過來幫襯預備席面。親戚朋友過來除了送及笄禮，主要就是誇何子衿。人家何小仙本也是優點多多，經得起誇。

大家在一處說笑，分外熱鬧，還有人打趣何老娘：「我說大娘，咱們小仙過及笄禮，怎麼大娘妳這麼滿頭金銀一身富貴，不知道的還以為是您老的宴席呢。」

何老娘笑得見牙不見眼，拍拍膝上的湖綢衣裙道：「還不是我們這丫頭，我說這是妳大好的日子該多打扮，她偏好打扮我這老婆子，非叫我穿這一身，還給我這麼塗脂抹粉、穿金戴銀的。我就說了，一把年歲的，瞧著也不像樣啊！」家裡有啥隆重場合，一向都是何子衿幫何老娘梳妝打扮，不過何老娘這口氣，您老這顯擺得也忒明顯了吧！

「哪裡不像樣啦？這樣的好衣裳好首飾，正該您老穿戴！咱們闔族，您跟劉大娘最是有福氣。」劉大娘說的是族長太太劉氏。

何老娘一向敬重劉太太，聽這話急忙擺手，「可不敢這麼比的，大嫂子的見識脾性，哪裡是我能及的？咱們族裡我這一輩的，沒人及得上大嫂子。」

劉太太也過來了，正坐在一處說話，聞言笑道：「哪裡就及不得了，我看妹妹就很好，心直實誠，人品上乘，所以兒孫皆孝順，家業興旺，福氣自生。」

何老娘笑嘻嘻道：「嫂子誇得我這老臉都熱辣辣的。別個我也不懂，就盼著兒孫們好就行啦。」又與劉太太打聽：「阿洛明年得春闈了吧？」

劉太太笑，「是啊，正說呢，看了個好日子，三月三啟程往帝都去。」

何老娘道：「我家小舅爺在帝都呢，如今專門有開書院，給準備考進士的舉人老爺講課，講得十分好，上一科五百多學生，中了一百多人。嫂子想想，我聽說這進士攏共才錄取三百人，小舅爺這書院很是不錯吧？」

劉太太也是吃驚，「哎呀，厲害呀！早看沈大人就是個有本領的，既是如此，沈大人的書院可有地址，我回家告訴阿洛，待他去了帝都，也去聽一聽書院的課程。」五百舉人中一百多，聽著上榜率只有百分之二十，但要知道，每年春闈三千舉人只取三百進士呢。

沈氏笑說：「小瑞前幾天剛帶了阿素的信回來，要是阿洛三月三出發，我叫小瑞也晚一些啟程，與阿洛一道走，路上也有個照應。要是大娘在帝都那頭還沒安排好，乾脆叫阿洛住阿素那裡是一樣的。書院不書院的，起碼去了樣樣都熟。」

劉太太道：「他們還有兩三個舉人約好了一起走，我就擔心太麻煩沈大人。」

「這有什麼麻煩的，到底是有個熟人好，不然這一去，明年三月才春闈呢。大娘只管放心，咱們可不是外人。」沈氏說著就與劉太太把事兒定下來了。何洛的母親孫氏也是心下歡喜，笑同婆婆道：「我就說阿洛是有運道的，處處有貴人照應。」

劉太太道：「是啊，這孩子該是個有福的。」原也想過來問問沈素的住址，不為別個，孫子這千里一去，帝都並無親眷，不要說劉太太和孫氏婆媳這婦道人家，便是家裡男人們也不放心呢。不想還沒開口，何老娘婆媳先打聽了，兩家一向親近，倒正好湊成此事。

大家便由何子衿的及笄禮打聽起何洛春闈的事來，屋裡百分百的都沒去過帝都，何老娘也沒去過，不過她是聽小瑞哥說過的。如此，何老娘就劈里啪啦顯擺起來了。

「哎喲喂，帝都的街寬，那正街並排十六輛馬車可以通過。帝都的東西貴啊，四兩銀子才得一頭羊。帝都的氣派足啊，貴人多的很，三品官在咱們這兒算是稀罕的，在帝都那就不算個啥。就是帝都的樹也不一樣，透著天子氣派。咱們山上那些個杜鵑，高的也就長個一人高，哎喲，這杜鵑到了帝都就不是花了，就長成樹了，那樹粗得三四個人抱不住，那樹冠大得能遮住半個帝都城，那花兒開時，如同一朵雲霞攏在天空。」

何老娘說得彷彿她親眼所見似的，把一屋子人聽得一愣一愣的。

就有人說了：「先前我聽說蔣三姑娘婆家胡老爺家的茶樹也是極大極有名的，茶花開時，也不得了呢。」

何老娘揚著下巴，一副「你們這群土鱉」的高傲模樣，擺著手，「不能比不能比！」

七奶奶說：「難不成是帝都風水好，這花啊樹的受這天子氣派，也就格外長得氣派？」

何老娘重重一點頭，「就是這樣！」

何子衿簡直是聽不下去，肚子裡都笑抽了。

參之章

婆媳過招分高下

何子衿的及笄宴上，何老娘真正成名了。在小小碧水縣，能有一個老太太竟然知道帝都氣派，這是一件多麼了不起的事。

在何老娘成了碧水縣的名人後，時不時就有鄉親或是遇上何老娘，或是來何家說話時，必要問上一兩句帝都如何如何，然後聽何老娘吹噓一番後，各自心足意滿地離去。

何老娘是吃水不忘挖井人，在她的宣傳中，沈瑞也成了碧水縣的名人，畢竟何老娘嘴裡帝都如何氣派，她老人家沒親自去過，倒是人家沈瑞是真真正正從帝都回來的。

有何老娘的宣傳，便有人打聽沈瑞的親事。何老娘手一揮，嘴角恨不得撇到天上去，「甭妄想啦，人家小瑞哥可是從帝都回來的，開過大眼界的，能看得上咱們這裡的土妞？」

沈瑞是個老實人，聽到這話都羞紅臉，私下同何子衿道：「子衿姑娘，可別叫親家老太太這麼誇俺，可羞死俺咧！」

何子衿抿嘴直樂，「這還不算啥。小瑞哥，這不是特意誇你，這是隨口誇。祖母特意誇你的那回，把小瑞哥說得跟天上的二郎神一般。」

沈瑞：我咧個媽呀！

沈瑞雖人高馬大，臉皮還是太薄了，不過何老娘那些吹牛皮的話，大家也就是聽個稀罕罷了，穩重人想一想，也知道老太太裡頭有不少吹噓成分。像何洛的父親何恆就藉著給何恭家送羊腿的機會，過來同沈瑞打起帝都城。

何恆笑道：「昨兒他們去山上，得了兩頭野羊，我們分了分，你這邊正熱鬧，家裡廚子也會料理，就送些來給你。」

何恭並不是個拘泥人，何況兩家時有來往的，他家裡有什麼稀罕東西也會往族長家裡送的。何恭瞧了一回，命小福子接了，道：「阿恆哥還說是羊腿，這都半扇羊了。你也誇我家的廚子好，今兒可別走了，弟弟這裡有好酒，咱們兄弟吃幾盅。」

何恆道：「那我就不客氣啦。」

「客套就疏遠了。」何恭命小福子把羊送廚下好生燒幾個菜，請何恆去屋裡說話。

見了何恆送來的半扇羊，何老娘說：「這羊好，倒是剁些肋排給江親家送去方好。」

沈氏笑，「是啊，要不是阿仁他們成親置了宅子，江大伯江大娘他們可不常來縣裡。」同小福子道：「一會兒你送羊肉過去，同江大伯和江大娘說，今兒晚上有好吃的，請他們一家子過來吃羊肉。」

何老娘並不反對，倒不是她老人家突然大方起來，主要是沈瑞這遭回來，也有不少東西是給江家的。這也很簡單，江家是沈素的老丈人家，江仁正經要叫沈素姑丈的。就是沈素不準備，江氏也得給娘家預備東西，而且，何子衿這及笄禮，江家一家子都來了，還送了不少山貨給何家，何老娘便也大方起來。

沈氏又命翠兒去胡家叫蔣三妞回家吃羊肉。蔣三妞抱著孩子一塊來的，如今天兒也暖和了，孩子五個月會坐了。這眼下家裡有了婆婆，蔣三妞頗覺不自在，就時常回娘家。說到婆家的事，蔣三妞道：「我們姑太太給悅姐兒相看婆家就能愁死，不是嫌這兒就是嫌那兒，悅姐兒眼瞅著十八了，這婆家再定不下來，可就真耽擱了。」

何老娘道：「要是別人家閨女婆家難尋我還信，妳婆家姑太太的閨女還不好尋婆家？胡山長管著這麼大的一個書院，念書上有出息的孩子選一個做外孫女婿不就成了？再者說，咱們縣裡好後生多了。不說別個，隔壁阿燦今年就要下場考秀才，聽說十拿九穩。馮家說來是妳姑媽的婆家，也有些家資，孩子也通情理，如何？妳婆家姑太太樂意，我去幫著問問。」

何子衿道：「胡姑太太如今靠著娘家過活，怕是想給姑娘尋個碧水縣的婆家吧？馮大娘她家雖好，到底不是咱們縣裡的人，以後還要回芙蓉縣的，胡姑太太能樂意？」

蔣三妞長嘆，「我有件事也只在咱們自己家裡說了，重陽他爹這幾天正為姑太太生氣，連太爺都不大痛快。我們姑太太不知聽誰的謊言挑撥，看上了芙蓉樓的趙掌櫃。」

沈氏道：「這算什麼親事？那趙家什麼名聲誰還不知道，如何能把親閨女許給他家？」

蔣三妞哪裡是不知胡姑太太受了什麼人的挑撥，只是一時間不好說罷了，如今開了頭，委實直抒胸臆道：「這幾年都說趙家宮裡有娘娘發達了，原本我也不知道什麼娘娘不娘娘的，只是聽重陽他爹說，我們老爺說的，趙家娘娘在宮裡的確說得上話。老爺自從回家，心裡一直不受用，也不知起了什麼心，想走趙家的門路，再活動個差使。我家太太不知聽誰說的一套話，在姑太太跟前把趙掌櫃誇得一朵花兒去。姑太太那人，耳朵軟得很，這不就動了心。只是此話怎麼能提，剛一提就把我們老太太氣著了，老太爺也罵了我們老爺一頓。」

何子衿聽此新聞也覺詫異，她道：「要是趙娘娘能在御前說上話，能給人活動個官兒，那怎麼他自家老子兄弟還是白身呢？我看胡老爺沒把事打聽清楚吧？哪家娘娘若得體面，就是抬舉也是先抬舉自家人，沒得不抬舉自家人，反是抬舉別人的理。」

「這個道理，重陽他爹也與我說過，我想著也是呢，趙家娘娘真要手眼通天，早封趙財主個大官，怎麼還叫趙家這一家子在咱們這小縣城窩憋著？想是老爺病急亂抬醫，我近些天總是心驚肉跳，聽重陽他爹說，我們老爺心大得很，說什麼現在還不趁個熱灶趕個功勞，以後就晚了。」蔣三妞自己說著都揉胸口，在婆家憋悶壞了。

何子衿不解地問：「趁什麼熱灶？趕什麼功勞？」

「我也不大清楚。」蔣三妞的出身在這兒擺著，儘管人聰明，到底見識有限，嘆道：「我想著，這世上的聰明人多了，要是有什麼熱灶功勞的，怕也不是好趁的，何況老爺剛剛因事罷了官，就是想再謀官職，也得等這事兒先冷一冷才好說。」

何子衿道：「可不就是三姊姊說的理？官場咱們雖不懂，到底胡老爺是犯了過錯回鄉的。不說官場，就是咱們辦事，一次辦砸了，往後人家就不找咱們了，想來是同樣的道理。且胡老爺罷黜回鄉，他這會兒又要謀官，要是遇上皇帝腦子好使，一看他這人名籍貫，就先得生氣。想著前兒剛罷你回鄉，還如此不老實又來謀官，說不得要怎麼想呢。」

何子衿說得好像他跟皇帝多熟似的，沈氏聽了好笑，道：「妳個丫頭知道什麼，縣太爺都沒見過幾遭，就說起萬歲爺來。」

何子衿道：「娘，我是說這個道理。」

蔣三妞小聲道：「嬸子，咱們鄉下人不敢這樣揣度，可我有時也是同妹妹這樣想的。咱們是鄉下人家，沒見過皇上，我就拿我手下使人法子的忖度，大致也同妹妹想的差不多。犯了錯回來還不貓幾年，這麼上躥下跳，求的又是趙家這樣的人家，真寧可在家賦閒度日了。」

何老娘恨恨道：「最可恨的是那胡姑太太可是你們老爺的親妹子，如何能這樣坑妹子？禽獸一樣的東西！要知道阿文他爹是這等人，當初你們的親事我就得再斟酌！」

沈氏勸道：「咱們當初看的是阿文，阿文這樣的好少年，可是不多見的。」

何老娘想了想，道：「這倒是。」接著她老人家長嘆一聲，「歹竹出好筍啊！」

沈氏道：「好在胡山長事事明白，定會攔了胡家老爺的。」

「可不是嗎？要不是有太爺，我們家的日子還不知會過成什麼樣呢。」蔣三妞感嘆，「這日子過好不容易，想過壞再容易不過的。」

何老娘忍不住道：「胡山長和阿文都是再明白正經不過的人，怎麼就有這樣的兒子這樣的爹，真是上輩子的冤孽。」她老人家忽就想到一事，問沈氏：「那趙掌櫃啥的，是不是王媒婆來給咱們丫頭說過的？」

也就是鄉下人家，沒什麼忌諱，才當著女孩兒說起親事來。不過，在何老娘眼裡，那也算不得什麼親事，是趙二那殺千刀的弄出的事，要不也不會這麼急著給丫頭和阿念定下親事來。何老娘這樣一提，沈氏就大致與蔣三妞說了此事，道：「妳知道就罷了，這原是趙二那王八羔子託媒人來提的，說是應著個趙掌櫃的名兒給子衿說親。可想一想，也知道趙掌櫃同趙二是什麼關係了。不過是趙二手下一條狗，這樣的人家斷不能嫁的。你們姑太太守寡這些年不容易，就這一個閨女，真嫁了這等人家，豈不害了閨女一輩子？就是你們姑太太，以後連個倚靠都沒有呢。」

生過一回氣，沈氏說的都是實在話。沒兒子就得靠閨女了，這麼一個閨女，守寡拉扯大不容易，這要挑女婿，且先放下貧富，倒是先看人品，不然女婿再豪富，若是個渾人，縱有千萬金，妳也指望不上。

蔣三妞深以為沈氏的話有理。

在娘家吐槽了一回自己的極品公婆，蔣三妞又有事同何子衿商量，蔣三妞道：「我們家看著大家大業，其實人口多，以後分家還不知怎麼著。如今又有了重陽，他現在也大些了，我想著是要尋些事業做，不求賺多少銀錢，占著手有些事做也好。」

沈氏自己就開有醬菜鋪，而且隨著醬菜鋪做的年頭長了，沈氏在芙蓉縣都有了自己的分店，不為別個，大姑姊的婆家就是芙蓉縣的。馮家在芙蓉縣是數得著的人家，何家與馮家交好，沈氏的醬菜這些年也算小有名聲，與沈山商量著，就往芙蓉縣開了個分店。這事知道的人不多，沈氏一向低調，並未往外說過。

沈氏一聽蔣三妞這話，便道：「這很是。」

蔣三妞笑，「還要與子衿妹妹商量。」

何子衿想了想，道：「三姊姊不是要開卦攤子吧？」

蔣三妞道：「妳又打趣我？開什麼卦攤子，今年五月妳就不算了。我是想著，妳做的那烤鴨忒好吃，琢磨著妳拿方子入股，咱們合開個烤鴨鋪子倒是好的。」

胡家以前有名的飯莊碧水樓在碧水縣開了多少年的，何子衿道：「烤鴨也不算稀奇，我也不入股，三姊姊打發人來，我教他做就是了。」

「一碼歸一碼，非但要妳入股，還得借妹妹的名頭才好。」蔣三妞道：「不是我多心，要是以我的名頭，用婆家的人，怕別的房頭有話說，到時又是一番掰扯不清。」

何子衿道：「那就說我開的吧，只是也不用非要給我股份吧？」

蔣三妞笑，「妳不要，我就算給姑祖母。」

何老娘立刻響亮表態：「我要！」

何子衿便也不推辭了。

何老娘與蔣三妞道：「有了紅利，只管交給我，丫頭片子最不存財的。」

一時江家一家子也過來了，大家說起話更是熱鬧，尤其沈瑞這次回來，帶回了好消息，也帶回了不少閨女和女婿給備的禮。江老爺江太太還是老樣子，無非就是臉上喜色多些，江大舅也是個寡言的，倒是王氏，嗓門亮堂不少。

王氏道：「當初瞧著阿素就不凡，果然就是有大造化的。」

江太太道：「我聽親家太太說，帝都的東西貴得很，怎麼還叫小瑞捎那些東西回來，咱家裡什麼都有呢。」

何老娘笑說：「開始是艱難，現在阿素富裕啦，還開了書院，專給舉人老爺講書，比咱們縣裡的書院還了不起。阿素實誠，孝順妳，才叫小瑞帶那麼些東西回來的。」

江太太道：「只要他們好，咱們這裡就好。」

何老娘與江太太年紀相仿，兩人比較有共同話題，尤其江太太話少脾氣好，就聽著何老娘發表演說了：「叫我說帝都風水好，看阿素，現在都四個兒子了。多子多孫，您閨女也是旺家，他們老沈家好幾代單傳的，這一下子得四個小子，人丁興旺哩。」想著自家要是能有四個大孫子，那得樂得半宿睡不著覺。
江太太笑呵呵道：「親家太太說的是。」
說到旺家上頭，王氏都忍不住了，咯咯笑幾聲，拿眼瞅媳婦一眼，臉上有一種極想顯擺卻又不能顯擺的竊喜神色。何子衿多機靈啊，便道：「哎喲，阿琪姊是有身孕了吧？」
王氏嚇一跳，問：「子衿妳如何知道的？我可誰都沒說過。」問兒子江仁：「是不是你說的？」這多嘴的小子，啥事都存不住啊！
江仁舉手作投降狀，「娘，您不是不叫我說嗎？我都憋著沒說。」
何子衿笑，「我剛掐指一算，算出來的。」
江氏著實驚嘆，認真道：「大姑娘，別人都說妳是神仙，可我總想我是看妳長大的，妳洗三時我還來吃過洗三酒，如今我方是信了，妳真有神通啊！」
江氏又問：「可能算出是男是女來？」
何子衿道：「此乃天機，不敢輕洩。我與大娘說一句，看阿仁哥和阿琪姊都是多子多孫的面相，您以後啊，不用羨慕我舅舅舅媽了。」
江氏喜上眉梢，江家一家子聞此言都歡喜得不得了。
傍晚胡文來了，江念也過來了，江氏問：「阿念今年也考舉人嗎？」
江念笑，「想下場試試，也不知大娘您來了，要不我早過來了。」
江氏正色道：「我什麼時候不能見？你用功念書才是正理。咱們家這些人，就你、你姑丈和你義父是讀書種子。你們好生用功，將來考取功名，咱們再教導晚輩，以你們為楷模。」

自從家裡出了沈素這麼個官老爺妹夫，江氏就特別對讀書人另眼相待。雖然自家兒子不是讀書的胚子，但依江氏的主意，還是越多讀書人越好。兒子不是這塊料，她還有孫子呢。親戚們發達了，孫子以後也能受些提攜。

說一會兒話，便到了吃飯的時間。因人數多，便按男女分席而座，沈瑞也在男席上吃。何恆今日過來，主要是同沈瑞打聽些帝都赴考的事，這個話題大家也喜歡聽。

沈瑞道：「春闈啥的，要我說，別的都不打緊，就一樣，身子得好。」

江仁道：「還得會念書才成。」

沈瑞道：「會念書是一定的，得舉人老爺才能參加春闈，能考到舉人的，都是有才學的，可就說咱們外地的去帝都春闈，我陪我們大爺去的時候，按理大爺的身子算是不錯的了，路上還病了幾日。要是身子骨單薄的，像咱們這路遠山遙的，去帝都就不容易。春闈時更是九天都要在貢院裡答題，貢院那地方，我僥倖去過一遭，春闈的號舍也就三尺寬四尺深，幸而我不用春闈，要不我這個子，進去怕是伸不開腿，而且，進去時只能著單衣，夾的都不行，怕你夾帶啥的。」

江仁道：「三月天還冷得很，只著單衣還不得凍壞了啊！」

「可以多穿幾層。」沈瑞道：「再者，一進去就是九天，得自帶乾糧。我們大爺會點兒廚藝，他帶的是乾麵條，餓了用蔥花爆香，煮個湯麵或是做個拌麵都好吃。要是不會的，就得吃些冷食。春闈結束，我去接大爺時，大爺樣子還好，可大爺考試時，我每日去貢院外等，就怕出什麼事。那時聽說每屆春闈都有身子不中用了被抬出來的，初時我以為是訛傳，想著不就進去寫九日文章，又不是下地種田做力氣活，如何也不能要了命去，但自己親去了就知道，真的有還沒考完就發了急病給抬出來的。還有些能撐到九天結束，一出貢院門就厥過去的，也是尋常了。我們大爺現在給舉人講文章，這也好幾科春闈了，每次都有身子不成中途退出的。與大爺交好的一位歐舉人，文章好得不得了，但歐舉人身子不好，一直未能下場，所以我說，考好考賴的，得身子骨好。身子骨好了，就是一年未成，苦讀三年再來過就是，不然哪怕文章天成，如歐舉人這般也是可惜。」

胡文見何恆聽得入神，笑道：「別人擔心，阿洛兄弟我是不擔心的。見他走山路，明明一個書生，走起來比我還快。」

何恆笑，「他在青城山是走慣了的。」又道：「聽小瑞這樣說，我還得慶幸阿洛去青城山這幾年呢，壯實不少，平日裡一些瑣事倒不用人服侍。」想著妻子還總是說兒子在山上苦，何恆這會兒得慶幸兒子在青城山歷練這幾年。

沈瑞道：「阿洛身子骨肯定沒問題，他雖瞧著瘦，其實是個結實人。」知道何洛明年的科舉，沈瑞雖然一向實誠，也知道寬解何恆。

何恆道：「做父母的，一輩子操不完的心，以後你們就知道了。」

何恭一向熱心，知道何洛這要去帝都，族兄不放心呢，便又引著沈瑞說了些帝都事，直待天色已晚，諸人方興盡告辭。

蔣三妞會動心弄個烤鴨店，一則自己生了兒子，在婆家站住了腳；二則公公胡大老爺被罷了官回來，家中用度有些緊張。蔣三妞琢磨著，並不是家裡就沒銀錢了，只是房頭多，孩子多，各有各的心思，都是為自己房頭考慮，公中用度自然就緊巴了。尤其各房頭都有積累，哪怕是他們大房，大老爺外放這些年也未必沒有私房，可胡文是庶出，大房的私房能落到胡文蔣三妞頭上有多少，蔣三妞都不敢想。

不過，蔣三妞也沒想著去盤算長房的私房，她自己有手有腳的，丈夫也是正經過日子的人。蔣三妞手裡田地收益一年有幾十兩銀子，再加上平日積攢下來的，以及胡文的私房，兩人還是有些身家的。當然，這是跟外頭比，不能與胡家其他房頭比。主要是，胡文就是個窮的，好在他為人機靈，知道靠著祖父，幫府裡管些事情，他的私房都是自己有心攢下來的。蔣三妞自己也不富，何家不是刻薄人家，養蔣三妞一場，因蔣三妞嫁得體面，何家把胡家給的聘禮盡陪送了她，連帶蔣三妞這些年自己做活計掙下的銀錢，沈氏及何老娘又貼補一些，陪嫁給蔣三妞。只是何家家境擺在這裡，蔣三妞的嫁妝依舊是沒法子與妯娌們相比的。

現實擺在眼前，蔣三妞自然得想法子。她也不想掙什麼大錢，也沒何子衿神神叨叨的本事，索性學著沈氏開家鋪子，哪怕是家小鋪子，每個月有些進項就成。

蔣三妞拉著何子衿入夥，一則是這方子是何子衿的，她們姊妹情分好，所以更不能叫何子衿虧了；二則拉上自己娘家人，省得婆家有話說。

蔣三妞與丈夫商量著，胡文道：「這倒是便宜，不說別個，咱家以前就幹過飯莊，就是先時的李大師傅有了年歲，回老家了。這要是飯莊，別個往後放，先得廚藝好才行。飯菜燒得好壞，客人一嘗就知道。」

蔣三妞道：「我看子衿妹妹的烤鴨不算太麻煩，李大師傅可有兒子徒弟？」

「他家兒子是不學這個的，倒是有兩個徒弟，不過都被趙家重金挖走了。」倒不是人家忘恩負義，是胡家這飯莊歇業，人家也得另謀生路，胡文道：「先時管著飯莊的是咱們府上的馮管事，他是三太太的陪房，最是個滑溜的，其實飯莊的煩難事都是他手下的李適辦的。明兒我問問李適，他自從莊子上回了府裡，也不大如意，倒不若讓他給妳跑跑腿。」

蔣三妞忙道：「就是個小鋪子，也不值當單叫個人為我跑腿。」

「妳還不知咱們府裡，吃閒飯的人不少。要我說，閒飯這會兒好吃，以後還不知怎麼著呢。李適是個能幹的，只是他老子娘是府裡的粗使下人，沒個靠山，哪裡輪得到他出頭。馮管事倒想把閨女說給他，馮姑娘心高，卻是不樂意，他也不願意屈就府裡的粗使丫鬟，好在年歲還不大。我問問他去，他不樂意就算了。」

胡家是碧水縣大戶，府中下人多有些高人一等的感覺，蔣三妞道：「你與他說明白了，就是個小鋪子，怕是賺不了多少錢，斷不能跟以前咱家的飯莊比的。」

胡文笑，「只管放心，醜話自然說在前頭。要我說，什麼大的小的，大的也是從小的做起來的，看嬸子的醬菜鋪子，就知道這個理了。咱家也不指望發財，先試一試水罷了。」

蔣三妞抿嘴笑，「可不就是這個理。」

胡文沒空管鋪子的事，蔣三妞也沒讓他管，家族都有規矩，未分家不可置私產，當然，這是說的家中子弟，媳婦的私房是不算在內的。

李適二十出頭，個子有些矮，面皮微黑，眼神明亮，模樣生得平凡無奇，不過，一說話就能感覺出這是個實誠人。李適道：「我那會兒在飯莊裡幫忙，先是在廚下做打雜的夥計，後來做外頭的夥計，幫著進貨記帳，做些雜務什麼的。奶奶的事，四爺已經與我說過了。我現在在府裡也沒什麼事做，奶奶有什麼要跑的，只管吩咐我。」

蔣三妞道：「我也是剛起這念頭，既然你知道飯莊的事，我這想著，先開個小鋪子，除了祕方，什麼都還沒預備呢。」

李適笑，「有了祕方，餘下的都好預備。奶奶看是先找做生意的鋪子，還是怎麼著？」

蔣三妞乾脆道：「你與我過去一道商量商量。」

李適原想著四少奶奶不過是借娘家的名頭用私房開個鋪子，不想竟是真的與娘家妹妹合夥。李適對何小仙的名頭也是頗為敬仰的，見蔣三妞要帶他去，自然歡喜地應了。

天氣漸暖，蔣三妞抱著兒子過去與何子衿商議。何子衿看了看李適，點點頭，頗為神叨地來了句：「嗯，阿文哥的眼光果然是不錯的。」

李適道：「不敢當仙姑的讚，都是我的本分。四奶奶和仙姑肯用我，我定用心做事。」

何子衿笑，「李管事坐吧，咱們商量一下。」

李適是胡家出來的，胡家規矩自然多的很，但看何家，仙姑叫他坐了，四少奶奶也沒意見，李適謝了座就坐下了。

何子衿先說了烤鴨，做法其實不難，何子衿這鄉下把式自己搗鼓幾回，味兒也不賴，但鴨子得是肥鴨才好吃。想做烤鴨鋪子，鴨從何來，碧水縣臨水，但河鴨烤出來的味兒其實不大好吃，何子衿做烤鴨前必是買幾隻鴨子擱籠子裡增肥一個月再烤，那味兒才香。

李適道：「這做飯鋪子，別的好說，廚子得有合適的。」

何子衿道：「周嬤嬤是會做的，只是她有了年歲，飯鋪子忒忙，她怕是不成。」

蔣三妞問：「李管事，你可有合適的人推薦？」

李適道：「以前咱們飯莊廚下有個幫廚的叫小六子的，忒是個機靈孩子，很有幾分手藝。當初趙家是想連他一起挖過去的，只是小六子不樂意，現下他在城南開了個小飯館。他手藝好，支撐起來卻是艱難，就光縣裡的衙役大爺們也招待不起，他想著關了鋪子回老家。要是奶奶和仙姑覺得合適，我找他問問。」

何子衿是知道這個的，在縣裡倘沒個背景，什麼人都來欺負，再好的手藝也做不了生意的。何子衿看向蔣三妞，蔣三妞道：「這倒是可以，只是不知他願不願意跟著咱們幹，再者，還有一樣，他若是最終願意自己做東家還是怎麼著，要問清楚才好。」

李適道：「經了自己開鋪子的事，他是再不會有自己做東家的想法了。不過，為求穩妥，我還是問他一問。要是他願意，我叫他過來見過奶奶和仙姑。」

何子衿道：「最重要的是人品，鋪子賣的是入口的東西，更得是謹慎人才好。」

李適道：「仙姑說的是。我與小六子認識非一日，他在廚下已有十來年的時間，這些規矩都懂的。何況，咱們這裡有祕方教他，更得簽好合約才好。」李適明顯也是極有經驗的，合約是一方面，胡家在碧水縣數一數二的人家，輕易也不是有人敢惹的。

三人商量半日，最後李適去尋合適的鋪面，還要與小六子去談一談主廚的事兒。何子衿這裡令周嬤嬤買了六隻鴨子回來增肥，打算把鴨子養好了，正式做一回烤鴨給大家嘗嘗。其實是烤鴨麻煩，何子衿才不常做，但連沈氏這樣不愛吃肉的都喜歡吃何子衿做的烤鴨。

李適頗為能幹，已把小六子叫了來。大家彼此見了面，何家胡家在碧水縣都有些年頭，這小六子瞧著也是個老實人，何子衿餵鴨子烤鴨子時也沒避著他，待鴨子烤出來，那一院子的香氣，隔壁馮太太家的下人都過來了，還說：「一聞這味兒就知道是仙姑在烤鴨子了。」又拍何子衿馬屁：「仙姑烤的鴨子也帶著仙氣呢。」

何子衿實在忍不住，笑道：「進喜，你別招我笑。」

進喜道：「我說的都是實話。」

何子衿笑，「一會兒請馮大娘過來幫著試吃，看這味兒還要不要改進。」

進喜應了，道一句：「仙姑，妳這鴨子得是咱們碧水縣第一香了。」

何子衿這裡折騰著烤鴨的事，小六子在邊上跟著學，道：「以前李師傅就想讓東家買您家的烤鴨祕方。」

何子衿道：「那會兒賣了，可就沒有現在了。」

小六子笑笑，也不說什麼，他本就是個話不多的人，但專業技藝精湛，何子衿說些注意事項後，他的火候控制明顯比何子衿要好，不過何小仙理論知識夠豐富。小六子每天過來，他們還就其他菜色做些討論，譬如豌豆苗用鴨油炒更為鮮香，肥腸非但能紅燒，小六子基本功到家，用大火爆來做脆皮肥腸脆皮豆腐亦是極佳。

有何子衿這位理論家做指點，小六子每日過來學本事，順便料理何家的一日三餐，鬧得胡文每天傍晚都來何家與媳婦兒子一道用飯。還有江仁，也是帶著家屬來，媳婦一位。江家夫妻看何琪身子安穩，因家中春天田裡要料理的事情多，又給何琪買了個年歲大些的婦女服侍，夫妻二人便回了老家料理農事。

江仁覺得他媳婦有身孕要滋補，他家裡人少吃飯無趣，索性就過來一起吃。

小六子家裡也有媳婦孩子，他家媳婦怯人，不大來，何子衿便讓人打包給小六子家裡送去，連沈瑞都說：「以前可不知道子衿姑娘有這樣的好手藝，比帝都府的廚子還強哩。」

這麼些個人來家裡吃飯，把何老娘心疼得都打算按人頭收伙食費了，可礙於從帝都回來的有大見識的沈瑞在，何老娘才咬牙忍住了收伙食費的衝動。

好在三月三沈瑞與何洛幾個秀才要一起與商隊踏上去帝都的行程，雖然這次沒能幫沈瑞說個好媳婦，讓何老娘很有些遺憾，但知道沈素一家子在帝都安好，何家便也放心了。沈瑞走的時候，何江兩家安排了兩車東西讓他帶去帝都，都是給沈素一家子的禮物。

沈瑞推辭道：「這哪裡帶得走？」

何老娘道：「反正你們是跟著商隊一塊走的，就是阿洛他們幾個舉人也走不快的。路上別急，慢些走，注意身體。」很是叮囑了沈瑞一番。

何洛等人離鄉千里去帝都趕考，知道的都來送了，自有一番離愁別緒，連素來很穩得住的族長太太劉氏也強忍著才沒掉下淚來。孫子多不容易啊，為了功名前程，這般的辛苦。

待送走沈瑞和何洛一行人，何子衿與蔣三妞的飯店算是開張了。

何子衿、蔣三妞、李適和小六子一起商議，鋪面不用太大，更不必與先時胡家的飯莊相比，就租了一處碧水街二層樓的臨街地界。開張那天的場面之熱鬧，何老娘籌算了一番，覺得照著鋪子的火爆程度，勉強算是沒白叫那些傢伙們來家吃白食。烤鴨鋪之火爆，連縣太爺都聞了風聲過來一嘗，還給烤鴨鋪題了詞。李適連忙命人裱了高掛在中堂。不過，何子衿覺得她家烤鴨好吃是一方面，但縣太爺這般抬舉，恐怕也是先前受趙家的氣受得狠了，如今碧水縣有了這以胡家為靠山的烤鴨鋪，縣太爺就想抬舉起來與趙家的芙蓉樓一爭高下。

當然，這是何子衿的陰暗的小心思作祟。

反正烤鴨鋪是火爆得不得了，連胡大太太也問了，蔣三妞恭謹答道：「媳婦出身貧寒，這幾年攢了幾個銀錢，就跟娘家妹妹合股開這鋪子，賺幾個脂粉錢。」

胡文都不入胡大太太的眼，就更不必提蔣三妞這庶子媳婦了，尤其蔣三妞口口聲聲的說起了「銀錢」、「脂粉錢」的，在胡大太太聽來，彷彿上輩子窮死，這輩子窮鬼，就知道錢啊錢的，叫人瞧不上。胡大太太皺眉，問：「妳的銀子不夠使？」

蔣三妞深知婆婆出身書香門第，最是個口不言財的，遂擺出一副市儈樣，「銀子誰還嫌多呢？我想著咱家以前也有飯莊的營生，就跟著有樣學樣也開了一個。」

胡大太太見蔣三妞這財迷樣，不耐煩道：「不管幹什麼，記得咱家的體統。」

蔣三妞應了聲「是」，胡大太太覺得這庶子媳婦簡直從頭到腳透出一股寒酸銅臭味兒，擺擺手打發她下去了。

蔣三妞很有法子對付婆婆，知道婆婆清高，於是，討了婆婆的嫌後，她也省得再往前湊了，讓大房的妯娌們羨慕不已。無他，胡大太太雖是個清高的，卻是不比胡老太太寬厚，胡老太太每日不過媳婦們過去請安則罷，並不要媳婦們在她身邊立規矩，對孫媳輩更是照顧關愛，胡大太太卻是個極重規矩的人。蔣三妞這個庶子媳婦因市儈財迷，很令她看不上，她便不叫蔣三妞去她眼前。而胡大奶奶、胡二奶奶這兩個嫡子媳婦，因是親的，所以胡大太太對兩個兒媳婦要求嚴格，每日必要晨昏定省，然後服侍茶飯，立足一整日規矩的。

蔣三妞的烤鴨鋪很紅火，好在其他妯娌身家都較蔣三妞豐厚，也不會去眼紅她一個飯鋪子，倒是胡老太太先時私下問了蔣三妞銀錢可湊手的事。蔣三妞要是個貪財的，這會兒定是打蛇隨棍上的。只是蔣三妞少時艱難，後來嫁給胡文，自尊心反是更強。再說，她原本有了開鋪子的念頭，第一先考慮的就是銀錢上的事。

胡老太太特意問了她一回，蔣三妞很是感動，連忙道：「也就是個小鋪子，用不了多少銀錢，我這裡還夠，要是哪天短了，可得來跟老太太開口的。」

胡老太太笑，「只管與我說。萬事開頭難，你們小孩子家，有難處只管說。」

蔣三妞感激地應了。

這世上誰沒難處？像胡老太太，真是個寬厚的好人，對兒孫對媳婦孫媳婦都寬厚，但兒孫多了，偏哪個不偏哪個都不好。正經嫡孫在眼前，太拿著庶孫當回事，媳婦和孫媳婦的心裡就得嘀咕，所以胡老太太是私下問蔣三妞。胡老太太知道他們小夫妻私房有限，又是一心一意過日子，不免想幫他們一幫。

蔣三妞知道太婆婆的好心，只是這大宅門的事，誰瞞得過誰。老太太有了年歲不說，家裡還有寄居的姑太太母女，再者，現下三太太當家，二太太兩隻眼睛也盯著家裡，只怕吃了虧去。大太太是剛與大老爺回來，又是長房，故而宅門裡事情便多。今兒蔣三妞得了胡老太太的幫助，明兒個就不知傳成什麼樣子。到時計較起來，蔣三妞是不怕的，可胡老太太這把年歲，沒得再惹一肚子氣。

因鋪子新開，烤鴨供應上還是有限制的，倒不是不想把生意給做大，主要是鴨子上的供應。填鴨倒不是多稀奇的事，也不是何子衿前世帶來的新鮮事，事實上，何子衿從朝雲道長的藏書中就看到過有關鴨子催肥的記載，連帶用什麼飼料都記述詳細。

何子衿還與朝雲道長說呢：「先時我還擔心不占卜後沒了營生，師傅，您是不知道我那鋪子生意多麼火爆。」

朝雲道長道：「聽說了，妳那烤鴨的名聲都傳到山上來了。」

「不止是有烤鴨，還有各種炒菜吃的人也很多啊！」何子衿是把壓箱底的本事都拿出來的。小六子廚藝好，何子衿吃上頭算是小有見識，何況還有何子衿從朝雲道長那裡抄錄的美食書籍，兩人搗鼓出不少菜色來，現在都有別的縣的人慕名而來啦。

何子衿不愧是何老娘的親孫女，導致她也有些愛顯擺的毛病，她原是想著叫小六子過來給朝雲道長露一手，但朝雲道長不喜外人來道觀，何子衿中午便親自做了幾個小菜請朝雲道長品嘗。何子衿端上湯菜，一邊擺桌上，一邊還道：「聞聞這味兒，一聞這味兒就知道有多香多好吃了。」

朝雲道長笑，「有菜無酒？」

何子衿道：「我說給師傅燙酒，聞道師兄不許。算啦，一把年紀，少吃酒多吃菜。」

江念想，子衿妹妹說話就是太實在。

聞道聽到何子衿說「一把年紀」四字，忍不住唇角抽了又抽。何子衿已經給朝雲道長布菜了，還說：「看聞道師兄，年紀大可怎麼了，你們沒聽過一句話嗎？歲月就是一罈美酒，歷久彌香。」說得聞道與朝雲道長都笑了。

江念……

聞道說：「這話有學問。」

何子衿陪著朝雲道長歡歡喜喜吃了一餐飯，何子衿自己不覺，聞道卻覺得出，其實不必何子衿拍馬屁，這丫頭只要過來道觀，朝雲道長的心情總會很不錯。

何子衿用過午飯，與朝雲道長暢想了一回自己的餐飲夢想，下午便與江念告辭了。

待回了家，蔣三妞帶著重陽來了，何子衿笑說：「哎呀，咱們重陽來啦，我先去洗手。」她向來是先洗手再抱孩子的，何老娘都說：「窮講究。」

何子衿洗過手抱著重陽逗了一陣，說：「幾天不見就覺得重陽又長大了，我前兒給重陽做了身衣裳，一會兒拿給三姊姊。」

蔣三妞笑，「別總給他做衣裳，重陽衣裳盡夠的。」

蔣三妞會過日子，要了許多何洌和俊哥兒小時候的衣裳給重陽穿，在這上頭，基本上沒什麼開銷，而且小孩子穿舊衣裳也是民間的風俗。

何子衿道：「又不費事，幾塊布頭就做好了。」

何老娘道：「這倒是，別看這丫頭不做好活，做活是真快。」

丸子把自家姑娘做的小衣裳拿出來，蔣三妞見是柔軟細棉布的料子，裡面的縫邊都包了進去，半點不會磨到小孩子，不由讚道：「這樣仔細，妹妹的活計已是不錯了。」

大家說著話，江念說：「晚上叫阿文哥一道過來吃飯才好。」

蔣三妞道：「相公有差使，這幾天都不在家。」

何老娘忙問：「可是妳婆家有什麼事？」

蔣三妞道：「是我們家大姑奶奶生了兒子，章家送了喜信來。大太太是去不了的，大爺在準備八月秋闈的事也沒空，大太太就讓二爺帶著洗三禮和端午禮去州府。二爺一直跟著大老爺大太太在外頭，對州府不大熟，乾脆讓相公隨二爺一塊去，路上也有個照應。」

何老娘道：「這倒是，阿文慣是外場的。」

何老娘這麼說，蔣三妞也沒說什麼，她是不樂意叫丈夫去的，胡家大爺還好，很有長兄做派，胡家二爺一直在外頭，卻是慣會挑剔胡文的。胡文是庶出，又是弟弟，只得忍著，面上不好說什麼，頂多背後給胡二爺挖個坑使個絆子。蔣三妞是極煩胡二爺的，不說別個，自從蔣三妞的飯鋪子開起來，胡二爺時常過去吃飯，帳是一次都沒付過。

蔣三妞今兒個過來，就是同何子衿商量這事的。當初胡家開的碧水樓也是碧水縣有名的高檔飯莊，最終關門了事，未嘗沒有這種成了家族的唐僧肉，誰都來啃一口的關係。

蔣三妞是新開的飯鋪，小本經營，這會兒不立起規矩來，以後豈不更沒了章法？

何子衿回來了，蔣三妞私下同她說這事，何子衿想了想，道：「眼瞅就是月底了，我叫人把帳單給你們府上送去，三姊姊只當不曉得這事。」

蔣三妞道：「這也好，我婆婆最是個清高的，雖叫二爺沒面子，也得拿他作筏子，不然胡家多少族人，個頂個的上門白吃，咱們生意也不用做了。」

一時飯好，蔣三妞在娘家吃了晚飯才坐車回了婆家。

何老娘問何子衿：「妳三姊姊跟妳嘀咕什麼了？」

何子衿曉得蔣三妞是不想何老娘操心才私下同她說的，她倒無所隱瞞，直接同何老娘講了。何老娘眉毛都要豎起來了，怒道：「豈有此理？我都捨不得去白吃一頓，這胡二郎好大的臉面，弟媳婦的飯鋪子，他倒去白吃白喝！」

這生意可是三丫頭與自家丫頭片子的，可不就是自家生意嗎？何老娘自己節儉得很，因有這飯鋪的便利，蔣三妞初時天天命人給娘家送飯菜，何老娘也喜歡吃這飯鋪大廚的手藝，卻是再不許蔣三妞命人送的。如今竟有人白吃白喝吃白食，何老娘如何能忍？

何老娘道：「可不許這麼算了的，不然人人有樣學樣，妳們生意也甭做了。」

何子衿笑，「自不能這樣算的。」

於是，四月底，胡家就收到了胡二爺在飯鋪的帳單。

現下胡家是三太太當家，胡三太太見著這帳單有些傻。胡家是有規矩的人家，但凡公中的東西，小到一日三餐四季衣裳，大到修房子收租子，都是有一定成規的。得在規矩上的，才能從公中出。至於其他開銷，譬如各房自己買東西，那是要自己掏錢的。胡二爺在外吃館子的花費，不在公中開銷的呀。

胡三太太身為當家人，雖手中有權，可也有多少人瞧著呢。胡三太太就命人把帳單給胡二奶奶送去了，胡二奶奶臊得臉都紅了，對胡三太太的丫鬟翠竹道：「門上也是糊塗，竟送錯了地方，怎麼給三嬸了送去了？我們爺的單子，自是我來結算，有勞翠竹姑娘了。」還命丫鬟賞了翠竹一把銅錢。

翠竹道謝回去，悄與胡三太太道：「二奶奶臉都臊紅了。」

胡三太太輕笑，「二爺這事做得太不講究。」怎麼能到弟媳婦的飯鋪裡吃白食呢？

翠竹是心腹侍女，低聲道：「四奶奶真是個厲害的，就這麼叫人送到門上。」既是送到門上，現下家裡是三太太當家，自然要送到三太太這裡來的。

胡三太太道：「這麼沒嫁妝沒出身的，再沒本事，如何能嫁進來？等著瞧著，四奶奶可不是好招惹的。」

胡二奶奶被這堆帳單氣得渾身發抖，倒不是這帳單上的銀錢數目太大，胡二奶奶自有出身，還不將這幾個小錢看在眼裡，只是丟不起這個人。

人家結帳的夥計還在外頭等著，胡二奶奶立刻命丫鬟秤了銀子給夥計送去。自己哆嗦了一時，方起身去了胡大太太那裡，胡二奶奶哭道：「二爺這叫什麼事，每天他出去，我都是樣樣打理妥當，銀子也絞出來，一兩是一兩，一錢是一錢的，小廝身上也都帶著銅子兒，哪裡就少了花銷。咱們這樣的門第，只丟不起這個人。」

胡大太太氣得倒仰，當下命人把蔣三妞叫來，那帳單險些摔到蔣三妞臉上。

蔣三妞只作無知狀，「太太為什麼事這般著惱？」

胡大太太一指地上，喝道：「妳自己看！」

蔣三妞一瞥豌豆，豌豆撿起一張帳單給蔣三妞。蔣三妞就聽胡大太太道：「妳二哥不過是去妳鋪子裡吃個飯，我有的是銀子，妳弟妹也有的是銀子，妳至於這樣叫妳二哥沒臉？」

蔣三妞一臉茫然，「我也不曉得呀，這是誰送來的？」

「少給我裝樣子！妳是東家，有什麼不曉得的？不過是為幾兩銀子叫我沒臉罷了！我沒臉了，妳倒是好有面子啊！」

胡大太太冷笑，「可見天也是沒眼的！」

蔣三妞道：「太太這樣說，竟叫我無言以辯了。我若有此心，立刻叫雷劈死。」

蔣三妞道：「這事我原不知，太太既這樣說，我也不曉得該說什麼。我小戶出身，不曉得什麼是有臉什麼是沒臉。帳房上一是時不察，送了帳單過來，這原是我的疏漏。我今日收回去，只當無此事就罷了。此事也只咱們三人知曉，哪裡就沒臉了？」

胡大太太險被蔣三妞噎死，她最是清高，口不言財的人，哪裡能說此事已叫胡三太太知曉。胡二奶奶道：「弟妹哪裡知道，這帳單是送到三嬸子那裡去的。」

蔣三妞道：「三嬸素來不是個多嘴的，我去求三嬸保守祕密，二嫂看如何？這帳單給我，我自去叫櫃上消了帳。二哥不是外人，吃幾頓飯罷了，哪裡還能這般計較？我雖是東家，到底婦道人家，不知櫃上的事，一時疏漏了，我給二嫂賠個不是，二嫂不與我一般計較。」說著還真就福了一福。

胡二奶奶還是要臉的，道：「銀子我已是付了的，二爺也是一時圖輕快，四弟妹莫如此。四弟妹也是小本生意，我們再不能占四弟妹這便宜的。」

蔣三妞道：「再有這事，二嫂只管直接問我。我也是個沒見識的，櫃上的人都是直腸子一根筋，他們可見識過什麼？回頭我就打了他們，竟做出這樣不著調的事，收帳收到我家裡來，簡直是豈有此理？」

胡二奶奶不想此事鬧大，連忙道：「四弟妹萬不必如此，罷了，過去就罷了。」

胡大太太直接道：「咱們這樣的人家，沒有女眷打理生意的，看妳也不懂這其中的規矩，早早關門吧，還少些氣生。」

蔣三妞道：「按說太太吩咐，我總該聽著的，只是縣太爺也要時時過去吃飯，咱們太爺也常請人去，何況也不是媳婦一人的生意，裡頭還有我娘家妹子的份子，這可算怎麼著？」

胡大太太也不是好對付的，在她看來，一個要出身沒出身的庶子媳婦罷了，「妳既不懂，咱們府上倒是有懂的，那胡忠家的二小子，叫胡果的，最是個能幹的，不如就叫他替妳管著鋪子，妳也就懂了。」

蔣三妞道：「這自是好的，媳婦求之不得，只是這鋪子的事，我還得去與娘家妹妹商議一二，不好自己做主。」

胡大太太淡淡地道：「那妳就去商議吧。」

不知蔣三妞如何商議的，何子衿親自過來與胡老太太私下說：「我說了，怕老太太為難，可不說，又不曉得要怎麼著。」

胡老太太自然問何子衿什麼事，何子衿便將這難處與胡老太太說了：「我與三姊姊湊份子開飯鋪的事，想是老太太也知道的。」

胡老太太笑，「自然曉得，現在碧水縣都曉得妳們第一樓的名聲了。」

第一樓這名字取得多好，還是縣太爺給取的。

何子衿道：「多虧鄉親們捧場，縣太爺這般讚譽，也是我們的運道。」

胡老太太對晚輩素來關愛，問：「可是遇著什麼難處了？」

何子衿抿了抿唇，見屋裡沒有別人，就同老實說了：「這事實不知要如何說。就是突然間府上派了一位胡果胡管事，要接管我那小飯鋪，倒叫我摸不著頭腦。我問三姊姊，才曉得是府上大太太的意思。三姊姊苦勸我許久，還說胡管事如何懂規矩如何能幹，叫我必給她這個面子。我知她的難處，只是一碼歸一碼，老太太，我實在……」

「竟有這等事？」胡老太太當下臉就沉了下來，她活了這把年紀沒見過有婆婆去插手兒媳婦私房的，而且還是嫡婆婆去插手庶出兒媳婦的私房，胡老太太道：「妳先回去，放心吧，這定是有什麼誤會，再不能有這樣的事。原是妳們小姊妹的私房飯鋪，妳們愛怎麼著就怎麼著，那胡果我立刻叫他回來，他哪裡懂飯鋪的事。」

何子衿謝過胡老太太，又勸道：「府上人多事雜，哪裡值得老太太您生氣呢？我們這些晚輩，都指望著您老人家關照呢。」

胡老太太嘆，「妳是明白的，阿文媳婦也是明白的，可這世上啊，總有不明白的人。」

何子衿告辭離去。

胡老太太叫了胡大太太問原由，胡大太太一臉理所當然，道：「阿文媳婦說她不大曉得如何管理飯鋪，同我要人，我聽說胡果是個能幹的，就著那孩子過去給阿文媳婦幫把手。」

胡老太太冷冷道：「妳也拿這話糊弄我？阿文媳婦若是缺人，等不到現在！她要是不懂怎麼管飯莊子，第一樓是如何做起來的？我看妳也不大曉得管理產業，要不要妳那些私房田莊的，我也派人幫妳管一管？」

胡大太太頓時不敢說話了，胡老太太道：「我還活著，妳暫且消停些，待我死了，妳愛怎麼鬧就怎麼鬧吧！」

胡大太太連忙跪下，道：「老太太這話，媳婦如何敢當？」

「妳這把年紀，我也不想多說什麼了。二郎去弟媳婦飯莊白吃白喝的事，妳當我不曉得嗎？人家過來要個帳，妳就去作賤阿文媳婦！我不說出來，是給妳臉面！實在不行，妳與老大就分出去過活吧，省得成日沒事尋氣生！」

世間哪裡有把長房長媳分出去的，一旦分出去，他們長房也就不必活了。胡大太太連連請罪，胡老太太不愛見這個，淡淡地道：「下去。」

待胡大太太一臉狼狽走了，胡老太太靠在榻中一聲長嘆，這個大媳婦一直覺得他偏心，讓三房管家，就看大媳婦這種心胸，能把家管好嗎？

胡老太太命人叫了胡大奶奶來，這事她既責了胡大太太就不好再出面安撫蔣三妞，世間沒有為兒媳婦罰婆婆的理，這樣只能叫蔣三妞越發難做。胡老太太便讓胡大奶奶去看看蔣三妞，寬慰她一二。

胡大奶奶黃氏是胡老太太親為大孫子選的媳婦，最寬厚明白不過的人，胡大奶奶先寬慰了太婆婆，這才去了蔣三妞院裡。蔣三妞倒是沒什麼，只是道：「沒有規矩，不成方圓。都是做媳婦的，我終是差了一層。」

黃氏嘆，「太太的性子，也只得這麼著了。」

她倒是喜歡蔣三妞的，就像蔣三妞說的，沒有規矩不成方圓，倘是婆婆今日插手蔣三妞的私房飯莊，以後是不是也會插手她的嫁妝？黃氏不是沒有想過，而且，此事原就是胡二爺沒臉，哪裡有這樣行事的？本不差這幾個錢，偏要去弟媳婦飯鋪吃白食，這叫什麼人啊？哪怕胡二爺與丈夫一母同胞，黃氏也得說胡二爺這人品實在不及胡文。

蔣三妞道：「大嫂子好生照顧大爺，大爺考出功名才好，咱家以後就得指望大爺了。」

黃氏忙道：「四弟也是能幹的，弟妹妳事事心裡有數，以後再不必愁的。」

「相公雖好，念書上不成，這世道家裡非得有個念書的人才成。五爺也是個好的，早早中了秀才，只是咱們畢竟是長房，與三房到底遠了一層。」蔣三妞道：「我總想著，這些嫡嫡庶庶的恩怨，都是長輩們的事，與咱們是不相干的。就是相公的生母，聽說當初也是太太給的老爺，才有了相公。這家常過日子，不管同房的還是隔房的，同母的還是隔母的，既是做了一家人，總要和和氣氣的才好。一家子日子是好是歹，總要擰成一股繩，不然不必別人算計，自家人先這樣，恨不得你吃了我，我吃了你，又有什麼意思呢？」

黃氏原本就對胡文和蔣三妞的觀感不錯，覺得這兩人出身差些，卻是正經過日子的人。黃氏是嫡長孫媳，以後胡家的當家人，胡文及蔣三妞日後必是旁枝的，如果是這樣正經過日子的旁枝，黃氏也願意照顧他們一二的。如今聽蔣三妞這話，方覺得蔣三妞雖出身有限，卻是個有見識的人，不然斷說不出這樣的話來。

黃氏正色道：「何嘗不是弟妹說的理？我也是這樣想著，一家人總要親親熱熱的才好。」想到不省心的婆婆，黃氏道：「也是我這些天淨忙著大爺的事，疏忽了家裡。」她與三太太一道管家，眼瞅著秋闈將至，她重心都在丈夫身上，難免有些疏忽。

蔣三妞不是不明理的人，無奈道：「這與大嫂有何相干？三太太原也沒令人聲張，只是讓翠竹悄悄把帳單拿給了二奶奶。二奶奶是大太太的娘家侄女，自是親近的。要我說，大太太有了年歲，便是天大的事也不該去打擾大太太的，這不過是幾十兩銀子的小事，二奶奶要孝敬大太太，原也不在這上頭。」對胡二奶奶的不滿是溢於言表了，黃氏心有戚戚。她是胡老太太選的，胡二奶奶是胡大太太的娘家侄女，給姑媽做媳婦，自然是親近的。胡二奶奶在婆婆面前一向比她這個長嫂得臉，蔣三妞更不必說，從不入胡大太太的眼。蔣三妞一說這話，饒是黃氏也頗有感觸，心下又與蔣三妞近了幾分。

妯娌倆說了半日話，黃氏方告辭離去。

待胡文自州府回家，蔣三妞已經把這事兒辦完了。

胡文心疼媳婦，道：「該等我回來的，太太那性子，定是為難妳了吧？」

蔣三妞道：「她也就是在家裡耍耍威風，我還能被她給為難了？倒是你，做人兒子的，又是男人，怎好與婦道人家講理？你就是有理，她一撒潑，你也沒了法子。」

胡文悄聲道：「每次我瞧見大太太，就想著，我這沒了親娘的倒也乾淨。倒是大哥，守著這麼個親娘，以後可怎麼著。」

蔣三妞偷笑，拉他手，「過來看看重陽。你在家時也沒怎麼著，你這一走，天天咿咿呀呀的，不知是不是想你。」

「兒子定是想我了。」胡文過去抱兒子，怎麼瞧都覺得兒子俊。

蔣三妞問：「大姑奶奶還好嗎？」

胡文笑，「大姊姊挺好的，章家上下都歡喜，託我們帶來了給咱家的端午禮，就是兒子沒咱們兒子俊。」

「孩子當然是自家的好。」蔣三妞聽這話忍俊不禁。胡文稀罕了回兒子，從懷裡掏出個巴掌大的紅木匣子，塞媳婦手裡，道：「我在州府給妳買的。」

蔣三妞打開來，見是一對赤金的葫蘆墜子，驚喜笑道：「真好看。」這墜子打得頗精緻，藤蔓葉子上的葉脈都纖毫畢現，蔣三妞是何老娘耳濡目染出來的，問：「這得不少銀子吧？」

「問這個做什麼？戴上我瞧瞧。」

蔣三妞換上新墜子，胡文望著媳婦嬌美容顏也歡喜，笑道：「就戴著這個，明兒咱們去看姑祖母，我給她老人家帶了州府的點心回來。」

丈夫去州府還給自己帶東西，蔣三妞心裡歡喜，剛與丈夫說了幾句話，豌豆進來說：「外頭打發人來問，咱們爺的東西放哪兒？」

蔣三妞忙問：「你還帶什麼回來了？」

「買了些零碎料子，家裡怕是放不開的。」胡文想了想，「我去瞧著一些，一會兒再同妳說。」剛起身要走，胡文又道：「拿些銀子給我。」

「要多少？」

「四百兩。」

蔣三妞嚇一跳，她們家底子差不多就這麼個數，不過，她暫不多問，痛快取了銀子給丈夫。胡文拿銀子出去了大半個時辰，回來才與蔣三妞說起自己在州府買東西的事。

何老娘這會兒正與沈氏說胡大太太，何老娘道：「不是親娘就是不成，她生怕阿文跟三丫頭把日子過好了扎她的眼。」

沈氏亦深為不滿，蔣三妞日子過得多不容易啊，這剛有了起色，胡家大太太就這嘴臉。當初她開醬菜鋪子時，婆婆也沒說要替她管。

這一對比，沈氏道：「胡大太太聽說也是出身大戶，這也忒不講究了。」

「什麼大戶人家，依我看，越是大戶人家幹出來的事越叫人瞧不上。」

自從跟大戶人家做了親家，何老娘越發瞧不上這些大戶人家了。

沈氏想了想，怕說多了倒叫婆婆生氣，「這世上的人啊，有明理的就有不明理的，原也不在大戶小戶，他家老太太就是個寬厚人呢。」

「是啊，胡親家也是命苦，修來這樣的媳婦，一輩子操不完的心。」相較之下，何老娘覺得沈氏比胡大太太強多了。何老娘又笑，「咱家這倆丫頭也不算無能了。」這事兒，何老娘與沈氏沒管，都是何子衿與蔣三妞在辦。

沈氏道：「辛辛苦苦自己辦的飯鋪，若就這麼易了主，以後還不得叫人欺負死？說句不該說的話，幸而那大太太不是三丫頭的親婆婆，這要是親婆婆，媳婦可怎麼過日子？」

何老娘深以為然，還好自家丫頭片子沒婆婆，覺得江念這沒娘的，也不是沒有好處。

第二天，胡文與蔣三妞帶了州府的點心過來探望何老娘。

何老娘喜孜孜地道：「以後啥都不用帶，甭花這個錢，有錢你們攢著，好生過日子。我這裡啥都不缺，你們把日子過好，我就高興。」還尤其大方地打開點心包請大家品嘗。

胡文不僅帶了州府的點心，還帶回了一批雜色的棉布頭。說是布頭倒也不全是，只是這批布或多或少總有些小問題，但用是沒問題的。胡家自恃身分是不會用這種布，胡文給何老娘和沈氏帶了些來。

何老娘瞧著布，摸了摸，道：「不過是有些個接頭沒接好，就能這麼便宜？」

胡文笑，「這都是裁下來的，成匹的少了，但我想著，這布也不短，做衣裳都還行，就買下來了。正好去時帶的幾輛車，回時也沒花車馬錢。」

何老娘自是比胡文更懂一些料子的，道：「這是上等棉布料子，多綿軟，正是能用的。別處不用說，咱們自己縣裡逢五逢十的廟會上，就得有人搶。」

沈氏也說：「只是微有些瑕疵，咱們縣裡人不講究，又不是州府人，這東西好賣。你尋個機靈人去廟會上試試，定好銷的。」

蔣三妞道：「孀子不知他弄了多少回來，足足花了五百兩，我都愁得吃不下飯了。」

胡文笑，「這有什麼愁的，想個法子銷出去，銀子就能回來。」

蔣三妞道：「廟會上不難賣是真的，只是咱們家沒這麼個做小買賣的人，可你這五百兩銀子的東西，足堆了四間屋子，得賣到哪年哪月去？」

何老娘嚇了一跳，「弄了這麼多回來？這得賣兩年才能賣得完吧？」

胡文道：「不消那麼久。媳婦的師姊桂圓嫂子就是做小買賣的一把好手，桂圓嫂子的娘李嬸子也不錯。我想雇她們幫我去各縣裡廟會把消息傳出去，也不零賣，就要批發。」

蔣三妞道：「要我說，這些料子適合貨郎零賣。」

胡文笑，「跟我想一處去了。」

蔣三妞嗔他一眼，胡文道：「頂多多賣些日子，放心吧，砸不了手裡。」

沈氏道：「這個得多少錢一尺？」

胡文道：「十五錢怎麼樣？」

「便宜！這樣成色的料子，巧手的在這不大好的地方繡上些花樣也就遮住了。這樣的便宜，一準兒好賣！」沈氏道：「桂圓母女在廟會上賣賣倒還罷了，阿山倒是認得幾個貨郎，你找他問問。只要是東西便宜，貨郎們也願意去賣的。」

怕晚上風涼，吃過晚飯，胡文就帶著媳婦兒子回家了。

家裡胡大太太正與丈夫告狀：「阿文不是我生的，他自小跟著老太太、老太爺長大，他大了，我要說他，就怕他多心，可看他辦的都是什麼事。」

胡大老爺正因外甥女同趙家親事未成覺得晦氣，聽這話不禁道：「他又怎麼了？」

「叫他同他二哥去看大丫頭和哥兒，不知他怎麼想的，倒騰回來了好幾屋子的破爛布頭擱奴才家裡，以後怕是要拿出去賣的，這哪是咱們家的家風？」胡大太太直嘆氣，「咱們祖上就是念書做官的，難不成子弟要淪為商賈？」

胡大老爺正氣不順，胡文回家就被叫過劈頭蓋臉一頓罵。胡文悶頭聽了，並未辯駁，待他爹罵痛快攆他出去，他就回房了。蔣三妞已哄睡了孩子，問道：「老爺叫你什麼事？」

胡文道：「表妹跟趙家的親事沒成，正沒好氣，拿我撒個火。」

蔣三妞：這叫什麼爹啊……

胡大老爺罵歸罵，胡文的零布批發生意做得很不錯，他找了個生計不大好，又在府中巴結不上，還算能幹的族兄弟胡勇管著批發的事，而且，胡文乾脆跟他爹說，東西送給胡勇，省得他爹再無事生非。

胡勇頗是能幹，半個月就銷了一半，蔣三妞回了本，道：「可不能白用勇兄弟。」

胡文笑，「這怎麼會，我早與他說了，就是賣不出去，一個月也有二兩銀子，然後，不論賣出多少，提一成給他。這半個月，他就得了二十兩。」

蔣三妞雖是個精細的，也不心疼這錢，「勇兄弟也算能幹了，我倒是沒聽說過他。」

胡文嘆口氣，「家裡三嬸當家，他到不了三嬸跟前，自己又沒本錢，就是再能幹，巧婦難為無米之炊呢。」

蔣三妞笑，「這也是與咱家有緣法。聽說縣裡碼頭要擴建，以後坐船便也宜了。何況，只要能吃得苦，正年輕呢，以後也不愁沒生計。」又與胡文商量是不是買幾十畝地。蔣三妞的理財觀念深受何老娘影響，有銀子就喜歡置地。

胡文道：「待這批料子出手，一半拿來給咱重陽置地，另一半妳仍收著，倘若有個什麼花銷，咱們手裡好有個活錢。」

胡大老爺和胡大太太原是看不上胡文夫妻的，兩人的態度發生劇烈轉變是在端午後。端午前夫妻倆簡直不樂意見胡文與蔣三妞，端午後，胡大太太與蔣三妞打聽何子衿占卜的事，蔣三妞道：「可是不巧了，妹妹已經封卦。」

「怎麼就封卦了？算得好好的。何小仙的名聲我都聽說了，妳外祖母家的表兄正有事，想卜一卜。」胡大太太和顏悅色地笑著，「咱們不是外人，不能請小仙兒破個例嗎？妳表兄實在是有要緊事。」

蔣三妞不願得罪婆婆，只是既已封卦，委實不好破這個例。奈何這位章家表兄又是家裡大姑娘的女婿，算起來，既是大太太的娘家侄兒又是女婿，蔣三妞不好一口回絕，「這些占卜的事，我是不大懂的，不如我問問妹妹。我倒是願意，可到底如何，還是得聽她的。」

胡大太太笑，「這是當然。妳們姊妹情是極好的，替妳表哥好生勸一勸何小仙吧，他這大老遠的過來，就是想請何小仙幫忙卜一卜。」

章家表哥不是來送端午禮嗎？不過，這話蔣三妞是不好說的，只得虛應了。

蔣三妞辭了胡大太太時，胡大太太還說：「這天兒正熱，我這裡做了涼羹，一會兒我著丫鬟給妳送盞過去。」

蔣三妞受寵若驚地回了自己院裡，問豌豆：「咱們府裡可有什麼新鮮事？」

反常必為妖啊！她與婆婆相處的時間不長，可也知婆婆素來不是這樣的和氣人。

豌豆道：「也沒什麼新鮮事，只是大太太院裡的喜鵲姊姊找我問咱家子衿姑娘的事，我什麼都沒說，還問喜鵲姊姊打聽子衿姑娘做什麼，喜鵲說是表少爺想找子衿姑娘算卦。」

「這是什麼時候的事兒？」

「就早上，我剛想與姑娘說，大大太就叫姑娘過去了。」

蔣三妞皺眉，想著大太太這是怎麼了，章少爺端午前就到了，若早想找子衿妹妹占卜，該早提了，如何過了端午方說呢？

蔣三妞素來心細，覺得這事有蹊蹺，胡大太太那裡也著人打聽著呢，看蔣三妞可去了娘家。豌豆一時就進來報，道：「大太太著喜鵲姊姊送了涼羹過來。」

蔣三妞請了喜鵲進來，喜鵲笑說：「太太立催著奴婢送了涼羹來給四奶奶，倒是少見太太這樣著急的。」

蔣三妞自是聽得出這話，「有勞妳了，這麼大熱的天兒。」

「原就奴婢分內之事。」喜鵲放下涼羹就告退了，蔣三妞命豌豆送了出去。

大太太這麼眼巴巴等著，蔣三妞只得換了衣裳叫外頭備車，囑咐豌豆好生照看重陽，自己去了娘家。蔣三妞可不是那種唯婆婆之命是從的媳婦，何況大太太又不是她親婆婆，這樣古怪的事，她怎敢叫何子衿應？

蔣三妞如實說了，何子衿道：「既已封卦，龜甲五帝錢都歸還了三清，如何還能再占卜？三姊姊就這樣與胡大太太說吧。」

蔣三妞直嘆氣，「也不知太太這是怎麼了，想起一齣是一齣。」

何老娘撇嘴道：「夜貓子進宅，無事不來。妳這婆婆腦子有病，哪有這麼大熱的天兒就叫媳婦頂著大太陽回娘家的，一點也不知道心疼媳婦。」

沈氏聽這「心疼媳婦」的話，唇角不由抽了一抽，想著婆婆近幾年是十分好了，以往的事就當忘了吧。沈氏笑，「正好三丫頭回來了，就在家吃了飯，好生歇一歇再回去。」

蔣三妞道：「重陽中午還得吃奶，我們太太正等著，我還是先回去，省得她生氣。」

「我剛弄了些桃膠，正好三姊姊帶些去。妳不好吃涼的，桃膠性平，通津液，產後吃是最好的。」何子衿並不知胡大太太給蔣三妞送涼羹的事，只是隨口這樣一說罷了。

蔣三妞正在哺乳期，吃食上極為注意的，想到婆婆給自己的涼羹，心下又是一嘆。

蔣三妞回家與胡大太太實說了，蔣三妞說得懇切：「太太交代了我，我哪裡敢耽擱，立刻就命外頭備車，回了我娘家。正好我妹妹也在家，我就問了。」她心眼多，話到這裡特意頓了一頓，胡大太太果然急不可耐地問：「到底如何了？妳妹妹應了沒？」不怪她對這庶子媳婦看不上眼，淨說些有的沒有，委實上不得檯面。

蔣三妞疑慮更大，面上只作惋惜狀，「妹妹說太太說得晚了，她今兒個剛將龜甲與靈錢歸還三清，再卜不得了。要是太太早說，昨兒個說就能卜了。」這是再試探一句。

胡大太太直道：「妳表哥也沒早一天跟我說啊！」那滿臉的焦切，絕不是作假的。

胡大太太又道：「給了三清，還能不能再請回來？」

蔣三妞搖頭，仍是作懇切狀，「我問了，妹妹說不能的。」

胡大太太不悅地看蔣三妞一眼，硬邦邦道：「妳去吧！」沒用的東西！

蔣三妞以為這事就這樣罷了，不想晚上胡文回家，與媳婦道：「這是怎麼了，老爺問我子衿妹妹現在還卜不卜卦，說章家表兄想請子衿妹妹卜卦！」

蔣三妞心裡倏地一沉，忙問：「你怎麼跟老爺說的？」

「子衿妹妹不是說一進五月就封卦嗎？我就如實說了，又看了回老爺的臭臉，老爺就打發我回來了。」胡文覺得媳婦臉色不大對，坐過去問她：「怎麼了？」

蔣三妞如實說了，道：「這事我怎麼想怎麼覺得不對，要是章家表兄想找妹妹占卜，怎麼一來不說，反這會兒才說呢？」

胡文也想不通，乾脆道：「這個不急，家裡哪裡有祕事，明兒我一打聽就知道。」

蔣三妞這才放了心，她嫁過來日短，沒錢拉攏府中下人，還是丈夫在府裡人脈廣，「可得好生打聽一二，能驚動老爺太太的，定不是小事。」

說句老實話，胡文在老家待的時間比他嫡母要長的多。胡大太太嫁給丈夫的時候，胡老爺已經是官身，在外任上，胡大太太與胡大老爺也就在胡老爺任上成的親，而不是在老家辦的喜事。成親沒幾年，胡大老爺就考上功名派了官。胡山長和胡老太太都不是刻薄的，儘管胡大太太是長子媳，也沒要求胡大太太在服侍翁姑，而是讓胡大太太在丈夫身邊，如此宦遊幾十載，在公婆身邊待的時間有限，在老家的時間更有限。

胡文不一樣，他小時候跟著長兄回老家，然後就沒再回父親與嫡母身邊，一直跟著祖父母長大。儘管他是庶出的，自己也沒什麼銀錢，但胡文天性機靈，也沒什麼架子，又得老太太老太爺的眼緣。待得大了，除了娶了一房胡家長房史上以來最窮的媳婦外，他一直跟在祖父身邊打點庶務。有這個地位，家裡大小管事、丫鬟、婆子、小廝啥的，都能說得上話。

所以，胡文著他的小廝立春去打聽，第二日就得了消息。

胡文聽立春的回稟後，險些厥過去，這日子真沒法兒過了。

胡文氣得一摔筷子，粽子也不吃了。

立春也抽著唇角說：「爺還是得想個法子，何家仙姑要想進宮，也等不到這會兒。」聽說先前趙家三五趟遣媒人過去何家，就是想打何仙姑的主意把人送到宮裡做娘娘。要不說仙姑她不是凡人呢，人家不慕那富貴，根本沒睬趙家。就這事，他們老太太都讚何家有風骨。

今兒這章家姑爺起的這心思，要擱個凡女身上興許能成，仙姑是斷不能成的。

胡文氣了一回，他不是立春，想事情自然想得深些。他現在琢磨的是，章家表兄此舉，是他自己的意思，還是章家的意思呢？

至於老爺太太是如何被章表兄說服的，胡文一點都不稀奇，他爹都能被趙二忽悠了，想起復都快魔怔了。至於大太太，一向以娘家為榮的，章家表兄既是娘家侄兒又是嫡親女婿，他不過是庶子，就是何家，在大太太眼裡怕也不算什麼，怕是根本不當親家的。

胡文想了想，直接去找章表兄兼大姊夫說話。章表兄年紀長些，快三十的人了，相貌溫文，為人也和氣，見胡文過來，笑著請他坐，又命丫鬟上茶。

章表兄笑問：「四弟一向忙，今兒怎麼有空過來了？」

胡文瞥那丫鬟一眼，章表兄就命丫鬟下去了。

胡文道：「聽了些閒話，便過來問表兄一聲，免得誤會。」

胡文這話，章表兄有些意外，他也猜度了些，倒是抻得住，還道：「怎麼了？」

「我也不曉得，就是不知怎麼聽到有人說表兄你想讓何家表妹進宮。」胡文覷著章表兄的神色，道：「這事兒，不是真的吧？」

章表兄倒沒什麼詫異，只是唇線一抿，溫文的臉上多了一絲決斷，不答反問，道：「這事兒四弟是聽誰說的？」

胡文早知這章表兄雖只是捐了個官，卻是個極有耐性的，胡文為人亦是機敏，來時早有準備，眼都未眨一下，便道：「家裡下人都知道了。」隱諱暗示大老爺大太太嘴不嚴。

章表兄臉色沉了沉，繼而恢復常態，說道：「其實是宮裡太后篤信三清神仙，何姑娘是女眷，且聽聞她道法精妙，頗有神通，所以想請她去給太后娘娘說法。她已訂親，如何還能進宮為妃呢？四弟不要聽人以訛傳訛，我也是讀聖賢書的，這個道理難道不懂？」

胡文笑，「我說呢，大表兄斷不是這樣的人。這也是不巧，何表妹已將龜甲與靈錢歸還了三清，不再給人占卜。就是三清的事兒，她一個女兒家，道法也有限。再說，先時趙家把芙蓉縣的王神仙弄到帝都，怕就是給太后說道法去了吧？還是王神仙這樣的，道行才精深。」

胡文笑咪咪地就把事兒給拒了，不管是占卜還是說道法都算了吧。帝都太后什麼的，他們這樣的身分，一想就渾身發抖。要是個男人，如王老道那樣的，希圖富貴，搏上一搏倒是無妨。何子衿一個小姑娘，親事也定了，去那地方做什麼？

胡文的明拒，章表兄自然聽得出來，章表兄道：「我是想著，都是親戚，何家也是四弟你的岳家，這樣的機會不是人人都有的，不然我家裡姊妹們倒樂意，只是她們沒那造化。」

胡家在碧水縣也是大戶人家了，富貴了幾百年，家資也是有一些的。胡文一個庶子，在家族中長大，在富貴上比不得同房兄長，也比不得隔房的堂兄弟，所以，當初胡山長與陳家聯姻，是更屬意胡文的，就是因想著這個孫子是庶出，少母族幫襯，想給他說個實惠岳家。不想，陳家親事說給了二房。都是孫子，胡山長倒也不是不樂意。想著另給胡文說一門殷實親事，胡文就自己找了蔣三妞。蔣三妞也沒什麼不好，就是清寒了些，但從這親事上也能看出來，胡文雖生在胡家這等富庶之家，對於富貴看得真不重，不然當初也不能求娶蔣三妞。

章表兄用富貴來動人，能動得了胡老爺和胡大太太，還真動不了胡文。

胡文笑道：「我看何表妹也不是有那造化的，要不，表兄你剛來，她就正好沒了占卜的靈性。倒是聽說芙蓉縣也有女道，道法不比王神仙差，表兄要是用得著，我幫表兄打聽一二。鄉下地方，我總比表兄熟悉些。」

章表兄道：「既然何仙姑無意，那便罷了。」

胡文又閒話一二，方告辭而去。

胡文沒急著將這事與妻子說，這事兒說了，不過是叫妻子生氣，卻是悄悄同祖父說了。胡文道：「也不知章表兄說的是真是假，咱家雖姓胡，到底與承恩公府並無親緣關係。太后什麼的，我一聽就哆嗦，這不是小事，我去章表兄那裡探了探底，就忙來跟祖父說了。」

胡山長並未動怒，這事在官場上並不罕見，像趙家那樣把親閨女送到宮裡為妃，還能有運產下皇子的，不要說趙家這樣的平民之家，就是公門侯府，怕也是情願的。如今章家打何子衿的主意……

胡山長問胡文：「你覺得呢？」

「啊？」胡文沒明白祖父的意思。

胡山長道：「我是說，你對這事如何看？」

胡文雖然愛跟祖父母打小報告，可這事他如何看，他又不曉得這章家是個什麼意思，胡文有些懵，不過，他是個機靈的，祖父問他的意思，明顯是器重他，他不能說不曉得。事實上，他就此事也進行過思考。

胡文搔搔頭道：「孫兒胡思亂想過，先從咱家與太后家的關係說吧。祖父也說過，就是僥倖都是同一個姓氏，而且祖父先前是知府致仕，父親不過同知，還被罷了官，要太后家真拿咱家當回事，祖父的官職想來不止於知府，我想著父親也不會這麼容易被罷官，可見咱家在太后眼裡也就是平常情分。我就是覺得章表兄的事兒比較怪，就是先前趙家，趙二嘛，沒見識，何家表妹在咱們縣也是個出挑的，趙二眼皮子淺還有可能看中何家表妹，可章表兄什麼樣的美人沒見過？何表妹有些小名聲，也是在咱們縣，在州府哪裡顯得著她？章表兄好生奇怪，他好像就盯準了何表妹似的。這個孫兒暫想不通，章表兄那裡怕也不會輕易與我說實話的。再從我岳家說，人家家境雖尋常，可真不是趙家那等送閨女進宮搏富貴的人家。何表妹這親事也定了，這事兒根本不用去問，人家不會樂意，所以，我想著，咱們與章家雖不是外處，到底是兩姓。他家有他家的打算，可咱家現在，祖父在縣裡操持書院這些年，父親好歹也平安回來了，咱家又不是沒有出眾子弟，大哥和五弟就要秋闈，族裡也有兩個秀才族叔今科要下場的。咱家還是正正經經走科舉仕途的好，何必去走太后那裡的裙帶關係？一走那關係，瞧著是捷徑，我總覺得不穩當，咱家跟人家沒那麼深的交情。」

胡山長聽了，深深嘆了口氣，「咱家能走過幾百年的歲月，如今還算薄有家業。老祖宗就曾立下祖訓，不得與后族結交太過。當年我為官，不是沒有結交承恩公府的機會，可想想，自來后族多有曇花一現的。雷霆雨露皆自上出，盛時極盛，敗時極敗，也不罕見。這麼一大家子，子弟族人上千，如何能不慎重？」

胡山長感嘆了一回，方與胡文道：「太后是今上生母，承恩公府備受榮寵，太子殿下的生母亦出身承恩公家族。」

胡文道：「那要是太子殿下登基，承恩公府不還得繼續富貴著？」

「怎麼，你又後悔了？」

胡文連連擺手，「我就這麼一說，祖父您這樣的學識在官場只能熬到知府，我根本不敢想這些事。我就想著，咱家也不算窮了，穩紮穩打就好，不用去希圖一步登天。公啊侯的倒是尊貴，風險也大。再說，章表兄還真以為他一說何表妹就樂意啊，您看何表妹成天笑嘻嘻的，心裡可是個有數的。她不樂意的事，就是使手段逼著她，她出了頭，章家也落不了好。」

胡山長道：「你岳家就是這樣叫人敬重，不是那等眼皮子淺的。」

胡文替岳家謙虛：「過獎過獎，讀書人家嘛！」

胡山長道：「你去把你章家姊夫叫來，我問一問他到底是怎麼回事。他家裡也是經世家族了，這些年比咱家還要好些的，何必如此急功近利，要火中取栗？」

胡文就去叫人了，不知胡山長如何同章表兄說的，章表兄第二日就請辭回了州府。

胡文此方與妻子說了這事的來龍去脈，蔣三妞果然不悅，道：「先時說趙家是個眼皮子淺沒見識的，章家這樣的大戶人家，怎麼倒同趙家一樣？」

「反正都解決了，祖父親自同章表兄說的。」

蔣三妞這才不說什麼了。

原以為這事兒就這麼過去了，章家表兄也走了，蔣三妞就沒跟娘家提，免得平添煩惱。過了端午，天氣一日熱過一日，倒是陳姑丈去了一趟何家，唧唧咕咕同何老娘唧咕了半日。何老娘聽得腦子不大夠用，不可思議地問：「你是說，叫咱家丫頭去給太后講道法？」

「是啊，聽說芙蓉縣的王道長現在在帝都就被封了神仙。咱們子衿的本領可不比他王老道差，這樣的機緣，斷不是人人都有的。」

何老娘瞅瞅外頭的太陽，關切地問：「他姑丈，你沒中暑吧？咱們土裡刨食的小民，你就是做生意也沒出過州府，如何知道太后的事兒？你認得太后？」腦子發昏了吧？這事兒何老娘是再不能信的，覺得陳姑丈是在吹牛。不要說太后了，太后姓誰名誰陳姑丈怕也不曉得，就過來跟她瞎吹牛。

陳姑丈道：「我自沒那福氣認得太后，難道我就沒消息了？寧家是我親家，他家大老爺在帝都做高官，他家的消息能有差？我一聽這事兒，立刻就過來了。這樣千載難逢的機會，錯過就再沒了！」

何老娘頗是心動，只是要是往日，她是肯應的，她一直覺得自家丫頭片子是有造化的，可現在，何老娘道：「你是好意，只是你也想想，丫頭親事定了，這幾年就得預備嫁妝，不能外去。再說，帝都那老遠的地方，叫她一個丫頭去，我再不能放心的。算了，女孩子家，還是得成親嫁人，才是正理。」

陳姑丈再三感嘆：「過這村可再沒這店了，我的妹妹，尋常人哪裡有這樣的造化，要是三妞四妞她們有子衿丫頭的本事，我再不能攔了孩子的前程的。子衿親事雖定了，阿念還小，也不差這些時日。再者說，子衿要是有造化去太后那裡講道法，我寧可護送她去帝都，這些瑣事，我哪裡能叫您操心，而且，我聽說要是能得太后青眼，以後子衿丫頭成親，說不得太后還會賞她許多寶貝，到時一輩子的花銷都有了。且得了太后眼緣，以後阿恭阿念做官，不也有好處？連我做生意也得講關係講交情，這做官更得如此，得朝中有人。」

何老娘自不比陳姑丈精明，她也沒聽出陳姑丈開的這些都是空頭支票，再者，何老娘哪裡知道什麼太后不太后的，在何老娘的想像中，太后跟天宮的王母娘娘差不離，可何老娘也是個有自信的，她家丫頭也是仙姑呢，所以，何老娘倒沒想過難道是個人進宮就能得太后眼緣，進而能拉到太后的關係，以後富貴闔族啥的。

何老娘被陳姑丈說得更心動了，要是別人的事，何老娘就得應了，可事關她家丫頭，兒子媳婦還不曉得呢，這樣的大事，如何能不闔家商量？還有阿念，在何老娘傳統的觀念裡，女孩兒訂了親就是別人家的人了，這事兒得阿念同意才行。

何老娘覺得機會難得，就與陳姑丈道：「我一人也不能做這個主，還得一道商議。」

陳姑丈甭看三寸不爛之舌，也就能說服個何老娘，何子衿一聽就說：「姑祖父，你可別被人騙了，真以為宮裡是好混的？王神仙什麼樣，別瞧著現在顯貴，以後還不知道怎麼著。自古通道的皇帝不少，可儒家講究鬼神敬而遠之。現在王神仙得意，等以後吧，一旦失勢，多的是人找他算帳，到時不要說他那些徒子徒孫，怕是自己家小都難保住。您叫我去給太后講道法，太后身邊多少紅人，那些人難道就容得一個我去分了太后的寵愛，到時人家給我下個絆子，怎麼死都不知道。還有姑祖父您，我得意了，家裡都有好處，您也有好處。我要是倒了楣，不說我家，您受不受牽連？咱們見個縣令都得躬身見禮的人家，知府都沒見過幾回，就敢想宮裡的事，您老可真是要錢不要命啊！這事兒您可別找我，我勸您也別受人攛掇。趙家怎麼樣，他家宮裡有娘娘，可陛下也沒賞他家一官半職啊！他家三少爺娶總督家的閨女，您打聽過沒，那算總督家的閨女？她是進過總督府的門，還是上了總督家族譜啊？一個青樓外室所出女，父不詳的女人，趙家就這樣屁顛屁顛去聯姻，總督敢在外頭說一句這是他家閨女嗎？這還是有皇子外孫的人家？趙家除了在咱們縣裡臭顯擺一下，還有其他好處沒？他家不是想搶您的鹽引都沒得手嗎？您想想吧，那忽悠您的人，存的是什麼好心？您可別上這當！您這一輩子不容易，風裡來雨裡去的掙下這份家業，可得慎重。寧家怎麼了，他家是在州府顯赫，可他家拿到帝都去算得上中等人家嗎？比他家顯赫的有的是，太后身邊的事，他家也能插上手？他家大老爺是皇帝啊？還是說，宮裡的事兒他家說了算的？」

陳姑丈說來也就是一個商賈，靠著自己的小聰明以及一些無恥與運氣有了今天的家業，要說見識，他的見識也就止於州府了。

這要是自家孫女，陳姑丈定是巴不得的，可人何子衿不姓陳，陳姑丈也是打聽過才來同何家說的。聽何子衿這一番話，陳姑丈有些呆，「子衿丫頭，叫妳這麼說，這機會不好？」

「我就是覺得，帝都什麼樣的人才沒有，怎麼就能輪到咱們蜀地呢？就是蜀地，州府人才濟濟，怎麼就能輪到我呢？姑祖父，您是被人騙了吧？」陳姑丈無恥歸無恥，但這事兒真不像他能盤算的，他倒是像個中人一類的角色。他就是中人，何子衿也得教他個明白，這種風險投資都敢幹，老東西真是不要命了。當然，最好能離間一下陳寧兩家。

「這怎麼能？」

「怎麼不能？真要是這樣的天大好事，寧家還不得叫自家女孩兒學幾本道經，披上道服去宮裡服侍太后，怎麼會拐著彎兒讓姑祖父您來我家，把這機會讓給我呢？」

到這會兒，甭看陳姑丈的生意頗有倚仗寧家之處，但從心理上，陳姑丈更信任何家。先不說他們是正經親家，當然，寧家也是他親家，但一則她閨女算是守活寡，當然，這是陳姑丈一手操作；二則他與寧家更多的是合作關係。陳姑丈這回是真的有些懵了，何子衿唇角噙著一絲笑，江念道：「姑祖父，您可別叫人給算計了。」

陳姑丈到底是老狐狸，他倒不介意被寧家利用，要是這事兒寧家說的是真的，他還真有心把何子衿推上去，但寧家不該騙他。陳姑丈當初能把親閨女弄到寧家守活寡，何子衿不是他親閨女，有好處的事，他也是樂意做的。關鍵是，這事得是真真正正的有好處，也不能有性命之危，不然陳何兩家豈不結下深仇？他是希圖富貴，到底還沒泯滅人性。

陳姑丈嘆，「我原想著，我與寧家是親家，故而他家一說，我便信了，急急得過來與你們商量。子衿好了，我能沾光，到底對大家都好。哎，到底是念書人有見識，我竟沒多想，只顧著高興了。孩子們說的是，真有這樣的好事，寧家怎肯讓給咱們家呢？」

陳姑丈起身道：「這裡頭定有緣故，子衿丫頭等閒別出家門，我再去打聽一二，不能叫人白白算計了。唉，阿念，你好生看著你子衿姊姊些，可不能讓她單獨一人出門。」

何恭是親爹啊，連忙攔了陳姑丈問：「姑丈，是有人要對丫頭下手？」

「我這裡他們已是行不通，子衿身上定有什麼咱們不知道的干係，寧家必是有緣由才糊弄我的。這事兒一時說不準，咱們縣裡都是相熟的鄉親，他們想下手也難，可小心無大過，凡事只怕萬一。等我打聽明白，也就不用這樣了。」陳姑丈瞧著何子衿，「咱子衿雖說出挑，也就是在縣裡，到州府，比她好看的不是沒有。道法精深的，神仙宮裡的道人多的是。」

陳姑丈告辭時，何恭與江念送陳姑丈出門。

江念同何恭商量：「要不要我去州府跟孫叔叔打聽一二？」

何恭道：「你還小，我去就好。」這事也不能全靠著陳姑丈，陳姑丈也惹不起寧家。

江念心下一動，「何叔莫急，咱們倒是先不要去州府，我先去朝雲師傅那裡問問。」

何恭道：「咱們一塊去。」

江念應了，回去與沈氏和何老娘說一聲。

沈氏道：「帶著小福子和四喜去，再讓阿山多找幾個人，你們一起去。」

何恭笑，「哪裡就這樣了，這兒還是碧水縣呢，咱家是秀才之家，不至於此，姑丈不過以防萬一。我讓阿山帶幾人過來家裡，你們把門關好了。」

說來其實他也擔心啊，生怕有人把他閨女搶走。

何子衿笑，「爹，您跟阿念放心去，這一片住的都是咱們族人，有啥可擔心的？」

何老娘道：「眼瞅就是中午了，吃了飯再去。」

何恭道：「阿仁就在山上，山上有的是飯鋪，我們去山上吃是一樣的。」

何恭擔心閨女，哪裡還有吃飯的心？

待何恭和江念走了，何老娘道：「可惜丫頭把烏殼子還了，不然卜一卜吉凶才好。」

何子衿道：「我早卜過了，卦上說我這一兩年都是有運的。」

何老娘這就放心了，鬆口氣道：「不早說，白叫我擔心。」她是很信自家丫頭十兩銀子一次的卦的，又與沈氏道：「妳說這寧家，先前咱也去過一回，瞧著他家老太太也不算壞人，怎麼就這樣呢？妳姑丈好歹是親家，還這樣不實在。」

沈氏道：「知人知面不知心。」她還懷疑陳姑丈也不是什麼道地人。

何子衿並不擔心自己，就像陳姑丈說的，她一小家碧玉，在碧水縣還有些看到，到州府就數不著了，何況是帝都那樣人才濟濟的地方。何子衿擔心的是朝雲道長，她身邊的人，要論神祕，朝雲道長排第一，這些人怕是醉翁之意不在酒。

祖孫三人說著話，沈山就來了，一問，原來何恭和江念還是先去了醬菜鋪子，讓沈山帶人過來守著家裡。家裡沒男人，生怕有個意外。

沈山不是外人，為沈氏打理鋪子這些年，他家裡弟弟沈水是幫著沈素管理長水村的田產房舍，兄弟倆都是實誠又能幹的人。沈山就問：「姑丈說的我沒聽太明白，姑丈與阿念又急著上山，我就先帶人過來了，家裡可是有事？」他人年輕，輩分低些，按輩分對沈氏叫姑姑，何恭自然是姑丈了。

沈氏就將這事同沈山說了，沈山想了想，「這事兒的確怪得很，小心無大過，現在家裡都是女眷孩子，姑丈和阿念出門，是得留意。不過，姑姑老太太也不用太擔心，就是宮裡選宮女，也得沒說親的女孩子吧？子衿妹妹都訂親了，是進不得宮的。」

沈山帶著兩個夥計去關上大門，他們在前院坐著，中午就在何家吃午飯。

何恭和江念是下午回來的，兩人進門時一臉輕鬆，與家裡人道：「沒有什麼事，朝雲師傅說，咱們多慮了。」

雖然自家丫頭片子卜過是平安卦，何老娘也挺關心，忙問：「朝雲道長如何說的？」

余嬤嬤端上涼茶來，江念先接了，遞一盞給岳父，自己取了另一盞，這才道：「朝雲師傅說，這事他已知道了，叫咱們只管放心。寧家大老爺在帝都不過二品掌院學士，章家是個四品官，不足為慮。這些什麼太后不太后的事，還輪不到他們插手，叫咱們安心。那些什麼給太后講經說法的事，都是騙人的。」

沈氏直念佛，慶幸閨女沒事，又道：「這等人心腸不知怎麼長的，無冤無仇的，勉強也算親戚，好端端的來算計咱家做什麼？真是的，有這門路，早把自家閨女送去了呢。」

何老娘也道：「誰說不是，說來寧家還是妳姑丈家正經親家，心眼兒忒壞！」以前何老娘還去過寧家一遭，覺得寧家為人不賴，如今這看來，人家根本沒當她家是親戚，竟然這樣算計她家丫頭片子，委實可恨！

既然識破了寧家的壞心，朝雲道長又說了大包大攬的話，何家上下也就放了心，倒是沈氏服侍丈夫換衣時問：「朝雲道長到底怎麼說的？」

何恭道：「妳說也怪，朝雲道長在芙蓉山上好幾年了，以前我覺得他就是個普通道人，買些山地，蓋個道觀修行。哎喲，今天一說話，口氣嚇人。二品、四品這樣的高官，在朝雲道長嘴裡好像不算什麼。我不好問人家來歷，可看朝雲道長是個不凡的。」

「胡山長是知府致仕，已是難得的高官了。」二品大官啥的，沈氏都不敢想。

「是啊！」何恭坐在涼榻上，「雖不好問人家道長的來歷，但只要人家肯照應咱家丫頭，咱們就得承人家的情。」

夫妻二人在說私房話，何老娘也在跟自家丫頭片子嘀咕：「我看趙家先時請錯了人。」

「什麼請錯了人？」何子衿拿個金黃透紅的杏子咬一口，甜絲絲的，沒聽明白。

「怎麼這麼笨啊？」何老娘瞪著眼睛道：「就是先前趙二不是夥同李徜內把芙蓉縣的王神仙弄帝都去了嗎？要我說，他們請錯了人，我看朝雲道長這道行，肯定比王神仙高！」

何子衿讚嘆，「祖母，您好眼力呀！」不是道行，是身分啊！

何老娘得意地將嘴一撇，也覺自己眼力好。

何老娘的分析是很有道理的，她道：「那王神仙，據說在他們縣太爺面前巴結得要命，跟隻哈巴狗一樣。妳看咱們朝雲道長，說到二品、四品這樣的大官，那口氣滿是不以為然，可見這樣的大官也不在咱們朝雲道長的眼裡，所以說，朝雲道長這眼界就不是王神仙能比的，肯定比王神仙的道行高。」把自己的推斷傳授給自家丫頭，何老娘還大模大樣道：「妳大啦，要學著看人啊！」如何觀人這種不傳之密，除了自家孩子，她連蔣三妞都沒傳授過。

何子衿天生拍馬屁的小能手，點頭道：「祖母說的有理。」

何老娘得意地將嘴撇得更高了，以致於在吃晚飯時，何恭見他娘歪著嘴，不由道：「娘，您這是吊線風啦！」吊線風是面部神經癱瘓的一種病，通常表現為眼斜嘴歪。

何老娘聽兒子這話，險些真氣成吊線風。

何家的生活恢復了正常，天時剛進六月，暑熱更甚，何恭和江念都在一意苦讀，何子衿正與蔣三妞一起對烤鴨鋪子的帳。如今天熱，烤鴨鋪子索性歇業一個月，待過了三伏天再開張。蔣三妞來娘家，邊對帳也是解悶。

何老娘聽著算盤珠子劈啪響動，心裡那個美呀，覺得彷彿聽到無數銀子嘩嘩流到口袋的天籟之音。她一邊看著重陽小哥兒，心下琢磨著讓周婆子看看井裡浸著的瓜。昨兒晚上放進去的，這會兒也涼透了，天兒熱，撈出來切了，一家子解解暑才好。

何老娘盤算著吃瓜，陳姑丈就匆匆來了。

陳姑丈一身茶色紗袍，整個袍子後背都汗濕了透貼在微駝的脊背上，臉上熱得通紅，一臉的汗珠。陳大郎跟在身旁，也是火燒火燎的樣子。

何老娘道：「他姑丈、大郎，你們來得正好，一起吃瓜。」

陳姑丈一屁股坐竹椅中，汗都顧不得擦，搶了何老娘手裡的瓜放回茶盤裡，道：「還吃哪門子瓜啊，趕緊讓子衿丫頭躲一躲，宮裡選宮人，子衿丫頭在名單上。」

「啥？」何老娘先是沒聽明白，接著明白後，聲音陡然拔高：「宮人？」

一時間，江念和何恭也從隔壁院中跑來，沈氏聽這信兒都站不穩了。

何老娘六神無主，四下看著家裡人道：「這咋說的這咋說的，宮女不都得沒成親的嗎？

咱們丫頭可是訂親的呀！」

陳姑丈嘆道：「這事一時說不清，我在州府得了信兒，立刻就快馬趕回來了。快躲躲，我車馬就在外頭，叫子衿丫頭坐我的車先躲出去。」

沈氏立刻說：「躲我娘家鄉下去。」

何子衿早將這些人不停盤算她的事想過千百回了，「這不止是咱家的事，這些人針對的也不是我，何況咱家就這幾門親戚，要是有心抓我，一打聽就能打聽出來，我去山上。」

陳姑丈抹一把臉上的汗，急道：「出家也沒用啊，妳都在名單上了！」

「不是出家，我去朝雲師傅那裡。他們無非是想對朝雲師傅下手又不敢，這才打起我的主意。」何子衿早有決斷，「我去找朝雲師傅拿個主意。」

沈氏慌了神，「這……這成嗎？」

何子衿眉毛微皺，「應是成的。」

何子衿回自己屋換了件衣裳，就要去山上，何恭和江念自然得陪她一道去。

陳姑丈道：「外頭有我的馬車，你們坐車到山下也快些。」又交代長子：「你帶人同你表弟他們一起去。」

何子衿忽而對陳姑丈道：「要是有機會，還是將表姑從寧家接出來的好。」

陳姑丈臉色微變，何子衿抬腳出了門。

朝雲道長當天就直接留何子衿江念住下了，讓其餘人回去。何恭真想留在山上守著他閨女，還是何子衿說：「爹，您不回去，祖母她們在家沒個主心骨。您只管放心，我沒事。」

反正是好是歹是吉是凶就在這幾天了！

相對於何恭的憂心忡忡，何子衿倒是一副信心滿滿的樣子。

陳大郎勸著何恭，一行人方下山回家。

陳姑丈也是有了年歲的人，在何家歇了歇，方說了他是如何知道此事的，陳姑丈道：「還是你們族裡何老爺親自同我講的，他在州府一時脫不了身，讓我回來先說一聲。」

沈氏更納悶了，「忻族兄如何知曉的？」

「這就不知道了，他有他的路子。」陳姑丈嘆，「要是尋常選宮人，怎麼也得經縣太爺這裡，憑咱家在縣裡的人脈，走走關係也落不到子衿丫頭頭上。如今這消息自州府出來，顯然是有人針對咱家的，這如何能去得？」

前番何子衿同陳姑丈說了寧家似是而非的盤算，陳姑丈還在信與不信兩可之間，如今突然有了這事，陳姑丈怎麼也得過來說一聲。就是想何子衿富貴了沾光，明顯這算計的人自家惹不起，何子衿真被人算計了去，吉凶都難定，何況富貴呢？

陳姑丈嘆了又嘆，「一會兒我再打發幾個夥計過來，我這幾天哪兒都不去，要有什麼事，只管打發人過去尋我。如今不是客套的時候，等晚些時候阿恭回來，讓他到我那裡去一趟，我們商量商量。胡親家是做過官的，他是個有德行的人，看他那裡可有什麼法子，再到縣太爺那裡打聽，總能打聽出個信兒來。」

陳姑丈到底走南闖北的人，知道寧親家不可靠時，心下也有了主意。

何老娘和沈氏都應了，何老娘心裡惦記著自家丫頭片子，不過，到底對自家丫頭片子十兩銀子一卦的卜算很有信心，她老人家還分神問陳姑丈：「寧家這樣，你還把我那苦命的丫頭擱他家？」說的是陳芳。

陳姑丈神色有些委頓，他有了年歲，還是老觀點，道：「嫁都嫁了，能怎麼著？」嫁出去閨女潑出去的水，在陳姑丈的觀念裡，嫁人就是一輩子的事。

何老娘道：「我聽說現在朝廷不管女人守不守寡，你銀子也賺的差不多夠了，你想一想，把孩子要回來，年歲也不算太大，再找門親事，不見得找不著。」

陳姑丈支吾兩聲，疲憊加上暑熱，心情也不好，就起身告辭了。

蔣三妞不放心，一直陪著何老娘和沈氏，直到傍晚才回去。

胡家得消息就晚了些，不過當晚也知道了。

胡山長親自去縣令家問了選宮人的事，縣令姓孫，也是碧水縣的老縣令了。孫縣令完全丈二金剛摸不著頭緒，根本不曉得有此事。胡山長還是同孫縣令打了聲招呼，孫縣令道：「我在此地為官十來年，再怎麼選宮人，也該知會我一聲的。」

胡山長嘆，「現在這世道……」孫縣令在碧水縣鼓勵工商，興辦書院，算是難得的好官，這些年卻一直不得升遷。便是胡山長，也不由感嘆世道不比先前了。

孫縣令笑笑，「老前輩放心，再怎麼徵宮人，到咱們縣，也沒有不知會我這父母官的，屆時我必與徵召官說明何家姑娘的情況，一則逾齡，二則也是訂了親的人。」

胡山長、何恭和陳姑丈幾人連忙同孫縣令道謝。這是應當的，哪怕胡山長致仕前的官階遠高於孫縣令，孫縣令按官場規矩稱胡山長為老前輩，但縣令是一地父母官，當地士紳都會很客氣，何況孫縣令的確是不錯的父母官。

這裡同孫縣令通了消息，何恭的心也稍稍安了些。

平靜地過了三天，碧水縣來了一行人，而且有正規文書，先去了縣衙。孫縣令倒還算夠有膽，主要是在碧水縣窩了十來年，本身早絕了升遷的心，是故膽量就比較足了。何況，這一行人裡還有碧水縣人氏趙二。

孫縣令道：「我聽說選宮人皆是十三到十五歲之間，何姑娘已過及笄禮，又有親事在身，這要選上去，豈不是對萬歲大不敬？」

趙二道：「這就不消縣令大人操心了。」

孫縣令忍著怒氣道：「本官身為朝廷命官，受陛下之命為一方父母，事關陛下，本官自然要謹慎操心的。」

趙家自從出了個娘娘，娘娘還生了個皇子，如何還將小小的七品縣令放在眼裡。

趙二冷笑，「這麼說，大人是要抗命？」

孫縣令不敢抗令，不過，孫縣令使了個眼色，讓小僕先抄近道跑去何家通消息。

肆之章　翁婿同榜聲名顯

何恭平日最是好性子，此生第一大恨就是眼前的趙二，無冤無仇的，就這樣盤算他家。何恭忍氣，淡淡說出早先商量好的話，他道：「我家丫頭去了山上的朝雲觀修煉，正在閉關，前兒我去也沒見著人。」

趙二懷疑道：「何秀才，你不會是把你家閨女藏起來了吧？」

何恭厭惡地瞥趙二一眼，「我這話撂在這裡，藏沒藏起來，朝雲觀在那兒也跑不了。」

趙二還想說什麼，陳大郎帶著一幫人，胡文帶著一幫人就到了。隔壁馮家太太也帶了小廝丫頭來了，還有何氏家族，雖說不是什麼大家族，家族裡也有些人手的。

一時間，何家小院站滿了人，趙二嚷嚷道：「怎麼，想造反啊？」

誰怕誰啊？強龍還不壓地頭蛇呢！

雖然趙二弄了這麼一隊兵來，當地人也不怕他，就有人說了：「趙二，你一沒官二沒職，你說造反也得有人信。你弄這麼些人來做什麼？知道的說你是要人家小仙去宮裡做宮人，不知道的還以為來了土匪呢！」

有人拉了官兵道：「官爺難得來我們碧水縣，走走走，咱們先去吃酒。」

又有人說老趙家：「你家不就宮裡有個娘娘嗎？你總吹噓你是皇上老爺的大舅子，你可別瞎吹啦，你要真是皇帝老爺的大舅子，皇帝老爺能不給你官兒做？你是官兒嗎？」

「就是就是，我聽說皇帝老爺宮裡有娘娘三千，你家娘娘排第幾個？」

趙二氣壞了，一甩袖子，虛點七嘴八舌的諸人，「你們等著！」

「等就等著，你還要殺人啊？誰還不知道誰？你小子的滿月酒，我都去喝過。」

孫縣令突然道：「趙二郎，本官在此，不容你威脅百姓！」

趙二直想吐血，偏生拿這群刁民沒轍，還有孫縣令在此偏幫，當下含恨拂袖而去。

讓他含恨的事更在後頭，趙二帶人往山上去拿人，後頭還跟著一群人，趙二氣道：「你們跟著我做什麼？」

胡文道：「大路朝天各走半邊，這難道是你趙家的路？只許你走，別人還走不得了？不要說你家娘娘只是生了皇子，她就是生了太子，這天下也姓不了趙啊！」

趙二被胡文這刻薄話氣得不輕，索性不理胡文，氣哄哄帶人去朝雲觀辦正事。

其實不論是胡家還是何家，對朝雲道長的身分都猜測頗多，但由於朝雲道長近年來鮮少出門，故而大家也只是猜測，畢竟尋常人都難見朝雲道長一面。

趙二帶著一行人去山上，後面跟著胡、何、陳三家的人，這麼一群人忽啦啦去了山上，連書院旁邊的商鋪都驚動了。江仁把書鋪交給鄰居幫著照看，自己也跑來助陣。

趙二很不友好地敲開山門，聞道此時可不是對著何子衿時笑咪咪的模樣，此時，聞道的表情怎麼形容呢？如果何子衿見到，肯定會給他一個形容詞，叫做高冷。沒錯，就是高冷，那種高冷，險把趙二給煞住。

聞道很高冷地問：「有什麼事？」

趙二道：「朝廷召何子衿去宮裡做宮女，她不是在你們道觀嗎？讓她出來。」

這話如果讓個稍微有見識的人聽了，當真能笑掉大牙去。一個宮女，朝廷就是徵召也是按地域按年齡來，哪裡會特意指定誰要去宮裡做宮女，偏生碧水縣是個土鱉地方，大家聽了趙二的話竟沒啥反應。

聞道抽了抽唇角，問：「可有憑證？」

趙二取出憑證，聞道收了憑證，砰一聲將山門閉了，差點撞斷趙二的鼻樑。

趙二一腳踹在山門上。

胡文冷笑道：「我勸趙二你對神仙恭敬些，不為自己，也給後人積點德吧？」

趙二臉色鐵青。

沒過多久，出來的還是聞道，聞道問：「縣令在不在？」

縣令不在，好在胡文機靈，過去問：「道長有何吩咐？」

「把縣令叫來。如今實在無法無天，竟有人敢冒充朝廷徵召宮人。」聞道眼睛在趙二身上一瞟，冷冷地道：「百死之罪，縣令竟坐視不成？」

胡文一揮手，便有人跑去找縣令。

趙二青著臉道：「誰說是假的？這是總督大人府上的徵召令，你敢抗令就是造反！」

聞道懶得與這等人多言，鼻子裡哼出一聲，「不知所謂！」砰一聲，又將大門關上。

孫縣令有了年歲，又不是經常爬山運動的人，完全半爬半背地上的山。

孫縣令過來，聞道倒是讓他進了，沒有片刻，孫縣令一臉寒霜中帶著些許興奮出來，指著趙二，沉聲道：「把這膽大包天，冒充聖意的逆賊拿下！」

孫縣令身邊沒帶衙役，但胡、何、陳三家人手來了不少，孫縣令一句話，胡文當下就要動手。趙二怎甘心就縛，何況他身邊帶著侍衛，那些侍衛就要動手。

孫縣令寒聲道：「敢反抗者，以謀反論處。諸位要不要為趙家陪葬，想清楚再說。」

胡文極是機警，接著孫縣令的話道：「你們衙內素來與趙二交好，此次為何你們衙內不見蹤影？」一句話說得侍衛首領都猶豫起來。

聞道負手站於門前，曲指輕彈，一道流光閃過，趙二慘叫一聲，整個人癱在地上，殷紅的血緩緩浸透褲管。侍衛首領戒備地望聞道一眼，聞道仍是一派高冷地負手而立。

趙二在地上抱腿慘叫，那首領伸手將佩刀扔到地上，他手下人也將佩刀扔了。

胡文等人帶來的家僕夥計上前，將這一夥人綁了。

聞道對孫縣令道：「務必把人看好。」

孫縣令恭敬道：「請大人放心，此乃下官本分。」請聞道先進去，方帶著人走了。

江念與何子衿是傍晚回家的，連胡山長都在何家說話，陳姑丈也在，不過，男人們是在前頭何家的花房閒話。何子衿到後面去見祖母、母親，蔣三妞也在。

何子衿見過家裡人，笑嘻嘻地說：「我說沒事吧？」

何老娘也是歡喜，同沈氏道：「咱丫頭的卦果然是靈的，有驚無險。」

沈氏不管卦不卦的，拉過她閨女問：「快說說怎麼回事，縣令這回把趙家人都抓起來了。我聽說，趙二拿的什麼徵召令是假的，到底怎麼回事？」

蔣三妞也道：「是啊，難道縣令認不出真假，朝雲道長反認得出？」

「不是，我猜朝雲師傅也不認識那個。我去了以後就住下來，朝雲師傅真是神通廣大，他竟然認得薛帝師。今兒縣令去的時候，薛帝師正在同朝雲師傅下棋，薛帝師說那徵召令是假的。他是教過陛下的人，這種徵召令肯定認得真假，縣令就把趙家人抓起來了。」

大家都覺得不可思議，「天啊，朝雲道長竟然認得帝師？」

薛帝師是誰，她們可都是知道的。無他，薛帝師過來給書院演講過，何子衿的書鋪還進過不少薛帝師的書。趁著薛帝師演講的東風，何子衿很是小賺一筆，所以，儘管是小小縣城沒什麼見識的女人們，也是知道薛帝師的。皇帝老爺的老師，在她們心中跟神仙差不多了。

何老娘拍拍自家丫頭片子的小肥手，感慨道：「我的丫頭呀，妳是個有福氣的人，妳竟然見著帝師啦！哎喲喂，我的丫頭，妳這雙眼可算沒白長啊，妳見大世面了啊！」

何子衿聽得唇角抽搐。見著帝師，就算眼睛沒白長，那沒見過帝師的呢……

蔣三妞笑，「此次除了趙家這一家禍害，咱們縣裡也能太平了。」

閨女平安了，沈氏道：「咱們可得好生備些東西謝一謝朝雲道長，多虧了人家。」

男人那裡，聽得江念說到薛帝師都來了，胡山長道：「竟沒聽到風聲。」

江念道：「薛帝師不想聲張，怕驚動人。」

胡山長點頭，不管理不理解都要表示理解。

總之，這事既有薛帝師插手，趙家算是完了，大家對此結果都表示大快人心。胡山長見天黑，起身告辭，何恭笑道：「我已令廚下備了家宴，阿叔您不是外人，姑丈也在，阿文阿仁阿念阿冽他們年輕，咱們正好一塊熱鬧熱鬧。」

胡山長道：「那我就不客氣啦。」

「您只當自己家。」

胡山長拈鬚道：「我也正想跟你說說今科秋闈的事呢，雖有些俗務耽擱，阿恭你這科秋闈可得好生準備。」

陳姑丈家裡也有孫子要科考，立刻也豎起耳朵認真聽起來。

趙家之事就這般平息了，快得碧水縣百姓都沒能多八卦幾日，趙家就被更高級的官老爺提到州府去受審。聽說這是個極大極了不得的案子，連州府的許多官老爺都牽扯了進去。

這些事鄉野小民只聞風聲，具體如何就不知道了。

倒是何子衿，她仗著厚臉皮，央著薛帝師幫著阿念和她爹看了看文章，最後為表達自己對薛帝師的敬仰，拿出一整套薛帝師全集，請薛帝師為她簽了名。

薛帝師微笑問她：「妳喜歡看我的書？」

何子衿點頭，「喜歡，就是看不大懂。」

「看不懂還喜歡？」

「嗯。」何子衿撫摸著厚厚的書，道：「喜歡這種淵博的感覺。」

薛帝師繼續微笑，眼中忽有淚光閃過。

何子衿嚇一跳，薛帝師拭去眼淚，道：「人老多情，總是想起舊事。」

何子衿望向薛帝師，她與薛帝師素不相識，能讓薛帝師想到什麼舊事呢？

薛帝師很坦誠，道：「妳像我一位故人。」

何子衿摸摸自己的臉，「我？」

「不是長得像。」薛帝師眼中有一些悠遠又有一些慈悲。

何子衿問：「那位故人讓老先生您傷心？」

看向何子衿黑白分明的眼睛，薛帝師笑笑，「都是過去的事了。」

何子衿識趣地不再多嘴，大人物們的事與她無關。

薛帝師閒看雲卷雲舒，何子衿抱著書擱到朝雲道長屋裡去。

朝雲道長問：「拍完馬屁了？」

何子衿鬱悶反駁道：「師傅，您這叫啥話啊？我是真心敬仰有學問的人。」

何子衿是個存不住話的，對朝雲道長道：「薛帝師說，我像他的故人。」

「哦。」朝雲道長問：「他沒說妳像他的哪位故人嗎？」

「這個……薛帝師故人很多啊？」

「據說沒一千也有八百。」

何子衿終於被朝雲道長噎死了。

被朝雲道長一番打擊，何子衿覺得，她家朝雲師傅沒啥朋友的原因就是嘴巴忒毒了，所幸她非但心理素質好，臉皮也厚，還跟朝雲道長打聽薛帝師啥時候走。她覺得薛帝師幫了自己的忙，怎麼著也要預備些土物給薛帝師才行。

結果朝雲道長只是淡淡地瞥了何子衿一眼，就轉過頭繼續看書去了。

從朝雲師傅這裡打聽不出來，聞道和聞法他們都是朝雲師傅的徒弟，更是啥都不說的。

何子衿也不好去問人家薛帝師你打算啥時候走。她畢竟是朝雲師傅的弟子，這樣問，倒像是要趕人家薛帝師走似的，於是，何子衿就打算今兒個回去，明兒就把東西帶來。

她這樣打算很穩妥，結果第二天來時，薛帝師已告辭離去。

何子衿驚訝不已，「薛帝師這就走了呀？」她同阿念背了不少東西來呢。

「嗯，走了。」朝雲道長瞟何子衿一眼，道：「常來常往的，帶這許多東西來做什麼？不必這般。」何子衿唇角抽了抽，朝雲道長已對聞道道：「既然子衿帶來了，就收下吧。」

鬧得何子衿沒好意思說，這裡只有一半是給您的。

當然，何子衿懷疑朝雲道長有些吃醋，是不是覺得她對薛帝師比對自己好不高興呢？這麼自我感覺良好地想著，便取出存放在朝雲道長這裡的薛帝師的簽名書，同江念道：「先給阿仁哥，讓阿仁哥擺鋪子裡。」

江念擱背簍裡，何子衿叮囑：「跟阿仁哥說這是薛帝師親筆簽名書，可不能弄壞了。」

聞道問：「擺書鋪裡做什麼？」按子衿師妹的財迷本性，應該擱家去藏著才對吧？

「我又讓阿仁哥進了一百套薛帝師全集，這個擺在最前頭，人們瞧見薛帝師的簽名，就知道咱們書鋪同薛帝師關係不一般，這樣買的人不就更多了嗎？」何子衿說著自己的如意小算盤，「等阿念春闈時，再叫阿念帶著這書去帝都走關係。」

聞道感嘆：「薛帝師可算是被妳坑了呀！」

「什麼叫坑了呀？薛帝師也是看我有人品又心誠，才給我簽名的。」何子衿深為自己的機靈感到自得。

聞道心說，怪不得背這麼些東西來呢，坑人家一頭，這是想補償嗎……

當然，何子衿也發現，薛帝師能來，肯定不是看她的面子，她有個啥面子啊，看也是看朝雲師傅的面子，但似乎朝雲師傅與薛帝師的關係很一般。

何子衿沒再提薛帝師的事兒，不過，很明顯的，朝雲道長聽到何子衿把薛帝師給坑了的話後，臉色很不錯，同聞道道：「早上不是有新摘的櫻桃嗎？拿出來給你師妹嘗嘗。」

何子衿問：「師傅，您不吃醋啦？」

朝雲道長沒好氣地白她一眼，將書一捲，敲她大頭一記。

何子衿嘿嘿嘿傻笑，朝雲道長不由也笑了。

何子衿吃過櫻桃就幫著燒飯去了，她雖然比較喜歡燒菜，但如今端午已過，天氣一日熱過一日，這時候她早不喜往灶臺上鑽了。如今主動過去，不必說朝雲道長也知道她去幹啥。無他，何子衿有了新偶像，跟聞道打聽習武的事，她聽說聞道是絕世高手來著。

聞道跟著朝雲道長這些年，別的不說，拿架子的本事不比武功差，何子衿越跟他打聽，他越不說了。看他這樣，何子衿激將道：「看你武功就知道沒有聞法師兄好。」

聞道不滿，「妳一個丫頭懂啥？」

「還性別歧視？」何子衿得意道：「說中你的心事了吧？就憑你這瞧不起女人勁兒，你就是神仙下凡，我也不稀罕！」

「我也不用妳稀罕，妳去稀罕阿念就行了。」

何子衿啐一聲，端著一碟白蝦走了。沒說到一塊兒，兩人處於暫時翻臉階段。到下午，聞道就看到何子衿小師妹同聞法那傢伙在一起嘀咕。

聞道對朝雲道長道：「女人可真善變。」明明中午還一口一個「聞道師兄」。

朝雲道長一樂。

傍晚回家，何子衿同江念吹噓了一路聞法師兄的武功如何厲害，聽得江念險些要棄文習武。只是到家後，何子衿就一句都不說了。江念知道這是子衿姊姊有分寸的緣故，因為就是江念也覺得朝雲道長是個低調人，不會喜歡有人宣揚他道觀的事。

老鬼道：「子衿真是個有分寸的人。」

江念回一句：「這還用你說？」自己的上輩子可真沒用啊，當初子衿姊姊有難，他問老鬼是凶是吉，老鬼是屁都說不上來。

被這麼一隻沒用的老鬼上身，除了能指點一下自己文章，還有啥用啊？

老鬼對江念如此想十分不滿，老鬼道：「要不是我上你的身，你有啥本事讓一位探花大人天天指點你那狗屁文章啊？就是租房子，這租金也綽綽有餘了吧？」

他老人家覺得自己對後世的貢獻多矣，只是偶爾不能預知未來嘛。這也沒法子，他上輩子又跟何家不熟，誰知道何家未來在哪兒啊？這小子專揀他不熟的問，結果他還被遷怒。

何家正熱鬧，陳姑媽過來說話，何老娘見著兩人先問：「見著帝師沒？」帝師這兩個字從何老娘嘴裡出來，調子就高了八度，她深為自家能認識這樣的高級人物而自豪。

何子衿道：「薛帝師早就回家去了。」

「沒見著啊？」何老娘有些蔫，陳姑媽道：「哎喲，我的妹妹，妳知足吧。我聽說，人家帝師還給恭兒、阿念看文章了是吧？這就是想也想不到的福分啦！」

何老娘想到自家已是沾光不少，道：「姊姊說的是。我是想著，人家薛帝師幫咱家大忙，這不是說讓丫頭片子給人家送些東西去嗎？雖沒啥值錢東西，是咱家的心意哩。」

陳姑媽寬慰何老娘道：「放心吧，人家有學問的人，不看重這個哩。」

老姑嫂說著話，就將這事岔開了，陳姑媽又說：「今年阿恭和阿念都要下場的，打算什麼時候去州府備考，可有主意了？」

「八月才考，七月再去也不遲。七月中得祭那死鬼，讓他在地下保佑阿恭和阿念。」

陳姑媽道：「那也好，我叫人預備出別院來，阿恭和阿念過去就好住的。」

上番何子衿倒楣，陳姑丈也是幫了不小的忙，兩家有些淡的關係又親密起來，便是何老娘閒了也喜歡念叨幾句「到底是親戚」啥的話。

老姑嫂倆恢復感情，有說有笑好一陣，直待天色將晚，陳姑媽才告辭回家。何老娘沈氏苦留飯也留不住，陳姑媽笑道：「眼瞅天就黑了，等下回來吧。」其實中午就在娘家吃的。

一家子送走陳姑媽，何恭從外頭回家，滿面喜色，「忻族兄回來了。」

何家頓時都高興起來，當初陳姑丈能及時通知何家讓何子衿避一避，還是多虧何忻在州府得了信兒打發人告訴陳姑丈的。

何老娘道：「咱們得置兩席酒，把你族兄族嫂都請過來才好。」

何恭道：「我已與族兄說了。今兒有些晚了，忻族兄剛從州府回來，看他模樣，是有些倦意的，明兒個我過去請他來。」

沈氏吩咐道：「丸子去跟周嬤嬤說一聲，明兒個好生預備幾道菜。」又同丈夫道：「再把族長恆族兄一起請來才好。」當時族裡人也有來幫忙的。

「這話是。」

何子衿忍不住問：「爹，忻大伯是怎麼知道那些人盤算我那事兒的？」這才是重點吧？

何恭喝口茶方道：「說來咱家真是有幾分運道，先前妳不是把那花兒賣給花商李家嗎？是李家的前五奶奶跟妳忻大伯說的。」

何子衿一聽就不明白了，「怎麼是前五奶奶？李五爺的元配不是早因病死了嗎？」

「不是李五爺的元配，就是來過咱家的那個，同繡坊的李大娘認識，那位姓江的奶奶。先時我與妳去州府，咱們不是還去過她夫家嗎？」何恭道：「我聽妳忻大伯說，她現在不在李家了，自李家出來，改嫁了一位將軍。要不，這事兒妳忻大伯不能知道，是江奶奶先聽說了，著人知會了妳忻大伯一聲，妳忻大伯才知道的。」

「原來是江奶奶啊！」何子衿再也想不到的，沈氏亦道：「好幾年不聯繫，難得她還記得知會咱們。」

「是啊！」何恭原是有些拘泥的性子，但由於江奶奶在這件大事上給了他家幫助，也覺得江奶奶人品委實不錯，改嫁啥的，肯定也是有原因的。

何子衿道：「咱們在縣裡離得遠，也不知道江奶奶的恩情，待明兒個忻大伯來了，咱們備些東西，打聽著忻大伯什麼時候去州府，託他捎去給江奶奶，也是咱們的心意。」

何恭點頭，「是這個理，人家對咱們有大恩呢。」倘不是先聞了風聲，哪裡會先讓閨女避出去。倘不是朝雲道長請了薛帝師來，怕要釀成大事。

何家上下都很感激何忻，第二日何家設宴，連帶江仁和胡文都叫了一起吃酒，兩人也都把媳婦叫帶了來。蔣三妞抱著重陽小哥兒，何琪的肚子已有些顯懷，沈氏是個細心的，問何琪有沒有忌口的。

何琪笑道：「這孩子也怪，前三個月我什麼都吃不下去，一過三個月，吃什麼都香。」

何老娘道：「妳是頭一胎，沒經驗，以後就知道了，有了身子多是如此的。」

何琪臉頰豐潤，可見是滋補得不錯。江家就江仁一根獨苗，自從何琪有了身孕，王氏時不時就來縣城看望兒子媳婦。前些天何琪孕吐得厲害，王氏還住了兩個月，直待何琪胎相安穩，王氏才回鄉下。

要說何琪投胎的運道不咋地，成親後也算苦盡甘來了。何琪自己也會做人，王氏說起這個媳婦來，從沒有半個「不」字的。

何琪瞧著重陽小哥兒也歡喜，她現在就一門心思想給丈夫添個兒子才好。雖然她也不是不喜歡女兒，但丈夫這一脈單傳的，第一胎當然是兒子更好。

何琪道：「重陽又大了些呢。」

蔣三妞道：「現在就不老實，天天到處亂爬。」

何忻的妻子李氏笑說：「孩子就得歡歡實實才好。」

俊哥兒跑進來，問：「三姊姊，重陽會叫哥了不？」

蔣三妞笑，「他得叫你舅舅。」

「會不會叫舅舅？」俊哥兒瞅著重陽開始教他叫舅舅，看得人直笑。

大家說說笑笑的，就說到今年秋闈的事，何老娘興趣頗為高昂地表態：「阿念跟阿恭一道下場，都去試一試。」舉人不舉人的，她家現在兩個秀才了。

李氏打聽：「什麼時候過去？」

「過了中元節，祭過祖宗再去。」

李氏笑，「到時翁婿同登科可是大喜事，嬸子得提前預備酒宴，我們定要過來的。」

何老娘聽這話就歡喜，雖然秋闈還沒開始，她老人家就一副喜氣洋洋地說：「要是能中，我豁出命來，擺三天流水席。」

何子衿打趣：「我的天，擺三天流水席就豁出命，這可不是祖母您的氣派啊！」

「死丫頭片子，我就這麼一說。要是他們翁婿能中，別說三天，十天我也樂意。」

女人們說笑著，男人那裡也頗為熱鬧，話題總離不了秋闈。說一時秋闈，就說起那位給何忻通風報信救了何子衿的江奶奶來。

何忻道：「原本我也有段時日沒見過江奶奶了，要不是她託人給我送信兒，我也不曉得。江奶奶雖是女子，卻頗有俠氣，聽說她離開李家就與這事有關。不過，江奶奶如今過得也極好，她嫁了一位將軍，已是正經三品官太太。」

要是往常，男人們對於江奶奶這種三嫁的女人，以後不知會不會有四嫁五嫁，肯定是有一點意見的，但眼下江奶奶剛給何忻傳信幫了何家大忙，而且，人家現在是官太太了。如此雖然一邊是三從四德的傳統，另一邊是江奶奶的身分，何況有恩在先，男人們便都說：「真是一奇女子啊！」

陳姑丈更是心下微動，他閨女比江奶奶也大不到哪兒去，與其在寧家守活寡，還真不如想法子把閨女接出來，反正寧家也是越來越不將他放在眼中了，只是這得先尋到比寧家更穩固的靠山才好說，現在州府的局勢又有些亂……

陳姑丈一時浮想聯翩，何恭又問：「忻大哥，江奶奶還在州府嗎？要是她在州府，我這次去州府，理當登門致謝。」

何忻道：「不在了，她同紀將軍去帝都述職了。」

何恭細打聽了紀將軍的名姓，道：「日後若有機會，總要謝一謝江奶奶。」

胡山長道：「這是應當的。」

何家的席面一向闔縣聞名，因天氣熱，並沒有準備太油膩的菜色，魚是清蒸，蝦是白灼的，再加上當季時蔬，倒格外開胃。

熱鬧過後，何恭和江念翁婿二人就進入到了秋闈前的衝刺階段，等閒沒什麼事都不叫人打擾他們的。倒是沒幾日胡文過來，悄悄問何老娘和沈氏要不要買地。

買地這事兒，何老娘是熟的，她老人家一向相信土地是百年基業，幫自家丫頭片子就置了不少田地，只是置地不是容易的事，大塊大塊的地少有人賣的，有時就得零散著買，一二十畝、三五十畝，這樣子慢慢買慢慢湊。

一聽胡文問她買不買地，何老娘手裡有些餘錢，問：「哪裡的地？」

「都是上好的地，是趙家的。」

何老娘倒吸口涼氣，「他家的官司結了？」

「還沒，他家這事兒不小，都託人賣地了。我去瞧過，都是上好的田地，好幾千畝，上等田三兩一畝。」

「哎喲，這可真便宜！」平日裡上等田得五兩一畝呢，何老娘找沈氏商量，沈氏道：「趙家這是急賣呢，只是咱們買合適嗎？」說著就望向胡文。

胡文道：「沒什麼不合適的，有買有賣。趙家這些年可是撈了不少，他家現在竟有九千畝地。這麼多地，咱們縣裡一家是吞不下去的。幾家商量的，我家要了三千畝，我跟三妹妹商量著，我們自己私房買了五百畝。機會難得，嬸子、姑祖母，妳們要不要買一些？」要說這樣的大好事，以往是輪不到何家的。胡文照顧岳家，親自跟祖父說，胡山長一口就應下了，他便抓緊時間過來問一問岳家。

有胡家當頭，沈氏與何老娘心裡也有譜了，婆媳倆商量著，不敢貪多，也買五百畝。

何老娘擔心道：「以後趙家的皇子外孫不會來找後帳吧？」

胡文笑，「趙家的罪多的很，不要說他家的皇子外孫還小，就是長大了，想到自己母族這般丟臉，嫌晦氣都不夠呢，哪裡會找後帳？姑祖母放心，除了咱們家，縣令大人也買了一千畝，餘下衙門裡出手的人不少，不獨是咱們買的。」

法不責眾的道理，何老娘還是知道的，「阿文有良心，有這等好事知道跟我說。」

胡文笑說：「這還不是應當的嗎？」平日裡他也沒少了岳家的幫襯，像他媳婦開烤鴨店，不也是岳家幫襯著開起來的嗎？有了好事，胡文自然記著岳家。

先對侄孫女婿胡文的人品表示了肯定，何老娘還對胡文小倆口置地的事表示了讚賞：「是知道過日子的。」又說：「只是這個可得跟你家裡說明白，不然你家大家大業的，上頭叔叔，下頭兄弟子侄的，以後分家可別為這個鬧不痛快。」

胡文多聰明的人啊，自然都做在了前頭，道：「這是三妹妹的私房，就是地契上，也寫得三妹妹的名兒。」

何老娘就更稀罕胡文了，點頭道：「這樣好。」不怪何老娘多想，當初蔣三妞跟何子衿合夥開個烤鴨鋪子，胡大太太那不開眼的還要插一手呢，所以小倆口置私房的事兒，可不得提前做些防備嗎？

沈氏拿了銀子給胡文，胡文不多留，道：「我先去把地的事兒給辦了。」

胡文這事辦得挺俐落，第二日就將地契給送了過來，地契上寫的何恭的名兒，沈氏把地契給何老娘保管。說句老實話，何老娘真挺樂意代媳婦保管的，不過她這人雖有些小貪財，但素來丁是丁卯是卯的，且因有胡大太太的先例，何老娘自認為是比胡大太太高級的人，所以何老娘瞟了兩眼地契，拿在手裡撫一撫又摸一摸，還是還給了沈氏，道：「妳私房買的，妳自收著吧，反正以後也是給孩子們。」最後這句話才是何老娘心甘情願把地契還給沈氏的原因，以後這地還是老何家的地。

何老娘想通這一點，就越發大方了，還說兩句胡大太太的壞話：「咱們出身雖是尋常，不是那等官宦門第出來的，可也是正經書香人家，豈能學那等小鼻子小眼的做派？儘管收著，妳也是個會過日子的，我很放心。」

沈氏便收了起來，順便拍婆婆馬屁：「這麼些年，我也是都跟母親學的。」

「好說好說。」何老娘笑咪咪地又道：「原本我想著多買些地的，只是他們翁婿今年要下場，咱丫頭不是算了嗎？今年有鴻運。我就留了些現銀，待他們翁婿中了也好花銷。」

沈氏順當得了地契，心裡舒坦。她與丈夫成親多年，兒女都這麼大了，自不會有外心，只是這地契不好讓。要何老娘真收了，沈氏心裡還真不能太舒坦，畢竟是她私房置的地。婆婆這樣開明，沈氏有意奉承，道：「母親說的是，要我說，母親先做兩身新衣裳預備著才好。如今天兒熱，子衿也不出門，讓她給母親做，如何？」

「剛說妳會過日子，怎麼又奢靡起來啦？我衣裳多的很……」何老娘把地契讓出去，到底還是有些小心疼的，噎媳婦一句，轉臉又道：「前兒見劉嫂子穿了件月白的衫子，清清爽爽的，妳見了沒？」

「那顏色的紗料，我這裡正好有，正當做了現在穿，我這就找出來。」沈氏說著就去找料子，順便藏好地契。

待沈氏過來，抱了兩樣料子，一樣是何老娘要的月白的紗料，一樣是艾青色的細薄料，也是夏天用的，沈氏道：「這艾青色的也好看，母親一樣做一身吧。」

見兒媳婦大方，何老娘很是受用，假假推辭道：「做一身就夠了。」

「怎麼也得有個換的呀，就做兩身吧。」

兒媳婦這麼誠心勸她做衣裳，何老娘撫摸著細料子，道：「唉，以前哪裡想過能穿這樣的好料子？妳剛與阿恭成親那時，綢的都捨不得一件，哪還敢想紗的呢，如今日子好過嘍。」

「都是母親您指點著我們，才有今天的日子呢。」

何老娘被沈氏哄得樂呵呵的，「一起過的。」又說這料子：「我年歲大了，穿啥也穿不出好來，你們正年輕，做兩身新的才好。」

沈氏立刻表態：「我衣裳多著呢，母親您做，我不做。」

嗯，吃苦在前，享樂在後，媳婦還是很懂事的，何老娘遂大方說道：「咱們也是阿恭的顏面，妳要嫌兩身多，做一身也罷。」

何子衿從外頭進來，正聽到一身兩身的話，隨口問：「什麼一身啊？是不是要做衣裳？我正想做兩身。」

何老娘笑，「真是會來，我跟妳娘正說做衣裳的事兒，沒妳的份。」

「怎麼沒我的？眾生平等，按理我還該多做兩身，今年夏天我還沒做過衣裳呢。」

「哎喲，我的老天爺，誰家閨女跟妳似的，天天不是搗騰吃就是搗騰穿！哎喲喂，幸虧咱家現在的日子還過得，不然光妳就養不起啦！」何老娘抱怨一回，又叫自家丫頭片子：「過來看看我這料子做個啥樣式好，褂子斜襟的就好，裙子啥樣子好啊？」

「現在流行百褶裙。」

何老娘雖有追求流行的心，還是道：「那個有些花哨，我一老婆子做那個不好。」

「不要弄那麼多褶，這樣前面疊起來做個馬面裙的樣式，邊上打幾個大褶也好看。袖口下襬這裡再縫兩道寸寬的鑲邊，鑲邊上繡牡丹紋，顯得富貴又氣派，而且半點不花哨。」何子衿說得頭頭是道。

沈氏說：「這主意不錯。」

何老娘笑道：「就這麼辦吧。」剛說了一塊料子的做法，還有一塊料子，何老娘道：「現下我們老太太也多穿腰裙。」想用艾青色的做件腰裙。

何子衿道：「就是那種裙子外頭在腰上包一塊布，正包到大腿這裡的那種裙子吧？」說來腰裙的款式，有一種直筒裙配圍裙的感覺。

何老娘道：「我見著外頭許多人穿。」老太太心裡盤算很久啦。

何子衿道：「一點也不好看，就像隨便在腰上包塊布頭，穿起來像賣菜的大媽。要做就做籠裙，這是新款式，我在書上看到過的。咱們縣裡還沒人穿過，包管做成後，祖母您一穿就得羨慕死半縣的中老年婦女。」

何老娘聽得直樂，「那裙子啥樣？」

「等做出來您就知道啦。」

「還神祕兮兮的。」何老娘想到她家丫頭片子吹牛的能叫半縣的中老年婦女羨慕死的裙子，道：「那先做這個什麼籠裙吧。」

何子衿點頭應了，又說：「要我說，祖母挑件紅色的也做一身喜慶衣裳才好。娘，您也做身紅的，等我爹中了舉人，咱們都穿得喜慶些，才顯得喜氣不是？」

沈氏猶豫，「妳爹也不一定能中。」

「別說這喪氣話！」何老娘一副十拿九穩的樣子，「咱丫頭給別人十兩銀子一卦，就準得不得了。她給自家算，更得拿出一百兩銀子的力氣。她說中，定能中的。都做，連帶阿洌和俊哥兒，咱們一人一身紅的。還有阿恭和阿念，也提前給他們做兩身，好預備著中舉穿。」

何家女人們就這麼在秋闈前把慶祝的喜慶衣裳做出來了。

看著家裡女人們歡天喜地做衣裳買鞭炮，江念冷汗都要下來了，心說壓力好大。

何恭笑咪咪地安慰女婿：「放鬆，放鬆。」

他早適應他老娘的作風啦，女婿就是年輕，還得歷練歷練。

轉眼就是中元節。今年中元節，何老娘提前買了六斤黃紙供香，是往年的雙倍，她老人家的還自己紮了個搖錢樹，中元節讓何恭帶著何洌去給祖宗燒了，然後何家就預備著一家子去州府秋闈了。

是的，一家子去。

原本何老娘沒打算去，陳姑媽要去瞧閨女陳芳，就邀何老娘一塊去住些日子。自從陳姑丈在何子衿遇險時搭了把手，兩家的關係就恢復了。既恢復了關係，何老娘就沒客氣，先得帶著自家丫頭片子。不為別個，自家丫頭片子能掐會算，肯定對兒子對阿念的秋闈有幫助。其次，何老娘琢磨著，阿洌這麼大了還沒去過州府，就想也帶著孫子去開開眼界。大孫子去，二孫子也要去，俊哥兒可是很盼著出門的。

沈氏也想讓小兒子跟著去，何老娘乾脆一拍大腿，「都去，妳也去，這回阿恭和阿念必中的！」媳婦去跟幫著照顧兒子孫子。

沈氏倒也願意去，又有些擔心道：「姑媽那裡住得開嗎？」

「我跟妳姑媽說去。以前我跟咱們丫頭去過，她那裡寬敞得很，住得開。」何老娘一開口，陳姑媽自然應下。何老娘道：「丫頭片子給算了，這次必順順利利的。大姊，咱們多住幾天，我聽說在州府這喜報也是直接送到跟前的。我這輩子還沒見過喜報，說來，我那親家就比我有見識，當初阿素中舉中進士，多光彩啊！」

陳姑媽也覺得何子衿像帶著仙氣似的，別個不說，算這一年多的卦，十兩銀子一卦，這麼老貴，那些人卻似不拿銀子當銀子的過來預付款排號占卜，後來還發展出了號販子的事。這要不靈，人家也不能總來找她呀。

陳姑媽一聽何老娘這話，問：「那能不能叫子衿丫頭給行哥兒算一卦？」

何老娘嘆，「要是以前，大姊一句話的事，現下不成了。五月裡丫頭片子就封了卦，把那占卜的東西都還了。阿恭和阿念這卦，是她法器還在時給卜的。這些天好些不知道她封卦的人過來想卜，她都給回絕啦。」

何老娘頗是惋惜，白花花的銀子擱眼前賺不到，讓她很是心疼了一陣子。

陳姑媽頗是遺憾，「早知這樣，我就早些讓子衿丫頭給卜一卦了。」

何老娘不大看得上陳行，主要是陳行那個娘很討厭，何老娘道：「大姊放心吧，我看阿行也是個有福的。」

陳姑媽道：「我就盼著能順順利利才好呢。」

老姑嫂說著話，陳姑媽就說到何老娘這衣裳，「這是子衿丫頭做的吧？怪新鮮的。」

何老娘一聽這話立刻暗喜，說話她老人家這兩個月不知得了多少誇讚，何老娘道：「丫頭片子事兒多，現在外頭不是多穿腰裙嗎？我說也做那麼一條，做活便宜，她非說不好看，給我裁的這個樣式。」

「這個樣式好看，我也覺得腰裙不好，有些粗糙。」陳姑媽過久了富貴日子，審美也是有的，道：「妹妹妳這個好看。」

「我叫丫頭給大姊也做一身，這料子我還有呢，阿恭他媳婦孝敬我的，咱倆一人一身，到了州府也好穿。」何老娘對於自己裙子的新樣式還是很有信心的。陳姑媽道：「阿恭媳婦孝敬妳的，我怎麼好用？我叫丫鬟看著裁就是。」想著自己媳婦孫女的也不少，怎麼就沒一個伶俐的，總是看弟妹在自己面前顯擺。

「我跟大姊誰跟誰啊？這事兒就這麼定了！」給何子衿找了活兒幹。

何子衿去了山上跟朝雲道長說要去州府的事兒，朝雲道長笑，「怎麼，妳還要下場？」這話當然是玩笑話，何子衿道：「我倒不怕下場，我要一下場，還有別人考的份？」

聞道端來一盤葡萄，道：「牛都被妳吹天上去了。」

何子衿哈哈直樂，往天上瞅，「哪兒呢哪兒呢？」

聞道：子衿師妹這厚臉皮，要真是個男人，做官是夠的。

何子衿說起自家的事，說家裡應祖母何老娘要求，把紅衣裳都做好了，何子衿道：「原本我沒想去，我祖母這回興頭足得很，還說到時放榜，我們全家一人一身紅衣裳。您說，到時叫人家州府的人見了得說，哎喲，這家子這是怎麼了！」

朝雲道長笑說：「老人家也是好意。」

何子衿又跟朝雲道長說了自家買趙家便宜田地的事，何子衿道：「我也不知道這事兒，我要是知道，也讓師傅買一些呢。」

五百畝地……

朝雲道長是看不上這五百畝地的，他知道何子衿這樣說，是想著有這好事，總該知會他一聲的。朝雲道長道：「這事兒啊，他們倒是與我提過，我又不缺田地。」

何子衿放了些心，道：「說過了啊？」她道：「我還以為沒人跟師傅講過呢，師傅買不買的，總該有你一份的。」

朝雲道長又笑。

何子衿傍晚回家，得知祖母給自己找了個活兒，給陳姑媽做個何老娘一模一樣的籠裙，不由嘟囔：「好事兒就想不到我。」

「啥好事不是先想著妳啊？」何老娘道。

「上次買地，不就沒想著跟我說。」

何老娘也覺得當時沒問問朝雲道長的意思有些過意不去，說來趙家倒臺，人家朝雲道長出了大力氣的，當時怎麼就只顧自家發財，忘了問問人家朝雲道長呢？

何老娘道：「下回一定不忘！行啦，妳去山上有沒有跟朝雲道長說這事兒？」

「說啦。」

「朝雲道長沒生氣吧？」何老娘還有些不安。

「師傅根本沒放在心上。」

「朝雲道長著實是個大好人。」感慨一回，何老娘道：「給妳姑祖母做衣裳的事兒別忘了啊，雖說妳姑祖母比咱家有錢，可她那衣裳富貴是夠了，樣式卻不好，有些老土。」何老娘抖一抖腿，晃晃裙襬道。

沈氏帶了俊哥兒過來，聞言笑道：「這幾天我出去，時常有人問我母親這裙子的樣式，說真正好看，她們都要學著做呢。」

連正在院子裡擇菜的周嬤嬤都說：「是啊，咱們老太太這衣裳，以前我都沒見過這樣式。老太太，等您不穿了，要賞給我啊！」

何老娘道：「我且得穿二十年呢。」

周嬤嬤很會拍何老娘馬屁，笑嘻嘻地道：「待咱們老爺和姑爺中了舉，老太太您可就不是秀才之母，是舉人之母了。到那會兒，老太太可就不能穿這衣裳了，得做更好的才成。」

何老娘聽得喜笑顏開，「要是今年阿恭和阿念都中了，就把這衣裳賞妳。」

翠兒笑著湊趣：「周嬤嬤前兒個還拿了料子來叫我照著老太太這身衣裳的樣式做一身呢，這麼說，我看不用做了。」

周嬤嬤忙道：「暫時先別做，我看，過了重陽，我就得得一身裙子。」

何老娘笑哈哈，「成！要是應了妳這話，這身衣裳我就給妳！」

何子衿瞧向周嬤嬤，周嬤嬤這傢伙還真會哄老太太。

中元節出發的時候，何子衿就把陳姑媽的衣裳給做好了。陳姑媽收到何子衿的針線很開心，細細瞧了，笑道：「嗯，針線不錯。」

何老娘道：「丫頭片子針線一般，我特意叫她細細做。要說針線，還是三丫頭手巧。」

「這就很好了。」陳姑媽道：「比咱們都強。」

何子衿笑，「我這針線就像祖母。」

何老娘笑罵，與陳姑媽道：「看到了吧，說她半句不是，立刻就找補回來。我好處多了，也沒見妳哪樣像我。」這麼說著，何老娘卻是露出得意之色。

老姑嫂倆一輛車，何老娘非帶上何子衿，主要是熱鬧。有何子衿跟何老娘拌嘴，一路上都不悶。何家人全都去州府，再帶上翠兒和小福子兩口子服侍。

這麼大車小輛的，一天半就到了州府，何子衿還說：「現在路比以前好走多了，以前得整整兩天才能到。」

陳姑媽是常去州府的，笑道：「是啊，官府出銀子修的路，路修好，車走得就快。」

何恭扶著兩位老人家下車，坐這麼久的車，陳姑媽也累了，道：「進了自家門兒，不用客套，都去歇著，晚上咱們一塊吃酒。阿恭和阿念去念書，別的不用管。」

陳家這些年家業不小，給何家騰出個院子，足夠住了。何恭參加秋闈十幾年的人啦，雖說臨近秋闈，也半點不緊張。

何恭道：「難得來州府一回，明兒咱們出去逛逛。」

江念一喜，他早想陪子衿姊姊去州府逛逛，不想何老娘立刻道：「等到考完，要咋逛就咋逛，先念書要緊。」

何恭笑，「這會兒念有什麼用，倒不如好生放鬆。一進貢院就是九天，不好熬呢。」

何老娘道：「那就好生歇著。」態度非常堅決，同時道：「幸虧我過來了，哎，這考前可不能瞎玩啊，玩瘋了，文章能寫好？」十分後悔先時沒過來監督兒子考試。

何恭只得笑，「也好，聽娘的」

陳家別院很舒坦，這些天就是一家子舒舒服服過日子。何子衿用油鹽芝麻花生仁松子做些新鮮的炒麵，還是自家帶來的醬肉、臘肉、晾乾的掛麵之類，切成小塊，給這對翁婿帶去考場吃。當然，考箱、應急藥品啥的，都是提前預備好的。

何恭輕車熟路，注意事項早跟阿念講過好幾遍了，待到考試那一日，翁婿倆凌晨便起，過去貢院排隊。何老娘也早早起了，穿上一身絳紅衣裙。在何老娘的要求下，除了趕考的兩人，一家老老少少都是紅衣裳。當然，翁婿二人外袍不紅，裡頭的大褲頭都是特製紅褲頭。

何子衿道：「不是說等我爹和阿念中了再穿嗎？」

「虧妳還是占卜的，這都不明白？這叫先旺一旺！」何老娘板著臉說。她也不吃飯，死活要去送考。何恭擔心老娘，道：「外頭冷，我們帶著小福子去就成，還有阿遠他們呢。」

何子衿笑，「爹，您就讓祖母去吧，祖母沒見過，想去瞧瞧稀罕呢。」

何老娘就這麼帶著媳婦孫子孫女，一大家送翁婿二人去。何子衿聽到有人小聲議論：「我的媽呀，老遠望見一片紅提著燈籠在飄，嚇死個人，以為遇鬼了呢！」

何老娘顯然也不聾：這些沒見識的小子們，詛咒你們考不中！

陳姑媽也送了孫子到門口，雖不若何老娘這鬧事包死乞白賴地送兒子與孫女婿到貢院門口，牽掛的心卻是一樣的。

何老娘眼瞧著兒子跟孫女婿進了考場的門，這才帶著媳婦孫子孫女回了陳家別院，路上絮絮叨叨問了自家丫頭片子兩遭：「妳之前算的那卦是一準兒中的啊？」

何子衿顯然比何老娘有自信的多，她簡直鐵口直斷：「定能中的！」

及至下車時，何老娘已又是一臉喜氣了。

這年頭，秀才考生們得挨個人進行考前搜檢，而且為了能提前分個好的考間，何恭他們一行秀才都是凌晨即起，深更半夜過來貢院門口排隊。秀才們出門早，何老娘瞧著他們平平安安進了考場的門，待坐車回到陳家別院，天方濛濛亮。

何老娘精神抖擻，回來也不回自己院裡等著吃早飯，她老人家將手一揮，道：「咱們找妳姑祖母吃飯去。」

陳姑媽正等著送考的人回來，見著何老娘，也不必送考的管事來回稟了，直接就接著何老娘問起來：「妹妹，孩子們可進去了？」

「都進去啦！」何老娘很是自豪，道：「咱家孩子們勤快，早上起得早，排的位置都在前頭。外頭官老爺們一來，祭了天地鬼神，開了貢院大門，咱們孩子都是早早進的。哎喲喂，我們回來時還遇著那沒神的秀才相公，這會兒子才拎著考箱朝貢院跑。看急得那樣兒，鞋都跑飛了。知道這會兒急，早起兩個時辰，啥都有了。唉，這樣的糊塗秀才，能考好才怪呢。就是趕上了，也分不到好屋兒考試。」

陳姑媽道：「還有這樣的糊塗人？三年才考一回，誤了娶媳婦，也不能誤了人家貢院的考試時辰啊！」

「誰說不是呢！」何老娘深以為然。

陳姑媽見著何老娘也高興，老姑嫂倆有的是話說，陳姑媽讓人多弄些豐盛的早飯，留了何家一家用飯。何老娘道：「也不用吃別的，山珍海味的，大姊妳家不缺，咱們啥時吃都行。要我說，孩子們在貢院考試，咱們在家裡也得給孩子們努努力。」

說到此處，何老娘賣了個關子，不肯往下說了。

陳姑媽最知她這老弟妹的，哪怕何老娘賣關子，陳姑媽也猜到了，一笑道：「妳說的是，咱們這些天都吃素吧，求菩薩好生保佑孩子們能金榜題名才好。」

何老娘道：「不是吃素，早上吃及第粥。以後咱們每天早上吃及第粥，這才有用。」

陳姑媽也是想搏個好彩頭，不管有沒有理，吉利就成，對何老娘為道：「這也成！」

於是，一家子在陳姑媽這裡喝及第粥，幸好還有各色點心小菜搭配著，不然一人一肚子粥，只能灌個水飽了。何老娘為了給兒子與孫女婿加持運氣，早上連喝兩碗粥，結果她老人家喝一肚子粥，不到晌午就餓了，吃了幾塊桂花糕墊肚子。

何老娘雖說對自家丫頭片子十兩銀子一卦的卦是很信服的，但因現下兒子跟孫女婿就在貢院裡關著寫文章，何老娘這旁觀者也神叨起來。

她老人家非但每天喝及第粥，吃桂花糕，且每天早上一起床，頭不梳臉不洗，先去院裡折幾枝開得正好正香的桂花插瓶裡供著，取其「蟾宮折桂」之意，鬧得何子衿直擔心，幸而秋闈只有幾天，不然這樹被老太太每日一折桂，必得折成個禿子不可。

除了操心兒子跟孫女婿的秋闈考試，何老娘還得為陳姑媽出謀劃策。陳姑媽來州府，不獨是為了給長孫送考，送考只是順帶，陳姑媽是來瞧自己閨女陳芳的。

陳姑媽擔心閨女擔心得緊，前頭趙家辦的那事，據說也影影綽綽有些寧家的影子。當初寧家當家的五爺還讓陳姑丈勸何家從了趙家的安排，這事兒鬧得陳姑丈也頗是不滿。哪怕陳家是因著寧家的關係來做這鹽課的生意，但陳家也不是沒有給寧家回報，這些年寧家自鹽課上得了多少好處，而且兩家又是正經姻親，尤其陳芳守活寡這些年多麼不容易。寧家竟是不念親戚情分，險真坑了何家。甭看陳姑丈坑自家閨女頗是能下得去手，那是因為閨女是他陳家的，他坑何家就得多思量，一則兩家是實在的姑舅親，二則何家不似他，何家拿何子衿當寶貝，真有個好歹，兩家還不得撕破臉皮？

陳姑丈這樣精明的人，險誤信寧家葬成禍端，好在何子衿有幾分運道，陳姑丈也有幾分運道，方能化險為夷，但因此事，陳姑丈也與寧家離了心。

寧家都能這樣坑陳家，可想而知陳芳在寧家是個什麼地位了。

陳姑媽不放心閨女，這才藉著孫子外甥過來帝都趕考，跟著一道來了。孫子去考場了，陳姑媽就打算過去寧家瞧閨女，這事兒卻是叫何老娘知道。

何老娘勸道：「大姊別急，我也一樣擔心芳姐兒。那起人家，甭看有錢有勢，到底不是咱們這樣的實誠人。大姊妳還沒看出來，這樣的人家慣是勢利的。我記得當初咱們丫頭片子來州府賣花，好心好意過去他家，說來咱們何家與寧家也不相干，可這不是看著芳丫頭的面子嗎？娘家親戚過來，不上門叫什麼事兒，結果咱們丫頭片子買了那些大螃蟹過去，正主兒一個沒見著，就叫婆子把咱們丫頭片子打發了。」

甭看要緊的事兒何老娘不一定記著，這種舊帳，她是一翻一個準兒。當初因是小事，她老人家自個兒嘟囔了一回也就算了，那會兒陳寧兩家關係好，何況後來陳家預備了些禮物，似是回禮一般，何老娘的氣也就消了。如今寧家忒不地道，竟去挑撥陳姑丈來忽悠她家丫頭片子，這還了得？何老娘就把早就氣消的事又翻出來重生了回氣，再挑撥了大姑姐一回：「眼下大姊來都來了，咱們孩子爭氣，都下場去了。這會兒大姊暫忍兩日，待孩子們考完，榜上高高掛的，咱們一人弄一身大紅喜慶衣裳再過去，也叫這起眼裡沒人的長長見識。咱家雖不富貴，可兒孫們爭氣，都有大出息的。兒孫們有出息，芳丫頭熬了這些年，腰桿也能直起來，不然咱們這麼去算什麼？大姊就是給芳丫頭送座金山去，就這人家也叫人不放心呢。」

何老娘巴啦巴啦一通說，就把陳姑媽給說動了。陳姑媽一想也有理，今年何陳兩家三位秀才下場，哪怕中一位，再去寧家也有談資，起碼不叫人小瞧。

陳姑媽道：「成，聽妹妹的，待孩子們考完，咱們再去。」

「姊姊說的是。」何老娘又有了主意，「大姊，咱們反正在家沒事，不如去街上看一看。現下秋高氣爽的，城裡桂花樹都開了，每天都香得很，咱們出去給孩子們燒燒香拜拜佛。雖說丫頭片子的卦是極準的，可老話說的好，禮多人不怪，菩薩神仙也不嫌香火旺呢，咱們再順道買些擺酒的東西。」

「什麼擺酒的東西？」陳姑媽以為何老娘是想吃什麼，笑道：「咱們府裡都有，妹妹想吃什麼，只管吩咐他們買去。」

「不是這個，我早把話撂下了，阿恭和阿念中了，家裡擺足三日流水席。咱們家裡倒是不缺雞鴨魚肉，只是來州府一趟，也得買些新鮮東西回去，叫鄉親們瞧著也體面。」何老娘笑呵呵道，對於何恭與江念翁婿倆的秋闈，那簡直是十拿九穩的把握，現下都準備流水席上的安排了。陳姑媽十分無語，偏又不能掃興地說還沒考完試，這中與不中還兩說呢。

結果出去燒香時，何家老老小小都十分虔誠，連帶俊哥兒這麼小的孩子也學會大人們燒香拜佛啦。買東西時，一向摳門的弟妹何老娘也十分捨得，乾果點心啥的，挑了好幾家店才確認了一家。何老娘一輩了精打細算會過日子，哪裡就現在買乾果點心呢？她老人家是先踩好點，待何恭和江念中了，再過來買不遲。

當然，她老人家每樣也買了一斤，這是給孫子們回家吃的。

丫頭片子素來嘴饞，也不能少了她的，不然就等著丫頭片子聒噪吧。

更讓她老人家滿意的是，何老娘剛說付帳，兒媳婦就很有眼力地取出荷包來結帳，用的是沈氏自己的私房，叫她老人家省了五分銀子呢。

為這個，何老娘一路看沈氏都是笑咪咪的，覺得兒媳婦既有眼力，也很是維護自己的面子，陳姑媽也說：「阿恭媳婦是個好的。」一閨女在寧家過了這些年，陳姑媽就是一開始有些遷怒，如今何子衿都十五了，陳姑媽也想通了。自己閨女這事兒，怨不得人家沈氏。沈氏話不多，有眼力，給何家生兒育女，陳姑媽畢竟也是何家女，難得一見地讚了沈氏一回。

何老娘假假謙虛地道：「阿恭媳婦就是這樣，錯眼不見就把帳結了。」

這話聽得何子衿唇角直抽抽，相當無語。

沈氏笑，「誰結都一樣，倘我沒有倒罷了，我既有，就不能叫母親花錢。」

何老娘這得了便宜還賣乖的，道：「妳還沒當家，可不能這樣大手大腳。」

沈氏深知婆婆脾性，柔順一笑道：「母親說的是。」

何老娘終於心滿意足了。

何老娘在秋闈考試期間，是把啥都預備妥了，就等兒子同孫女婿金榜題名了。結果，翁婿二人剛從考場上下來，第二天何老娘憂心忡忡找自家丫頭片子來解夢。她沒當著翁婿二人的面兒問，怕他們擔心，她是私下問的，她老人家道：「丫頭，這可咋辦，我做一夢，夢到妳爹跟阿念都沒中！」

何子衿說：「夢都是反的，這說明我爹跟江念必中的。」

瞧著自家丫頭一臉的自信，何老娘也恢復信心了，誰知隔天她老人家又來找何小仙了。何老娘更愁了，道：「哎喲，這可咋辦，我昨晚夢妳爹跟阿念都中了，騎大馬戴紅花的！」

昨兒不是說夢都是相反的嗎？

何子衿仍是一臉篤定，道：「心有所感，夜有所夢，這說明我爹跟江念必中的。」

何老娘有些懵，道：「這跟妳昨兒說的可不一樣。」

何子衿道：「佛家說，昨日種種譬如昨日死，今日種種譬如今日生，就是這個道理。」

何老娘瞧著自家丫頭片子那一副大仙樣，道：「說些叫人明白的話。」

何子衿總結一句：「聽我的就是了。」跟何老娘解釋了一回。何子衿以為把何老娘忽悠過去了，結果誰也沒料到她老人家就這麼左一天右一天開始了不斷的惡夢。她老人家一口氣不歇地從中秋夢到重陽，全是有關秋闈的夢。

直待秋闈張榜，何老娘感嘆：「可算是出榜了，真折磨死了。」以後再不來助考啦！

張榜的頭一天晚上，何老娘是迷迷瞪瞪做了一晚亂七八糟的夢，鬧得老太太天還沒亮就起床了。依舊是先去院裡老桂樹上尋一枝好桂花折了插在瓶裡，方得梳洗。

待梳洗停當，著翠兒過去瞧瞧陳姑媽起了沒，提醒陳姑媽甭忘了今日張榜，用過早飯大家一起去看榜。當然，憑陳家富庶，看榜的事打發個管事下人都做得，但是依著何老娘的說法，這哪裡等得，必得親去，第一眼瞧個分明才能放心。

何老娘早與陳姑媽商量好了，吃過早飯就去貢院外等榜。兩老太太這輩分，她們老人家一動彈，大家全都得跟著。

再者，因今日是張榜之日，一家子又吃了回及第粥，取其吉祥之意，更是換上了紅衣紅袍，一家子大紅地過去旺一旺，連何恭江念都穿了紅袍。

何恭勸他娘：「這也忒誇大了，叫人笑話，穿尋常衣裳就好。要是穿紅袍的都能中，豈不人人都著紅袍了？」

「你知道啥，這衣裳料子在三清神仙前供過的，也就咱家人穿才有用。」何老娘道：「快換了，別辜負了神仙的一片心。」

何老娘指揮翁婿倆換了紅袍，用過早飯後一家子連帶陳家，去貢院外的茶樓裡等榜。

甭看一大早上，茶樓裡已是人滿為患，要不是陳家提前訂了位，真不一定能有地方坐。就這樣，也沒訂上包廂，一家子老少便坐在大堂。茶點倒是不缺，桂花糕、梅花酥、栗粉糕和糖酥酪及四樣乾果，再配一壺上等蒙頂茶，稱得上豐盛，卻是無人動上一動。

茶樓裡說的都是與秋闈相關的事，且這些人有的信心滿滿，彷彿舉人已是囊中之物，有的風輕雲淡，似是未將秋闈成績放在心上，卻是一杯接一接灌茶水灌個沒完。還有些六神無主，滿面緊張的，就是如何陳兩家了。

坐立難安地等到辰時，聽得外頭一聲鑼響，接著就聽有人喊道：「張榜啦！」頓時整座茶樓的呼吸跟著一滯，幾乎是瞬間的安靜後，不少人更是將筆直的腰桿再次拔了一拔，起碼何子衿就瞧見他爹不自覺捏住了茶盞，江念雙手握在一處，眼睛直盯著門外。

何子衿早問過江念了，江念這孩子被子衿姊姊教導得實誠了些，關鍵是自負才學吧，儘管老鬼知道考題，也沒在老鬼這裡作弊。

不過，何家人並未等得太久，陳家派去外頭看榜的人還沒回來，一面生的小子就飛腿跑來，對著何家一揖，氣都未喘勻便大聲道：「給江老爺請安，江老爺您榮登解元榜首！」

江念沒回過神，何老娘已喜得眼前發黑，聲音尖得直顫，問：「你說的是阿念？」

面生小子道：「正是碧水縣江念江老爺！」

「哎呀哎呀，阿念中啦！」何老娘滿面喜色，瞧著阿念真是一千個喜歡。

沈氏也是高興，對翠兒道：「賞！」

翠兒銀子剛取出來，又有一土藍布衣的小子跑來，其舉止與剛那面生小子一模一樣，只是報喜的內容不同，何恭排在第三十二位。

何老娘剛經了阿念中解元的事，這會兒正同過來賀喜的一大群人寒暄，一聽到兒子也中了，何老娘喜不自勝，渾身亂顫，笑得聲音都變了，大聲道：「好好好，賞！」不必翠兒，直接摸一錠五兩銀錠賞了出去。事後何老娘無數次為自己昏頭的傻大方後悔，當時真不曉得咋啦，喜得沒了神智，一下子賞了三個月生活費出去。

兩個報喜的小子得了賞，又是一通好話逢迎後，方喜笑顏開地走了。他們一早過來，就是靠報喜來得賞的。打賞了報喜的小子們，何老娘也顧不得陳姑媽了，她笑呵呵地看看兒子再看看孫女婿，笑了一陣方道：「你這做岳父的，還不如女婿考得好。」

何恭只要中了就開心，何況他名次也不低，「我天資不若阿念，這也不足為奇。」

江念笑說：「我這也是僥倖。」

邊上過來賀喜的無數，主要是江念是解元，年紀是看得出的年少。一見江念這年歲，便有人動了招為乘龍快婿的心思。何老娘多尖的眼睛啊，看那些人要吃了阿念一般，當機立斷把阿念為人女婿的話說出來，果然，此話一出，那些人瞧阿念的眼光便不那般熱切了。

不過，能見著這般年輕的解元郎，大家也不會忘了拉一拉關係，認不認識的人都客套幾句，還有不少要請吃酒套近乎的。雖被婉拒了，卻也報上了自家姓名，約好共赴鹿鳴宴。

陳家這裡又等了一時，陳行卻是再次名落孫山。

何老娘勸道：「阿行你也別難受，你表叔考了多少年才中了舉人，你還年輕呢。」

陳行怎麼可能不難受，尤其有江念這天才少年比對著。其實這就是陳行想不通了，世上如江念這般天才少年能有幾人？便是何恭，落地多年，在三十五歲中舉也不算晚了。

陳姑媽是遺憾孫子未得題名，也為何恭和江念翁婿二人高興。都是親戚，碧水縣是小地方，今日能中兩人已是不錯，何況還有江念高中解元，絕對是大喜。陳姑媽笑與孫子道：

「你舅婆說的對，你還年輕，倒不必急。」又對何老娘道喜：「妹妹沒白來，阿恭和阿念都爭氣得很，給妹妹長臉了。」

何老娘覺得自己居功甚偉，笑呵呵道：「我這些天為著他們的事，愁掉了多少根白頭髮，也不枉我帶著一大家子去給他們燒香拜佛。話說咱丫頭的卦再靈驗不過，說中就中。」

何子衿湊趣：「既是靈驗，可得給卦錢。」

這時候要錢何老娘也不生氣，笑道：「一準兒一準兒，回去給妳雙份！」

「我可記下了！」

「回頭就給妳！」

因著江念中了解元，過來打招呼的人實在太多，陳行未中，大家乾脆不在茶樓裡坐了，索性回家慶賀。回陳家別院未久，報喜的官差到了，陳姑丈命人給了豐厚賞錢，親自賀了何恭和江念這對翁婿一回，又命人去擺酒，對何恭道：「當年你還小時，咱們縣裡來了算命的。那算命的頗是靈通，見著你就說你有官人之相，以後定能光耀門楣，果然是極靈驗的。」

何老娘道：「是啊，跟咱們丫頭一樣，靈驗得很。」

陳姑丈笑，「子衿非但卦好，我看她生就有福的。」其實說到當年給何恭算卦那事，陳姑丈真有幾分後悔，他當年根本沒在意，眼下不過是拿出來添個喜頭罷了。要是陳姑丈真將此事放心上，說什麼也得把閨女嫁給何恭。再者說，何恭這些年溫溫吞吞屢考屢敗，陳姑丈真沒料到這個內侄兒能有中舉的時候，更何況何恭非但自己中了舉人，更有一位解元女婿。

陳姑丈精明了一輩子，臨了卻發現自己走在別人後頭。哎喲，這滋味就甭提了。

好在陳姑丈是個機敏的，反正何恭不是外人，何恭和江念有出息，自己也有光沾。陳姑丈便一心替這翁婿二人料理起瑣事來，還叫人取了上好的料子給翁婿二人裁新衣，好在鹿鳴宴上穿。何恭連忙道：「姑丈，我有衣裳。」

陳姑丈道：「鹿鳴宴不比別的，雖說腹有詩書氣自華，但穿好些也顯鄭重。何況這年頭，以衣識人不稀罕，你不是這樣的，這樣的人卻很多，咱家又不是沒有，何必叫人小瞧了？」

陳姑媽亦道：「你姑丈說的在理，一身新衣罷了，莫要推辭。」

何恭只好不說什麼了。

中午闔家吃酒熱鬧了一回，又有何忻那邊的管事過來祝賀，何恭和江念就準備鹿鳴宴的事了。倒是寧家，著人送了帖子給何家翁婿二人賀喜，尤其江念中了解元，寧家來人頗客套，親親熱熱送上賀禮，還有一份請陳姑媽與何家女眷過去賞菊食宴的帖子。

有前番事，何老娘哪裡肯去，只道：「他們翁婿要參加鹿鳴宴，家裡要忙的事也多，怕是沒空閒，代我向妳們家老太太、太太問好吧。」給了一把賞錢，就打發寧家婆子去了。

打發了寧家人，何老娘還給陳姑媽出主意道：「咱們雖不比寧家，到底阿恭和阿念中了，大姊妳只管挺直了身板去瞧芳丫頭。」家裡孩子們有了功名，何老娘自覺底氣十足。

陳姑媽道：「我這裡妳不必操心，倒是孩子們中了舉人，明年春闈妳有主意沒？」

這主意並不難拿，倘翁婿二人的名次差則罷了，兩人的名次卻是很不錯的，尤其江念還是解元，自然得下場一試。何老娘道：「鹿鳴宴後就回家收拾東西，一塊去帝都瞧瞧。」

「阿素就在帝都，相公他們去了，色色都是便宜齊備的。」沈氏不放心的是，「小福子是個頂用的，只是光他一人，我實在不放心。三喜四喜是阿念的書僮，年歲又太小。」

何老娘道：「這不光妳不放心，我也不能放心，哪裡能叫他們翁婿兩人過去，路上沒人知暖熱也不成。多少人赴帝都趕考，路上倘有個病啊災的要如何？他們雖要去帝都，咱們也不能在家享福，待東西收拾好，咱們一道去，還能在帝都過年。」

沈氏道：「一家子都去？」

「是啊，自從小舅爺去了帝都，這些年都沒見過了。去歲小瑞回來，不是說給咱們丫頭置房舍了嗎？正好一起瞧瞧。我看他們的運道來了，正好趁這東風，明年考成進士老爺，家裡就再沒有可愁的事了。」何老娘一想到自個兒明年就能升格為進士他娘，就有些抑制不住的心潮澎湃啦！

婆媳倆商量著，這事便就此定了下來。

至於何恭與江念的意見，他們只要負責考功名就好，有這時間不如多念兩頁書，明年考出進士來的好。這些事不必他們操心，聽女人們的安排就是。

女人們忙得風風火火，鹿鳴宴後，何家就打包準備回家了，只是有一事，不同於來時何老娘要自家丫頭片子同車，這遭回家，她老人家是死活不與丫頭片子在一車了。用何老娘的話說：「忒財迷，不跟財迷丫頭一車。」

不過，用何子衿的話說：「早前還說給我雙份卦錢呢，這也沒影兒啦！」

這財迷的丫頭片子，先前她老人家一時昏頭賞出五兩銀子去，心疼得好幾宿沒睡好，眼下又朝她要雙份卦錢，日子還過不過了？

何老娘怕被追債，硬是裝耳聾沒聽見，施施然上車去了。

回家的路途順風順水，尤其中途要休息一夜，休息的地方是陳家為去州府做生意方便置的宅子，以前何子衿去州府賣花也會住這裡。到那宅子時，何老娘已是恨不得眼睛朝天，彷彿中解元的不是江念而是她老人家一般。這跟著何家回碧水縣的陳家管事也特會湊趣，還未到宅子門口就遠遠大聲吆喝：「還不出來迎接解元老爺？」

這一嗓子喊得，烏鴉鴉出來一群，都是早得了信兒等著服侍解元老爺的。

解元老爺江念早先一步從車上跳下來迎接他家子衿姊姊，出門時就是這樣的，江念甭看年紀不大，很會照顧他家子衿姊姊，雖不坐一車，都會先下車跑過去扶子衿姊姊下車。何恭也是孝子，會過去扶他老娘，這回不成啦，何恭過去扶了老娘下來，何老娘眼角卻是抽筋似的往回看，見解元老爺在扶她家丫頭片子，鬱悶極了：她也想叫解元老爺扶一扶好不好？

退而求其次被新晉身為舉人老爺的兒子扶進門，這別院小子們的奉承立刻彌補了何老娘沒被解元老爺扶的鬱悶。這些小子婆子丫鬟們拍起馬屁那真是滔滔不絕啊，從何家人下車，一直拍到何家人去屋裡休息說話，還在湊趣拍馬屁呢。

先誇解元老爺江念，這不必說，絕對是文曲星下凡。再誇何恭，這位老爺不似文曲星下凡，但舉人也考中了，而且這位老爺雖不是解元，卻是解元的岳父。三誇舅老太太您老人家英明神武，培養出了舉人兒子還有解元孫女婿，您老可不是凡人。四誇沈氏，這都成舉人娘子，解元岳母了。當然，最有福的肯定是表姑娘何小仙，以前就是三鄉五里有名的仙姑，果然仙姑就是有仙緣，這不，跟文曲星訂了親。再有就是何洌和俊哥兒兩個表少爺，有舉人爹和解元姊夫，還怕兩個表少爺沒前程嗎？

這麼拍著馬屁，下人們也覺得舅老太太家要發達了，於是，服侍起來更是殷勤上心。

何老娘聽下人拍馬屁聽得身心舒泰，不過，她老人家下定決心了，甭管你們咋拍，我老太太是一文錢的賞錢都沒有的。

何老娘犯了摳病，沈氏便出了賞錢，正是大喜事，也是給下人們討個口彩。

沈氏自己也歡喜得不得了，這些年過日子，除了剛成親那會兒不大順遂，後來樣樣都是好的，雖未大富大貴，家裡也是兒女雙全，夫妻恩愛，婆婆除了有些摳兒，待她也不錯。就是這樣過一輩子，沈氏也不覺得自己是沒福的，再想不到丈夫一朝得中，她竟成了舉人娘子。沈氏這喜得，便是再多出賞錢她也樂意，尤其她閨女，比她命還好。

沈氏現下看江念真是一千個順眼，多好的孩子啊，自來看著江念長大的，知根知底，青梅竹馬。這麼好的孩子，幸虧自家下手早。

沈氏命廚下做幾個清淡小菜，一家子用過晚飯便早早歇了，明兒個天一亮就得趕路。

在陳家宅子裡歇了一夜，第二天中午就到了家。

馬車還沒進縣城大門，遠遠就見縣城大門上披紅掛彩的，還守著許多人。陳家這車還沒到，就是一陣鞭炮轟鳴，接著城門口就敲鑼打鼓熱鬧了起來，把何老娘美得，在車裡就坐不住了。掀簾子一瞧，哎喲，親戚朋友的都到了，這如何還能坐在車裡？何老娘就從車裡下來，那場面絕不吹牛，那是走一路，鑼鼓敲一路。

待何家人回到家，哎喲，親戚朋友在屋裡都坐不大開，椅子也不夠，就年長的坐著，年少的站著，一團鬧哄哄地說話。

都是好話，一通的誇，誇何恭和江念這對翁婿多好啊，翁婿同上榜，美談呢。到晚上親朋們告辭，何老娘方覺得臉都笑酸了。

就這麼著，她老人家也不覺得累，明兒就開流水席，擺滿三天。至於以前說的十天流水席啥的話，何老娘已經改了主意，她老人家是這樣說的：「這就要收拾東西去帝都考進士了，待中了進士，再回來擺十天。」

何家的流水席好擺，蔣三妞就是開飯鋪的，裡頭還有何子衿的股份。何子衿已經放出話去，要從她祖母這裡大賺一筆，把何老娘嚇得就給她五十兩，叫她照著這價錢置辦去。倘若錢不夠，多一文也沒有。

這事是蔣三妞張羅的，除了蔣三妞飯鋪的廚子，又從別的飯館裡借了些人手。魚肉蛋菜大批採買，價錢上也優惠。胡文、江仁和沈山都來幫著待客，當天胡山長與縣太爺還一塊過來吃了杯水酒。

胡山長本就是書院山長，江念的先生，與何家又是姻親，過來倒是沒啥。縣太爺一來，弄得何家實在有些受寵若驚。何恭和江念翁婿過去相見，以往見縣太爺，總要一揖為禮的，如今江念中了解元，便不必行禮了，平輩論交。

一把鬍子的縣太爺對江念一口一個賢弟，鬧得何恭這輩分不大好論了。孫縣令在碧水縣多年，風評很不錯，只是礙於關係不到家，一直不得升遷。今縣太爺見江念如見親兒子一般，親熱得很，後來據胡山長所說，是因縣裡出了解元，這是孫縣令一大政績，再加上今歲州府官場動盪，縣太爺升遷已是指日可待。

孫縣令笑道：「賢弟的文章我已是見了，憑賢弟之才，下科春闈定是十拿九穩，賢弟與令岳翁可有打算何時去帝都赴考？」

江念謙虛道：「我與岳父商量著，待家裡收拾好就去帝都。」

「我就祝你們翁婿一路順風，明年金榜奪魁了。」

這話便不能謙虛了，江念笑，「只盼如大人吉言。」

孫縣令說笑幾句，就得辦正事了。縣令大人也不只是過來吃酒的，主要是為了來給江念送解元第的牌匾。是的，解元是有牌匾的。舉人中，唯有解元有此殊榮。

何家現在最不缺的就是鞭炮，兩個衙役抬著黑底金字繫紅綢的解元第大匾來，在鞭炮聲中，給江念掛到了宅子的大門上去。

半縣的人都來向江念道喜，外頭熱鬧一陣，時已近重陽，天兒冷，大家轉去屋裡說話。男人們無非就是說秋闈說春闈說前程，女人們的話題就是以何老娘為中心了。

有人說：「當初老白家那宅子，大家都說風水不好，叫老白家敗了家。咱們解元郎一住，就是個旺家的格局了。我看倒不是風水不好，怕是老白家沒這興旺的命。」

自從兒子和孫女婿中了舉人，何老娘說話時聲音就高八度，還養成了高抬下巴拿下巴瞧人的毛病，於是，何老娘翹著下巴道：「這當然不一樣啦，阿念買的宅子，可是我家丫頭幫他看著收拾的，有啥不利主家的風水也早改了。這風水再不中，那就沒有能中的風水啦！」

胡三太太連忙打聽，道：「我聽說秋闈前咱們小仙就算出解元郎必中了？」

何老娘與有榮焉地說：「是啊，早就算出來啦。」

「子衿，妳還算卦不？要不，妳幫我算一卦？」胡三太太家的兒子胡軒今年也下場了，卻是運道不大好，落了榜。

「嬸子，幫阿念和我爹算秋闈是封卦以前的事了，現下早不算了。」何子衿笑，「嬸子這命不必算，看嬸子的面相，田宅開闊，下巴豐滿，人中清晰，鼻樑高挺，垂珠厚大，眉亮眼清，這是一等一的好面相，以後定有誥命好做的。」

這話說得胡三太太直樂，胡三太太道：「誒，我就盼著能應妳的話。」男人是不可能讓她做誥命了，胡三太太的希望都在兒子身上。

胡大太太見何子衿說得有鼻子有眼，不禁問：「那妳有沒有算過春闈如何啊？」

自從聽說江念中了解元，胡大太太不說何家只是蔣三妞姑祖母家了，現下胡大太太是正正經經把何家當成了親家。

「這還真沒算。」

何老娘頗是遺憾，「當初應該一塊算了的。」

胡大太太笑，「親家老太太只管安心，解元郎這樣的好文才，再沒有不中的理，說不得明年再回來就是狀元郎了呢。」

何老娘還真不習慣胡大太太這麼滿臉堆笑的模樣，心說，阿念一中舉，這勢利眼也會笑了。何老娘半點不謙虛，道：「是啊，我也這樣說。雖然說算算比較有把握，不過，孩子本事在這兒，算不算的，有本事就有這命！」

胡大太太平生第一次見著這麼不謙虛的人，偏偏這人還是她親家。胡大太太以往最是看不上何家的，結果此一時彼一時，形勢比人強，胡大太太只得笑笑，心道，不就是中個解元嗎？也沒見過這等牛氣哄哄的嘴臉。

何老娘才不理胡大太太，接著就說起自己如何在州府給翁婿二人助考的事了：「每天必要喝及第粥，早上起來啥都別幹，先去折枝最鮮嫩最水靈的桂花供屋裡，點心吃桂花糕。這是每天飲食，除此之外，還得裡外穿紅，要記著，從一入貢院考試到放榜那日，不能說『落』字，不吉利。菩薩也得拜，捐香油錢時可不能摳摳索索，心不誠，菩薩是不會庇佑的。」

有人問：「及第粥不是送考那天喝嗎？」

何老娘將手一搖，「哪個秀才考試時不喝及第粥？人的運道其實是一定的，但咱們為什麼要去助考呢？就是給孩子們加持運道去的。運道到了，孩子們的文章也磨練出來了，榜上題名可不就是鐵板釘釘的事兒啦？」她老人家自有一套理論，「都說盡人事，聽天命。天要如何遂人願，就得讓老天爺知道咱們心誠，自然會給咱們孩子中的。」

胡大太太與胡三太太道：「下次秋闈咱們也一起去吧。」這回胡家兄弟二人赴考，都落了榜，胡大太太這麼在何老娘面前陪笑臉，也是想聽一聽何家有沒有什麼妙法的。聽何老娘這一通說，胡大太太深覺沒白過來陪笑臉，她這親家老太太還是有些見識的。

胡三太太的兒子沒中，說不遺憾是假的，不過，她兒子還年輕，倒也等得起。

胡三太太笑道：「我就是怕我去了，孩子更緊張。」

何老娘道：「這有啥可緊張的？緊張就得多練練。親家太太妳想想，這秋闈才是做官的頭一步，這會兒就緊張，那春闈咋辦？我聽人說，春闈後還得去金殿見皇帝老爺。哎喲喂，見皇帝老爺時緊不緊張？別怕，都能練出來。」

甭看何老娘這話粗，胡三太太倒也覺得有禮，「成，以後我按嬸子的法子試試。嬸子比我強，您教出一位舉人、一位解元，打咱們碧水縣瞅瞅，誰比得上嬸子您呢？」

何老娘瞅胡三太太比胡大太太順眼，就謙虛了一下，笑呵呵道：「親家太太又打趣我，咱們縣裡誰都比不上妳們老太太。」

胡老太太笑，「誒，那不是，我就沒教出過解元郎。」

何老娘道：「阿念那孩子是天生有這根筋，哪裡是我教的，我字勉強認得幾個。」

胡老太太道：「這孩子以後定是不凡的。」

「只盼他春闈順順利利的。」何老娘還不忘對何洛的母親孫氏道：「阿洛他娘，妳家裡有紅布沒？要是有，妳拿一塊大紅料子給我，我帶去帝都，在神仙前供幾日，屆時給阿洛做了衣裳，定也旺的。」

孫氏連忙道：「有有有，正想麻煩嬸子呢。」就是沒有，立刻去買也得有啊！只要兒子能中，天天穿紅又怎麼了？孫氏決定，家裡雖去不了帝都，但明年算著日子，到春闈的日子，家裡也喝及第粥吃桂花糕，給遠在帝都的兒子加把勁兒。

大家熱熱鬧鬧說著秋闈春闈的事，彷彿明年翁婿倆一定就榜上有名。及至開席，如今何家的席面已頗是講究了。因重陽臨近，還買了不少螃蟹蒸來吃，配著菊花酒，極是歡樂。

三天流水席，不少親戚族人都過來幫忙，事後何老娘一算，都覺得幸而只擺三天，不然真怕破產。待親戚族人們散了，何老娘靠著榻道：「以前過年也吃不上這麼一桌好吃的，哪裡敢想有今天呢？可今兒這麼好了，又覺得還有更好的日子在以後呢。」

沈氏道：「是啊，要是明年他們翁婿順利，母親以後還有誥命衣裳穿呢。」

何老娘哈哈笑，「這可不敢想。」

何子衿跟著哄老太太高興，「有啥不敢想的？您不敢想，我敢想。」

何老娘瞧著自家丫頭片子就樂呵，不怪人家敢想，看這丫頭還真有點誥命福，「誥命衣裳啥樣，妳見過不，妳就想？」覺得自家丫頭是個有見識的，何老娘忍不住打聽了。

何子衿道：「這誥命與誥命也不一樣，一品二品誥命叫夫人，三品誥命稱淑人，四品是恭人，五品叫宜人，六品叫安人，七品是孺人。衣裳首飾也都是有規定的，差別可大了，像一品夫人就要用金冠，珠翟五個，珠牡丹開頭兩個，珠半開三個，翠雲二十四片，翠牡丹葉一十八片，翠口圈一副，上帶金寶鈿花八個，金翟兩個，口銜珠結兩個。到了七品孺人，也就剩個零頭了。」

「差這麼多啊？」

「可不是嗎？」

何恭和江念翁婿倆送客完畢，回房正聽到家裡女人們都商量著做誥命的事兒了，翁婿倆頓時覺得：這去帝都可得好生念書備考啊！

何家準備著一家人去帝都，但這事也不是一時就能啟程的，因是拖家帶口過去，東西就且得收拾幾日。還有族長家也要收拾些東西，託何家給何洛帶去。

何子衿自州府回來還沒去山上看過朝雲道長，流水席結束後，她就打算去山上。

江念與何子衿同去，子衿姊姊去看道長，他應邀給學院做演講。

江念背著慣常用的小背簍，裡面放的是子衿姊姊給道長的東西，這剛出門，就有馮太太見著打招呼：「哎喲，怎麼能叫解元郎背東西？小順子，過來幫解元郎背著。」

江念忙道：「不必不必，裡頭也沒什麼，並不重。馮大娘，您吃飯沒啊？」

馮太太臉上笑得跟花兒似的，「吃了吃了，你們這一大早去山上啊？」

「誒。」江念應一聲道：「大娘去家裡坐吧，祖母早起還念起您呢。」

馮太太覺得解元郎實在和氣，笑咪咪望著解元郎走遠，這才去了何家閒話。自從江念中了解元，馮太太這做鄰居的也覺得光彩，何況兩家本就是姻親。馮太太覺得，自己家挨著解元郎府，沾一沾解元郎家的靈氣，說不得過幾年兒子也得中呢。

一路上，江念算是感受到了父老鄉親們的熱情，他背著個小背簍，裡頭不知叫人給塞了多少東西，賣包子的送包子，賣水果的送桔子，還有個賣花的，半籃子花給江念放背簍裡。

何子衿連忙道：「叔叔大伯嬸子大娘，可別這樣啊，大家的心意我都知道了，咱們不是外人，心意在就好。你們這樣，阿念以後都不敢出門了。」

諸人笑，「又不是什麼值錢的，解元郎不嫌棄就好。」

江念拱手道：「哪裡會嫌棄？大家都是看我長大的，這忒多東西我也背不動不是？」

有個後生想接江念背上的背簍替他背，江念哭笑不得，「以後不敢出門啦。」

大家笑道：「只管出來，我們都想沾沾解元郎的靈氣哩。」

一路說說笑笑的，江念與子衿姊姊上山去了。

江念照舊先送子衿姊姊去朝雲道長那裡，來開門的聞道打趣一句：「解元郎來了。」

自從中舉，江念初時被叫解元郎很有些不好意思，但從州府到家裡，一路上被叫了千百遭，他也習慣了，笑道：「聞道師兄，你也來笑我。」

「我是替你高興。」聞道請二人進去，見半簍子花，問：「怎麼帶這麼些花來？」

「路上鄉親們送的。」

聞道接過江念的背簍，將東西提了下去。

何子衿道：「裡頭包著的衣裳是我給師傅做的。」

何子衿是聞道見過的最自信的人了，就何子衿那點針線手藝，難得她還總拿出來送人。當然，何子衿做了送來，師傅還是願意穿的。聞道點點頭，示意自己知道了。

朝雲道長正在院裡閒坐看書，院中青松蒼柏依舊，唯有梧桐葉子已盡數黃了，飄飄搖搖掛在枝頭，風一來，隨時要隨風而去的模樣。

朝雲道長見了二人也高興，笑道：「阿念不錯。」

何子衿道：「主要是有念書的這根筋。」何子衿也得承認，在念書上絕對是有天才這號人的。就如阿念，哪怕身體裡有個老鬼，他自己在念書上的天分也是不容小覷的。

江念笑，「我這名兒取得好，念，會念書。」

何子衿笑咪咪瞅江念一眼，不錯不錯，會自嘲了。

江念坐下來吃了盞茶，就告辭去了書院，他得去書院演講來著。胡山長讓江念講一講念書的經驗，其實這有啥可講的，就是講了，也不是人人都能成為解元郎的，不過是藉此機會激勵書院裡的小同學們，而且書院裡教出一位解元郎，整個書院也是與有榮焉的。

何子衿已經打算讓阿念寫一寫念書的經驗，幫他出本書，就在自家書店裡賣。

待江念去了書院，朝雲道長問：「令尊與阿念要去春闈吧？」

「嗯，阿念跟我爹，我們一家子都去，不然怕他們路上沒個照應。」何子衿說到這個也是心有感觸，「當初我舅去趕考，路上就病了一場，幸而小瑞哥忠心，我舅也命大，在路上養好了身子，不然有個好歹叫家裡怎麼著呢？還不如一家子去，路上總有個照應。」

朝雲道長頷首，「這也在理。」

何子衿道：「我做了身棉衣給師傅，等冬天師傅就能穿了。」

朝雲道長笑，「妳不會真事先就算出阿念與妳父親能中吧？」自江念中了解元郎，何小仙的名聲也是越發響亮啦。朝雲道長在山上聽說了，大家都說何小仙早前就算出來了，解元郎與何舉人都能中的。這不，果然就中了！

「哪算得出來？」何子衿道：「我是模模糊糊有種感覺，覺得我爹和阿念火候到了。」都扯到感覺上了，這就更神叨了。

說到帝都，朝雲道長有些悵然，道：「此一去，就不知何年能見了。」

何子衿道：「師傅，您好生保重，有個三五年我們就回來了。要是阿念和我爹中一個，能進翰林最好進翰林，若是外放，既有進士功名，還不如回家安安生生過日子。倘是都沒中，我們明年就回來了。就是進了翰林，在帝都鍍鍍金，回來唬人足夠。別的，我家現在也有好幾千畝地了，在帝都做個小官，不如回鄉痛快。」

朝雲道長笑，「想得簡單，一入名利場，半點不由人。」

何子衿道：「那是想往上爬的，才會半點不由人。咱們就想本本分分過日子，進一步難，退一步還不容易？」

朝雲道長道：「妳呀，凡事要與阿念商量。」

「阿念也是這樣想。」

朝雲道長笑笑，端起杯子吃茶。

何子衿說起在州府助考的事，何子衿道：「送考那天，那麼老早，我們一家都起來了，早上吃及第粥，然後全都穿紅，送我爹跟阿念入場。被一個秀才見了，黑漆漆的凌晨，大家勉強提個燈籠照路，突然這麼一大家穿紅的，把人家嚇個好歹，以為見鬼了呢。」

朝雲道長莞爾。

聞道端來新鮮果子，笑道：「人家這是沒見過你們這樣送考的吧。」

何子衿起身幫著擺果子，一邊道：「待下科秋闈瞧吧，肯定都這樣穿。我祖母已經把她助考的絕招說出去了，現下縣裡人都知道了。有阿念這活招牌，人們是寧可信其有，不可信其無啊。要不，及第粥也不能這樣流行。」
聞道笑，「這倒是。」
何子衿拿塊栗粉糕吃，又開始說自家的流水席：「熱鬧得很，阿念中解元的事，還給寫進縣誌裡去了。」
聞道道：「令尊肯定也被記縣誌了吧？」
「嗯，我聽說凡是縣裡有功名的都會記在縣誌裡，秀才也記，不過，秀才頂多就是記個名兒，中了舉人，何家祖上三代都會記進去。」何子衿說起來也覺得很有榮光，「族裡還說出資在我們胡同外頭建個解元牌坊，以後我們那胡同就不叫豆腐胡同了，改叫解元胡同。」
聞道聽得唇角直抽，暗笑不已。
「笑什麼啊，聞道師兄你真是少見多怪，現下我們整條街的房價都漲了。阿念不是住我家後頭嗎？阿念的後鄰原要賣宅子，先前談好五十兩，自阿念中了解元，五十兩就不賣了，前兒六十兩賣出去的，說我們那胡同有文氣，最出文昌星。」
聞道問：「那家賣房子的該給阿念送份謝禮。」
「謝啥謝，買宅子的人家倒是差下人去阿念那裡說過話的。」
朝雲道長但笑不語，何子衿道：「我都說那家賣虧了，要略放一放，待明年春闈後再賣，要阿念能中春闈，他那宅子再抬十兩也賣得出去。」
聞道點頭，「那家人也是沒見識，能與解元郎比鄰而居，這宅子多給十兩銀子就賣？」
聞道又說：「你們去帝都可得多預備些銀錢。短時間住妳舅舅家好，倘是妳父親和阿念又中了，還是要自己置宅子的，帝都的房價比咱們碧水縣貴的多。」

「這個沒事，上次小瑞哥來說，我舅舅已經在帝都給我置了一處宅子。」何子衿說到她舅，繼續滿面榮光，「我舅在帝都開補習班，給舉人們講課，可賺錢了。我在裡頭有股份，每年得分紅，這宅子就是用我那分紅置的。」

說到帝都的房子，何子衿道：「我聽說帝都只要是官員，倘是家貧無房的，還能租朝廷給的廉價房，很少的錢就能租套小院。」

聞道道：「這也得看是什麼樣的官員。妳舅舅當年是二榜翰林，翰林俗稱儲相，自然是輪得到廉價房，倘是那些冷衙門的七八品小官，就等著吧，哪裡有那麼多房給他們住？」

「這也是。」何子衿又道：「對了，我舅舅說，他開補習班的地方還有個很有名氣的老先生，叫江北嶺來著，可有名了。人稱北嶺先生，與薛帝師齊名。」

朝雲道長有些意外，問聞道：「江北嶺得九十吧，還活著呢？」

聞道：要怎樣同他師傅解釋人家江北嶺還活著的事呢？

何子衿先吐槽了：「師傅，您這怎麼說的，薛帝師的身子骨也不錯呢。」

上次還虧得人家薛帝師伸援手。

「姓薛的比姓江的年輕啊！」朝雲道長感嘆，「江北嶺活得好啊！」江北嶺就這麼活著，仇人就全死沒了。再看仇人的後代過得也不咋地，江北嶺大約也就更有活著的勁頭了。

感慨一回還在活著的江北嶺，朝雲道長覺得自己也該好好活著，一高興，中午螃蟹都吃了一隻，要知道，往常因蟹性寒涼，朝雲道長都是不碰的。

當然，他跟何子衿沒得比，何子衿一人吃二斤。

見何子衿吃得香甜，朝雲道長笑，「妳該生活在海邊，海裡的螃蟹既大且鮮。」

何子衿十分嚮往，「我也想去海邊吃螃蟹。」

用過午飯，何子衿話癆到下午。江念來接她時，二人辭了朝雲道長下山。朝雲道長命聞道取出一個灰黑色木匣子，同何子衿道：「我有個親人在帝都，妳去了帝都替我看看她。」

「師傅的親人？叫什麼名字？住在哪裡？」何子衿接過木匣子，入手感覺有些沉，好奇問道：「師傅，是您什麼親人啊？」

朝雲道長眼中的情緒很難形容，只道：「我都放匣子裡了，妳看過就知道。」

何子衿以為朝雲道長有什麼不願提的苦衷，便不再多問，與江念一起下山去了。

到家時，已是吃飯的時辰，蔣三妞和胡文都在，何老娘正抱著重陽小哥兒。江念把朝雲師傅的木匣子放子衿姊姊屋裡去，胡文笑道：「阿念回來啦，我聽說阿念你這次講演，許多外縣的學子們都來聽呢。」

江念很謙虛，「我那點經驗不值一提，也是僥倖，人們看著解元的名頭才來的。」

何老娘一向自信，故而不愛聽江念這謙虛的話，立刻道：「啥叫僥倖啊？解元還有僥倖的嗎？你要說孫山是僥倖的還有人信，誰要說解元是僥倖，我就叫他去僥倖一個給我看！」

胡文樂了，「姑祖母，您還知道孫山是誰啊？」

「那是！」何老娘身為一手培養出一位舉人和一位解元的傳奇老太太，在碧水縣的聲望已達到頂峰，何況她老人家向來自信心爆棚，她自豪地道：「孫山就是最末一名！」

胡文道：「哎喲，姑祖母，您可是咱們碧水縣老太太裡最有學問的啦！」

「還好還好，不是孫山就好。」何老娘開始亂造句了。

何子衿洗了手過來抱重陽，說道：「後兒就是重陽周歲了，可得好生擺幾席酒。」

蔣三妞笑，「我原說一個小娃娃，隨便做些麵來吃就是了。祖母興致卻好，說現在秋高氣爽，又是節下，定要擺酒的。」雖是這樣說的，兒子受婆家重視，蔣三妞還是很高興的。自從表叔和阿念都中了舉人，蔣三妞在婆家的地位是一日千里。太婆婆一直對她很好，現下婆婆也客氣不少，就是胡家那些勢利眼的下人，因以往蔣三妞從不打賞，頗有懈怠之處，如今是上趕著巴結都不夠，可是叫蔣三妞好生體會了一番人情冷暖。

何老娘聽了這話高興，道：「你們家老太太是再懂禮不過的人，咱們碧水縣除了族長大嫂子，我最服你們老太太。」意思就是，何老娘勉勉強強把自己排在了碧水縣第三。

沈氏附和婆婆一句，很口是心非地道：「當年子衿過周歲時也是，我也說何必大辦，那會兒咱們家可沒現在的日子，可老太太也說頭一個孫女，雖家裡不寬裕，得要熱鬧一日的。」

其實當時因她生了閨女，何老娘給了她許多臉色看，就是給閨女辦滿月酒，那會兒何老娘完全沒有破費擺酒的意思，是沈氏氣不過，死活要辦，這才辦的。現下日子好了，她們婆媳也融洽，沈氏不念舊惡，就說出來哄婆婆開心。

何老娘以前很有些重男輕女的毛病，現下早改了，主要是家裡兩個閨女一個比一個會掙錢，半點不賠錢，還特別會過日子。雖說不比她老人家，在碧水縣同齡女孩子裡也算是出頭了。何老娘聽媳婦這話，遂也道：「可不是嗎？」一指何子衿，「妳嬸子生這丫頭的時候，哎喲喂，我都還沒穿過綢衣哩，家裡好不容易有塊好料子，是妳忻大伯家的李伯娘給的，我就說了，丫頭片子過周歲，做了給她穿吧。妳嬸子還細細繡了許多花樣在上頭，誰見誰說好看。那會兒咱家不寬裕，也擺了兩席粗酒。」

何子衿聽著這婆媳倆顛倒事實，只是笑著逗重陽小哥兒，並不說別個。

何老娘又說蔣三妞：「妳是個有福的，頭胎得子，以後這心就擱下了。待重陽大些，一口氣多生幾個，省得以後孩子單薄。閨女兒子都無妨，別人家重男輕女，咱家可不這樣，我就喜歡小閨女，哎喲喂，招人疼。」這位老太太現下連人生觀都改了。

一家子都忍笑聽著何老娘說話，胡文湊趣：「我也喜歡閨女，三妹妹懷著重陽時我就盼閨女來著，不想生下來是個小子。」

「小子也好，以後考狀元。」現下何老娘有了見識，舉人啥的已不能滿足她老人家的眼界，她老人家的目光已經盯在了進士上。

胡文聽得大樂，道：「承姑祖母吉言啦！」

「聽我的一準兒沒差。」何老娘十分自信。

胡文又說起給何家雇鏢局的事，道：「州府的平安鏢局，我家裡常用，人實誠可靠，他們是慣常出門的，對帝都也熟。讓他們送姑祖母你們去帝都，路上安穩。」

當初沈瑞回老家也是跟著鏢局的，既是胡文介紹，那定是可靠的。

何老娘一口應了，「成，就他家，我這裡收拾東西也快的！」

晚餐很豐盛，自從何家成了舉人門第，江念中了解元，親戚朋友族人都會送東西過來，今兒晚上兩隻野雞就是隔壁馮太太送的。野雞燒湯最鮮，再加上秋天多菌子，放些野菌子，委實能鮮掉舌頭，哪怕晚上吃素的何小仙，也喝了兩碗野雞山菌湯，直讚湯味兒鮮美。

何子衿還說：「這要去了帝都，怕是就喝不到野雞湯了，我得多喝兩碗。」

何老娘頗為鄙視，翹著下巴道：「真個傻丫頭，帝都啥沒有啊？別說野雞啦，金雞都有，妳就等著長見識吧！」還與胡文、蔣三妞道：「看阿念和你們叔叔這次考得咋樣，要是能在帝都站住腳，過兩年重陽大些，你們也過去，見見世面。」

蔣三妞道：「阿念和叔叔是考功名做官的，我們去了做什麼呀？倒不如在老家待著，起碼姑祖母這宅子屋子的，我們能幫著照看些。」

何老娘一副「真是笨」的神色，道：「幹啥不行？妳看咱們沈小舅爺，去帝都沒幾年就辦了學堂，專給舉人老爺講課，聽說賺錢得很，每十天開一天課，這一天課要來聽，就得十兩銀子。以前我覺得咱們丫頭給人占卜也還湊合，可是你們瞧瞧，跟小舅爺沒法比呀！」

「我就琢磨這事什麼緣故。」何老娘將筷子往碗上一橫，繪聲繪色道：「我這想了好幾個月，終於想出來了，帝都裡有錢人多呀！要擱咱們縣裡，甭說一天課十兩銀子，就是一天課一兩銀子，怕也沒人來聽。帝都就不一樣了，貴人多的很。貴人多，銀子就好賺，幹點啥不成？我們先過去看看帝都啥樣，屆時再跟小舅爺打聽打聽，哪怕開個鋪子弄個店賺幾年，重陽以後娶媳婦的錢就有啦！」

「這倒是。說是帝都花銷大些，但找對門路，發財當真比咱們縣快的多。」沈氏道：

「開始阿素去帝都趕考，說起帝都真是樣樣都要銀子，那會兒我跟子衿她爹還擔心他來著。他開始做官，住的宅子都是朝廷給貧困官員低價租用的小院，也就是個四合小院，有十一二間屋子的樣子。這也沒幾年，他如今也自己置房舍置產業了。三丫頭妳有手藝，阿文與人交際無礙，出去也不怕的。」

主要是胡家子孫不少，胡文這麼個庶出沒親娘的，以後分家產有限得很。胡老太太疼胡文，只是孫子多了去，偏著胡文，難免叫別的孫子不服。胡大太太不過是個面子情，哪裡會真心為蔣三妞和胡文考慮？兩孩子都不錯，若他們能在帝都站住腳，不如叫兩孩子出去，看看有沒有別的出路。

何恭卻是道：「就是做生意，三丫頭和阿文都不准到台前，差使幾個忠心管事便罷了。」為子孫考慮，尤其胡文，不好直接插手商事的。

胡文連忙道：「阿叔說的是。」

胡文又道：「倒是有件事想同阿叔商量。」

「什麼事？」

胡文道：「就是三妹妹和子衿妹妹那烤鴨鋪子的事。現下在咱們縣生意不錯，不過，咱們縣人少，生意再好也就這樣了。我是想著，州府到底比咱們縣裡富庶，要是打發個穩妥的管事去州府開個分店，阿叔您看如何？」

何恭如今中了舉人，比較有底氣了，點點頭道：「這倒是行。咱們親戚族人多有在州府做生意的，就是你們家在州府也有鋪子。當初來咱家的郝御史，阿文也認得，倘去州府，記得拜會一二。就是忻大哥和姑丈家，也都不是外處。」

沈氏乾脆道：「明兒你帶著阿文去忻大哥和姑媽家裡坐坐，就是郝御史那裡，怕不得見。這次在州府也沒見著，說是回帝都述職了。你留封信給阿文，用不用得著，有個預備。」

何恭好脾氣地笑道：「說的對。」

用過晚飯，怕重陽小哥兒冷著，蔣三妞一家三口便告辭了。

送走蔣三妞一家，何子衿正想說回屋瞧瞧朝雲師傅給的匣子到底是送去哪兒，卻被何老娘叫住了，何老娘道：「那啥，出書的事兒，妳可得抓緊啊，我這幾天有些忙。」

「出書？」何子衿一時沒反應過來。

何老娘有些急，「這才幾天，妳怎麼就忘啦？前兒個妳不是還叫阿念出一本介紹秋闈經驗的書，要我寫些助考經驗給妳嗎？那啥，寫我是不會寫的，到時我說妳寫。不過，到時那書出來，可得把我的名兒添上，妳沒意見吧？」她老人家很是惦記這事兒呢。

「沒問題沒問題。」何子衿坐榻上，忍笑道：「我想了想，不能叫祖母您跟阿念合訂成一本，我打算專門給祖母您出一本，單獨署您的名兒，如何？」

何老娘倒是樂意，她道：「這要光署我的名兒，能賣出去嗎？會不會虧本啊？」與阿念合訂一本，是想借解元郎的名頭多賣些錢哩。

「不會不會，當然不能乾巴巴就署個何老太太啦，不然咱們縣這麼多姓何的，誰知道是祖母您呢。」何子衿道：「到時咱們封面上得印一行字，就寫，教導出一位舉人和一位解元的傳奇女性何老太太的助考經驗，這樣就有人買了！」

何老娘聽了，咯咯咯笑起來，瞇瞇眼直接笑成一線，與沈氏道：「別說，咱們丫頭就是心眼靈兒，這雖然有些誇大，也算事實啦！」

沈氏奉承婆婆：「什麼叫算啊，本就是事實。」

江念笑得見牙不見眼，跟著道：「這書一出，祖母您得上了咱們縣的縣誌。咱們縣好幾百年歷史，也沒聽說哪家老太太能出書的。」

「就是！」何冽很實在地說：「阿文哥他祖母有學問，可也寫不了書啊！」

何老娘更是來興致了，與自家丫頭道：「哎喲，這眼瞅著咱們就去帝都了，我這書來得及寫嗎？就怕寫不完，我這預備了一肚子的經驗想說呢。」

「不是有我嗎？咱們商量著，一準兒在去帝都前完成初稿。到時把稿子給阿仁哥，叫阿仁哥印了，包管大賣。」何子衿拍胸脯做保。

何老娘想了想，這出書是大事啊，她對沈氏道：「家裡的事妳就多操心，我跟丫頭先把這事做完了，也好放心去帝都。」

沈氏笑，「母親只管放心寫書去，這可是大事，家裡的瑣碎小事交給我。」

何老娘便拍了板，與自家丫頭道：「明兒一早就開始寫，阿念你也抓緊了。」

江念忙應了。

何老娘眉開眼笑盤算著，等她這書一出，她肯定能躋身於碧水縣老太太中的第一名。

哼哼，屆時就是族長家的劉大嫂子和胡老太太，也是比不上她的！

伍之章　舉家赴京備科考

何老娘的野望委實不小，她要由內宅不識幾個字的土鱉老太太正式走向文化界了。因著要寫書的事兒，何老娘大半宿失眠，腦子裡回憶著自己對於秋闈考試的種種經驗。

何子衿則在哄住何老娘後，回自己屋裡休息。她拿出朝雲師傅要她轉交的木匣子看，木匣子用個銅扣扣著，並沒有上鎖。拉起銅扣，裡面是個漆黑的方木小塊。這方木小塊渾然一體，看不出是什麼東西。她晃了晃，裡面沒動靜。在燈下細瞧，也看不出什麼。曲指敲敲，聲音沉悶，手上掂掂，又不似鐵器。

何子衿兩輩子也沒見過此等奇異之物。

研究半天研究不出來，見匣裡還有一封信，用漆封封住了，明顯是不能隨便拆閱的，信外只寫了三個字：謝莫如。這字倒是朝雲師傅的筆跡，但這人是誰啊？

何子衿不認識，到了帝都送誰啊？也沒寫明地址。帝都好幾十萬人，誰知道這謝莫如是圓是扁呢？甭說圓扁，就是男女也不曉得啊！

何子衿真是愁死了。

這同高人打交道就是這樣，高人一向是雲山霧罩的，你要說猜不出來吧，倒顯得自己智商不夠似的。何子衿想半日也不曉得這位「謝莫如」是何方神聖，倒是想叫了江念來參詳，可這江念回自己宅子了，只得明日再同他商量。

何子衿想著第二天早上找江念，偏生何老太太惦記著寫書的事兒，一大早起來就拉著何子衿，還吩咐道：「把筆墨拿出來，我一邊說妳一邊記。我想說的事兒，實在是太多啦！」

「沒事兒，您一件一件說，不著急。」何子衿咬著筆頭聽何老娘的陳述。

「怎能不急，咱們還得去帝都呢。」閒話兩句，何老娘開始整理思緒，這一說就說得久遠了，「我小時候啊，聽我爹說，我們祖上也是出過三品大官的人家，只是後來子孫不爭氣，家業敗落了。後來跟妳祖父成親，那會兒妳祖父窮啊，咱家的產業加起來，還不如我的嫁妝多呢。妳說，我圖他啥呀，就圖他身上那股文謅謅的勁兒。妳祖父其實有天分，人也聰明，會念書，那些字看一眼就能記住，還能教我，可我們那會兒吧，沒趕上好時候，兵荒馬亂的，把他給耽擱了，也沒念成書。待有了妳爹，妳祖父就下決心要讓妳爹念書的。」

「這念書啊，是個天長地久的活兒，不能急，得慢慢來，尤其小孩子開蒙，得有耐心，甭天天把自家孩子同別家孩子比。人啊，資質不一樣，像阿念，十三就中解元。像妳爹，三十五才中舉人，其實也不晚。孩子不一樣，教導的方法也不一樣。」甭看何老娘沒啥文化，說到這些事，竟還很有條理，她老人家還引申起來：「除了念書，更得先學做人……」

何子衿覺得，何老娘可以去辦一場演講，太會扯了。

由於何老娘出書的意願不是一般的強烈，從早到晚拉著自家丫頭片子幫她寫回憶錄，那架勢幾可比擬一代教育大家。對秀才試、舉人試的各項準備，何老娘不是一般的有心得，還包括對考生心理狀態的訓練，何老娘道：「甭怕孩子考試有壓力，有啥壓力，以後比這有壓力的事兒還多著。考秀才就戰戰兢兢，以後考舉人怎麼辦？考舉人時哆哆嗦嗦，那考進士還不得厥過去？怕有壓力，多考幾場就沒啦！」她老人家天才地提出了「模擬考」的概念，「其實我覺得，怕考試的人可以在家自己設個考場，或者書院裡照著秀才試舉人試的模樣弄一個考場，多考考，熟了孩子們也就不怕了。」

最後，稿子出來，何老娘的教育實錄寫了幾十頁紙，江念的經驗之談才寫了十幾頁，資深書商江仁道：「阿念的有點短，祖母的有點長。」

何老娘十分大方道：「把我的分一些給阿念不就成啦？」

資深編輯何子衿道：「嗯，祖母的刪減一些，阿念的我看看再添點什麼。」

何老娘道：「成，反正妳瞧著辦就行。」再三叮囑自家丫頭片子，「別忘了書上寫我的名兒啊！」想了想，又道：「妳要樂意，加上妳的名兒也成，不過得加我名兒後頭。」

何子衿笑，「這是祖母您的心得，加我名兒做什麼啊？不加不加！」

丫頭片子真懂事，何老娘眉開眼笑，「我可讓妳啦，是妳自己不加的，可別後悔。」

「不後悔。」何子衿笑，「待祖母出了名兒，別忘了我就成。」

「這哪兒能忘？」為了獎賞給自己出書的丫頭片子，事後何老娘把珍藏了許多年的一只金鐲給了何子衿，叫何子衿自己存著。何老娘的話兒是這樣的：「別看這鐲子是素面的，不比那些有花頭的瞧著稀罕，這一樣是真金的。金子值錢只看分量，可不看上面的花頭。」

何子衿不客氣地收了金鐲子，「您不是有一對嗎？怎麼只給我一只啊，怪孤單的！」

「孤單啥，金鐲子咧，妳要是嫌孤單就還我。」何老娘給出去也夠心疼的，這會兒已想要回來了。說來這是她娘那會兒的嫁妝，何老娘當年嫁人前從後娘的梳妝匣子裡偷出來帶到了婆家，一藏多年，誰都沒給見過。

何子衿哪裡肯還鐲子，早戴自己手腕上了，嘴裡猶道：「我是說您老人家，這眼瞅著就是碧水縣的名人啦，怎麼辦事兒這麼不敞亮呢？」

「金子還不敞亮，那啥敞亮？」何老娘只管守著自己的小金庫不動搖，甭管自家丫頭片子說啥，她就一只金鐲子，再沒第二只的，「去吧去吧，叫阿仁早些把書印出來。唉，可惜咱們得去帝都，也見不著成書啥樣了！」

何子衿道：「放心吧，一準兒大賣！」

把何老娘的回憶錄搞定，何子衿與江仁都過了遍稿子，覺得可以了，江仁便安排去印。先各印一千本，在古代這可不是小數目，要知道古代的書賣得就貴呀。都是有錢人才能買的奢侈品，像薛帝師那些大部頭，一套就得一二兩銀子，如江念和何老娘這種單冊，一冊也得一百錢。甭小看這一百錢，貧寒人家一年才收入幾兩銀子呢？

江仁是想趁著江念這東風將書推一推。

與何子衿商量了個行銷計畫，江仁感嘆：「阿琪就要生了，短時間我也去不得帝都。聽說朝廷要推出遞運所，專管著送東西的。子衿妹妹，要是帝都有什麼好書，得了機會，妳就託人送幾本回來，我再刊印，也是一樣的。」

何子衿立刻想到，這年頭沒有版權意識，只要是書，大家隨便印。

何子衿應了，「成，到時我定找些好書回來。」

江仁道：「姑丈在帝都講課不是特有名氣嗎？妳問問姑丈出不出書，把姑丈講的課給攢一本，肯定大賣。」

何子衿大笑，「阿仁哥說的是，一到帝都我先辦這事兒。」

江仁眉開眼笑，「我就等子衿妹妹的信兒啦！」

把出書的事兒弄好，基本上家裡東西也收拾得差不多了，何冽也與小夥伴們該告別的告別了，親戚朋友都來何家看過，眼瞅著就要啟程，何子衿終於有時間同江念商量朝雲道長給她的匣子了。何子衿把信拿出來給江念看，指著通道：「就這一名兒，可怎麼找人？」實在不行就去山上再問朝雲道長一回。

江念不愧是解元腦袋，道：「朝雲師傅只寫一個人名，或是朝雲師傅不知此人住在哪裡，或者這是個名人，只要到了帝都一打聽，就能知道此人的住處。」

何子衿恍然大悟，笑說：「果然是解元郎，腦子就是靈光，我竟沒想到！」又道：「你說說，這人是誰呀？」

「朝雲師傅這些年從未提到有什麼親近的人，能寫信給這人，肯定關係不一般。」

何子衿悄聲道：「你問問老鬼，看他知不知道。」

江念就問了，老鬼一聽到這名字，只覺有些熟悉，到底是誰，一時想不起來。

老鬼只道：「謝莫如……似是在哪兒聽過。」

江念無語，直接同子衿姊姊道：「他一把年歲，記不得了。」

啥叫一把年歲啊？老鬼立刻道：「這名字的確是聽過的，只是一時想不到。帝都最顯赫的謝家，就是刑部謝尚書府上了，可我記得謝尚書單名一個韜字，其嫡長子謝松位居三品侍郎，嫡次子謝柏尚公主，在外為一方大員。謝尚書嫡長女為宮中貴妃，膝下有三皇子。謝家孫輩在芝蘭玉三字上，只是不記得他家子孫有帶莫字的。」

江念如實說了，何子衿道：「會不會是謝氏旁系族人？」一般嫡系子孫的名字都講究，像謝松謝柏都是從木字頭上來的。芝蘭玉明顯是芝蘭玉樹這意，但旁系多半就隨便了。

江念想了想，道：「也有可能。既是道長交代，總不會是籍籍無名之輩。」

何子衿琢磨著朝雲師傅往日氣派，想著朝雲師傅絕對不是小家子出身，老鬼說的謝氏如此顯赫，倒有可能是師傅的親族。

兩人商量一回，也沒商量出個子丑寅卯出來，想著到了帝都再打聽就是。

沈氏收拾東西是一把好手，不過三五日，家裡就收拾妥當。何子衿把何老娘的教育實錄也刪刪減減出了定稿，連帶江念的書稿，一併交給了江仁付梓。另外，家裡的房舍田地都交給了蔣三妞夫婦幫著照看，沈氏的連鎖醬鋪子依舊給沈山打理。

何冽去學裡辦了休學，與小夥伴們一一告別。

平安鏢局的人按照約定時間過來，一家就大車小輛，在親友們的相送下去往帝都。

至於離愁別緒，江念與何恭這對翁婿都賦詩好幾首小酸詩了，何冽還問他：「爹，咱們這去帝都，還回來不？」

何恭笑，「怎麼不回來，這是咱們的家哩。」

何子衿也說：「住家裡時不覺得，這一走，還怪捨不得的。」

沈氏深以為然。

就何老娘精神極好，離愁別緒半點皆無，她老人家精神煥發地道：「看你們這樣，咱們可是去帝都！帝都知道不？天子住的地方！哎喲，真沒想到，我老婆子這輩子還能去天子住的地方開眼，我這輩子值啦！」

何子衿道：「可不是嗎？在咱們碧水縣的老太太裡，祖母您得是獨一份！」

何老娘道：「這倒也是，我聽說阿文他祖母也沒去過帝都。」

何子衿笑，「那您可得好生瞧瞧，到時回來跟親戚們說說帝啥樣，叫大家開開眼。」

「這還用說？」何老娘早有此意，唯一惋惜的就是：「可惜阿仁那書現下印不出來，不然正好帶兩本去帝都，也送妳外祖母一本，這才體面。」

何子衿笑說：「您可別把我外祖母給嚇著，這才幾年不見，您都出書了，哎喲喂，您這哪是凡人？我外祖母得認不出您老人家了，得尋思您怎麼長這麼大學問啦，尋常秀才公都比不了您老人家！」

何老娘被自家丫頭片子哄得直笑，「哪敢跟秀才公比，秀才公是真的有學問，我這是活久了，有些經驗，寫出來給大家知道罷了。」她老人家已經無師自通一種謙虛式的炫耀。

何子衿道：「經驗就不是學問啦？錯！經驗是大大的學問哩！我已經想好了，您這書非但要在碧水縣賣，我還得在帝都賣哩！」

何老娘一聽這事，也不瞎顯擺了，瞪大眼，連連搖手，「可不敢！在咱們縣賣一賣，畢竟縣裡知根底的多，也知道阿念的名聲，咱們不會賠本。這要去了帝都，誰知道咱家啊？印書貴著哩，哪裡敢賣，賠了不是玩的！」她老人家倒不是不想出名，主要是去帝都賣書的風險忒大，在出名與風險之間，她老人家當然要做出實惠的選擇。

何子衿道：「沒事，放心吧，我心裡有數，賠了也算我的。」

「啥算妳的？妳的還不是家裡的，難道妳的銀子是大風颳來的？」何老娘悄悄同自家丫頭片子打聽：「妳現在有多少私房？」

何子衿眉毛一挑，道：「這能說啊？我才不說呢。」沒打聽出自家丫頭片子的私房，何老娘頗是遺憾，只得撇嘴道：「不說也得曉得過日子！哎喲，我真是愁死了，世上怎麼有妳這樣不長心的丫頭？這過日子就得會存錢，以後用錢的時候多著呢，甭現在手裡的三兩個銅板就興頭得妳屁股長釘子似的！就妳這樣的，我看一輩子富裕不了，不知道算計！」

「您行！您老可會過日子，要不要打個賭？」

「賭啥？」

「就賭祖母您這書。」何子衿道：「我去帝都賣您這書，您要是肯在印書時投一半的錢，以後賺了錢，咱們對半分。您要是一分不投，我出十兩銀子買斷您這書，以後印書不用您出錢，但賺了也沒您的份，如何？」

「能賺才有鬼哩。」何老娘道：「就十兩銀子啊？」原本她老人家一分也沒打算要的，不想這傻丫頭要白白送上十兩，何老娘強忍著心花怒放，奸詐地談起價錢。

「那您老說多少？」

「起碼得十五兩吧？」

「要擱別人，頂多十兩，不過祖母您不一樣，您說十五兩就十五兩吧！」何子衿頗為大方，「待會兒寫張文書，我再付錢。」

「不寫文書，我說話也算的。」何老娘想著，自家丫頭片子要投錢給她賣書，怕是賺不了的。如今她還要丫頭片子十五兩，雖然她老人家不是視金錢如糞土樣人，但想一想，自家丫頭片子要虧這許多錢，她怕丫頭片子破產，便道：「算了，我也不賺妳這幾兩銀子，再說，我這大半輩子的經驗也不是銀子能衡量的，意思意思，收妳十三兩吧！」主動減了二兩。

何小仙唇角噙笑，道：「我的天，聽您老人家先前的意思，我還以為您老不收銀子了，原來才減二兩，您老可真大方！」

「二兩怎麼啦？大手大腳的丫頭，不樂意妳就付我十五兩！」她老人家現下就後悔，二兩夠家裡一個月花銷了，就是給丫頭片子，也得被她胡亂糟銷了去，倒不如留在她老人家手裡，她幫丫頭片子存著。

「十三兩就十三兩啦，哪能出爾反爾啊？您老都成學問人了，以後可不能這樣張嘴銀子閉口錢的啊！」

「屁！少唬我，我那出書是順帶，過日子哪能少了銀子？」

「看吧，又多想了吧？我是給您老提個醒兒，以後說話也不能『屁啊屁』的，不然您現下只是舉人家的老太太，待到了帝都，我爹跟阿念中了進士，您老可就是進士家的老太太，這能一樣嗎？到時您來往就都是進士圈的家眷，您老要一開口，就是屁來屁去的……」

「去！我剛那就是隨口一說！」何老娘白自家丫頭片子一眼，又小聲道：「那些進士家的太太會不會一說話就之乎者也啊？」

「不會的，您看阿文哥他祖母，多和氣的人。」何子衿道：「哪怕有不和氣的，咱們也不怕，頂多不來往就是。」

何老娘直樂，「是這個理。」於是，她老人家對帝都之行更有底氣啦。

人家都說，蜀道難，難於上青天。

何家人這次去帝都，因已近冬，且多是婦人孩子書生，故而早與鏢局的人商量好了，坐船自三峽出蜀中。

船老大一聽說這船上有個小仙，特意拜託何子衿：「這走水路頗多險彎，求仙姑您給咱們做個法事，祭一祭水神，保佑咱們平平安安的才好。」

何子衿大包大攬道：「放心，今日出門前我已問過神了，此次必是一路順遂。備上供香，我再燒一次香就好。」

船老大頓時喜上眉梢，何子衿就開始準備莊重的祭祀水神儀式。她把自己五兩銀子做的繡有日月星辰的大氅披著，仙姑氣場大開。

鏢頭為船老大介紹：「這位何仙姑最是靈驗不過的，以前她每個月只得三卦，就這樣，請她卜算的人都要排號等時間。這種祭神的事，尋常人都請不動，也就是叫你遇上了。你放心吧，咱們這趟有何仙姑，必然順順利利的。」

何子衿頗懂得神叨的一套，她先掐指算了個時辰，待得時辰到了，指出方位，命船中小子按方位擺祭桌，然後接好祭品，即香爐、黃紙等物。

何子衿站在香案前念念有詞，其莊嚴肅穆，船上人都過來跟著祭水神。待何子衿誠心誠意祈禱一番，又燒過黃紙，便命人撤了香案，祭祀儀式算是完成了。

船老大出行尤其迷信，知道船上有個小仙兒，中午特地送了何家一條大魚吃。

何老娘算是開了眼界，碧水縣本身臨水，坐船啥的，一點都不陌生，但經三峽還是頭一遭，那叫一個險喲。何老娘哪怕知道有她家丫頭的法力加持，不會出事，但那千折百回的險灣，兩岸崇山峻嶺，懸崖絕壁，激流湍急，猿聲陣陣……把何老娘看得眼花繚亂，等傍晚歇於船中，何老娘感嘆：「可是見著大世面了。」

鏢頭說：「老太太，您老可是有大氣魄的人，頭一遭走這三峽水路，卻不見半絲懼色。」鏢頭見多識廣，不要說何老娘這樣上了年紀的老太太，便是正當年的青壯，頭一遭走三峽水路時，多有嚇得不成樣子的。倒是這一家子，當真好膽量！

何老娘擺擺手，不以為然，「這有啥？雖有些險，可我們丫頭都跟水裡的神仙打過招呼，就必定不會出事的。你們也只管把心擱肚子裡，我家丫頭說沒事，必然沒事的。」

鏢頭被何老娘吹噓得也有幾分信了，道：「仙姑好神通啊！」

何老娘謙道：「一般一般，在咱們蜀中，除了佛家的菩薩、道家的三清，還有那姓唐的神仙，也就是我們丫頭啦！」

鏢頭：老太太，您這真是謙虛嗎？

何家人一家沿三峽出蜀中，走了一段水路，其間山水壯麗，風土人情，著實令人大開眼界。何子衿和何老娘這對祖孫最是興致盎然，何洌和俊哥兒兩人更是一會兒指著天上蒼鷹，一會兒去瞧崖上攀猿的猴子。蒼鷹與猴子都是一小黑點，難得哥兒倆說得有鼻子有眼的。

沈氏也會在水路平緩之處出來吹吹風，就是江念及何恭翁婿二人暈船。

何老娘命人切了生薑給他們吃，還道：「咱們家裡也有河，以前坐船也沒事啊！」

李鏢頭笑，「咱們家裡那河水平穩，三峽水路急流險灘頗多，許多人頭一遭走三峽都會暈船的。過上幾日，二位老爺也就適應了。」因江念與何恭都有舉人功名，故而不論年歲大小，都要尊聲一聲老爺。

何子衿還沏些柚子茶給阿念和她爹喝，酸酸甜甜的，倒也能緩解些暈船症狀。

江念說：「可惜這般美景，也沒得好生欣賞。」

何子衿笑，「哪裡也不缺好景致，咱們這一路都是水路，三峽這裡無非就是水急了些，險多了些，有啥可看的？也就是水啊山啊鷹啊猴子啥的。再說，就是看了，寫上幾首小酸詩，你也寫不過李太白啊！」兩岸猿聲啼不住，輕舟已過萬重山，太經典啦。

江念嘟囔：「我的詩一點也不酸。」他覺得他岳父的詩比較酸，更何況，什麼叫有啥可看的？沒啥可看的，子衿姊姊能成天跑艙外不回房嗎？

何子衿剝桔子給江念吃，還說：「我爹的詩比你的還酸。」

江念抿嘴樂了，接過桔子先給子衿姊姊，「原想著在船上好生看書，也看不了了。」

何子衿道：「做學問在於厚積薄發，你都學這麼些年了，不在這一日兩日，沒聽說過臨時抱佛腳能有好成績的。待咱們到了帝都再複習一二，做個考前衝刺，也就差不多了。」

他家子衿姊姊就是新鮮詞兒多，還啥考前衝刺的，不過，江念覺得，上一上義父的補習班也是很有必要的。

自三峽入長江後，水勢轉緩，翁婿二人的暈船症才算是好了。

不暈船了，兩人就開始對著江水作詩了，非但要作小酸詩，還命人取江心水烹茶煮酒。翁婿二人有個好處，他們弄這些個講究物事並不獨享，家人都有份，連帶李鏢頭和船老大都叫了一塊吃茶說話。何子衿對江心水不置可否，她道：「我看書上說，帝都有很多處好泉水，最有名的就是棲霞山的萬梅泉，聽說冬初梅花開時，那泉水都帶著梅花香氣。非但烹茶好，煮梅花湯也是一絕。」

何老娘道：「不是說帝都的泉水都是要錢論桶賣的嗎？」聽小瑞說可貴了。

李鏢頭是個走南闖北的，經常往來於蜀中和帝都兩地，對帝都是熟的，便道：「帝都的泉水，最上一等的御泉是供應皇家的，尋常人喝一口都是罪過。老太太說的買水的事兒，是有賣水的鋪子，每天一大早便將最新鮮的泉水給送到家去，這個是要腳程錢的。大戶人家一般不買這水，都是自家打發下人每日自取。仙姑說的萬梅泉可是個好地方，萬泉梅在棲霞山，棲霞山上住著活佛哩。」

何老娘一聽這個最來興致，便問：「啥活佛？拈香許願可靈驗不？」家裡有個神叨孫女，她對於活佛也很有興趣聽一聽的。

「靈驗不？」李鏢頭四十左右的年歲，皮膚微黑，聽得這話，將濃眉一挑，「何止？先跟您老太太說一說這活佛的事兒吧。有一年朝廷派使臣出使西蠻，結果使團一去沒了音信。朝廷記掛著這事兒，想派人去找，可西蠻帝都遠，上哪兒找去呢？西蠻您老人家知道不？帝都往西，出西寧關，就是西蠻人的地界。哎喲，那地方都是茫茫草灘戈壁，那些西蠻人，今兒住東面，明兒住西面，一天換一個地方，哪裡就能找得著呢？正當大家愁得不得了的時候，就有人出了主意，西山寺有活佛法師，然後就找這活佛來，活佛先卜個吉時，待到了那時辰，沐浴更衣，焚香禱告，西山寺頓時佛光大盛。活佛大施神通，啪啪啪起了三卦，就卜出來了，說冬至必歸，結果怎麼著？」

何老娘正聽到興趣，拍著大腿問：「怎麼著？」

「就是冬至的正日子，使團回來了！」李鏢頭喝茶如飲酒，把個小盅裡的茶水喝光。

「哎喲喂，這可真神啦！」何老娘聽著都熱血沸騰，「那西山廟裡的香火肯定靈驗得不得了吧，這可真是活佛啊！」

李鏢頭這把年紀，說起活佛來也是眉飛色舞，何老娘打聽：「小李，那活佛好見不？」

李鏢頭將腦袋一搖，「哪是咱們尋常人見著的？聽說就是皇親國戚見他都難。活佛都快上百年歲了，先前南面打仗，活佛為了給國家卜國運，消耗了不少道行，已不給人占卜。」

何老娘頗是惋惜，還是道：「這廟裡有這樣的高僧活佛，想來香火是極靈驗的。」已經打定了主意，一到帝都就去那西山廟裡給兒子和孫女婿燒香去。

何老娘又問：「這西山廟就在棲霞山上吧？」都帶個西字。

「是。其實這棲霞山就在帝都以西，所以人們就常管棲霞山叫西山方。」李鏢頭道：「西山上好風景多，又有西山寺，故而那裡頗為熱鬧。那萬梅泉，就是因行宮萬梅宮而得名的。萬梅宮的梅花，全帝都都有名。」

何老娘道：「這什麼宮啊殿的，肯定是貴人住的地方吧？」他們小老百姓去不得的

「可不是嗎？不知道是哪個貴人的，但有一年我去西山上燒香，在西山寺遠望山下的風

景，正遇著梅花盛開時節，那景致，哎喲，那景致……」想半天想不出個恰當的形容詞，李鏢頭很淳樸地感嘆一聲：「那景致這輩子瞧一回，我也算沒白活！」說得何家人頗是嚮往，何老娘還說：「貴人家的風景能遠遠看一眼也是好的，小李，你是見過大世面的人啊！」

李鏢頭嘿嘿笑，「天天不是在路上就是在船上，說什麼見過世面，無非就是愛跑個腿。待何老爺和江解元金榜題名，為官做宰，那才是見大世面呢。」

何老娘聽得歡喜，笑道：「承你吉言啦。」

沈氏道：「帝都貴人很多吧？」對於先前最遠只去過州府的沈氏，帝都之遙遠之富貴之高高在上，仍是無法想像的。

李鏢頭豎起大拇指，道：「要說貴人，帝都是這個。皇帝老爺住的地方，氣派。就是去了得小心，寧可低頭做人吃個小虧，也別去爭意氣。有一回我就見過一個外地老爺，瞧穿戴也不錯，出門衝撞了貴人車駕，被一頓嘴巴打掉了滿嘴牙。這還不是有意的，還有不知好歹的，在老家橫行霸道慣了，在帝都也沒個眼力勁兒，就在飯鋪子裡抽了夥計兩巴掌，誰曉得人家飯鋪是侍郎大人家的本錢，小夥計是侍郎大人府上的二管事的三叔的表弟的四姨奶奶家的親孫子。這還了得？賠了錢賠了禮又遭了罪。」見何家人聽得有些士氣低落，忙笑道：「您家裡不用擔心這個，您一家子都是和氣人，再不會出這樣的事。其實不光是去帝都，到哪都一樣，物離鄉貴，人離鄉賤，存些善心，莫爭意氣，但也不要怕事，真怕了事，人人都來欺負，日子也就過不得了。」

「再者，帝都貴人多，機會也多，有大本領的人都去帝都。以前我一個同門師弟，就是去了帝都討生活，後來被選入禁衛軍，現在也是一小頭領，每天日子過得，可不把家裡老婆孩子老爹老娘都接去享福了嗎？就是在老家，也置起了好幾百畝良田。」

李鏢頭頗有些欣羨之意，「光榮啊……」

何老娘也跟著道：「我們家小舅爺在帝都過得也不錯。」

李鏢頭竟也是認識沈素的，點頭道：「是，沈老爺可是個義氣人。咱蜀中出去的官老爺，沈老爺不是官位最高的，但為人最好，肯照應咱們這些粗人。」

沈氏聽了很是熨貼，「原就是鄉親父老，在外頭彼此有個照應是應該的。」

李鏢頭道：「也就是您家不嫌棄咱們。有些官老爺架子擺得足，不好見也見不到。」

何老娘道：「阿素不是這樣的人，那孩子素來仁義的，打小就這樣。我們親家和親家老太太，也都是再好不過的性子。」

這年頭出行，上千里地，便是水路也要走上一段時間的。

先前剛坐船那幾日，大家的心情都在外頭的景致上，待看久了，也就是水啊水啊……於是，紛紛另尋消遣。何子衿就同沈氏、何老娘商量著，給家裡人各裁兩身新衣，到了帝都穿也體面。因未料到何恭和江念翁婿同中舉，家裡的準備就有些蒼促，何況何家雖然是小康人家，但平日裡生活並不奢侈，大家每季做兩身新衣也就是多的了。再加上自秋舉起，家裡便是忙活兩人下場的事，待得中了，就是各種的人情往來、收拾東西、預備禮物、安排產業，還有辭別親友、興家赴帝都啥的，沒空做衣裳。如今在船上無事，何家隨行帶了不少東西，衣料盡有，倒不若趁這機會做些針線。

沈氏擔心道：「就怕做了不合帝都樣式。」

何子衿道：「帝都就算貴人多，人跟人的眼光也差不了多少，咱們只要穿得整齊乾淨，瞧著好看就行了。樣式不樣式的，女眷的裙子光樣式不下上百種，可說得上哪種流行呢？咱挑著可心的做得精細些就是。男子們的衣裳簡單，就一個樣，選幾樣好料子就是了。何洌和俊哥兒也要穿得嶄新，才顯得有精神哩！」

何老娘卻是另有主意，「妳們做吧，不用給我做，帝都花銷大，省些布料。」

何子衿道：「那到時我們都穿新的，就您老穿舊的，這也不大好啊！」她祖母可不是這樣的人，老太太花哨著呢，跟她相處這些年，也有些審美了，穿衣打扮在碧水縣能排前十。

沈氏勸道：「是啊，母親，我看那塊駝色底織萬字暗紋的綢子做襖子面正好，下頭配一條同樣的裙子，富貴又氣派。」

何子衿道：「咱們不是還帶了兩箱皮子嗎？正好再鑲個灰鼠的毛邊就更有檔次了。」

何老娘懷裡捂著個手爐，一副拿定主意的模樣，「那塊料子先給我找出來，我到了帝都再做。帝都的樣式能跟咱們小地方的一樣嗎？丫頭，妳可別犯傻！這會兒糟蹋好料子做衣裳，到帝都一看，土氣得不行，妳悔不悔？反正我把醜話說前頭，就一人一身新衣裳，現在就做了，到帝都可不許再做，咱們的料子是有數的。」

「說了樣式差別不會很大。」何子衿道：「帝都人也是人，還不穿家常衣裳啦？」

「妳懂啥？妳去過帝都？妳哪裡知道天子氣派，我的土妞啊！」何老娘是拿定主意，她老人家準備去了帝都，挑最時興的老太太款式做上一身，尋常家常都不能穿，非得待客才能穿的上等帝都款式服裝。

沈氏就帶著閨女與丫鬟丸子開始給一家子做衣裳，除了婆婆何老娘的，何老娘是死活不許給她做碧水縣款的衣裙，她得等去了帝都再做新鮮的帝都樣式。

到帝都的那一日，何家人上上下下都換了嶄新的衣裳，何老娘沒叫做全新的，就換了身八九成新的狐狸毛鑲邊小毛衣裙。待得馬車駛近帝都城時，何家人俱看傻了眼，饒是何小仙這一生兩世廣見世面的亦是如此。八輛馬車可並行的寬闊官道上，各式馬車排起了長長的隊伍，等著進城。高達三丈的青磚城樓上，矗立著衣甲齊整手握長槍的兵士，路上的喧囂在臨近帝都城門的時候便沉寂了下去，帶著一種油然而生的肅穆與威嚴。

何老娘瞪著眼半張著嘴，很實在地感慨了一句：「我咧個娘！」可算是開大眼界啦！

何家人進了帝都城，那眼睛就沒閒過，雖然這樣直愣愣地伸著脖子看帝都風景有些鄉巴佬，但想忍住不看實在太難了。

「哎喲喂，怪不得人家都說，想長見識就得來帝都！」何老娘自以為小小聲感嘆一句，但由於初次來大帝都，見了大世面，一時興奮沒壓住音量，鬧得大家都聽到了，連街上的人都瞧這巴著車窗往外瞧的老太太。

何家人都很贊同這話，何子衿更是點頭附和：「是啊，看那城樓，可真威武啊！」現下這城樓，跟何小仙上輩子花錢去逛的殘留景點可不一樣。這種巍峨氣派，何子衿覺得，就是現下回鄉，何老娘一輩子的話題也有了。

何老娘道：「要不說是帝都哩！」

俊哥兒也奶聲奶氣道：「好高哦，比咱們縣的還要高！」

何洌道：「比府城的也高！」

沈氏抿嘴一笑，「沒白來一趟，果然開了眼界。」

江念與何恭翁婿倆因是舉人身分，矜持地撣一撣衣襬，觀望帝都城氣派的同時，各自在肚子裡醞釀了好幾首小酸詩，準備一時便寫出來吟誦。

李鏢頭是知道沈素家地址的，一邊跟何家人大致說著沿路繁華，就送何家人去沈家。沈素去衙門當差還沒回來，如今沈素發達了，門口有兩個門房，一聽說是老家來的姑太太一家人，一人連忙飛奔進去送信，另一人請安後在前引路。

何老娘左右打量著沈家房舍，見俱是青磚黑瓦的整肅大屋，頗為寬敞，間或有樹有花，又添雅致，想著做官就是好，阿素也氣派了。何子衿笑咪咪地同她娘說：「我舅發財啦！」

娘家日子好，沈氏滿眼是笑，「妳舅也不容易。」雖說瞧著弟弟這宅子是不錯，可弟弟四個兒子以後在帝都尋親事，沒這點家底還真怕孩子娶不上媳婦。

何老娘對自家丫頭片子的話很認同，一瞧這宅子就知道小舅爺是發達了。哎喲，難不成辦教育這麼賺錢？畢竟小舅爺官階不高，據說俸祿有限的。

何老娘七想八想，琢磨著以後兒子考個官兒出來，也叫兒子辦教育去。

何家人過了兩重院落，沈家二老就帶著江氏和小孫子沈朱滿面笑意地迎了出來，尤其是沈老太太，激動得不得了，眼圈都紅了，心裡最記掛的就是女兒女婿外孫外孫女了，不過，還得先跟親家何老娘打招呼，不能失了禮數。

沈老太太握著何老娘的手，歡喜道：「親家，可把妳給盼來啦。」

何老娘咯咯笑，「親家，我可想妳哩！」

一家人謝過李鏢頭一行，令管事請李鏢頭等人去歇著，客房都預備下了。

江氏道：「母親，外頭冷，讓親家老太太、姊姊、姊夫和孩子們先進去吧。」

「是，說的是。」沈老太太一邊拭去眼角激動的淚水，一邊帶人往屋裡走。

沈老太太看看閨女看看女婿，高興得話都說不俐落了，何子衿機靈地過去扶住外祖母的手臂，何洌就去扶了沈太爺。沈氏與何恭則伴在何老娘身畔，叫何老娘頗有面子，覺得兒子媳婦孝順，孫子孫女有眼力。

一家子進了沈太爺和沈老太太住的屋子，天兒冷，屋裡燒了炭盆，進屋就覺暖哄哄的。在外已覺沈家這宅子闊氣，到了沈老太太屋裡，何老娘越發覺得自己被沈老太太比下去。別個不說，沈老太太屋裡的棉簾是青綢繡梅花的簾子，還有那桌上擺的瓶啊罐的，直叫人眼睛看不過來，特別是靠牆的條案上，竟擺著一對金壽星，險些把何老娘眼睛晃花。

大家各自見禮，問候了長輩的身體，剛坐下，就有穿著青衣青裙的丫鬟上來奉茶水，江氏特意囑咐一句：「俊哥兒小，熱盞牛乳來。」

沈老太太見媳婦細心，滿眼都是孩子們，直絮叨：「子衿長這麼高了，來帝都那年，她才這麼點兒高。」說著一比劃，又道：「阿洌也大了。」然後抱了俊哥兒在懷裡，高興得又淌了一回眼淚，說來沈老太太還是頭一回見俊哥兒。

沈氏笑看跟在江氏身邊的小傢伙，問：「這是朱哥兒吧？」

沈素有四子，分別是沈玄、沈絳、沈丹和沈朱。

何子衿見小傢伙不過三四歲，大眼睛，高鼻樑，白白軟軟的團子樣，穿一身大紅棉袍，脖子掛著個金項圈，跟畫上的童子似的，便笑著抱他給沈氏看，道：「朱哥兒這模樣，跟阿玄小時候一模一樣。」

沈氏接了朱哥兒抱著，「可不是嗎？」

俊哥兒跟著裝模作樣點頭，還說：「就是太小了，不能一起玩。」

何冽道：「你是做哥哥的，要讓著朱哥兒。」

俊哥兒在家都是做弟弟的，一聽自己竟能做哥哥了，頓覺精神百倍，也不跟外祖母一塊坐了，過去拉著朱哥兒的手，「那你就跟我一起玩吧。」

沈氏給朱哥兒準備了一副銀項圈銀手鐲，江氏笑道：「上次小瑞回去，姊姊就給了，這回又給他做什麼？」

沈氏道：「這如何一樣，頭一遭見著朱哥兒呢。」

沈氏給一份見面禮就成，江氏拿出四份來，何子衿、何冽、俊哥兒各一份，江念也得了一份。何老娘瞧得眉開眼笑，自家出一份得四份，淨賺三份，尤其是江氏給何子衿的那一份，是一對金嵌紅寶的攢花釵，很是精美。何老娘深覺自家丫頭片子有財運，笑咪咪地道：「舅太太忒客氣。」一說著江氏客氣，可是一句婉拒不收的話都沒有。

江氏這些年在帝都頗會說話，道：「這花釵也就配子衿戴了，這孩子生得巧。」又與沈氏道：「子衿會長，眉眼像姊姊。不怕姊姊不高興，我看子衿比姊姊年輕時還俊。」

何老娘聽這話直想翻白眼，她家丫頭片子那鼻樑那嘴巴，跟她一個模子刻出來的，可有人誇她家丫頭片子，她還是很不謙虛地揚起下巴來，「舅太太可別這麼誇她，平日裡在咱們縣誇這丫頭的人就不少，到帝都來，我想著帝都人才多，這一路上倒也沒叫人比下去。」

饒是何子衿臉皮厚，也被她家祖母這了不得的自信給鬧得有些臉紅，連忙道：「看祖母說的，咱們剛來帝都，您還沒見過好的呢。」

江氏快人快語，笑說：「哪裡？我在帝都這好幾年，比咱家子衿俊的也沒見過幾個。」女孩子都像父親多，何子衿完全是挑著父母優點長的，再加上沈家人的確相貌出眾，何子衿頗有肖似母親之處。其實何子衿生得也像沈素，沈素就是長水村有名的俊小夥。

沈老太太瞧著外孫女笑，「子衿這孩子生得是好。」見著外孫女，既高興又有些遺憾，看向江念，問：「前頭來信，說女婿和阿念都中了舉，全家都高興得不得了。」

沈太爺聽著女人們說了這通家長裡短沒用的，終於說到正題了，便問了一回女婿和阿念的名次，還說：「有出息，都有出息。」

何恭笑，「阿念可是出了回風頭，家裡還得了塊解元匾。」

沈太爺呵呵笑，「比你和阿素的名次都好，這孩子以後前程差不了。」又問：「這來了帝都，家裡可有留人看著那匾，以後傳與子孫。」

子孫什麼的……江念一聽就覺得心裡醉醉的美美的，忙道：「摘下來放屋裡去了，託給阿文哥照管，祖父放心，再不能出差錯的。」

沈老太太有心問一問外孫女跟阿念的親事怎麼樣了，有沒有定下，要是沒定下，看有沒有活動的餘地。不過，孩子們在，就把這話給憋住了，笑道：「那天送信的過來，哎喲，見女婿和阿念中了，妳爹跟阿素喝了一日的酒，都喝醉了。」

沈氏笑，「這也是沒想到的事，相公的文章，先生們早說到了火候，就是差兩分運道，偏生今年趕得巧，雙喜臨門，不然也尋不出由頭來帝都。」

「姊姊想來就來，哪裡還要由頭？」

沈氏道：「家裡放不下。孩子都在念書，這回來帝都，是想著也叫孩子們來開開眼界，果然是不一樣的氣派。」

沈老太太道：「我們頭一遭來也這般，沒想到有這樣大的都城，非得眼見才能信。」

「可不是嗎？」何老娘深以為然，「那城牆那城樓，站在上頭估計能摸著天吧？」

何子衿道：「不睹皇居壯，安知天子尊。帝都是皇上住的，自不一樣，皇宮更氣派。」

何老娘忍不住拆自家丫頭片子的臺，道：「看說得，好像妳見過皇宮似的。」

「我聽李大叔說的，他遠遠見過皇宮，說氣派得不得了。」皇宮不能近著觀賞，但據說遠遠還是能望一眼的。

沈太爺見自家外孫女還會念詩，很是高興，頷首道：「子衿念了幾年書？」沈太爺老秀才出身，雖功名遠不及兒子，但能培養出進士兒子，對孩子們的教育向來是極看重的。

沈氏道：「先時讓她跟著姑媽家的幾位表姊妹念了兩三年，後來是在家自己看書。」

何老娘很不滿意兒媳的謙虛，姑娘大了，可不是謙虛的時候，自家本就是鄉下來的，再謙虛怕被人小瞧。何老娘道：「是啊，就是學了點琴棋書畫，抄的書滿滿壘了一架子，也不知費了我多少筆墨錢。」

沈太爺連忙道：「子衿丫頭氣韻不同，焉知不是念書之故？」沈太爺並不似何老娘自賣自誇的，他話也不多，就是瞧著外孫女天然大方，又見孫女念過書，心下著實喜歡。

何老娘美滋滋地道：「是啊，咱們縣裡有幾家捨得叫丫頭片子念書呢？就我家，哎喲，在這丫頭身上費的心就甭提啦。好在丫頭有這根筋，雖考不了舉人進士的，起碼不做睜眼瞎，也明理。」深覺自家丫頭片子給長臉。這也不是何老娘吹牛，在帝都路上，她都悄悄往街上瞧了，也有大姑娘小媳婦的出來，但比她家丫頭好的還真沒瞧見。

沈太爺拈鬚道：「親家老太太這話有理。咱們耕讀人家，不論閨女小子，都該讀些書。」親家老太太往日雖不是個明理的，家裡讀書人多了，竟也給熏陶得明瞭了。

沈氏問：「阿玄、阿絳和阿丹是去念書了吧？」

雖來了帝都，沈氏也不想叫兒子耽擱了功課，故有此一問。

沈老太太道：「只顧說笑了，把孩子們接回來吧。」這話是同江氏說的。

江氏有些不願，怕耽誤兒子們功課，但婆婆說了，她也只得打發人去接。沈氏攔了江氏，道：「急什麼，我們來且得住著，不差這一日半日，讓孩子們好生念書，別耽擱功課。」

聽閨女這話，沈老太太便未強求。江氏知機，道：「阿玄在官學念書，到時讓老爺給阿冽說一說，叫孩子們一道去才好。阿冽來了，也別辜負光陰，學裡有阿玄，可做個伴。」

這話正對沈氏心坎，沈氏打聽：「官學是帝都府辦的書院嗎？」以為跟芙蓉書院一樣。

江氏道：「這官學與府學不一樣，官學是朝廷出錢辦的，原是五品以上官員家子弟，經考試後才能去讀的。因老爺隔一日都會在裡頭給孩子們講學，就把阿玄放進去了。」

沈氏怕弟弟為難，道：「那阿冽能去嗎？」她家又不是官身。

「姊姊放心，裡頭也有平民子弟，只要功課好就能進。」江氏也是一心為何冽籌算，「待老爺回來，叫他看看何冽書念得如何，哪裡有不足，補習一二，考過了便可去讀。裡頭一分錢束脩不收，中午管頓飯，吃的也不錯。」

沈氏自然是千肯萬肯的，何老娘亦很是高興，說一千道一萬，雖然眼紅沈老太太屋裡的一對金壽星，卻是更盼著子孫有出息，想著以後孫子發達了，孝敬她一屋子金壽星。

何老娘笑，「小瑞說小舅爺自己也辦書院，有名得不得了，小舅爺實在有學問。」說到這個，沈老太太也是很自豪的，她性子偏軟，縱使因兒子有出息而自豪，也沒似何老娘般鼻孔朝天，「哎，這家裡全指望著他，以前也不敢想有現下的日子。」

「這可不就是親家妳的福氣嗎？」何老娘想到金壽星，忍不住有些酸溜溜的。

沈老太太笑，「女婿這舉人名次不比當初阿素的差，阿念又是解元，以後親家妳的福氣只有比我多的。」

何老娘笑嘻嘻地說：「明年他們翁婿下場，只盼如親家所說才好。」

沈老太太道：「定是如我所說的。」閨女剛嫁何家那會兒，她這親家很有些刁鑽，還有些重男輕女的毛病。今見著閨女外孫女，見母女倆穿戴氣色都不錯，沈老太太就放心了。

大家說說笑笑就到了中午，席面豐盛自不必提，不過，一吃飯何老娘那酸溜溜的心理就平衡了，想著親家雖富貴了，這吃的也就一般，他家裡擺席面就是這些東西了。嘗嘗味道，味兒不錯，可也不比她家的哪裡好，便顯擺自家丫頭片子道：「這丫頭會燒菜，什麼時候叫她燒幾道小菜給親家嘗嘗。你們早早來了帝都，也沒享用過外孫女的手藝。」

沈老太太道：「巧娘沒有笨閨女，子衿手巧，像她娘。」

何老娘深覺跟沈老太太沒共同語言，但凡她家丫頭片子有點好的地方就是像姓沈的，她家丫頭片子這燒菜手藝明明像她家死鬼好不好？

用過午飯，江氏早提前命人收拾好了院子。何老娘有了年歲，就帶著孩子們去歇了，臨了囑咐沈氏：「舅太太都安排好了，妳陪著親家老太太說會兒話，我這裡不必記掛。」

沈氏就沒跟婆婆客氣，留在了母親房裡。

江氏帶了兒子沈朱下去，何恭跟了岳父沈太爺去書房說話。

沈老太太叫閨女與她一起在榻上親親香香坐了，望著閨女依舊秀美的臉龐道：「看妳這氣色，就知日子順心。」話能騙人，氣色是騙不了人的。

沈氏笑，「在老家也就是家裡的事，這些年日子雖不算大富大貴，也順順當當衣食不缺。倒是母親，我聽小瑞說，初到帝都很是艱難了一段日子。」

沈老太太道：「那也算不得艱難，咱家的日子妳還不曉得？咱們本也不是富貴人家，剛到帝都時，妳弟弟就租好了房舍，房舍雖不大，咱家人口少，也夠住的。後來搬到南郊去住了些個日子，哎喲，那地方才好呢，一水兒朝廷給新蓋的宅子，不要錢的白給住，有山有水，還能種菜。阿素的書院就開在南郊，南郊有一所大學堂，叫聞道堂，有一位有名氣的大儒，姓江的，跟阿玄他娘一個姓，在聞道堂講學。」

「難不成比阿素講的還好？」沈氏問。

沈老太太連忙道：「好！這位江老先生有名得不得了，據說皇帝請他做官他都不做，就愛講學。世上的學問，就沒有這位江老先生不知道的，這會兒都快一百了，老壽星。」

沈氏感嘆，「帝都果然不是尋常地界，奇人逸事也多。」

「是啊！」沈老太太想到女婿有出息，也替閨女高興，「人人說我命是好的，我看妳命也不差，女婿的運道來了。」

沈氏笑，「這個就看他了，考得上是一家子的福氣，考不上也沒啥，就當來帝都走親戚，給孩子們開開眼界，反正家裡不缺吃穿，相公有了舉人功名，在老家也盡夠過的了。」

沈老太太心裡揣著事呢，連忙問：「前頭來信說子衿跟阿念，兩孩子的事說定了沒？」

沈氏道：「在家就定下來了。」

「哎喲，怎麼這麼急啊？」沈老太太難免念叨一句。

「娘，您不知道，就為這丫頭，險出一樁大事。」沈氏倒沒想到她娘是想她閨女跟她外甥姑舅做親，把先前自家閨女險被人坑到宮裡的事兒說了。

沈老太太聽得直念佛，「這些黑心肝的，要不是你們明白，孩子這輩子就完了。」

「是啊，這人生了壞心，真是叫人防不勝防。因著這個，就趕緊把阿念跟子衿的事定下來了。倒也巧，這事定了，接著就是秋闈，阿念一舉中了解元，人人都說子衿運道旺，很是旺夫！」說到這個，沈氏頗為閨女自豪，這就是閨女命好的證明。

沈氏笑道：「都說我命好，我看，子衿比我命更旺。」

沈氏這話聽得沈老太太更後悔了，索性屋裡沒別人，沈老太太道：「唉，這幾年我除了記掛妳，就是子衿丫頭了，離得遠就是樣樣不方便……」

她娘這是說啥呢？

沈老太太有了年歲，抱怨著抱怨著嘴就脫口而出了，道：「打小子衿跟阿玄就是最好的，最合得來。」

沈氏終於聽明白了，哭笑不得，「阿玄比子衿小三歲呢，年歲上就不般配。」

「小三歲怕啥，女大三抱金磚。」沈老太太直嘆氣，「說什麼也晚了，阿念那孩子也有出息，同子衿倒也般配。」

「我們自小看著阿念長大，知根知底。」一想閨女訂親的是小解元，不是沈氏勢利，有了解元女婿，她連娘家侄子也不大看得上了，又道：「再說，阿念也是娘您的乾孫子，跟阿玄也一樣的。」

沈老太太並不是刻薄性子，待江念從來也不差，「說什麼也晚了。」

何老娘帶著孩子們去了江氏給安排的院子，打發孩子們各去休息，獨留下丫頭片子與自己一處，何老娘也叫余嬤嬤先去歇了。余嬤嬤上了年歲，何老娘多是拿余嬤嬤當個老姊妹作伴，並不如何使喚余嬤嬤的。

待余嬤嬤去歇了，何老娘望著這不比沈老太太差的屋子，知道人沈家是誠心招待她，心裡感念沈家人厚道，說一回親家老太太的好，又同自家丫頭片子感慨：「哎喲，這在帝都辦書院可著實了不得，妳舅舅可是發達啦。」

何子衿知道老太太有些酸，抿嘴笑道：「這有什麼，安知以後咱家就比舅舅家差？」

何老娘抬抬下巴，滿意地點頭，「這話有志氣，是咱們老何家的人說的話！」就盼著什麼時候孩子們有了出息，也孝順她兩個金壽星才好。

下午先回家的是沈玄、沈絳和沈丹三兄弟，沈玄一見子衿姊姊，頓時親熱得不得了。先帶著弟弟們與何老娘沈氏何恭見過禮，才湊過去跟子衿姊姊說話。沈玄不知怎地，瞧著子衿姊姊笑意盈盈的模樣就莫名其妙有些臉紅，急急地問：「子衿姊姊，妳還記得我不？」

何子衿好笑道：「我又沒失憶，怎麼會不記得阿玄？長這麼高了，阿絳也好大了。來來，阿丹過來，給姊姊瞧瞧。」摸摸阿絳的頭，再摸摸阿丹的頭，笑咪咪與他們說話。

沈絳還好，小時候是見過何子衿的。沈丹天生一張嚴肅臉，盯著子衿姊姊看了好久方回頭，一本正經與沈玄說：「果然跟大哥說的一樣，子衿姊姊比阿袁他姊好看多了。」

「那是！」沈玄很是自豪，「我還沒見過比子衿姊姊還好看的姑娘呢！」

何子衿一聽這話便知是何緣故，約莫是男孩子們私下吹噓姊妹們如何如何，倒是不以為意道：「姊姊是自家的好，莊稼是別人的好。」

江氏說長子：「還不見過你阿念哥、阿冽、俊哥兒，俊哥兒你還沒見過呢。」

沈玄先與江念、何冽說過話，到俊哥兒時，一下子就把俊哥兒舉了起來，嚇人一跳，好在俊哥兒膽子大，反咯咯直樂。江氏笑斥：「趕緊把俊哥兒放下來，別摔了他。」

沈玄不以為然，「哪裡會摔啊，看俊哥兒喜歡著呢。」

朱哥兒還在俊哥兒後頭排隊，伸著小手臂道：「大哥抱我！大哥抱我！」沈玄便又舉了舉他，江氏與沈氏抱怨：「小子們多了，成天鬧得人頭疼。」

何老娘道：「這正是舅太太的福氣，誰家還嫌兒子多呢？就妳家，不要說四個兒子，八個都不多。小舅爺就哥兒一個，孤單得很。」何家也是缺孫子的，雖然沈氏十分爭氣，打破何家的單傳詛咒，給兒子生了兩個小子，只是何老娘再不嫌孫子多的，她正想趁帝都風水好，再叫兒子媳婦加把勁兒，給老何家多添幾個孫子才好。

沈老太太看著孩子們說笑，與何老娘道：「孫子有了，我倒是盼個小孫女的。」

何老娘笑道：「這倒是，小子有小子的好處，就是天生性子野，不著家的時候多，倒是閨女貼心，閒來說說話，做些針線什麼的，就是閨女好了。」說著，她老人家一撣身上衣裙，還裝不在意地撫撫頭撫撫額，都是她家丫頭片子給她做的。

沈老太太又不瞎，何老娘都這麼明顯地炫耀了，就道：「是啊，看親家這身上衣裳，定是子衿的針線吧？」剛說得何老娘得了意，沈老太太又添一句：「這孩子啊手巧，像她娘。」很是掃了何老娘的興，何老娘就不樂意聽沈親家總把她家丫頭片子好的地方歸於沈氏，吧嗒下嘴道：「說來，這丫頭的針線還是我教的。」

沈老太太一向性子軟和，且深知親家何老娘的性子，也不與她爭，遂笑道：「是啊，再手巧，也得親家太太教得好才是。」

何老娘見親家有揶揄之色，覺得自己一把年歲了，倒爭起這個來了，就哈哈一笑，「主要是我這丫頭會長，全是可著咱們兩家的好處長。」

沈老太太笑，「親家說的是。」

何子衿在一邊已同沈玄說起話來，沈玄道：「自從阿念哥中了解元，父親成天催逼著我念書，一說話就是，看你阿念哥如何如何的。」

何子衿哈哈大笑，看阿念斯斯文文坐在何恭身邊與沈太爺說話，與阿玄道：「來來來，我給你講個隔壁小明的故事。」她向來口舌伶俐，說得妙趣橫生，直逗得一屋子人都笑了。江念都被他家子衿姊姊打趣笑了，沈玄還道：「等爹回來，我也給他講講。」

沈素是傍晚回府見著何家一家的，沈家人丁單薄，沈素也就沈氏這一個姊姊，更兼見了孩子們，十分歡喜，尤其喜歡何子衿，一見便道：「子衿都長這麼大了，記得那會兒我駕車接她去咱家，她才這麼點兒高。」說著比較一下。

何子衿見著她舅也很是歡喜，尤其他舅這些年身材相貌都保持得很好，仍是一等一的美男子，望之賞心悅目，「那會兒阿玄還坐舅舅小背簍裡呢。」

沈素不愧是何子衿的親舅舅，見外甥女成大姑娘了，且越發眉眼俊秀，神采飛揚，落落大方，更是愛到十分，道：「看子衿這相貌，不似姊姊、姊夫的閨女，倒似我閨女。」

沈老太太這一天嘴就沒合攏過，點頭笑道：「都說外甥不出舅舅家的門，阿冽和俊哥兒倒不似阿素，子衿更像些。」

沈玄仔細比較著子衿姊姊同父親的相貌，也說：「子衿姊姊生得像姑媽，姑媽和父親生得像，阿冽和俊哥兒像姑丈多些。」

沈素命江氏置酒，說晚上要款待姊姊、姊夫，江氏道：「哪裡還用你說，都備下了。」

沈氏道：「晌午就是吃的席面，今兒頭一日倒罷，明兒可千萬莫如此了。」

沈素笑，「家裡一樣要吃飯的，不浪費便是。孩子們都小，在長身子的時候，多吃才好。姊夫和阿念明年又要春闈，飲食上更得豐盛些。春闈別個不說，先得提前把身子調理好是正經，不然三月那會兒正是春寒，貢院裡頭熬九天，不是身子骨硬朗的，可是不好熬過去。」說著又賀了何恭和江念一回，尤其對江念道：「再加把勁兒，給你弟弟們做個榜樣。」說著便對沈玄何冽幾人說了一通如何向江念學習的話。

沈玄湊過來道：「爹，我跟你講個隔壁小明的故事。」故事還沒講，先逗得大家笑了。沈玄現下年歲大了，生出些促狹本事，見大家都笑，他卻是強撐著不笑的，待他一本正經把隔壁小明的故事講完，又把大家笑倒一回。

沈素亦是大笑，指著外甥女道：「我不必猜就知道，這話定是子衿編排的。」

沈玄問：「爹，您怎麼猜出來的？」

沈素瞥他一眼，「要你早得這趣話，哪裡憋得到現在，早與我說八回了。」

總之，兩家人見面，歡樂親厚自不必提。

待晚間酒席散去，各自安歇，沈老太太還拉著沈氏說私房話。沈素吃了些酒，沈老太太讓他們夫妻先回房歇著，沈素問起江氏今天姊姊一家何時到的，如何招待等事。

江氏道：「頭晌到的，姊姊還給咱們帶了不少土儀來。子衿那丫頭實在招人喜歡，還孝敬了老太太、太爺、老爺和我各一身針線。我看阿念阿冽都是念書的，給了他們一人一套文房四寶，都是挑上上好的。俊哥兒年歲小，我早著人打了金項圈給他，子衿的是一套金鑲紅寶的首飾。說來子衿這孩子打小就俊，這幾年未見，出落得越發好了。」

沈素道：「是啊，妳看子衿的眉眼，咱們有個親閨女也就是生得這般了。」

江氏笑，「闔帝都城也沒老爺這樣喜歡女孩兒的。」

「那也得有靈性方好，女孩子就怕失了靈性，妳看子衿，靈氣十足，非但自個兒能幹，將來定能惠及子孫。」沈素很有何老娘風範地做了總結：「這孩子像我。」心下未免有些不足之意，他一直很疼惜這個外甥女，雖說外甥女比自家兒子大上三歲，其實也不算出了格。待外甥女略大些，他就有些想結親的意思，偏生江氏總以孩子們年歲小為由說等等看。這一等倒好，外甥女跟阿念成了，他很是有幾日鬱悶，那些日子倒是江氏開解他。沈素是何等聰明之人，自然察覺出妻子的意思，只是姊姊家都要給外甥女訂親了，他再提長子也不妥貼。

今一見外甥女，沈素心下更覺長子無福，他不是江氏那等小見識，長子媳非同小可，尤其阿玄下面還有三個弟弟，倘不給長子尋一位寬厚能幹的媳婦，日後怕就要家宅不寧。江氏只想著自家現下富貴遠勝姊姊家，沈素也自認為能為兒子們掙下些家業，可說到底，兒子的日子以後是兒子自己過的，也沒哪家日子就一帆風順。外甥女雖一直在鄉下小地方，何其能幹，小小年紀就能掙得大筆銀錢。

是的，甭看沈素一直在翰林院，最清貴不過的地方，可他同時也是帝都有名的死要錢的學堂先生。沈素倒是不懼這名聲，他出身貧寒，縱科舉為官，可在帝都，他就屬於那種八輩貧窮的，家裡既無關係也無後臺，一家老小都指望著他，沈素向來不是個拘泥人，把日子過好倒比那些許名聲重要，故此，他也顧不得這些身外名了。自己不偷不搶，憑本事賺銀子，愛說說去吧。沈素為官，只為占個官身而已，往上爬的興趣不大，實在是帝都風高浪急，翻船的不是一家兩家。沈素並不覺自己就比別人差，只是他這種無關係無靠山的，很容易被人填坑裡去是真的。他在翰林占個官身，自己開個進士堂，日子過得豐足便也罷了。

到兒子這裡，沈素就別有考量了，他能給兒子掙下家業，兒子以後便不必如他弄個死要錢的名聲。可話說回來，他能兒子置下家業，卻不想兒子像自己這般過分耽於庶務。人的精力是有限的，倘能給兒子尋個能幹的媳婦，小倆口一主內一主外，非但兒子可以全心於功名上，也不必擔心日後子孫的生活。沈素給長子相中外甥女，並非如江氏所想的拉幫姊姊家，更多是為兒子考慮，偏生江氏愚鈍，不知他這一番苦心。看吧，他略晚說一句，外甥女就給定出去了，沈素又道：「阿念這小子有福啊！」

江氏心裡有些不自在，勉強笑道：「可不是嗎？母親還說呢，咱們子衿旺夫，親事剛定，阿念下場就中了解元。」

「今兒遲了，明兒個叫阿念和姊夫把文章給我瞧瞧，我看姊姊家運道來了。」沈素端著茶吃一口，「先時姊姊家日子尋常，自生了子衿，一日好過一日，這丫頭的確是旺家。」

沈素又與江氏道：「隔壁宅子的房契妳找出來，一會兒我送去給姊姊。」

江氏心下不願，她家日子雖好過了些，可她有四個兒子，現下宅子是四進的，倒也十分夠住，只是往後他們夫妻總有老的一日，兒子們也有分家的一日，隔壁宅子也是四進，江氏想留著以後給兒子們使。但這宅子置辦之初，沈素就說了是給沈氏的，江氏縱不願，也不敢表露出來，立刻就開了箱櫃取出個小匣子，道：「我一早就備下了，裡頭都著人打掃乾淨了，只是大冬天的，那宅子還未來得及燒炕，有些冷了。」

沈素道：「不拘哪裡買上三千斤柴炭，也盡夠姊姊家使了。」

幾千兩的房契都給了，江氏也就不心疼三千斤炭了，「要依我說，咱家裡人也不多，色色便宜，如何不留姊姊一家在咱家過年呢？待開春天氣暖和了，再搬也不遲。」

沈素與沈氏感情是極好的，宅子都給置辦下了，對於兩家住處，卻有自己的看法，「再親近也是兩家人。先時我來帝都趕考，當時為省銀錢寄居寧家，寧家也是周到的，只是我心裡十分難安，處處小心，樣樣謹慎。」

江氏笑，「寧家與咱家哪能一樣？咱們與姊姊家是至親，寧家算起來，不過是同鄉情分罷了。」雖有同鄉情分，不知為何，丈夫與寧家來往卻是極少的。因當年丈夫科舉得到過寧家幫襯，後丈夫為此就很有些閒話了。她也勸過，奈何她一提此事，沈素便臉色奇臭，鬧得她也不敢多提了。

沈素自有主意，「咱家時常有人過來，到底不若那府裡清靜。反正也只隔一道牆，姊姊過來也是極方便的。」

沈素拿了房契便去母親房裡，見姊姊還在，便將房契給了姊姊。沈氏不肯要，道：「別個倒罷了，我們來帝都也不久住，你如今雖日子好了，也不能這般大手大腳，阿玄他們兄弟四個呢，如何能不為他們多想著些？」

沈素塞到姊姊手裡，笑道：「姊姊放心，又不是給妳的，這是給子衿的。當初我辦學堂，正是捉襟見肘的時候，虧得有子衿寄來的銀錢。打小我看那丫頭就有福氣，哪裡就在帝都不久住了，待姊夫和阿念中了進士，必要授官的，在帝都有住的日子。當時置這宅院的時候，我就想著給子衿置辦了的，就是我那書院，也有子衿的一份。」

沈氏笑，「你可別與她說，那丫頭還不聽風就是雨？那會兒也是趕上她那花兒行情好，賣了些銀錢，我也不曉得，她跟你姊夫商量的，沒與我說，就託人給你捎了來。也就他們倆辦的這事，我當時還說，既是捎東西，該與我說一聲，我有好些東西要捎呢。」

沈老太太見兒女和睦，十分歡喜，笑道：「子衿這孩子心裡有咱們呢。女婿豁達，才把子衿教導得這般好。」

沈素道：「可不是嗎？當初我們同在縣城許先生那裡念書，我就瞧著姊夫性子好。」

沈素為人精明強幹，姊姊家對他好，他自然相報。雖不能娶外甥女做兒媳婦，也要色色為姊姊安排妥當的。

沈氏得了沈素給的宅子，當然，先跟家裡說了，這是給閨女的。之後，就親自帶著何老娘、閨女過去瞧了一回，見家具是全的，且都是不錯的酸枝木，江氏在一旁解釋道：「原是這宅子舊主的，既是賣宅子，這些大件家具俱是占地方，不方便一起帶走，索性連帶宅子都賣了。我看這家具不錯，現使也便宜。」

何老娘細看過，道：「好得很，都是好木材。」非但家具好，宅子也好，重要的是親家一家都是好人，不然縱富貴人家，哪裡就捨得把這麼一大套宅子給出嫁的姊姊家呢？當然，小瑞去何家時也說過置宅子的事，只是他們遠來是客，若沈家不提，他們也不好提的。未料沈家當真實誠人家，自家剛一來，立刻便把房契給自家了。何老娘想著，自家已得了這麼一大套宅子，小舅爺那學堂的分紅，再不能叫丫頭片子收的。

沈氏見宅子乾淨齊整，原是想把正院給何老娘住，何老娘為人，不說多機靈，卻很識時務，這宅子原是沈家置辦的。且就是在何家，何老娘也是把正院給兒子媳婦住的，沈氏知道讓一讓她，她就很高興，道：「我又沒人情走動，住正院幹啥？我看正院北面的院子不錯，坐北朝南十分敞亮，我帶咱家丫頭一塊住就是。你們住正院，再給阿念挑個清靜院子，好叫孩子用功念書。」

就這樣，何家這一家子，也只用了三個院子，餘下院子暫時封存了。

沈氏同江氏打聽起買柴炭的事兒來，江氏笑道：「我說要留姊姊姊夫在家裡過年，老爺卻說姊姊定要搬過來。炭我已備下了，有三千斤，一會兒就打發人送過來。」

沈氏鄭重謝了，拉著江氏的手，懇切道：「咱們兩家不比別處，我家裡也是人丁單薄，相公兄弟一個，近些的堂兄弟都沒有，到阿洌這裡，好在有阿念和俊哥兒做伴。咱家何嘗不是如此，阿素是單一人，好在妹妹旺夫旺子，給我生了四個侄子，只是在這帝都城，哪裡還嫌人多呢？咱們這一代就是如此了，他們小一輩正當上進的時候，以後他們兄弟更該彼此幫扶，好生上進才是。」

沈氏是很了解江氏的，自知江氏是捨不得宅子的，可現下沈家是她弟弟做主，因弟弟有本事，沈氏自覺腰桿硬得很，她親親密密同江氏笑說：「好在咱們兩家只隔一堵牆，我要過去找妹妹說話，也就是幾步路的事兒。倒是妹妹在家，父親母親年老，阿素天天出門當差，縱有個休沐的日子，也得去學堂給舉子們講課，哪裡有個閒的時候，家裡的事就全得倚仗妹妹，真是上有老下有小。老人倒還康健，可阿玄他們四個小子正是要費心的時候，還有妳們夫人太太間的一應應酬。我知妹妹是一心留我，咱們姊妹時久未見，也有許多私房話要說，我卻是心疼妹妹呢。我們搬過來，一則離得近，來往方便；二則來前一應花銷我們都帶了，不費什麼事；三則眼瞅著要過年了，阿素只有更忙的，我雖幫不上忙，也得心疼著妳些。」

沈氏把江氏說得千好萬好，江氏得了面子，也就高高興興幫何家安置了下來。

至於宅子啥的，丈夫死活要給，江氏又有什麼法子呢？何況，沈家現下的門第非何家可比，如沈素這般官身，在帝都雖不算高官，可近來家中日子豐裕，也沒見丈夫有二心，江氏雖心疼宅子，到底也要以丈夫為先，再者，先前家裡有難處，的確是何家託人帶來的銀子應了急。如此自己勸著自己些，又想到何家在老家很照顧江仁，她便也不計較宅子的事了。

何家就熱熱鬧鬧在帝都安頓了下來，搬院子收拾屋子，各種安排插置，忙得不亦樂乎。何家這邊忙著，一條胡同的幾戶人家都打發下人過來說話。既是鄰家，眼見何家是新搬過來的，沒有不過來打聲招呼的理。不過顯然人家也提前做過調查，知道是沈家姻親，下人過來都客氣得很，言必稱老爺太太老太太姑娘大爺啥的，把何老娘美得直說：「這帝都人就是懂禮數，也客氣得緊。」

何子衿取笑道：「可不是嗎？在咱們老家，都是說，子衿他祖母啊，子衿他娘啊，子衿他爹啊，這樣稱呼。」

因新近剛得沈家送一大宅子，何老娘正在喜頭上，也禁不住笑了，「這不都是鄉親嗎？又不是外人，自然叫得親熱。」

沈氏起身接了余嬤嬤端進來的茶，奉一盞給婆婆，一邊笑道：「咱們家裡也安置得差不多了，該擺上兩席，請阿素他們過來熱鬧一二。」

喬遷新居必要安宅暖屋的，何老娘道：「置辦兩席好酒，親家待咱們骨肉一般呢。」這麼好的宅子說給就給了，她不忘同自家丫頭片子說：「妳舅舅有良心，咱已得了這宅子，妳再不許提別的了，尤其人家學堂的份子，給妳也不能要，知道不？阿玄他們兄弟四個，使銀子的時候在後頭呢。」

「說得我多愛財似的。」君子愛財，取之有道，何子衿原也不是貪心的人，「原也沒打算要。就是這宅子，明兒就去帝都府過戶，換成我的名字。」

何老娘嘟囔：「換吧換吧。」想著早知道小舅爺這般厚道，當初這丫頭給小舅爺捎銀子，她就該湊個份子，真是千金難買早知道啊！

何老娘又說：「妳可是個有財運的。」

何子衿笑咪咪地道：「客氣客氣。」

何老娘見不得自家丫頭片子那小人得志的樣兒，撇了撇嘴，何子衿道：「看祖母這樣，我就是開個玩笑，什麼你的我的，我的還不就是您的，您的還不就是我的，咱倆誰跟誰啊？咱們家女人，有一個算一個，祖母您手裡多少私房田地，我娘也有好幾間私房醬鋪呢。我有個宅子算啥，我要沒有，才顯著沒本事不像祖母您的孫女呢。現下這才是個開始，等以後我爹中了進士，我那大福在後頭，一處宅子算個啥？」

何老娘一想，待兒子中進士得了官，自己興許就能跟親家一樣得個誥命。這誥命在何老娘眼裡，比十處宅子都金貴。她老人家這般一想，便道：「真個沒見識的丫頭，妳爹和阿念眼瞅就是進士老爺了，可不許說這沒見識的話。」

何子衿瞪大眼睛，「我發現這一進帝都城，祖母您怎麼就不一樣了呢？」

「哪兒不一樣？」何老娘問。

何子衿擺出十二萬分的真誠臉，「突然就變得特有見識，連說話也跟在老家時不同。」

何老娘頓時得意，放下茶盞，將手一抄，得瑟著個臉道：「那是，這是帝都哩，妳以為是什麼地方？啥叫入鄉隨俗，咱們既到了皇帝老爺住的地兒，當然得顯出帝都人的氣派來！」

「以前不知道，現在知道了。」

何老娘被何子衿帶偏了話題，一下子將宅子地契換名的事兒給忘了，只一味教導起自家丫頭來：「現在知道也不晚，妳還不算笨。」

何子衿：……

沈氏和余嬤嬤偷笑一回，安排午飯去了。家裡男人們都在念書，江念與俊哥兒都在念。江念準備做插班生，俊哥兒也到了啟蒙的年歲，索性就同丹哥兒跟著沈老太爺學認字。

用過午飯，沈氏帶著閨女做針線，一邊說起暖屋酒的事情來。

沈氏笑道：「我想著，前兒咱們搬家時，街坊四鄰的都打發人過來說話，暖席酒不如多擺兩席，連街坊四鄰一塊請了。」

何子衿道：「不如先跟外祖母打聽鄰居都是什麼性情，各家多少人，再發帖子不遲。」

沈氏很滿意閨女想得周全，「很是，一會兒咱們去妳外祖母那裡問問。」

何老娘道：「妳們去吧，我跟阿余瞧著晚飯。」

沈素買的宅子在帝都不算黃金地段，不過起碼算個白銀地段，周邊皆是中低品的官宦人家。倒不是黃金地段的宅子買不起，只是那種地段的宅子都是有價無市。

沈氏同母親打聽鄰居的情況，沈老太太道：「咱們巷子一共六戶人家，除了咱們兩家，一戶是戶部主事陳大人家，一戶是翰林學士宋大人府上，還有一戶是禁衛軍祁副將府，一戶禮部員外郎梅家。都不是難相處的，祁家是武將人家，祁太太為人爽直。梅家祖上便是官宦人家，略清高些。陳大人府上豪富，宋大人家最講究禮數。妳要下帖子置暖宅酒，女席置上四桌，男席置上三桌也就夠了。」

沈氏有些不明白，「娘，女席置四桌是不是太多了？」其實沈氏算著，也就是娘家與鄰居幾家，且她家剛搬來，鄰居過來吃酒，也不過四戶人家，算上八個人是有餘的。

江氏接了婆婆的話，笑道：「姊姊不知道，這裡頭有個緣故。這幾家每家能來兩三個人也差不多了，唯梅家人口最多，他家還沒分家，自他家老太太、老太爺往下，老爺、太太輩就有六房人家，這六房老爺太太又生出十三房爺、奶奶，再到第四輩小爺、小姑娘有二十多口子。咱們整條胡同，他家喜事最多，我這個月就收了他家五回帖子，但凡各家有喜事，他家去的人也最多，等閒一出門就是十幾二十口人。」

沈氏與何子衿算是開了眼界，何子衿問：「舅媽，那他家的宅子夠住嗎？」

「哪裡夠？除了老太太、老太爺住的略寬敞些，兩個小重孫女一塊跟著住，餘下的三輩人擠一個院子罷了。」江氏道：「其實這樣的事帝很多。」

沈老太太道：「要我說是梅家想不開，何苦這許多子孫擠一處，人多事便多。還有，一大家子吃著公中的，子孫見有吃有喝，便也不知上進，不若分了家，老的日子安生，年輕的過自己小日子，也知道找個營生養活自己，倒比這一大家子挨挨擠擠的好。」

何子衿深以為然，道：「外祖母說的是。」

沈老太太連忙道：「阿玄是長子，可不能分出去。」

江氏笑，「我也這樣說，到時阿玄他們大了，各自成家，就分出去過，省得聒噪。」

沈氏笑，「這還早呢，阿朱才多大，總得孩子們都成了家，才好說分家的事。」

暖席酒的事，沈氏與何子衿母女心中有數了，江氏還指點沈氏去換些銀錁子來，再扯些尺頭，待有孩子來了可以當見面禮，又說屆時何家擺暖席酒，她帶著廚子丫鬟小子過去幫忙，不然憑何家這幾口人，還真忙不過來。

何家人雖少，好在提前得了江家提醒，沈氏、何子衿和何老娘三個安排好菜單，提前採買，又從江家借了鍋碗盆碟，還有六個丫鬟及六個小廝，其他的有何子衿調度，當天來的人雖多，卻是分毫不亂。

原沈氏想著，自家初來乍到，不想這好幾家的太太奶奶見著何子衿都是一副熟稔面孔，無他，人家都知道：「這就是沈大人家那特會種綠菊的外甥女?哎喲，長得可真好啊！」

何子衿並不做什麼華貴打扮，就一身櫻桃紅的小毛長裙，因她長得高，也開始發育，當真是玲瓏身段，再加上五官極美，縱頭上只簪一支赤金牡丹步搖，也有說不出的落落大方，更兼言語爽利，對答沒有半點怯意，很是能拿出手去，連宋學士家的大奶奶都說：「真不愧是沈大人的外甥女，這孩子可真好。」又問何子衿可念過書。

何子衿笑道：「自小跟著女先生念了幾年書，只是並未深學，勉強認得幾個字罷了。」

何老娘道：「是啊，也只勉強看了一架子書而已。」

沈氏聽婆婆這般說話，覺得臉上有些發燙，果然，梅家幾位太太已面露不屑之意，倒是宋大奶奶面色不變，仍是笑讚：「多念些書好，念書明理。」又與何老娘道：「怪道您家姑娘這般好氣度，腹有詩書氣自華，果然如此。」

何子衿笑謙：「您實在過獎了。我家是耕讀人家，不怕您笑話，還是耕在前頭。以往在鄉下過慣了鄉土人家的日子，初來帝都，多有不到之處，還們諸位高鄰指點。」

何老娘想，這丫頭傻了不成，怎麼自揭老底，叫勢利眼聽了，豈不要小瞧咱家？看吧，梅家那幾位太太奶奶的嘴角撇得更高了。唉，還是年歲小啊，忒實誠。

倒是宋大奶奶道：「耕讀人家怎麼了，我家往上數三代也是耕讀人家呢。」

祁副將太太亦道：「就是，咱們來往端看人品，我一聽您家姑娘說話就覺得對脾氣。」後頭這話是對沈氏說的。

沈氏道：「這丫頭素來就是個直性子。」

「這樣才好，讀書是為了明理，姑娘家讀書，更得端莊尊重，可別學那等酸文假醋，沒得叫人笑話。」祁太太這話說得，叫沈氏有些摸不著頭腦。

梅二太太淺淺笑道：「是啊，不論男人女人，讀書都是為了明禮，只是一個禮字，看著容易，真正讀到心裡卻是不容易的。」

祁太太那臉刷地就下來了。

梅二太太轉頭與何老娘道：「聽說您家兩位來帝都赴考的舉人老爺呢，我那不成器的兒子去歲也勉強中了舉，打算明春下場一試，只是再比不得您家的解元公。待解元公有空，不妨多去我家轉轉，彼此也可切磋文章。」

何老娘聽梅二太太這文謅謅的一段話，硬是沒全聽懂，卻也聽出些意思來，無非是讓江念指點梅家小子念書。何老娘沒聽出梅二太太是客氣，她老人家又素來是個自信的，聞言直接道：「這沒問題，不如請您家公子寫篇文章，叫阿念幫他瞧瞧。咱們既是鄰居，原就該多幫忙的，我家裡非但阿念文章好，小舅爺那學堂辦得也好，雖然貴是貴了些，但教得好啊。我打算讓阿念和他岳父去讀一讀，您家公子要不要去，倒是順路。」

梅二太太的臉色頓時有些僵，何子衿不著痕跡瞟過梅二太太半舊的栗色小毛衣袍上，心裡真是服了何老娘的說話技巧。簡直太會說話了，您老人家就沒瞧出梅家人是謙虛嗎？

祁太太倒是來了興致，問起何老娘家裡兩個舉人的名次。何老娘一向以此為榮，更兼阿念與兒子翁婿名次委實不錯。祁太太便讚道：「這樣的好名次，明年八九不離十的。」

何老娘聽這話十分歡喜，笑道：「我也這樣說呢，就希望他們名次能靠前些，如我家小舅爺當初一般就好。」

梅二太太這輩子沒見過何老娘這般不會聽話不會看人臉色還自信到自大的傢伙，她笑著道：「我就羡慕您老人家的自信，我總擔心我家小子，幾千個舉子，進士只取三百人。」

何老娘不以為然，將手一揮，道：「好幾千人怕什麼？俗話說，真金不怕火煉，只要文章好，就是好幾萬人也能中！」還同梅二太太道：「您家要是把握不大，不妨再等等，我聽我家小舅爺說，那貢院可苦啦，一去就是九天，關在裡頭寫文章。要是覺得火候未到，不如多念幾年書，也省得去遭那個罪。」

梅家小子不去，自家孩子們也少個競爭對手，何老娘暗自得意，又勸了梅二太太，直把梅二太太勸得險些翻臉，方施施然閉了嘴。

戶部陳主事太太心下好笑，打圓場道：「哎，吃酒的好日子，又說起學問來。我家可不像妳們兩家，有這樣年輕的舉人老爺，您二位還一徑說這個，可不是叫人眼饞嗎？」轉頭問何子衿現在還種不種花了，聽說不種那綠菊了，陳太太很是遺憾。

今日暖宅酒頗是熱鬧，除了祁太太與梅二太太那滿腔火藥味兒。因著這兩人似是不透脾氣，沈氏特意將她們分開來坐。事後才知道，梅二太太與祁太太果然頗有宿怨。等到送走客人，江氏誇何子衿道：「子衿可真能幹，這宴雖不算大宴，她一個閨女才多大，就能安排得井井有條，我看都不用姊姊操半點心。」

閨女能幹，沈氏亦是得意，嘴裡卻道：「她胡亂張羅罷了，打小就愛管事。在家時擺酒什麼的，總喜歡摻和，我也都是叫她去做。今天多虧弟妹府上的人頂用，忙而不亂。」

沈老太太就何子衿這一個外孫女，最是疼她，也同閨女道：「子衿這樣就很好，女孩子家是打小學著些，不然事到臨頭兩眼一抹黑，撐不起事，就叫人笑話了。」她覺得外孫女比江氏還強些，江氏當年新到帝都，那會兒二十好幾的人了，也沒這般俐落，如今是這幾年才練出來的。一想到這麼能幹的外孫女沒能配給孫子，她就心裡生憾。

何老娘顯然對沈老太太的話很是贊同，「是啊，來帝都前，我還擔心這丫頭乍到帝都生出怯意來。如今見著人家官宦千金，咱們丫頭倒也不顯著就不如人。」除了今天收的禮，這是最讓何老娘高興的了，覺得自家丫頭很給長臉。

江氏連忙道：「親家老太太哪裡的話，咱們子衿不論在哪兒都是極出挑的。」不過，江氏也承認何子衿說話行事都是大大方方的，女孩子養出這樣的氣度來，已是難得。

何老娘很不謙遜地點點頭，「這倒是，她打小就跟咱們鄉下的那些土妞不一樣。這丫頭滿月時擺滿月酒，多少人見了都說再沒見過這麼俊的孩子，粉團一般。我一抱她出門，多少家人等著抱。有些孩子小時候長得漂亮，大了就尋常，咱們丫頭是自小到大的出挑。」

江氏忍笑附和何老娘幾句，想著幸而子衿是個出挑的，不然何老娘這話當真惹人發笑。

沈氏問江氏：「這些鄰里都知道子衿種綠菊的事？」

江氏道：「還是前幾年蜀王世子著人送了綠菊回來，哎喲，帝都以前哪裡見過綠色菊花，一下子轟動至極。後來才知道是咱們子衿種的，相公也沒特別與人去說，偏生有人聽說是咱蜀地種出來的，就有人同相公打聽，相公也不好藏著不說，結果叫個大嘴巴知道，可不就鬧得大家都知道了。」

沈老太太笑，「小唐是個熱心人，哪裡就大嘴巴了？」

江氏道：「小唐大人那個嘴，實在不嚴實。」

何子衿聽得有些迷糊，不知道這位小唐大人是誰，細打聽來，沈氏道：「這位小唐大人是戶部尚書家的公子，與妳舅舅交好，為人活潑得很。他要知道妳來了，定要來看妳的。」

何老娘讚嘆道：「咱們小舅爺還同尚書大人家的公子認識啊，可真有本事！」

江氏心下得意，嘴裡卻道：「相公認識小唐大人的時候，唐大人還不是尚書呢。」

何老娘仍覺得沈素十分有本事，想著這趟來帝都可是來對了，屆時讓小舅爺幫著兒子引薦一下帝都貴人，縱沒什麼用，以後回鄉吹吹牛也夠啦。

待沈家一家子走了，何老娘帶著何子衿清點收到的安宅禮，何老娘還說：「帝都人就是熱情，過來吃酒還都送東西。」而且，人家送的東西比老家鄉親們送的體面多了，便是衣料，何老娘虛眼瞧了，也都不差。只是梅家最討厭，來了十五六口子吃酒，安宅禮只送了兩個尺頭兩籃果子，以致於她嘟囔：「這家肯定八百年前同三婆子是親戚。」非但東西送的少，這家子還習慣性的不正眼瞧人，說話都是下巴翹得高高的，說的話囉嗦不說，還叫人聽不懂。

何子衿也收到了幾位太太奶奶給的見面禮，何老娘叫她拿出來細瞅了一回，見都是金玉戒指等物，便道：「妳自己留著戴吧。」掃一眼梅家給的銀戒子，不大高興道：「今兒這梅家人可是讓咱們虧大發了。」她家給的見面禮不多，都是銀錁子，也有好幾錢呢，可梅家來的孩子多，同輩的孩子七八個，一人兩個小銀錁子，相對於何子衿得的銀戒子，何老娘虧得眼裡能冒出火星來。

何子衿笑，「祖母也不用生氣，您看誰家跟妳家好？妳家這樣，別家也不是傻子。」

何老娘感嘆道：「如三婆子這樣討嫌的人真是哪裡都有啊！」

何子衿這裡得的見面禮尋常，江念倒是得了幾件不錯的東西。江念有解元的身分，幾家鄰居按理不好當他晚輩看待，不過有何恭這位岳父在，江念又是妥妥的晚輩，且他年歲小，偏生功名佳，大家給起東西頗為大方。除了玉佩、玉墜，還得了個玉扳指。東西不大，卻都是極好的玉料。江念交給子衿姊姊收著，心裡還惦記著正事，道：「來前朝雲師傅託咱們送的書信，咱們還是問問義父，早日送去方好。」

江念不說，何子衿都把這事忘了，這就同江念過去找她舅舅問去。沈素正在吃醒酒湯，他酒量向來不差，在帝都這些年更是練出來，這醒酒湯不過隨便喝一盞罷了，聽得外甥女說了，想了想，說道：「帝都姓謝的大戶倒是有一家老尚書府姓謝，只是沒聽說他家子弟中間帶著莫字的。謝老尚書、謝侍郎、謝駙馬，連帶小謝大人都是單字，就是第四代的小小謝，也是單字為名。」

何子衿問：「會不會是字裡帶個莫字？」時人名字複雜，男子出生家裡會取個大名，待得及冠便由師長賜字，所以，名字二字，名與字代表不同的含義。更有文人喜歡在名與字後再給自己取個號，不過，謝莫如三字明顯是名字，並非名號。

沈素在帝都有些年頭，一時卻真想不出帝都府哪位人物叫謝莫如來著，他道：「我與謝家來往不算多，待我打聽一二。不過，妳確定是謝尚書府家的人嗎？」

何子衿道：「朝雲師傅說這人可有名了，只要一打聽就知道。」

沈素道：「我就不知道。」又說朝雲道長：「也不說個地址，這信可怎麼送？」

「朝雲師傅大約是不知道地址，要不早告訴我了。」

沈素道：「放心吧，我問個百事通，帝都裡的事，沒有他不知道的。」

「誰啊？」何子衿八卦地打聽。

沈素一笑，「我一個朋友，姓唐。」

何子衿立刻道：「是不是那位小唐大人？」

「哎喲，妳也知道他了？」

「知道，怎麼不知道？舅媽說那是個大嘴巴。」

沈素笑，「小唐只是活潑了些，阿玄很喜歡他，等妳見了，肯定也喜歡他。」

江念：義父，不要隨便給子衿姊姊介紹這種肯定會喜歡的男人好不好？還有，這位小唐大人成親了吧？

陸之章

皇帝青睞有說道

何家在帝都安置下來，便同沈素打聽何洛。

沈素道：「原是打算讓阿洛住城裡，城裡到底熱鬧，不若聞道堂那裡適宜念書。他與咱們縣裡兩個舉子都住在聞道堂那邊的宅子裡，待休沐日，咱們一塊去，那邊風景極佳。」

何子衿道：「聽說風水也好，小瑞哥說地震都震不倒。」

沈老太太道：「可不是嗎？那會兒咱們也是剛到帝都，哎喲喂，哪知道突然就下了場大暴雨，第二日雨停，方曉得地動了。除了南郊，連帝都城也有些房屋坍塌。就南郊聞道堂那處沒事，後來我跟妳舅媽可是去廟裡狠狠燒了一回香。自此後，大家便說那裡風水好，有神明庇佑。要我說也是呢，不然全帝都都震了，怎麼就南郊無事？」

何子衿完全沒有現代人的科學精神，連連點頭，「是啊，這事真奇特。也是咱家有運道，倘不是提前搬那兒住，可不得給地動驚嚇著。」

沈老太太笑，「是啊，剛來帝還不覺得，那會兒兩眼一抹黑，除了你舅舅的幾個同僚，認識的人不多。雖說帝都繁華，住著卻不如咱們鄉下熱鬧。後來咱們搬到南郊，運道便大不同了，我都說南郊風水好。」

何老娘最愛聽這些神神叨叨的事兒，聞言忙道：「這風水跟風水也不一樣，小舅爺搬到南郊運道倒轉好了，可見南郊風水利小舅爺。」

這話沈老太太也是極贊同的，道：「還是親家有見識，我也這般想。」

沈太爺是讀書人，自有見解，「南郊有文脈。」

何恭道：「聽說北嶺先生就在聞道堂住著。」

「可不是嗎？」沈太爺一副心嚮往之的模樣，道：「先生九旬高齡了，一輩子教書育人，功德無量啊！」

何子衿便問：「外公，您見過那位老先生沒？」

沈太爺搖頭，「北嶺先生豈是可輕易見得的？他年事已高，如今見人就更少了。倒是妳舅舅，前些年有幸見過北嶺先生一面。」說著，就是與有榮焉的模樣。

何子衿是個愛打聽，便問她舅：「舅，北嶺先生何等相貌？」

沈舅呵呵一笑，「白頭髮白眉毛白鬍子。」

沈玄補充：「就是個老頭兒，我覺得跟外公差不多吧。」他也沒見過。

沈太爺板著臉訓斥孫子：「說話口無遮攔，如何能將北嶺先生與我等凡夫俗子相較？」

沈玄吐吐舌頭，不敢說了，他轉頭道：「子衿姊姊，昨兒妳燉的瓦罐雞湯真是香得很，我原想喝兩碗來著，結果家裡一人一碗就沒啦。」

江氏見兒子這八輩子沒喝過雞湯的樣兒就鬱悶，「雞湯天天有，也沒見你這饞樣兒。」

沈玄道：「我覺得子衿姊姊燉的比咱家廚下弄的香得多。」

江氏便問：「子衿，這是有什麼訣竅不成？」

何子衿笑道：「倒沒什麼訣竅，無非就是將母雞切去頭腳斬塊，用薑絲花椒乾辣椒一道入菌菇湯，用瓦罐盛了，放炭火小爐上文火煨一個時辰便好了。」

沈玄道：「我家的雞湯就不如子衿姊姊燉的香。」

何子衿笑，「我這是土法子燉的雞湯，你覺得香是因為母雞煨出的雞湯上面必有一層金黃色的油光。我以前去朝雲師傅那裡吃飯，他吃雞湯一向嫌油膩，必要人將油光撇了去，留下澄淨的雞湯才好喝。」

沈玄一拍大腿，與母親道：「原來是這樣，我說怎麼總覺得咱家的雞湯不香呢，這不全把精華給撇出去了嗎？」

江氏道：「你別不懂眼了，我去唐尚書府上吃席，人家的雞湯也是清清淡淡的。」

沈玄道：「我喜歡吃香噴噴的。」

江氏頭疼，只得道：「以後單令廚下給你燒香噴噴的。」

不料沈絳和沈丹齊聲道：「我們也要喝香噴噴的雞湯！」把江氏給氣笑了，無奈道：「行啦行啦，以後咱們都喝香噴噴的雞湯。」

大家都笑了，江氏有些不好意思地同沈氏道：「剛來帝都那會兒，也不知人家帝都是個什麼風尚，我鬧了好些笑話，後來就請了個帝都的廚子。說來，我也喜歡咱們土法燉的雞湯，比那什麼清湯寡水的香多了。」

沈素笑道：「妳倒適合吃些清湯寡水。」這是打趣江氏豐潤。

江氏嗔道：「你們這種打死都不長肉的，也就笑話我們這種喝口涼水都長肉的。」

沈氏道：「弟妹哪裡胖了，這樣正好，一看就是官家太太的福相，旺夫。」

江氏也早看開了，她四個兒子都生下來了，丈夫又無妾室，雖現下有些發福，也未出了格，更兼沈氏誇她旺夫，江氏嘴上不說，心裡也是這般認為的。想她未嫁入沈家時，沈家是單傳，如今她丈夫為官，且她為沈氏生下四子，不可謂不旺夫了。沈氏的話正入她心坎，江氏十分歡喜，道：「姊姊不曉得，我近年來魚肉都不敢多吃，偏生就瘦不下來。」

沈氏道：「只要身子好就成，我近年來也胖了些。」

「姊姊哪裡胖了，瞧著跟以往一個樣。」說起這個，江氏便很是羨慕，大姑子跟丈夫一樣，也是個天生瘦的。

沈氏道：「妳是沒見我這腰身，粗了有一寸。」

江氏望著何子衿明媚嬌俏的臉龐道：「我記得姊姊年輕時，就是子衿這麼個身條。」

沈氏笑，「可不是？我年輕時的幾件衫子，她穿來做活計，那腰身不肥不瘦正好。」

沈玄湊過去同子衿姊姊說話，沈玄道：「等休沐時，我帶著子衿姊姊好生在南郊逛逛，咱們再一塊爬山去。」

「好啊！」何子衿就問起沈玄南郊的風景來。

江念也過來跟著一起聽，還給子衿姊姊換了盞茶，晚上沈玄悄悄同他爹道：「阿念哥對子衿姊姊可真體貼。」

沈素道：「你阿念哥同子衿姊姊都訂親了，體貼是應當的。」

沈玄醋兮兮地說：「以前子衿姊姊對我最好。」

沈素瞥他一眼，「現在不好嗎？昨兒剛吃你子衿姊姊燉的雞湯，今兒就這副嘴臉？」

「不是。」沈玄撓撓頭，「爹，我聽說許多姑舅做親的，我跟子衿姊姊也是青梅竹馬，情分也好，您怎麼沒想過叫我們做親啊？」

面對早熟的兒子，沈素頗是遺憾，「唉，這不是下手慢了嗎？」

沈玄也分外遺憾地跺跺腳，道：「阿念哥看著老實，卻趁我不在老家，就把子衿姊姊給搶走了。」又唉聲嘆氣，「以後想找個子衿姊姊這樣會燒飯的也不好找啊！」

沈素好笑道：「要不，我幫你問問廚下李嬸子家的三丫頭？」

沈玄跳起來，「您老啥眼光啊？三丫頭的腿比我的腰還粗！」那丫頭忒胖了！

沈素忍笑，「三丫頭也是燒得一手好菜。」

沈玄氣鼓鼓地道：「我是娶媳婦，又不是找廚子。爹，您是啥眼光啊？」

沈素問：「那你跟爹說說，你喜歡什麼樣的？」

沈玄還真想過，道：「得長得好看，腰細細的，我不喜歡水桶腰。眼睛亮亮的，像會說話一樣。還要讀書識字，能跟我說到一處。會關心人，明事理，會過日子，再會燒幾道小菜，也就差不多啦。」

沈素忍笑聽著兒子的擇妻條件，道：「你現在一無功名，二無本事，只能說個三丫頭那樣的。你這種要求，起碼得等中了舉人才能說得到。」

沈玄被他爹噎個半死，覺得他爹忒小瞧人，悶悶地回去念書了。

男孩子的成熟期明顯比女孩子要晚，沈玄又不似江念這種自小經歷坎坷，情竇早開的少年。被他爹噎了一下，不過三五日便好了。官學休沐放假的日子與朝廷是一樣的，待得休沐便同父親帶著姑姑姑丈一家去聞道堂。

沈玄成了小導遊，路上他就想跟子衿姊姊一車介紹風景啥的，結果阿念哥非同他一處，還說什麼「咱們兄弟久未親近，阿玄好生與我說一說路上景致」。

沈玄性子不錯，雖然覺得未能同子衿姊姊同車有些遺憾，還是順勢給阿念哥略說了說路上的淒涼景致。真的是淒涼啊，大冬天的，帝都又不比蜀中，帝都的冬天，樹木啊葉子啥的悉數落光，尤其聞道堂地處郊外，一路上除了光禿禿的樹木就是光禿禿的農田，遠處有山，朦朧得看不大清楚，想來現下也無甚景致可賞。

沈玄這導遊再熱情也只能給阿念哥介紹一下這是某某路了，江念道：「這路還真不錯，出城的路都這般平整，較官路也差不多了。」

沈玄道：「聽說當初是四皇子妃和五皇子妃出銀子修的，這路修得自然用心。」

江念道：「兩位皇子妃委實是善心人。」

「是啊！」沈玄在帝都，家裡又是做官的，知道的八卦不少，道：「就是聞道堂，據說當初也是五皇子妃買下地皮，後來獻給了朝廷，此方修的聞道堂。」

江念道：「帝都女人們能幹的事也很多啊！」

沈玄點頭，「是呢，待天氣再冷些，便有慈恩堂出面施粥捨米，救濟那些窮苦人家。這慈恩堂便是太后娘娘出銀子建的，據說這銀子都是皇子妃、公主、官夫人們捐的。」

江念問：「義母可捐過？」

沈玄搖頭，「我爹品階太低，還不夠捐銀子的級別。」

一路說著閒話，車隊便到了聞道堂。在車中便聽到了處處讀書之聲，果然是讀書人聚集之地。沈素的進士堂便開在此處，早找了授課先生，自己做了東家，久不授課了。

沈太爺與女婿道：「我時常說，這是再清雅不過的地界。咱家在這裡也有一個宅子，我倒想住這裡來，他們只是不許。」

何恭道：「此地雖好，素弟平日裡上朝當差怕有些不便。」

沈太爺是秀才出身，雖然現下家裡有功名的數他功名最低，老頭兒卻是有幾分執拗，「我自個兒過來還不成？」

何恭最是溫和有耐心的人，道：「岳父一人過來，未免冷清，且朱哥兒無人啟蒙，也耽擱了孩子。就是素弟，也想在岳父膝下承歡，以盡孝心呢。」

何恭把岳父哄得開了臉，沈素與姊姊道：「咱爹還是那樣，一見姊夫就處處順眼了。」

沈氏輕拍弟弟一記，沈素一笑，請一大家子先去宅子裡休息，畢竟老爹老娘，還有親家何老娘都上了年歲，車裡再暖和，坐這麼久的車不動彈也是冷的。

沈素這邊的宅子也是四進的，修建得十分齊整，何子衿相信，她舅是真的富了。

老人們在宅子裡休息，孩子們坐不住，沈玄已經開始鼓動大家出去爬山，又嫌阿洌和阿丹小，不樂意他們去，兩人卻非要跟，不然就要哭一場，只得叫兩個小廝跟著，專管著在兩人走不動時背他們。沈氏叮囑閨女：「就妳最大，記得照顧好弟弟們。」

「娘只管放心。」何子衿一口應承。

山上其實沒什麼景致可賞，除了幾棵早開的臘梅，便是葉子掉光的禿溜溜的花木了。沈玄解釋道：「現下天冷，風景不怎麼好看，待三四月杜鵑花開時，滿座山都是杜鵑花，漂亮極了。這山以前沒名字，後來大家看山上多植杜鵑，便取名叫杜鵑山。」

何子衿問：「我聽小瑞哥說，帝都有一棵極大的杜鵑樹來著。」

「那個見不到，那樹是長在謝尚書府裡的。我娘有一回去他府上吃酒，都沒見過，他家那院子等閒不讓人進。」

何子衿聽說這極稀罕的杜鵑樹是長在尚書府，尚書是正部級高官，她兩輩子也是聽過沒見過的。一聽這話，她就不提了，她聽舅舅說起過謝尚書府的顯赫。

大家說著話，何子衿深覺這山不夠高也不夠奇特，道：「還不如咱們家的芙蓉山呢。」沈玄道：「這就是閒來沒事爬一爬，咱們家的芙蓉山比這山高，景致也好多了。」

何冽已經在同小表弟沈丹稚聲稚語說起家鄉的山水來。

一行人中午方回，何洛與幾個眼生的舉子已經來了。

何洛見著何子衿很是高興，道：「我聽到沈叔叔說阿念和恭叔中了舉，就料到你們一定來的，先時倒沒想到子衿妹妹也能來。」見昔年跟在他屁股後面玩耍的小族妹長成大姑娘了，何洛小先生的胸腹之間充盈起濃濃的欣慰感。

何洛與幾個舉子都是蜀地人，沈素好客，讓他們都住這處宅院裡，不僅念書清靜，也方便十日一去補習班。

中午分男女席用過午飯，何洛幾人便去進士堂上補習班，何恭和江念也跟著去了。

何子衿是下午見到沈舅舅的朋友小唐大人的。

小唐不請自到，進門就直嚷嚷：「阿素，我可聽說你家來了貴客。」

男女有別，小唐大人是被請去書房說話的。沈素與小唐大人交情不錯，小唐大人的出身好，為人也好，是江北嶺江大儒的徒孫，以前還引薦沈素給江北嶺認識過。兩人相交多年，言語也是隨意，沈素笑道：「是我姊姊一家到了，你又是從何處知曉的？」

小唐眉眼彎彎，「我消息靈通。」

沈素不問也知道，「定是老陳跟你通的消息。」

沈素的鄰居陳主事在戶部當差，小唐的父親唐尚書正是戶部尚書，比陳主事高出五級不止。陳主事一個小小主事，想巴結尚書大人，尚書大人也不一定有時間。倒是小唐交際廣，因小唐與沈素相識，陳主事又是沈家鄰居，由此陳主事認識了小唐，對小唐十分奉承。

小唐笑道：「老陳同我說，你家那特會養花兒的外甥女來了。這不，我今兒過來給歐陽小師叔請安，聽說你帶了一大家子人過來，就趕緊來了。方便見一見菊花姑娘不？」

沈素道：「你也算長輩，可得收著些，別把我外甥女嚇著。」

「怎麼會？你出去打聽打聽，誰不說我最好相處？」小唐一副信誓旦旦的模樣。

沈素便請小唐進去拜見長輩，女人們湊一塊說話，聽說小唐進來拜見長輩，沈氏是個謹慎人，還道：「到底是外男，子衿先避一避吧。」

江氏笑，「姊姊放心，小唐大人定是過來見子衿的。先時他知道那綠菊是咱們子衿養的，來同老爺念叨過許多遭。」

何子衿便沒避出去，她也想見見這位小唐大人何等相貌。

小唐望去頗年輕，有些娃娃臉，瞧著不過二十出頭的樣子。何子衿知道這類人便是四十也是一副年輕相，不過，這年頭男人三十而蓄鬚，小唐大人面白無鬚，想是還未及而立。果然十分年輕，一雙月牙笑眼，雖是一身的富貴氣派，為人卻極有親和力，待人熱情有禮，還帶了見面禮來，見到沈太爺沈老太太何老娘都是拱手為禮，直說：「聽沈兄說家裡來了親戚，我與沈兄相交多年，特意過來拜見。」

何老娘直道客氣，小唐道：「哎喲，我敬仰菊花姑娘多年，當初聽聞那稀世罕見的綠菊是何姑娘養出來的，把我給驚得啊。何姑娘，妳這般年紀就有這本事，委實厲害。」又將何子衿從頭誇到了腳，然後問何老娘：「您家姑娘可有人家了，我家裡好幾個侄子正說親呢。」

何子衿才是被小唐大人驚著了呢，暗想帝都人難道都如此粗豪奔放？

何老娘被搶親怕了，連忙道：「定啦，在家就定啦！」

小唐倒不是搶親的人，只是十分遺憾，「可惜這麼有才幹的姑娘，算啦，既已訂親，待您家何時擺酒與我說一聲，我定給何姑娘備一份厚禮。」

何子衿覺得小唐大人言談舉止可樂，又問她許多養花的知識，何子衿與小唐大人說了，小唐道：「我有一盆臘梅，不知為何，近日不大精神。那是我與內人定情之物，何姑娘既精於養花弄草，不知能不能幫我瞧一瞧？」

何子衿一邊覺得帝都百姓比她想的奔放一千倍，什麼「定情之物」這種話都能從朝廷命官的嘴裡堂堂正正蹦出來，心下感慨著，卻也不是傻瓜，並未一口應下，而是道：「尚書府難道連個花匠都沒有？」

小唐擺手道：「十分不中用，給花匠看好幾日都看不好，花匠都勸我另買一盆紅梅。」

何子衿道：「我水準還不如花匠呢。」

「姑娘不必過謙，多少花匠能養出這般稀罕的菊花來？我那臘梅就拜託妳了。沒關係，萬一給養死了，我也不叫妳賠。」

何子衿心說，我沒收你工錢就是好的，還叫我賠？你去打聽打聽，多少人出錢想叫本姑娘養花，本姑娘都不給他們這個面子。不過，此一時彼一時，聽說小唐大人他娘可是財政部長，何子衿能屈能伸地道：「好吧，那大人哪天叫人送來吧。」

小唐瞧著何子衿那雙彷彿會說話的眼睛，忍不住哈哈大笑，與沈素道：「言不由衷，這就是言不由衷啦！」

何子衿被小唐大人氣樂，笑道：「你再這樣，我可不幫忙看花了。」

「那不能，賢侄女可不是個小氣人。」小唐大人還會給人扣高帽。

何子衿從未見過這般活潑的官員，不由也是一笑。

小唐不拘一格，沈氏覺得此人隨意過頭，何老娘卻覺得小唐大人不賴，「妳看小夥子說起媳婦來多親切，一看就是跟媳婦關係好的。這樣的小夥子，就是隨興些，也不是個壞的。」

沈氏想了想，倒也有理。

何子衿覺得，自家祖母在看人方面其實很有一手。

沈素也沒忘了請小唐幫著尋一尋那位叫謝莫如的先生。沈素行事素來周全，是私下同小唐提此事的。小唐一聽便皺眉，道：「這名字好生熟悉，似是在哪兒聽過。」

沈素連忙道：「想是你認得此人？」

「反正是聽過，一時倒想不起了。」小唐與謝家是極熟的，想了想，道：「謝家並未有莫字開頭的排行，我問問阿芝吧。我總覺得這名字聽人說起過，倘是謝氏族中人，一問阿芝便知曉。倘非尚書府族中人，我再幫你打聽一二。」

沈素謝過，小唐不禁問：「你找這人可是有事？」既有事，如何還不知地址？

沈素道：「是我家外甥女，有人託她給謝先生帶了封信，只是不曉得謝先生住址。」

小唐笑道：「這帶信的人也奇，既無地址，信往哪兒帶？」

沈素道：「據我外甥女說，因久不來往，那位託她帶信的先生也不曉得謝先生的地址。不過，想來不是難尋的人，不然也不能千里迢迢叫她帶了信來。我想著，帝都人你比我熟，就跟你打聽了。」

小唐道：「放心吧，這人名我絕對聽過，就是一時想不起來。待我回家好生想想，再同阿芝打聽一二，定能想起來的。」

沈素知小唐說的阿芝是尚書府長孫謝芝，且小唐言聽過此名，想的確非濟濟無名之人，便再三鄭重託了小唐，道：「倘謝大人打聽不出，你也莫到處嚷嚷，悄悄打聽方好。」

「放心吧，我做事你還不放心？」小唐拍胸脯做保。

把事託給小唐大人，何子衿就把信使的事暫放下來，反正朝雲師傅也沒說一到帝都立刻就把信奉上，事實上，朝雲師傅連地址都沒說，可見也不是什麼著急的信。

見過何洛等人後，何恭和江念翁婿決定每到休沐日就來沈素的進士堂聽補習課。兩人的文章底子都不錯，但沈素辦多年補習班，對於春闈的應試技巧有著極為深入的研究。

何家在帝都認識的人有限，此次來帝都主要是為了春闈，沈氏也在監督著何洌和俊哥兒念書，準備考官學，其他就是自家清清靜靜過小日子，閒暇時去沈素家走動一二。

沈瑞沒幾日輪休回府，他生就一副人高馬大的健壯模樣，又天生神力，這樣的資質只做家僕可惜了。沈素在帝都有些年頭，就給沈瑞在五城兵馬司安排了個巡街的差使，以後也可自己置起家業來。沈瑞著實有幾分運道，他這個頭在五城兵馬司也是有一無二，不知怎地，傳到了忠勇伯耳朵裡。這位忠勇伯戰功赫赫，因戰功封伯，人十分年輕，已是禁衛軍統領，沈瑞只學過些粗淺功夫，不過他跟著沈素，認得字，沈素還教過他幾本兵書。當然，沈素自己兵書也就是隨便念念。可就這般，沈瑞在一群大頭兵裡便顯得突出。最後也是沈瑞走運，入了忠勇伯的眼，就跟著忠勇伯去了禁衛軍。這一下子可是鳥槍換炮，只是禁衛軍規矩嚴，不到輪休的時候，再不能離營的。

沈瑞回來，見到何家人很是歡喜。何老娘見到沈瑞一身軟甲的英武模樣，讚了又讚，問到沈瑞還沒說媳婦，就絮叨起他的姻緣來。何老娘道：「可惜這帝都人我不大熟，小瑞你要不介意，咱們家鄉的女孩子由你挑去，就是地主家的，如今你也配得。」

沈瑞連連擺手道：「不急不急！」

「哪能不急？不孝有三，無後為大。」何老娘道：「就得早成親早生子，日子才過得有滋味。你放心，縱帝都我不大熟，我也跟親家商量著，給你尋一門好親。」

沈瑞生怕何老娘給他說媳婦，連忙道：「親家老太太，真的不急。這帝都跟咱們老家風俗不一樣，帝都人不流行早成親。就我們伯爺，二十好幾了，也沒成親呢。」

「這是為啥？」何老娘隨口一問，轉而問自家丫頭片子：「伯爺是個什麼官？」

何子衿便與何老娘解釋了伯爵是個啥爵位，把何老娘驚得，道：「這般高官，難不成還娶不上媳婦？」

「不是娶不上，是想著一心為國效力哩。」沈瑞道，接著又說：「不只是我們伯爵，還有我們伯爵的先生李子爵大人，四十出頭了，也沒娶。」

何老娘大驚，感嘆道：「我的個乖乖，帝都人好生怪癖！」

不過，何老娘不愧何老娘，她老人家反應極快，與沈瑞道：「小瑞，人家那是有大本事的人，這有本事的人，怪點就怪點。人家不娶媳婦，說是人家挑剔，你又不是什麼伯啊子的，你不趕緊張羅，以後人家得說你娶不上媳婦呢。」

沈瑞滿臉尷尬，沈老太太為沈瑞解圍，笑道：「小瑞先去梳洗吧，一會兒過來吃飯。」

「誒！」沈瑞響亮地應了一聲，忙不迭跑出去洗臉換衣裳了。

何老娘與沈老太太道：「這成親可不是小事，親家妳好生勸勸小瑞，莫要錯過年華。」

沈老太太嘆口氣，「一會兒我再同親家說這事。」

何老娘一看就知有內情，何子衿那雙桃花眼也閃著八卦的光芒。第二日沈瑞又去禁衛軍當差後，沈老太太才說了他的心事。沈瑞倒不是不婚主義者，實際上，他有心上人了，只是齊大非偶，或者說，門不當戶不對，人家不願意。

何老娘立刻問：「小瑞相中的是誰？」

沈老太太道：「是梅家的一位姑娘。」

何老娘先是有些驚訝，後又道：「這也沒什麼，小瑞也是有正經差使的爺們兒。那梅家這些天我瞧著，也就一個面兒了。不是我說話難聽，她家那些姑娘多的數不清，就那穿戴還不如咱們丫頭。論實惠，就這樣的人家，閨女陪嫁也沒多少。說來最值錢就是個官宦門第，小瑞現下年輕，熬些年頭，總能熬出些資歷來，也不算太不般配。」

沈老太太嘆，「小瑞看上的是他家六房庶出小五爺家的一位姑娘，這姑娘倒能幹，針錢亦好，平日裡說話，瞧著也是個明理的。只是梅家為人，就像親家說的，就剩個面兒了。梅家等閒便拿書香門第說事兒，要是小瑞是個進學的還好說，偏生是在禁衛軍當差。梅家連祁副將家都瞧不中，殊不知，祁副將握著的是禁衛軍實權，家資富饒，日子也好過得很。」

「這可真是……」何老娘又問：「那梅姑娘怎麼說？」

「小瑞只是出門時救過梅姑娘一回，梅姑娘能說什麼？她就說了，怕也做不得主。」

何老娘一時也沒法子了。

何老娘正為沈瑞操心終身大事，沈素臉色極不好地回府，消息很快何老娘也知道了，原來是寧家被抄了。何老娘一時沒大明白，問：「哪個寧家？」

何子衿從舅家聽了消息回來，說道：「還有哪個寧家？就是陳姑祖父的親家寧家。」

「他家遠在蜀中，怎麼犯事犯到帝都來了？」

何子衿道：「我聽舅舅說，犯事的不是二房，是他家長房。他家長房老爺是謀逆大罪下的獄，這會兒判下來了，闔府都抄了，二房也保不住了。」

何老娘哪裡經過這個，頓時嚇得臉色不好，「那妳小姑媽怎麼辦？還在他家住著呢。」

何子衿道：「我也不曉得，我再去問問舅舅。」

何老娘自榻中起身，道：「我跟妳一塊過去。」

沈氏也很關心此事，索性也去了。

沈素臉色不大好，但也不是很壞，他與寧家素無來往，牽連也牽連不到他身上去。見何老娘過來，便將事情說了：「寧大人原是主持修建悼太子陵的，結果這陵修得差不多了，工部還沒檢查，突然就塌了，事兒可不就落在寧大人頭上？當天他就下了刑部，待刑部查問時，他先時犯的一些事也被查了出來，刑部已判了抄家。」

何老娘道：「可這也不關老家的事吧？」

沈素知道何陳兩家是姻親，陳家與寧家又是姻親，沈素道：「寧大人是謀逆大罪，說不得就得滿門遭殃。」

何老娘六神無主，喃喃道：「這可不關芳姐兒的事，芳姐兒為老寧家守了一輩子的寡，一點福都沒享，難不成最後還要為寧家陪葬？」

何子衿勸道：「祖母莫急，姑祖父和姑祖母在老家沒有不知道的。姑祖父家裡有銀子，總能幫著疏通一二，咱們再等等消息。再者，小陳表姑是有貞節牌坊的，她是節婦，縱是刑部判案，想來也另有輕判。」

這一席話說得輕快俐落，沈素不禁另眼相待，覺得外甥女極有見識。

沈素道：「是啊，陳太太既是節婦，在案件上，刑部也會斟酌的。」

何老娘眼眶微濕，拭淚道：「我那芳丫頭自小柔順，偏生這樣的命苦。一輩子這樣沒滋沒味就不說了，這眼瞅著熬了大半輩子，偏生遇著這樣的事，竟是連平安也不能了！」說著又同沈老太太打聽：「哪座山的菩薩靈，明兒我帶著ㄚ頭去拜拜，求芳ㄚ頭平安。」

沈老太太安慰了何老娘一通，第二日何老娘還是借了沈家馬車，帶著一家子去西山寺拜了菩薩方罷。

寧家這案子判下來未久，剛進臘月，陳姑丈帶著陳三郎滿面風霜趕來了帝都。陳姑丈原是個圓潤的胖老頭樣，今日一見，竟是瘦得如同枯竹，可是把何老娘給嚇壞了，連聲問：「你這是怎麼了？」

陳姑丈茶也顧不得喝一口，道：「他舅媽怕是不知道，芳ㄚ頭婆家出事了，如今一大家子已被押解來帝都，我跟妳姊姊都放不下芳ㄚ頭。路上有大郎和二郎兩個跟著照應，我帶三郎快車來帝都，就是想找沈舅爺問問咱們芳ㄚ頭可還有救。」

何老娘先罵：「你個老不死的，還不是你銀子迷了心，非得給芳ㄚ頭說這樣一門親事，不然孩子再也遭不了這樣的罪過！」

這話罵得陳姑丈越發後悔，他要是能料得到如今，也不能給閨女說這門親。

罵有什麼用，何老娘罵一回，嘆一回，自己想說，又怕說不清，一指何子衿道：「ㄚ頭，妳口齒好，與妳姑祖父說說看。」

何子衿道：「姑丈，寧家長房大老爺聽說已經死在獄中了，長房其他人都收監了，待二房的人到了，估計也就宣判了。」

陳姑丈問：「到底是個什麼罪過？」

「我舅舅說是謀逆大罪。」何子衿道：「聽說早有晉寧伯，是寧大太太的娘家侄子當朝給求情，結果情沒求到，還得了皇帝好一通訓斥。」

一聽「謀逆」二字，陳姑丈直接癱了。

大家難免勸了陳姑丈幾句，陳姑丈再圓滑，也就是個鄉下地方的鹽商。他這次來，倒是帶了不少金銀，只是有銀子卻不知往哪兒使去。陳姑丈到底厚顏求上了沈素，沈素私下與陳姑丈說了個明白：「非但寧家罪責頗重，還有一樣，他得罪了當朝太子。」

陳姑丈如墜冰窟，謀逆又得罪太子什麼的，他是想都不敢想的大罪。

陳三郎哆嗦道：「沈舅爺，這麼說，我妹妹是一點救也沒有嗎？」

沈素想了想，道：「令妹的事，秉公而論，節婦自要輕判的，只是寧大人把東宮得罪得太狠了。我找人打聽一二吧，卻不敢保證什麼。」

陳姑丈連聲道：「沈舅爺肯幫著問一句，已是咱們的恩人。這樣的驚天大案，我聽一句就腿肚子哆嗦，誰又能做保呢？勞煩沈舅爺幫著問一聲，是好是歹，總叫咱們心裡有底。」說著又奉上一個銀封。

沈素嘆道：「罷了。」

沈素找的是孫御史打聽，孫御史不一定知道內情，但孫御史與刑部右侍郎蘇不語交好，這就能說得上話了。沈素聞知蘇不語喜美人圖，特意花千兩白銀買前朝大家的丹青送上。

蘇不語賞鑒了一番美人圖，方聽二人說明來意，蘇不語道：「寧家的案子是尚書大人親自審理的，陛下尚未宣判，不過，裡面既有節婦，本官不知還罷，既知道，自當提一句。只是到底如何，端看上意了。」

沈素極是感激，道：「如此也很是煩勞大人了。」

「哪裡的話，本官本就在刑部任職，這原也在本官職責之內。」蘇不語性子隨和，與二人說起話來也不擺架。二人皆是有才學之人，一塊說話也能說到一處去，及至蘇不語聽孫御史說沈素家的菊仙外甥女來帝都了，更是大為讚嘆。

蘇不語不禁多問一句：「令外甥女既來帝都，焉何不去拜見太子妃？」

沈素一時沒明白，道：「我家外甥女不過平民，如何能拜見太子妃娘娘？」

蘇不語一拍腦門，笑道：「看來你還不知道，令外甥女的師傅朝雲道長，你可認得？」

「這自然認得，那是我們老家的一位道長，我小時候常去道觀。」

蘇不語道：「此事我說與你們知曉，你們不要往外說去。那位朝雲道長便是太子妃嫡親的舅舅，因故在蜀中隱居，身分不為人知。太子妃母族人少，也只有一位舅舅在世了。令外甥女既到了，該拜見太子妃，想來太子妃也是想知道一些道長近況的。」

沈素驚得一時不知要如何言語了，良久方道：「我、我實在不知，這……」

蘇不語笑，「阿素你也莫拘泥，此事不如我來代為安排。」

沈素連忙道：「有勞大人了。」又有些擔心道：「我家外甥女生在鄉間，這覲見太子妃娘娘的禮數也不大知道。」

蘇不語對此事顯然頗是熱心，道：「這無妨，我家有幾個老嬤嬤，於禮節略知一二。阿素不嫌棄，讓她們隨你回家，略指點菊仙姑娘一二就是。」

沈素感激地應了，心下明白，朝雲道長看來非但是個有大來歷的，想來於太子妃也是極重要的親人。他本就是個機敏人，眉心一動，道：「有件事頗是冒昧，原已託給小唐大人，可我這心裡突然就覺得，興許蘇大人也認識那位先生。」

蘇不語問：「你說的是誰？」

「是這樣，我家外甥女來帝都前，朝雲道長曾託她帶了些東西給一位謝先生。」

「你可算是問對人了，我與謝駙馬相交幾十年，他家的人我認識大半。」蘇不語笑呷口茶，問：「不知阿素說的這位先生名諱為何？」

沈素道：「姓謝，上莫下如。」

蘇不語一口茶水噴了沈素滿臉。

與此同時，小唐正得了閒，特意到皇子府向太子妃請安。這些天，小唐一直忙著安排被他四個哥哥送到帝都的諸位侄子侄孫，因他家人口多，孩子們入學就是一通折騰。家裡事不得閒，詹事府的事也多，小唐還兼著給太子妃做些輿論工作，提高太子妃的知名度。

今日是特意過來請安的，見著太子妃，小唐忽然想到沈素託他的事。小唐原是想著找謝家長房長孫謝芝打聽的，太子妃正是謝芝的嫡姊。說來謝家人，太子妃也是知道的。小唐跟著太子夫妻十幾年，跟在太子夫妻身邊的日子比跟著他兄長們的日子都長，故而情分甚篤。

小唐是個二百五，啥話都敢問，就說道：「我有個朋友，就是進士堂的東家，人稱『死要錢』的沈素沈翰林，娘娘知道他不？」

太子妃點頭，「聽說過。」

「他託我打聽一個人，姓謝，說是帝都極有名的人物，可他打聽好些日子了，也沒打聽出來。我想著，帝都姓謝還特有名的，說不得就是老尚書府的人。」小唐道。

太子妃算是看著小唐長大成才的，就是小唐的親事，也是太子妃做的大媒。太子妃深知小唐性子，倒也喜歡小唐這有啥說啥的事，便問：「是個什麼人？」

「不知道，只知姓名。」小唐道：「是阿素家那會種綠菊的菊仙姑娘受人所託，給一位謝先生帶東西，偏生沒有謝先生的住址。那託菊仙姑娘帶東西的人說，這位謝先生很有名氣，只要隨便一打聽就能知道，可阿素打聽不到，才託我幫忙。」

「菊仙姑娘？」太子妃倒是知道這位菊仙姑娘，說來與太子妃的親舅舅有些淵源，太子妃便問：「這人叫什麼？倘是我娘家人，我約莫能知道。」

「不像是娘娘的娘家人，沒聽說尚書府有莫字排行的子弟。」小唐毫無所覺地道：「那位先生姓謝，叫謝莫如。」

太子妃：你可真會問啊！

沈素回家時腳步是飄著的，大腦思維一時沒能從蘇不語說的事情中拔出來。孫御史也有些飄，他與沈素是老交情，道：「說來，那位朝雲道長我沒見過，可聽說他行事的確有些與眾不同，卻沒想到是……」太子妃她舅啊！

你說你皇親國戚的，是顯耀是落魄的，怎麼偏搞隱居呢？真嚇死個人哩！

他倆都不是官場菜鳥了，雖然皇家的事不大知道，但太子妃這樣顯赫的身分，以及太子妃是個什麼出身，他倆還是知曉的。說來太子妃為人處事，真是神仙也挑不出半點錯漏。就叫他倆微末小官來說，這位太子妃委實賢慧得緊，可太子都冊立大半年了，太子妃還未正式冊立，其原因並非出自太子妃自身品行上，而是太子妃的出身上。

太子妃姓謝，其祖父是前幾年從刑部尚書任上致仕的。其父為戶部侍郎，其叔為宜安駙馬，其姑在宮為貴妃，謝貴妃還為今上育有三皇子。從父系論，太子妃委實出身名門。

當然，從母系論，太子妃的血統同樣高貴。

太子妃的母妃年輕時便是魏國夫人的一品封誥，這魏國夫人的封誥，並非是太子妃的父親如何了得，而是來自太子妃的外家。太子妃的外祖母是當今聖上嫡親的姑媽，死後謚輔聖公主。輔聖公主於今上有莫大功勞，今上六歲登基，全靠輔聖公主攝政。魏國夫人便是因其母親功高，少時便得此封號，但水滿則溢，月滿則缺，天下事皆同此理。

輔聖公主當年嫁的是前英國公家的嫡次子，方駙馬是個琴棋書畫樣樣精通的才子，本身也沒什麼不好，就是方駙馬父親過世後，英國公府謀反，被輔聖公主滅了九族。

用俗話說，就是兒媳婦把公公家給滅了。

不過，此事乃是輔聖公主大義滅親。方家的事，也不與魏國夫人相關，可聽說就輔聖公主自身而言，當年似也有攝政不還的嫌疑。更兼輔聖公主的母親，當年也是一代英雌，把持朝綱什麼的，於這一脈血統而言，都不新鮮。

朝中便有些老臣，生怕太子妃走了母系長輩的老路，畢竟太子妃的強勢能幹，連沈素和孫御史這樣的小官都有所耳聞。

兩人一琢磨，朝雲道長既是太子妃嫡親的舅舅，可不就是方駙馬與輔聖公主的兒子？

哎喲喂，這可真是叫人不知說什麼好了！

還有就是，朝雲道長那話可真沒錯，這位謝先生是挺有名的，只要不是聾子，都聽說過這位謝先生的名聲。只是，朝雲道長啊，您咋有話不能直說啊！

沈素一想到他拿著太子妃的名諱與蘇侍郎打聽的事，就恨不得地上挖個洞鑽下去。謝莫如，謝莫如……這竟是太子妃的名諱！

沈素此刻的心情就如同燉了一鍋剛出鍋的大雜燴，那感覺完全不能用言語形容，還是孫御史好心安慰沈素：「這等閒人的確也不知道太子妃的名諱！」

孫御史這是大實話，以前太子未得封時，人稱太子妃是謝王妃。待得太子得立，儘管太子妃還未正式冊封，人們也是會稱一聲太子妃。

不要說太子妃這樣的身分，便是其他藩王妃、公主，哪個不是叫封號呢？誰知道這些貴人們的名諱是何呢？就是公侯爵府，抑或書香之家，便是尋常百姓家，如何子衿，也就是家裡親近的人喊她名字，出去說都是何姑娘。略遠些的，也不知她的名字。

何況一國太子妃呢？

沈素飄回家，聞信的陳家父子先過去等著聽信了。沈素打起精神應付陳家父子，道：「事情已經與蘇侍郎說了，蘇侍郎說待此案結案時會提的。」

陳家父子謝天謝地，沈素卻是趕緊叫了自家外甥女過來說話。

沈素是在書房問外甥女的，何子衿聽說朝雲師傅是這樣的大人物，倒也沒有特別驚奇，她搔搔下巴道：「我倒猜著朝雲師傅是大人物了，卻沒想到是太子妃的舅舅。」

沈素氣極，「妳怎麼不事先提醒我一二？」

「我只是猜到了一些，舅舅您想也知道啊，朝雲師傅都說了，這位謝先生一打聽就能知道的人，肯定是個有名的人，而且那次趙李兩家要對我不利，朝雲師傅直接就能把薛帝師請來，肯定不簡單啦。」何子衿頗有條理，道：「我在家裡就猜到了一些，朝雲師傅常給我衣裳料子還有首飾頭面什麼的，都是一等一的好東西。」

沈素道：「妳真是膽子比天大，不明就理，也敢收人家的東西。」

「敢不敢收也晚啦，那會兒我猜著一點時，整個縣城都知道咱家跟朝雲師傅走得近，就是立刻絕交，更是兩頭不落好。」何子衿道：「再說，朝雲師傅也的確幫過我很多事，我還從朝雲師傅那裡抄閱了許多書。」

沈素想了想，道：「這也是，既來之，則安之吧。一會兒蘇家就送嬤嬤過來了，妳跟著嬤嬤學些見太子妃的禮節，待蘇侍郎安排好，就把東西帶去給太子妃。」

沈素難免再與外甥女說些太子妃現下處境的事，何子衿也認真聽了。

沈素這裡正說話，蘇家嬤嬤還沒來，小唐就風風火火來了，一來就說：「哎哎哎，我今兒可丟了個大醜！趕緊著，阿素，太子妃娘娘要見咱們外甥女！」

沈素恨不得去捂小唐的嘴，道：「你小聲些。」

小唐當即壓低音量，道：「快點吧，我都跟娘娘說了，娘娘說讓何姑娘把東西帶去。」

沈素道：「我剛從蘇侍郎家借了嬤嬤來教子衿規矩，她不懂見太子妃的禮數啊！」

「蘇侍郎怎麼知道的？」小唐問。

沈素嘆，「今日說起話來，我順嘴一提。」

小唐立刻也明白了，「這倒也是，蘇侍郎與娘娘少年相識，知道娘娘的閨名也正常。」就是他，傻呀，直接問到娘娘頭上。小唐現下一想，臉都禁不得犯紅。

小唐道：「娘娘一向寬和，也沒什麼規矩，去了磕個頭，把東西給娘娘就是。娘娘要是想說話，讓外甥女陪著說幾句就行了。」小唐本就在詹事府當差，更是與太子夫婦認識十幾年，雖不比蘇不語這樣二三十年的交情，在太子夫婦面前也一向說得上話。小唐這樣一說，沈素也知道不能拖了，當下便讓外甥女回去換身衣裳，仔細打扮一番就過來。

待蘇家嬤嬤來了，沈素好言好語說明緣故，留下兩位嬤嬤吃茶，還一人給了個大紅包。等何子衿打扮好過來，讓兩位嬤嬤在路上跟著指點自家外甥女一二。

兩位嬤嬤得了大紅包，都是極樂意的。

小唐做事極快，雖剛在太子妃面前丟了個醜，午前就把何仙姑帶了去皇子府。何子衿聽她舅說了，太子夫婦原該住東宮的，但太子妃久不得冊封，因故自東宮搬回宮外的皇子府。太子與太子妃情深，也跟著搬了出來，故而太子一家是住在宮外的。

但是，就皇子府也夠氣派的。

就是何子衿前世去的那些王府景點啥的，也沒法與這座皇子府的氣派相比。府外侍衛都極有精神，自側門進府，何子衿悄悄掀起一角轎簾，入眼皆極是肅穆氣派。待得行了盞茶時間，便有侍女請她下車，復而換了暖轎，如此又走了盞茶時間，方到了一座恢宏大氣的院落前。何子衿微微抬頭，見院門上有匾額，書梧桐院三院。自有侍女引她進去，而蘇家兩位嬤嬤就被另帶去休息了。

何子衿不由想到林黛玉初進賈府的情形，她初進皇子府，比林黛玉還小心三分，畢竟林黛玉是去自己外祖家，何子衿這可是來皇子府。好在何子衿心理素質不錯，心說，自己與太子妃她舅認識十幾年，也不必怕太子妃。連小唐大人那樣歡脫的人都能在東宮混得開，可見太子妃並不是難相處的。

何子衿這麼想著，也就放鬆了些。

臘月天還是有些冷的，何子衿披一襲兔毛厚料披風，穿過四重院落，就到了梧桐院的正房。那引路的侍女先直接請何子衿進去，何子衿一入室內，先覺一陣暖香撲鼻，冷熱相激，反是陡然打了個寒顫。

這室內自是講究氣派，卻不如何奢華，只是一種恰到好處的雅致，說來倒與朝雲師傅的做派有些相似了。何子衿的眼神微微一掠，經三道珠簾，進了一處暖廳，見坐北朝南的榻上坐著一位衣裙華貴，面貌不過二十許人的麗人。何子衿沒敢多看，連忙俯身請安。

太子妃道：「不必多禮，何姑娘坐吧。」

聲音傳入何子衿耳中，清冽中帶了絲冷淡。侍女搬個繡凳放在太子妃面前，何子衿謝了座，過去坐下，太子妃道：「原不知舅舅託妳帶了東西，不然早該宣妳過來相見的。」

何子衿連忙道：「這也是民女無甚見識，沒明白朝雲師傅的意思，打聽了許久，才知道朝雲師傅是讓我帶給娘娘的。」連忙起身將包袱奉上。

侍女上前接了東西，太子妃卻未急著看，反問起何子衿一些朝雲道長的事來。

何子衿先時有些拘謹，不過她本就是個活潑人，見太子妃聽得高興，說著說著自己也放開了。她言語伶俐，一些尋常事經她嘴裡說出來頗有趣動聽。

太子妃笑道：「只聽說妳花種得好，人卻也這般伶俐。舅舅遠在蜀中，我多有照顧不到之處，還是你們這些離得近的，照應著便宜。」

何子衿道：「朝雲師傅對我也很好，我本鄉野出身，家中亦是尋常農家，略識得幾個字。還是多承朝雲師傅教導，方長了許多見識。先時只覺朝雲師傅是有大學問的人，卻不知朝雲師傅身分，今能為朝雲師傅送信，也是民女榮幸。至於照顧，既是相識，彼此投緣，也說不上照顧不照顧的。」

太子妃問了何子衿家中幾口人，是何營生，何子衿倒也落落大方，道：「我家祖上就是種田的，去歲父親中了舉人，今科正好來帝都應試。因舅舅在帝都，索性一大家子都來了。我家在縣裡有家醬菜鋪，做的醬菜很不錯，就是朝雲師傅聞不得醬味兒，從不吃醬菜。」

太子妃微微一笑，聽何子衿說些碧水縣的事，聽得出來，這姑娘與她舅舅的確是極熟，連她舅舅平日裡的習慣口味都說得出來。太子妃很有耐心，午間還留何子衿用午飯。

何子衿出身的確尋常，但如她所言，她認識朝雲道長超過十年的時間，朝雲道長就是個大龜毛，衣食住行無一不講究，於是，何子衿的餐桌禮儀很不錯。儀態端正，富有美感，而且吃相好，絕不是那種為了儀態淺淺吃幾口的人。再者，太子妃這裡的飯菜，味道自是不消說的。何子衿吃光了一碗米飯，太子妃家的碗不大，侍女要添飯時，何子衿微微擺手。她用餐的節奏也掌握得很好，幾乎與太子妃一起放下筷子。

用過飯，見太子妃無甚吩咐，何子衿就告辭了。

太子妃命人給了她一匣子見面禮，道：「我生來從未見過舅舅，妳是我見到的舅舅身邊的第一個人。」指了指侍女捧出的紅木匣子，又道：「這是給妳的，拿去玩吧。」

何子衿輕盈一福身，謝過太子妃賞，就隨侍女出去了。

何子衿回了家，一大家子都等著她呢。眼見自家丫頭回來，何老娘將人拉到跟前從頭到腳打量一番，感嘆道：「我的個乖乖，丫頭，妳有大福氣哩，竟然得見太子妃娘娘，妳祖父的墳頭要冒青煙啦！」

何子衿樂得不得了，「被祖母一說，我還真擔心祖父墳上失火。」

何老娘道：「我這是說妳有福氣哩。」

沈氏自去招待兩位蘇家嬤嬤吃茶，直說辛苦，兩位嬤嬤均笑道：「是姑娘靈巧，我們也只在路上略提點幾句，姑娘自己有造化，得了太子妃娘娘的眼緣。」

雖然她們沒見著太子妃，但看何子衿能帶出一匣子太子妃給的賞賜就知道，起碼在太子妃面前的對答是沒問題的。一個鄉下姑娘，自己單獨去皇子妃覲見太子妃，還能在太子妃面前不失禮數，雖有她們的指點，也何其難得了，說一聲冰雪聰明也不為過。何況，就她們二人這些年的眼光來看，何家姑娘也委實生得好。當然，何家人都生得不錯，雖然帶著些鄉下土氣，但均是眉清目秀好相貌，其中尤以何子衿是個尖兒。

知道何沈兩家人有話說，兩位嬤嬤茶吃口茶，就起身告辭了。

江氏連忙讓大丫鬟送了出去。

何老娘已忍不住問起自家丫頭始末來，頭晌就見丫頭急火火回屋梳頭換衣裳說是去幫朝雲道長送東西，待何子衿走了之後，何家人才知道原來東西是要送給太子妃的，當下何老娘就覺得頭暈目眩，不敢置信。

何老娘說：「我的天，聽妳舅舅說，朝雲道長竟是太子妃娘娘的親舅舅，可是真的？」

何子衿點頭，「自是真的，我已把朝雲師傅託我帶的東西給太子妃娘娘了。」說著一舉手裡的匣子，「這是我走前太子妃娘娘賞的。」紅木匣子外搭著個銅鎖扣，何子衿打開來，頓時被裡面的珠光寶氣晃花了眼。

何老娘更是兩眼瞪了個溜圓，一把將匣子蓋上，連聲道：「哎喲，咋這麼晃人眼？等一會兒再看！」傻丫頭啊，這麼些寶貝，咱們得回家再看啊！

何子衿不理這個，又打開來，還說：「沒事兒，多看看就好了，主要是今兒個陰天，屋裡有些暗，才覺得晃眼。」

大家一道看來，見是一只晶瑩璀璨的瓔珞。饒是何子衿一生兩世，也是平生僅見這樣精緻的瓔珞。江氏已出聲道：「哎喲，這可當真是好東西！」

何老娘禁不住咧開嘴笑了，與自家丫頭道：「一會兒就給我，我幫妳存著，這樣的寶貝可不能戴出去，怪不安全的。」

江氏看何老娘摳索，暗覺好笑，便道：「看親家老太太說的，帝都又不是遍地盜賊，這樣的好東西，正當子衿這個年紀戴，要是再大些，就顯著花哨了。」

何老娘向來把財物看得緊，忍不住伸手摸了摸匣子裡瓔珞上嵌的珠寶美玉，道：「看這鏈子上串的都是珍珠呢，這要是出去，被人一拽，不就毀了。放家裡存著，偶爾走親訪友的再戴，顯得體面。」

沈氏與沈老太太母女也深覺開了眼界，沈老太太道：「這不是易得的東西，是得要好生存著。就是戴出門去，也要多帶幾個丫頭。」

沈素伸手將瓔珞取出來，給何子衿看底下的印記，「這是內造的東西。」

何子衿道：「哎喲，我這就是順路跑個腿，幫朝雲師傅做個信差，沒想到卻收了娘娘這般好東西，心裡怪怪的。」

何老娘道：「這是娘娘的心意，看妳好才給妳。要是看妳不順眼，誰會白給妳東西？」

大家忍俊不禁，想著何老娘這話還真是話糙理不糙。先時那些對何子衿的擔心，此時都轉為了歡喜，起碼太子妃娘娘若是看自家丫頭不好，斷不會有所賞賜。

眾人倒不是想著自家丫頭討太子妃娘娘喜歡，只要不出錯漏，就感天謝地了。

何老娘問：「太子妃娘娘長得啥樣？肯定很威風吧？是不是比縣太爺還威風八面？」

別人還好，江氏先臉上帶了笑，不過，她也沒見過太子妃娘娘就是，說來這個外甥女還真是有些福氣。就聽何子衿道：「不是威風，是威儀。一進那條長寧街，就覺得肅穆極了，皇子府前站著穿軟甲的侍衛。進了皇子府，偶有鳥叫禽鳴，其他人說話的聲音也都不高。」

何老娘聽到此處道：「是啊，皇子府，那是講究的地界，自然不能高音大嗓的！」說得好像她也去了一回皇子府似的。

何子衿就將自己一路自進皇子府的大門到皇子妃住的院子說了一遍。

何老娘聽得直咋舌，道：「我的個乖乖，咱們這四進大宅，我都覺得了不得了，原來皇子府內都大得能跑馬啊！」

何子衿道：「先是坐車，到了內宅，便換了轎。反正太子妃娘娘住的院子就比咱們的宅子大，院裡有梅花，屋裡有水仙，那水仙也養得極好，香極了。太子妃娘娘看著才二十來歲的樣子，年輕得很，說話也和氣。茶香，飯也好吃。」

何老娘立刻不滿，問自家丫頭：「妳怎麼還又吃又喝的？」

何子衿頗是榮幸地道：「太子妃娘娘留我吃飯，我當然要吃了。」

何老娘一拍大腿，越發喜笑顏開，與沈老太太道：「哎呀，親家，妳瞧瞧咱們這丫頭，可真是有福氣，竟然還在皇子府吃了一頓飯！哎喲，這可再想不到了！」直把眼睛笑成一線，瞅著自家丫頭那是愛都愛不過來，「丫頭，妳咋這麼大福氣？」

何子衿笑嘻嘻的，甭看這丫頭上輩子接受過現代化的教育，但這輩子見著一國太子妃，那顆小心臟也是怪激動的，還拍何老娘馬屁：「我這都是像祖母啊！」

何老娘擺擺手，「妳比我有福，能見著太子妃娘娘，妳這輩子值了。」

何子衿頗是無語，她這輩子還長著呢！

陳姑丈聽說何子衿去覲見太子妃，那憔悴的臉上重現精神抖擻之色，直說：「子衿這孩子啊，打小就瞧著有出息，這不就應了我這話嗎？」

何老娘想翻白眼，陳姑丈啥時候說過這話，真是會沾光！不過，想著陳芳的事，何老娘決定就善良地不去揭穿陳姑丈了。

因何子衿平平安安回來，一家子高興，這才開始吃飯。何子衿知道家裡是擔心她擔心得午飯都沒吃，便說道：「我只是替朝雲師傅送個信兒，你們怎麼連午飯都耽擱了？」

「這送信兒送到太子妃娘娘跟前，不見妳回來，我們哪裡吃得下？」沈氏滿面含笑，閨女沒出事就好。

何老娘忽地一擊掌道：「哎呀，早知朝雲師傅這般身分，當初真該多去燒幾炷香！」一句話說得大家都笑了。

雖然陳姑丈也是這個心思，但只有何老娘實誠地說了出來。

陳姑丈望著何子衿笑吟吟的模樣，心下感嘆，怎麼這丫頭就這般有運道呢？因著朝雲道長脾氣古怪，他那觀建在山上，人們便去的少。就人家子衿，隔三差五的去，這不，突然就得這大運道，以後還愁什麼哩？

早知如此，當初不管怎麼求，也該替孫子把這丫頭求來做媳婦啊！

可惜有錢難買早知道，陳姑丈嘆口氣，想著只要閨女能平安，別的他也就不想了。

何沈兩家排開桌椅吃午飯，蘇家兩個嬤嬤回府覆命，這兩個嬤嬤還是蘇不語妻子的陪嫁嬤嬤。蘇不語原就是相府出身，他親爹是當朝首輔，他在刑部做侍郎。他上頭還有兩個哥哥，一個陝甘總督，一個江浙總督，稱得上是滿門高官。他這媳婦也不簡單，出身戚國公府，這兩位嬤嬤就是妻子的陪嫁，規矩是極通的。

蘇不語派她們去指點何子衿規矩，待倆嬤嬤回府說了此事的來龍去脈。蘇不語笑道：「這可真是巧了。」他原就是太子妃舊交，知道太子妃收到東西，便不再多問。

倒是蘇太太戚氏問：「那位何姑娘怎麼樣？不都說何姑娘擅長種綠菊嗎？」

李嬤嬤說：「何姑娘實在是難得的伶俐人，相貌生得就好，氣韻也不錯，我跟張姊姊就在路上提點了何姑娘幾句，何姑娘在太子妃面前一絲錯漏皆無，還得了太子妃娘娘的賞，中午太子妃娘娘還留她在皇子府用膳。」

戚氏笑，「可見是投了娘娘的眼緣。」太子妃不是個難相處的人，但太子妃行事有章程。既然太子妃留飯又賞了東西，就說明這姑娘合太子妃的心意。

張嬤嬤也說：「是位好姑娘，聰明靈巧，難得的是大方，渾不像小門小戶出身。」

她們二人是戚公府的世僕，蘇家亦是大戶人家，她二人這把年紀，見的人也多。有些官宦人家的千金，都不一定有何家姑娘的大方。能在太子妃面前討了巧可不簡單，這並不是聰明就能辦到的，畢竟能在太子妃面前耍聰明的人，據說還沒出生呢，可見人家姑娘是真的性子招人喜歡。就是張李二位嬤嬤，提起何姑娘來，不也是滿嘴好話嗎？

話說自何子衿何仙姑得了太子妃的賞，何老娘的腰桿算是徹底挺起來了，她在諸多鄰家官宦太太面前也不自卑了。說句老實話，現下看那些人，她老人家心中充滿了自豪感：妳們再有門第又如何，妳們誰見過太子妃娘娘啊？妳們就是見過太子妃娘娘，得過太子妃娘娘的賞嗎？縱得過太子妃娘娘的賞，妳們有跟太子妃娘娘一塊吃過飯嗎？就是同太子妃娘娘吃過了飯，妳們認識太子妃娘娘她舅嗎？

這一切的一切，構織成了一種巨大的自豪感橫在何老娘的胸口，她老人家簡直要自豪膨脹到爆炸了。她老人家多想與人念叨念叨她家丫頭的體面事蹟，偏生沈小舅爺說了，天家之事不好宣諸於口，不然便是重罪，把何老娘嚇得，將想要炫耀的熱情燒熄了些。

何老娘不知道的是，她這裡還在為自家丫頭得了太子妃娘娘的賞而自豪，眼下朝中正有一場風暴，皇太子已經上書要辭職啦！

何子衿兩世一生的經歷十分傳奇，她前世生活的年代，絕不是現下的封建王朝可以比擬的。她一直以為自己現下生活在民風稍微開放的地方，起碼相對於前朝那種女人必須從一而終的風氣，如今的朝廷是不反對女人改嫁的。

沒想到，縱是封建社會，也是牛人到處都有。

譬如，敢於辭職的皇太子。

何子衿跟她舅打聽了，皇太子要辭職，不是自己地位不穩，主動讓賢，主要是皇太后要逼皇太子休妻。皇太子對太子妃情深意重，寧可不做太子，也不肯休妻的。

老天，這哪裡是皇太子，簡直就是溫莎公爵啊！

不過，太子妃可不是辛普森夫人，據她舅講，太子妃出身名門，是太子元配髮妻，更重要的是，太子妃賢良得很，於國於家皆令人稱讚。太后不講理又糊塗，死活要太子休妻。太子忍無可忍，索性辭職，不做太子了。

哎喲喂，這也是極難得的男人了！

何子衿都說：「太子殿下這事做得敞亮！」

沈素也道：「是啊，太子與太子妃結縭二十餘載，情分自不必提，若真按太后的意思休了太子妃，也只是愚孝罷了。」

太子和太子妃的事與何子衿不相關，但太子妃畢竟是朝雲師傅的外甥女，何子衿還是盼著太子妃好的。只是，這些事她不過是站邊上看著，就是想幫也幫不上忙。

倒是沈玄官學裡放了假，說要帶子衿姊姊去城裡逛一逛，省得來帝都一趟總悶在家裡。何子衿想去，沈氏卻是有些不放心，江念道：「我陪子衿姊姊一塊去。」

沈氏連忙道：「你還得念書呢。」

江念笑，「書念了這些年，也不在這一時半刻。我也想去帝都城瞧瞧，在家悶得慌。」

何冽和俊哥兒也想跟，可他倆都要與阿丹一起念書，明年正月十七去官學考試，要是考進了，就能去官學念書了。何況外頭冷，何冽還好，俊哥兒卻是年歲小，怕他出門凍著。何子衿說了給他們帶好吃的回來，因家裡還有表兄弟在一處玩，他們也就不鬧了。

沈玄說：「明早咱們出去吃早飯，就去太平居，那裡可有名了。太平居的東家是太祖皇帝的老鄉，據說太祖皇帝攻進帝都城前吃了他家八個大包子，然後一鼓作氣打進帝都，做了皇帝。只要是來帝都的，就沒有不去太平居吃包子的。」

何子衿直笑，「這麼有名？」

沈玄道：「可不是？便是有人不愛吃他家的包子，也要過去瞧一瞧太祖皇帝的御筆，他家的牌匾也是太祖皇帝親提的呢。他家非但包子好吃，餛飩、羊肉湯、白米粥都不錯。」

第二天，何子衿特意換了一身少年裝束，沈氏還叫小福子跟著，何子衿道：「讓福子哥在家吧，叫三喜跟著就行。」三喜是江念的書僮。

沈氏應了，又拿出銀子給閨女，道：「難得來帝都一趟，這麼冷的天，我是不稀罕出去。你們精神頭好，不怕冷，出去逛逛也無妨，只是下午早些回來，別叫我惦記著。」
何子衿道：「娘就放心吧，要是太平居的包子真那麼好吃，我帶些回來。」
何老娘也說：「早些回來。」又叮囑：「要是包子貴，少帶幾個，一人嘗一口就好。」
何子衿笑，「知道啦！」
因天冷，三人是坐車去的，都坐車裡了，沈玄還一個勁兒說：「子衿姊姊，妳穿男孩子的袍子也特俊。不過，讓人一瞧就知道妳是個女的。」
何子衿道：「知道就知道，這不是為了省事嗎？聽說帝都也有男人比女人俊。」
「哎喲，妳可別在蘇家人面前這麼說。這也是舊事了，說的是蘇不語蘇侍郎，說蘇侍郎少年的時候，到官學念書，同窗都以為他是女扮男裝。」
「這位蘇侍郎有這麼俊？孫叔叔也說他很俊。」
「俊得很。」沈玄道：「不過，我就見過蘇侍郎一回，他比我爹還大個十來歲，結果看上去一點都不老，整個人彷彿會發光。」
何子衿聽得頗是嚮往，「潘安宋玉也不過如此了吧？」
「是啊，據說當初蘇侍郎外調回帝都，他一進城門，男女老少都出門瞧他，還有不少人朝他扔香包玉墜團扇帕子。有一癡狂的是朱雀街上賣柚子的女娘，心潮澎湃之下，抄起顆柚子就朝蘇侍郎擲了過去，把蘇侍郎從馬上砸了下來，腦袋砸出了個青包。」
何子衿聽得哈哈大笑，江念也是忍俊不禁。
何子衿道：「幸而是賣柚子的，要是個賣榴槤的，得把蘇大人砸去半條命。」

沈玄立刻跟子衿姊姊請教榴槤是啥。

何子衿比劃一下，「這麼大，皮上都是刺。」

沈玄頗是驚訝，道：「世間竟有此凶物？這要砸一下，真能把人砸壞。」

何子衿又問：「那賣柚子的女娘最後怎麼著了？」

「能怎麼著啊，怪也怪蘇侍郎生得忒俊。」沈玄笑嘻嘻地道：「還有一人，相貌較蘇侍郎不相上下，就是沒蘇侍郎出名。那便是小唐叔的師傅李子爵，李大人也極俊俏。」

何子衿道：「帝都美男子真多啊，原本我以為舅舅就是極俊俏清雅的人物了。」

沈玄擺擺手，「不能比，我爹的相貌也就排個中上。」

江念道：「義父起碼是個中上，我看你連個中不溜都沒有。」

真是的，總跟子衿姊姊說美男是什麼意思啊？

沈玄也是很在意自己相貌的，道：「起碼也是個中不溜啦。」

何子衿道：「為人最重要的是有內涵，像蘇侍郎李大人，非有學問，再加上好相貌，故此人人稱誦。倘空有皮囊，沒學識，也就是一花瓶啦。」

沈玄道：「我內涵也不錯的，子衿姊姊，妳發現沒？」

江念心說，你這是要搶我媳婦還是怎麼著？

三人說著話，就到了太平居。

難得的好天氣，陽光穿透清晨薄霧，給晨間的寒風帶來一絲溫暖。太平居果然是名不虛傳，生意極是不錯。何子衿等人正欣賞太平居的牌匾，便有客人慕名而來。何子衿連忙給人家讓路，卻是嚇一跳，中間一位三縷長鬚的老者生得眉眼與朝雲師傅有幾分相似。

何子衿是個謹慎人，朝雲師傅這樣的身分，與他相似的人，恐怕都不是尋常人。

這太平居的包子，要何子衿說，味兒也不錯，就是有些油膩。不過，餛飩、羊肉湯、醬菜都不錯，吃過早點，沈玄就帶著子衿姊姊和阿念哥在朱雀大街好生逛了逛。何子衿是個愛買東西的，帝都的一些物件自是碧水縣不能比的，連繡線她也買了一包回去。及至回家時，才又去了一趟太平居，買了許多包子帶回家。

何老娘覺得太平居的包子味兒好，誇道：「不愧是皇帝老爺吃過的包子，就是香！」

待何老娘問及包子的價錢，何子衿說了個數目，何老娘立刻心疼無比，直道：「我的天，這些銀子在咱家都夠買一頭豬了。」

何子衿道：「祖母只管吃就是，一輩子就來帝都這一回，就是兩頭豬的價兒，也得嘗嘗皇帝老爺吃過的肉包子，不然回了家，別人問起來，這樣有名的東西都沒吃過，豈不遺憾？」

這麼一想，何老娘也就算了，道：「丫頭說的也有理。」又招呼著大家吃起包子來。

吃過太平居的包子，何子衿見她舅事務不忙，還時不時會從衙門蹺班，就同她舅商量著印書的事兒。沈素與他姊直笑，道：「咱們子衿不簡單，不要說我像她這個年歲，就是現下，我也沒出過書呢。」

何子衿道：「舅，這就是你想不通了。你這些年在進士堂講課的經驗，合該寫到紙上，集結成冊。倘有那些聽不起課程的學子，也可以買了書回去鑽研。」

沈素到底是文人出身，道：「書可不是隨便寫的。」

「您說的是聖人著書，還要前考證後考據的，咱們這就是尋常書籍，一不去跟聖人比，二不去跟賢人比，三不去跟有學問的人比，就是把一些念書的經驗寫出來，寫得淺顯，只其中一二有益也就值了。」何子衿巴啦巴啦說了一通，還攛掇她舅：「反正我看現下舅舅您也不忙，不如把您的經驗也寫成書，咱們一起刊印。」

沈素問：「這好賣嗎？」賣書就是生意了，他不想看外甥女賠本。

「看舅舅說的，我在老家的書鋪火得不得了，當初薛帝師去芙蓉書院講學，都幫我簽過名。我把薛帝師簽過名的書裱了起來，就放到書鋪裡，成了鎮鋪之寶。就是這兩套書，也是火爆得不得了。阿念還無償把自己的讀書筆記捐給書院，讓書院的小學生們研習呢。」何子衿道：「趁著春闈將至，提前把書印出來，待阿念跟我爹一中進士，立刻就能拿出去賣。」

沈素把書稿留下，決定先看看。

舅甥倆商量好些日子，沈素給安排的書商，何子衿大手筆，每樣印了五千本，全都是用何子衿的私房。等書印好了，何子衿信心滿滿，就等發財了。

何子衿還給她舅的書鋪提了些改進意見：「我看帝都的許多書鋪多是清雅過了頭，這賣東西得吆喝，不吆喝誰知道呢？等我賣書時，您讓掌櫃好生與我學學。」

她舅忍笑，「成，那可說定了，到時妳不能藏私，得教掌櫃幾招。」

何子衿道：「沒問題。」

把印書的事安排好，何子衿帶著江念和沈玄去西山一處特隱祕的地界裝泉水。沈玄這在帝都住了好幾年，都不知西山有這麼一處小山泉。

何子衿道：「這是我從書上看到的，有人記載說，西山此處泉眼，烹茶最佳。」只是取泉水時，又遇到了當初在太平居遇到的老者。

何子衿就有些奇怪了，一次還能說是偶遇，兩次就有些刻意了吧？老者還請他們喝茶，待取了泉水，何子衿與兩人道：「要不是看他穿戴富貴，真得以為是人販子。」

江念道：「是挺奇怪的，這都第二回了吧？」

沈玄沒想這麼多，道：「一看就是富貴出身，這樣的出身，怎麼可能是人販子？不過，咱們跟他以前見過嗎？」

江念道：「就是在太平居門口，你忘了？」

沈玄這才想起來，「是那個老先生啊，我真沒想起來。」

三人帶著泉水回家，這事擱心裡，何子衿就有些放不下，決定試一試。她想了個法子，隔了幾日，便說三人還要出門，只是出門前她不去，讓江念和沈玄兩人出去。

兩人中午回來，江念悄與子衿姊姊道：「果然又見著那老者了。」

何子衿道：「你說，他是不是朝雲師傅的親戚？」

江念點頭，「長得像，就是不知道他這三番兩次與咱們搞相遇是什麼意思？」

何子衿道：「真是個怪人，有事說事，這麼著算什麼？」

「還是不要理他，咱們家也不可能有什麼是人家希圖的。要是朝雲道長的關係，找咱們也沒用，咱們也幫不上他。」江念道。

何子衿決定近期不出門了，只是轉眼接到內務司的一樁差使。因沈素畢竟是官身，內務司的人很是和氣，道：「說來也是不情之請，要不是聽說菊仙姑娘來了帝都，我這腦袋都要不保。菊仙姑娘種的那綠菊，前年大年前是太子府上的六公子獻給陛下的，陛下令內務司的匠人好生照料，我等沒一刻敢懈怠。奈何這花兒養得總不鮮活，一年兩年下去，尤其今冬特別冷。這花兒冷了不行，熱也不行，幾個老花匠都不知如何是好了。聽說菊仙姑娘來了帝都，我就想著，硬著頭皮求一求菊仙姑娘，能不能幫咱們看一看那花兒？」

何子衿道：「花兒在哪兒，帶來我看看。」

內務司的郎中道：「那樣的寶貝，哪裡敢帶出宮來？擱宮裡好生伺候著呢。」

何子衿道：「我無官職，無緣無故的，不好進宮吧？」

「姑娘放心，您是為了照顧那綠菊寶貝，這事也是內務司司長大人交代下官的。看花兒的事，都安排好了，只要您有空，什麼都不必操心，就是幫咱們看一看那花兒。」

這等老辣的官油子，讓何子衿不知說什麼了，只得看向沈素。

沈素沒什麼好法子，道：「那就去看看吧，我與妳一塊去。」

內務府過來請人，很細心地多帶了一輛馬車，沈素便與何子衿同乘，寬慰她：「既是內務司都安排好了，妳只管放心。進了宮，莫多看也莫多說，只管花兒的事就是。要是好拾掇，妳就幫著拾掇一下。要是不好拾掇，也別攬那活兒。」

何子衿應了，「這可真怪，我這樣的小人物，內務司怎麼知道我來了帝都？」

沈素想了想，卻是想偏了，他道：「妳去見過太子妃，太子的第二子在內務司當差，約莫是這樣知道的吧。」

何子衿便放下心了，她去過一次皇子府，再進宮便是坦然許多，就是對宮殿的壯闊，也很有些波瀾不驚。不說別個，上輩子都去故宮好幾遭了。

宮裡規矩大，在宮門口坐車坐了一段時間就得下車了。沈素不能再往裡走，內務司郎中請沈素去內務司吃茶，何子衿跟著一個小內侍改為步行。

何子衿見著兩盆綠菊，只是還有一人比綠菊更讓她驚訝，她失聲道：「老先生？」這可不就是偶遇了兩次的老先生嗎？可不同於前兩次三縷長鬚的模樣，如今老先生把下巴上的鬍鬚都剃了，就留了唇上一撇。不得不說，順眼多了，也更符合何子衿的審美。

何子衿見此人身著深藍色的小毛衣袍，腰間繫一塊美玉，拇指上一件翠綠欲滴的翡翠扳指，除此之外，渾身上下再無別的裝飾。何子衿心中一動，福一福身，卻是沒說話。

「坐吧。」老先生說話很隨和。

何子衿低垂著眼，道：「陛下面前，不敢坐。」

「妳怎麼猜出來的？」

何子衿道：「進這殿時，門上就有匾，何況這宮殿正處御道正中，肯定是一處正宮。這樣的地方，自然不會是內務司的衙門。能在正宮裡的，若是官員，肯定著官服。再說，您相貌跟朝雲師傅很像，我第一次見您就以為您是他的親戚。這要再猜不出來，就是裝傻了。」

穆元帝哈哈大笑，「坐吧，坐下說說話，昭雲還好嗎？」

何子衿心說，我坐哪兒啊？屋裡就一張榻，穆元帝坐著呢，難道她還能去坐榻上？

何子衿不說話，但眼睛裡的神色早就被穆元帝看透了。

穆元帝笑斥內侍：「沒眼力的東西，還不給何姑娘搬張椅子過來？」

何子衿道：「我站著也挺好。」

穆元帝顯然心情不錯，笑道：「站著哪有個說話的樣兒，再說，要是妳站著，讓昭雲知道了，他肯定會說朕刻薄。」

內侍搬了張太椅師，椅中墊著張虎皮褥子，瞧著就不是尋常人能坐的。何子衿猶豫著，穆元帝道：「坐吧，妳不是外人。現下冷，坐那繡凳不好。」

何子衿便依言上前坐了。

穆元帝問：「昭雲還好嗎？」

「挺好的，就是冬天容易生病，朝雲師傅一生病就咳嗽，可過了冬天就沒事了。」何子衿說著就有些擔心，想著自己在老家時，朝雲師傅還有個說話的人，如今自己來了帝都，朝雲師傅那裡該冷清了。

穆元帝道：「無妨，過了年，叫夏神醫去給昭雲看看，調理一二，就能大好了。」

何子衿面露喜色，笑道：「那我先代朝雲師傅謝過陛下了。朝雲師傅這病，我請我們縣裡最有名的大夫看過，也不見大好。夏神醫聽說就是我們蜀中人，可惜以前不知道，要是知道的話，早就請了。」這麼想著，她又覺得薛帝師為人不夠意思，夏神醫據說是薛帝師教出來的呢。當然，師傅領進門，修行在個人，夏神醫的醫術比薛帝師還要好。

穆元帝微微一笑，「昭雲是朕的表弟，哪裡用妳謝？你們縣城叫碧水縣是不是？」

「這不稀奇，您要是連朝雲師傅住哪兒都不曉得，才稀奇呢。」

穆元帝笑，「朕還知道你們那兒有個飯莊，極貴的，一盅鴿子湯就要一兩銀子。」

「那是因為鴿子是精心飼養的，就是燉鴿子所用的材料也十分珍貴，再加上人工，一兩銀子不為過，不然喝湯的也不是傻子，誰就那麼簡單花一兩銀子喝這盅鴿子湯呢，必得物有所值才行。」何子衿道。

穆元帝道：「這麼維護那飯莊子，不會是妳家開的吧？」

「不是，我家開的是醬菜鋪子。」何子衿道：「不過，開飯莊的也是不外人，是我表姊夫家。後來他家飯莊也關門了。」

穆元帝道：「妳也很會做生意吧？」

何子衿謙虛地說：「一般一般吧。」

穆元帝哈哈大笑。

何子衿不知道這有什麼好笑的，還是說，做皇帝的人笑點都低？

穆元帝說是想問一問朝雲道長的事，但何子衿覺得，穆元帝問她的事問的更多。她念書的事，她購置房產的事，她的書鋪子啥的，當然也問了碧水縣的書院和朝雲道長的道觀。

穆元帝還說：「妳怎麼說太祖皇帝的字不好啊？」

何子衿這才想起來，頭一次在太平居門口遇著，她正說太祖皇帝字一般。何子衿也沒打算改口，她道：「太祖皇帝的身分是開國之君，又不是書法家。他的豐功偉績是造福天下的百姓，書法家只是書法上的造詣成就罷了。我也沒說不好，就說一般。這也是實話，好不好，現下人的評論不算，得千百年後叫後人去評，這才是真的。」

穆元帝笑，「放心吧，朕沒追究妳的意思。」

「我知道，陛下一看就是有心胸的人。」

穆元帝被她的馬屁拍得又是大笑，何子衿暗道，笑點實在太低了。

何子衿發現這個皇帝就是喜歡聽她說些鄉間生活，她說得有趣，非但有鄉間生活，還有縣裡的、州府的，以及鄉間的變化，「以前我爹念書時，縣裡沒有書院，就得去私塾先生那裡念書。到我弟弟他們念書時，我們縣就有了書院，還請薛帝師來講過學。」

「哎喲，妳還見過薛帝師不成？」

「豈止見過，我書鋪裡還賣薛帝師全集呢。我還給薛帝師送過番茄醬，薛帝師給我簽過名。」何子衿很是榮耀。

「什麼叫簽名啊？」

「就是在薛帝師寫的書的扉頁寫上薛帝師的名字。」何子衿道。

穆元帝是極聰明的人，「這樣就能扯虎皮做大旗，妳那書鋪賣薛帝師的書肯定好賣。」

何子衿笑咪咪地道：「一般一般吧。」

穆元帝大笑，問：「你們縣裡書院如何？」

「特別好。」何子衿道：「想進書院念書是要考試的，得考過了才能去。要是考不上，花多少錢都進不去。我弟弟和阿念一考就進去了，而且每年念書好的小學生，前十名都有銀子獎勵，我家阿念每年都拿五十兩的頭一等。」

穆元帝道：「書院收費高嗎？」

「一個月二兩銀子，也不低了。」何子衿道：「念書的都是有些家資的人家，不然怕是念不起。但如果當真天資出眾也不怕，書院裡考第一名的，年下能獎五十兩，說來還剩三十兩。這三十兩應付平日花銷，一家子吃喝也夠了。」

穆元帝聽著，微微頷首。

內侍來稟，陛下是不是要傳午膳。

穆元帝都覺得沒說幾句話，就到午膳時候了。

何子衿忙起身道：「陛下，民女該告退了。」

「不急，還沒看綠菊呢。先用膳，妳嘗嘗宮裡的鴿子湯燉得可好。」穆元帝喜歡聽何子衿說話，也喜歡同她說話。雖然知道何子衿有些緊張，也有一些防備，但只要說起話來，就能把那些緊張拋諸腦外，表情豐富地說起種種趣事。

見穆元帝又拿綠菊說事，何子衿不大樂意，也不好再拒絕。

何子衿也不是沒吃過好東西，她自家條件有限，可朝雲道長對飲食一向要求高的，鴿子湯什麼的，她喝過好些回。這回喝宮裡的鴿子湯，當然味道也很不錯就是了。

穆元帝很是關切，還問她：「味兒如何？」

何子衿點頭，「很好。湯清色澄，味道又是醇香的，是好湯。」

穆元帝命內侍賞了這廚子十兩銀子，又招呼著何子衿吃別的菜。不論什麼菜，何子衿都能說上一句半句，氣氛甭提多融洽了，連穆元帝都多吃了半碗飯。

用完午膳，穆元帝請何子衿幫他看了綠菊。何子衿是養綠菊的老手，說了些冬天的注意事項便告退了。穆元帝命人拿了件銀狐裘，親自給何子衿披上，道：「外頭冷。」

何子衿瞪圓了一雙眼睛，都不會說話了。

穆元帝笑道：「去吧。」

何子衿福一福身，這才告退。

背後，穆元帝一雙眼睛裡，情不自禁流露出一絲懷念。

何子衿出宮後，沈素尚在等她，還有內務司的那位牛郎中，對何子衿謝了又謝。何子衿也沒說什麼，就是多看了牛郎中一眼，牛郎中面色沒有半分變化。

沈素依舊是與外甥女同乘，在車上，何子衿就把事情同她舅說了。

沈素嚇一跳，沒多問，只道：「回家再說。」

沈素自己都沒有單獨陛見的經歷，何子衿卻是跟穆元帝待了半日，還在宮裡留了飯。沈素擔心得要命，一到家就叫外甥女到書房說話。

何子衿道：「陛下是找我問了些朝雲師傅的事。」

沈素鬆了口氣，何子衿又來一句：「不過，我早就見過陛下了，就是那天阿玄帶我和阿念在太平居門口遇到過一回，後來我們去西山汲泉水，又遇到了一回。要不是在宮裡見面，還真想不到那就是陛下。」

沈素又問在宮裡說了些什麼，何子衿大致說了。

沈素道：「除了話太多，倒也沒什麼問題。」

何子衿道：「陛下問我，我又不能不說。」

沈素道：「妳當少說，能說一字，不要說兩字。」

何子衿表示記住了，沈素也知道對於一個話癆，不讓她說話有多難受。

舅甥倆正在說話，何老娘忍不住過來了，見著自家丫頭就問：「宮裡那花兒還好吧？」

說起來，她家丫頭這手藝還真沒得說，比宮裡的花匠都強。

何子衿道：「沒什麼事，就是冬天有些冷，讓我看了看。」

何老娘便放心了，眼尖看到自家丫頭身上的銀狐裘，又問：「哪來的衣裳？」

「陛下賞我的。」

何老娘眼前一花，險栽到地上去，剛要摸銀狐裘的手收了回來，再問一遍：「誰？」

「陛下！」

「皇帝老爺？」

「嗯。」

何老娘立刻有了安排，與沈氏道：「明兒咱們一家子都去廟裡燒香。我的天，這丫頭哪來的福氣，竟得見皇帝老爺？妳曾祖父的墳上也得冒青煙啊！」說著雙手合十，朝東拜了拜。

沈氏不明白，「不是看花兒嗎？怎麼還見著陛下了？」

「都是朝雲師傅的事兒，陛下是朝雲師傅的表哥，問一問我朝雲師傅的近況，知道朝雲師傅冬天犯咳嗽，還讓等明年叫夏神醫去幫朝雲師傅治一治。」

沈氏歡喜笑道：「這可是好消息。」不管怎麼說，她家從朝雲道長那裡得了許多好處，自是盼著朝雲道長好的。還想著閨女的確機靈，知道說一說朝雲道長的身體。倘能叫神醫看好了，也是朝雲道長的福氣。

除了沈素，兩家人都覺得何子衿的確是有些運道。

應付完長輩，何子衿私下與江念說起話，才叫江念問老鬼：「不是說上輩子做過官嗎？難道沒見過陛下？怎麼先前不提醒咱們一聲？」

江念也這麼問老鬼，老鬼只是幽幽一嘆，再無言語。任江念怎麼問，他只當自己是個死聾子，把江念氣得，同子衿姊姊道：「問啥都不說，就當他死了吧！」

老鬼：俺本來就死了。

老鬼的存在，讓有些開掛人生的何子衿覺得，老鬼也就是江念的外掛了。

結果這傢伙每逢關鍵時刻必掉鏈子。

既然指望不上老鬼，何子衿就另闢蹊徑了。

其實主要是何子衿沒從穆元帝那裡感受到什麼惡意，在何子衿看來，穆元帝非但沒有惡意，反是還帶著一種包容與欣喜似的。

真是奇怪，她以前沒見過穆元帝，再說，朝雲師傅與穆元帝雖是表兄弟，但據舅舅說，朝雲師傅一家夠慘的，兩人絕不是什麼融洽關係，難道是因為皇室人的感情比較奇怪？

何子衿從未接觸過一國皇帝這般高端人物，她實在想不通穆元帝對她的好感從何而來。原本愛屋及烏是最好的解釋，或者皇帝陛下看在朝雲師傅的面子上，但何子衿怎麼想都覺得朝雲師傅在蜀中一個小縣城的山上一住多年，鮮少與帝都來往，起碼不可能是兩人不知彼此地址的緣故……這兩人要是關係好才有鬼，所以，愛屋及烏也解釋不通。
何子衿胡思亂想，想到動情處，還構思了一齣相愛相殺的虐戀情深。
何子衿的胡思亂想被何老娘打斷，何老娘洗了手，讓她把那銀狐裘拿出來，何子衿就叫丸子去拿。何老娘頗是不滿，「怎麼能叫丸子去拿御賜的寶貝，她還沒洗手，妳去拿。」
丸子不敢動了，何子衿只得自己去拿，心說，不就是一件衣裳嗎？
待何子衿把銀狐裘拿出來，何老娘此方下手去摸了一把，然後飛快收了回去，那模樣活似做了回賊。何子衿頗是無語，把衣裳抖開，披在何老娘身上，笑道：「祖母也試試。」
「哎喲喂，妳個死丫頭，我還沒沐浴呢！」她老人家又是激動又是手足無措，也沒把銀狐裘再脫下來，而是喊著余嬤嬤拿鏡子。說來宅子是沈素送的，裡頭也有些得用的家具，但如穿衣鏡這樣的東西就沒有了。此時此刻，何老娘尤其懷念家裡的大穿衣鏡，「這要是有個大鏡子就好了！我這輩子竟能穿一穿御賜的衣裳，哎喲，沾了丫頭片子的光！值了，我這輩子真是值了！」何老娘激動帶榮幸的眼睛裡都要冒小淚花了。
沈氏在一旁抿嘴笑道：「可別這麼說，如今這不過是件衣裳，待明年相公中了進士做官，您老還有做誥命的時候呢！您老的福，在後頭呢！」
何老娘被兒媳婦奉承得，笑得合不攏嘴。
何子衿插口道：「是啊，以後咱們回了老家，闔縣裡還有哪個老太太能跟祖母您比呢？就是阿文哥他祖母，也比不過您。」
「那是！」何老娘瞪大了瞇瞇眼，正色道：「親家老太太雖是做過誥命的，她可沒穿過御賜的衣裳，這能一樣嗎？天底下誥命多了，有哪個誥命見過御賜的衣裳呢？」說著，對自家丫頭片子越發和顏悅色了，「早先妳娘生妳前，我可是去芙蓉寺好好燒了香，還添了二兩銀子的香油錢。妳如今有運道，都是佛祖保佑。」

何子衿揭短道：「您別糊弄我，就是燒香，肯定也是求菩薩保佑我娘給您生個孫子。」

「沒有的事。」何老娘死不承認，「咱們家，我最疼妳。」

何子衿笑咪咪地道：「這話我可記著啦。」

「只管記著就是！」何老娘響噹噹應了，不過，在看到兩個孫子時，又有些鬱悶同自家丫頭片子道：「看，妳弟弟比妳小，妳是做大姊的，還爭風吃醋了？打小就是個尖頭！」

何子衿道：「我這都是像您老人家。」

以往何子衿說這話，何老娘必要點評兩句的，今兒個卻是一臉笑，「這也是，說來，妳就是像我啊！」說著，又招呼兩個孫子過來摸一摸御賜的衣裳，長長見識。

自從得了這件御賜的衣裳，何老娘整個人的精神狀態都不一樣了。

雖然這衣裳不是給她的，但給她家丫頭片子，她一樣體面。

就這樣，何老娘還在御賜銀狐裘的激動中，何子衿又受到內務司的請託，來的依舊是那位牛郎中，帶著馬車來的，客客氣氣地請何子衿去宮裡看綠菊。

這次何家人平靜多了，何老娘大手一揮，道：「去吧，好生幫人家收拾收拾花兒。」又讓自家丫頭把銀狐裘穿上。何子衿沒穿，道：「這是寶貝，擱家裡吧。」

何老娘想了想，也覺有理，便未強求。

這次進宮與上次進宮相仿，花兒只是隨便瞧了瞧，主要是跟老皇帝聊天。待下午聊完天回家，何子衿一路思量，總覺得不對勁兒。

她回屋對鏡子照了照，雖說她生得不錯，可宮裡美人多了去，她也不見得有啥特別的，皇帝總不會是相中她的美貌，可皇帝為何一而再，再而三宣她進宮呢？

何子衿就這麼迷糊著迎來了新年，待大年三十，何家團圓飯都沒吃好。

原本沈家是約了何家一起過年的，不過何老娘還是堅持各過各的。雖兩家親近，但過年從沒有在別人家過的理。何家倒是邀了陳家父子三人過來一起過年，寧家人已押解到帝都，案子也判了，虧得有沈素幫著周旋，寧家判了滿門抄斬，陳芳因是節婦，刑部判離，並未牽連到她的性命，但一併被抄走的嫁妝是甭想要回來了。天寒地凍的，就是折返回蜀中，也得趕在路上過年。陳姑丈年紀不輕了，何老娘就不欲他們顛簸，把人留了下來，反正何家宅子大，也住得開。於是，陳姑丈幾人便留在了帝都過年。

陳芳一路上受驚又害怕，雖保得性命，在牢裡還支撐得住，反是自牢裡出來，心中那口強撐的氣散了，人就倒了下來。何家幫著延醫治病，何老娘時不時過去寬慰，陳芳年前總算能支撐著起身，不然病在床上過年，不大吉利。

還有阿洛，連帶著幾個蜀中舉子，幾人去了沈家，就在沈家過，人多也熱鬧。

何家這回來帝都，把祖宗牌位都帶來了，雖在帝都不能去墳頭上給祖宗燒紙上供，可也不能忘了給祖宗燒香，當然，供品較之往年也只有更豐盛的。

碧水縣風俗，祭祖從來沒女人的份，何恭帶著兩個兒子要祭祖時，何老娘還叮囑：「別忘了跟你爹說，明年你跟阿念下場，叫你爹保佑你們一舉得中。」

男人們除了祭祖，還寫了不少對聯福字貼滿家裡門外。年夜飯就是女人的事了，早五天前就開始炸丸子打年糕燉肉還有殺雞宰魚什麼的，何老娘還出銀子，大手筆買了一頭羊一口豬和二十斤牛肉，再加上何子衿種的小青菜水蘿蔔，把個年夜飯點綴得水靈靈的。

何老娘都說：「就憑咱丫頭這大冬天種鮮菜的本事，以後也窮不了。」就這兩樣鮮菜，她還送了沈親家二斤呢，連沈親家都誇她家丫頭片子手巧，大冬天種菜也種得這般好。何老娘頗是得意，渾不知人家沈親家是在誇自己外孫女。

何老娘上了年歲，沈氏和何子衿母女倆都善烹調，就是周婆子也是碧水縣有名的廚娘，故而現下做年夜飯，何老娘都是管著指揮，具體不上手了，只叫丸子洗個蘿蔔給她清清嘴，還吩咐俊哥兒，叫俊哥兒去偵察沈親家的年夜飯都是些啥。

俊哥兒帶著忠哥兒跑到了外祖家，一會兒又跑了回來，跟來的還有丹哥兒和朱哥兒。俊哥兒說了一堆雞啊鴨的，何老娘想著，也不比自家更豐盛，故此頗是心滿意足。俊哥兒請丹哥兒朱哥兒一起吃肉圓，一時，孩子們又出去放炮。

一家人熱熱鬧鬧忙活到傍晚，沈玄過來把丹哥兒和朱哥兒找回家吃年夜飯。何家諸菜上桌，開始吃自家的年夜飯。這何家剛開吃，外頭就有內侍過來，老皇帝賞何家一席御膳。

沈氏忙拿紅封賞了來送御膳的內侍，何恭陪著說兩句話，那內侍便客氣地告辭去了。

何老娘懵了，不可置信地看看自家丫頭片子，又看看兒子，問道：「皇帝老爺賞咱們家御膳？」天啊，皇帝老爺咋這麼貼心？莫不是知道她家第一年在帝都過年，怕她家沒吃沒喝，所以賞下御膳？

何恭也有些懵，何老娘忽然問：「御膳是啥啊？」

陳姑丈連忙道：「他舅家風光哩，御膳就是皇帝吃的飯食。」

何老娘立刻一撂筷子，吩咐兒子道：「快，把供品換下來，先供給祖宗嘗嘗！」

於是，何家顧不得想皇帝怎麼賜給家裡一席御膳，聽了何老娘的話，紛紛開始忙活著給祖宗換供品。沈氏道：「也不必把先時那些換下，再添張供桌，把這些菜擺上就是了。」

何老娘覺得這意見不錯，道：「這也好。」

供品的菜並不是何家就不吃了，反正冬天菜也不會壞，先祭了祖宗，明兒個就能拿回廚下熱一熱自家接著吃。儘管何老娘十分想嘗一嘗御膳的滋味，可想到地下的老頭子，還是想讓老頭子先嘗嘗。

一家忙活著把御膳給祖宗供上，何老娘雙手合十道：「都說陛下是明君，果然如此。這是知道咱們家不富裕，賞給咱們的年夜飯哩。」

何老娘問自家丫頭片子：「妳是不是在宮裡跟陛下說咱家不富裕的事啦？」雖然何老娘覺得自家家境還可以，可一到帝都就覺得帝都事物樣樣價高，花銷也較在老家時大的多。

「沒，我說咱們家有一千多畝地。」何子衿夾了個焦溜丸子道：「富！有錢！」

何老娘連忙道：「這麼臭顯擺也不好哩。」

一家子七嘴八舌說著話，依何家的階層，自然不知皇室的事情，也不知這一席御膳所為何來，大家一致認為，是何子衿幫皇帝陛下養花養得好，所以，皇帝陛下賞了御膳。

何家這新年過得熱鬧，陳家跟著一處，畢竟陳芳是救出來了，故而陳姑丈等亦是歡喜。不過，除了歡喜，陳姑丈心裡也生出濃濃的悔意，瞅著小舅子家這些孩子們，內侄何恭不說，明年就考進士了。就是何子衿、何洌和俊哥兒，也都是機靈招人喜歡的孩子。

何況何子衿格外與眾不同，運道非常。

陳姑丈瞧著，小舅子家的運道起來了，正因如此，陳姑丈才悔，悔不當初。當初真不該嫌小舅子家窮，拖拉小女兒的親事，要是及時下手把小女兒許給內侄，閨女這眼瞅著也是進士太太了，那子衿、阿洌和俊哥兒就是自己外孫外孫女啦！

唉，哪裡料得到呢？

故而，一個年過得竟叫陳姑丈悔青了肚腸。

因有皇帝陛下突如其來的一席御膳，何家這個年過得頗有些飄飄然。當然，皇帝陛下的關注近期看來，榮譽多過實惠。倒是今年因有陳姑丈這麼個土財主同何家一起過年，讓何子衿何洌俊哥兒江念等人沒少收紅包，連何洛幾個舉人都各自收了一個。

陳姑丈發紅包發得歡喜，且這歡喜完全不是裝出來的，委實是打心底歡喜來著。眼瞅著何家要發達了，更兼何洛幾人都是舉人身分，平日城在鄉間見了，縱不比陳姑丈有錢，可他們有功名，身分論起來比陳姑丈只高不低的。陳姑丈真是沾了何家的光，才在人家面前充一大輩，故而拿些銀子也是極樂意的。何況，若有運道好的，三月春闈中了進士，以後更是前途似錦。哪怕不當官，就是回鄉，也是一等一的體面人。

陳姑丈到帝都才深刻感受到功名的重要。

就如此次陳芳的事，倘不是沈素幫著去蘇侍郎那裡說情，陳姑丈有銀子也無處使去。

陳姑丈家裡也是希冀孫子念書的，只是孫子裡只有秀才，尚無舉人，故而如今瞧著一院子舉人老爺，陳姑丈心頭那酸酸的羨慕小滋味就甭提了。

陳姑丈與何老娘感慨了一回，道：「他舅媽，妳是個有福的啊！」

何老娘一挑自家丫頭給畫的眉毛，很是受用地道：「這還用說嗎？」她老人家的福氣，長眼睛的都能看到啊。

陳姑丈一笑，奉承何老娘幾句就出去看孩子們玩去了。他年歲漸老，當年有賣閨女換鹽引的涼薄，到老心便軟了，對兒女格外看重。這次寧家一出事，他便親自帶著兩個兒子一路打點，又到帝都來求人，如此方救了陳芳一條性命。

陳芳的臉色仍是憔悴，伴在何老娘身邊，聽著滿屋滿院的熱鬧，愣愣地出神。

何子衿正帶著弟弟們拆紅包，今天過節，長輩們每人都發一個，拆完之後發現，陳姑丈最敞亮，何老娘最小氣，何子衿裝模作樣地問：「這二十個銅板的紅包是誰給的呀？」

何老娘笑，「有這麼一道就是，沒見過嫌少的。以前家裡窮苦時，過年哪裡有紅包？」

何子衿也就說笑一回，把收到的紅包都存了起來，江念把銀子給他家子衿姊姊存著。何冽一向沒啥理財觀念，也都是讓姊姊幫他存的，俊哥兒跟著哥哥學。何子衿一向帳目清楚，收了弟弟們的壓歲錢道：「成，我都記帳本子上，你們花錢只管跟我要。」

何老娘伸長脖子瞧著，雖然每年都是叫丫頭片子截了胡，何老娘仍是心有不甘，說兩個孫子道：「給祖母，祖母幫你們存著，以後買房子置地。」

何老娘信用不大好，這錢進她口袋容易，出來就難了。沈氏也是一樣，孩子要錢時難免問東問西，何冽和俊哥兒便喜歡叫姊姊幫他們存。

俊哥兒年紀小，直來直去的，「我叫姊姊存！」

何老娘嘟囔：「沒良心的小子。」

何冽年紀大些，格外會哄人，笑道：「這些小錢叫姊姊存，待以後孫兒賺了大把銀子，再請祖母幫我收著。」

何老娘頓時眉開眼笑，私下補了大孫子一個大紅包，足有五錢銀子。何冽這實在地也交給了姊姊存，何子衿跟何老娘笑鬧一番。何老娘為了表示自己一碗水端平，只得再拿出兩個大紅包，一個給自家丫頭片子，一個給俊哥兒。

何子衿不服，「難道阿念沒有？」

何老娘道：「阿念是有功名的大人了。」

「難道有功名就不叫您祖母了？」何子衿吊著個眼，「您老可真不偏心！」硬從何老娘這裡又要了個大紅包出來。何老娘心疼得直抽抽，與兒子抱怨：「轉眼間送出了半畝田去。」

何恭笑，「一會兒我給娘補上。」

何老娘無精打采，「你的還不是我的，那叫啥補啊？不過是左手轉右手罷了。」想哄她老人家，沒門，她明白著呢。

何恭笑得話都說不俐落了，陳姑丈取笑子衿：「這會兒就知道護著阿念了？」

何子衿笑，「我是對事不對人！」

這也可見何家是尋常人家出身，家裡人說起婚嫁之事，向來不避諱的。

大家說笑一陣，就到了吃餃子的時間。吃餃子前，何恭帶著何冽出去放了掛鞭炮，此時街坊鄰居家的鞭炮聲不絕於耳，除了大年初一晨間的冷風朔氣，就是鞭炮的火藥味了。

早上吃餃子時，何子衿連吃到三個包銅錢的餃子，沈氏眉開眼笑，「果然有財運。」

何老娘急道：「這餃子怎麼專往一人碗裡跑？」她也想吃銅錢餃好不好？

俊哥兒直著小嫩脖子喊：「我也要吃有錢的餃子！」

何子衿道：「這個也沒什麼好吃的，得小心，別硌了牙。」

「真個站著說話不腰疼。」她老人家一點也不怕硌牙，怎麼還是吃不到？何老娘急得火燒火燎的，終於咯一下，何老娘滿面喜色，吃到啦！

她老人家是真疼孫子，自己把餃子裡的銅錢吐出來，硬把剩下的半個福運餃子放到俊哥兒碗裡，一副偏心眼嘴臉，「乖孫，快吃，香得很！」

何子衿別開臉，不稀罕看。

大家樂呵呵吃過大年初一的餃子，又喝過餃子湯，男一起女一起的說著話，覺得時辰差不多的時候，何老娘就同兒子道：「這會兒想來親家他們也吃過飯了，你們先帶孩子過去拜個年。自阿素來帝都做官，這好幾年沒拜過年了。」

何恭起身，大家便一塊去了。何家與沈家是正經親戚，何洛幾個在帝都沒少得沈素的照顧，陳姑丈更不必說，先時陳芳的官司多虧了沈素幫著打聽，故而眾人都去了，留下陳芳陪何老娘說話。

何老娘看她終是不大歡喜，勸她道：「阿芳，我自來最疼妳的。舅媽不說那些虛頭巴腦的話，就一句，妳今年不過三十出頭，路還長著呢。我像妳這個年歲的時候，妳舅舅那短命鬼就撒手去了，當時誰不說我命苦來著，日子都是自己過的。」

陳芳心下酸楚，低聲道：「我如何跟同舅媽比？」

「妳呀，比我強多了。妳有娘家，我有嗎？我那娘家還不如沒有。後來三丫頭投奔我，吃喝這些年，一分錢沒賺她的，好幾年管吃管喝管穿管住，後來還賠了五十兩銀子。那會兒日子還好呢，先時妳那短命鬼舅舅剛死時，妳家也還沒發達，妳爹做個小雜貨鋪的生意，妳娘就是想幫襯我，可她膝下七個兒女，吃喝都不夠，也是有心無力。妳看我如今大宅子住上了，日子也好過了，哪裡知道艱難的時候？妳現下有親爹有親娘，兄嫂也不是刻薄的，都不能虧了妳。先前妳在寧家，咱家比不上他家，妳在他家守寡，咱家沒法子，今兒個出來了，正好另尋個夫家，再有個三五年，日子便過起來了。待妳到我這個年歲，照樣享子孫福。」何老娘剝個桔子，「妳要覺得日子苦，它就苦。妳要覺得它甜，它就甜，端看你自個兒。」

陳芳不是沒想過將來，自出獄後她就一直想著，可想來想去實在想不出來，覺得自己一把年紀能怎麼著呢。以往在寧家守著規矩，寧家為著面子也不能虧待她，而今出來了，可以自己選擇了，她反是無措了。尤其看著舅媽一家的日子，表兄表嫂兒女滿堂，陳芳的心就酸得跟青葡萄汁似的。她性子柔弱，但不是不知好歹，何況少時與舅媽的確親近。聽舅媽這般說，陳芳不由問：「我這樣的，還能嫁人嗎？」

「怎麼不能？」何老娘正色道：「現下朝廷都不鼓勵守節了，妳只要想嫁，憑咱家在老家的聲望，也能挑一戶殷實的好人家。當然，與寧家是沒得比，妳也知道咱縣裡的情形。」

陳芳鼓起勇氣，「我不怕吃苦。」

「這就好！」何老娘與她絮絮叨叨說了許多事，知道這個侄女命苦，守的是活寡。可話說回來，身子還是清清白白的，而且是寧家犯事，陳芳因是節婦被官府判和離的，要改嫁，自人情到法理都說得過去。勸著陳芳想個將來，陳芳的心也就開懷了些。

說來陳芳委實是個心軟的，還與何老娘商量著能不能給寧家往牢裡送些東西。

何老娘道：「他家有來歷的親戚多的很，我聽說還有個什麼伯的親戚。要是他家親戚能打點，寧家人受不了苦。要是他家親戚這樣的大官都打點不進，咱們這樣的人家，更沒有手眼通天的本領。」

何老娘一向不喜寧家，雖然先前也往他家巴結過，可話說回來，寧家做事不道地。自家兒子什麼樣自家難道不清楚？是，陳姑丈是貪財，人品也有問題，可這守活寡的事兒，不是一家能定的。好不容易陳芳出來了，何苦再攪進去？尤其後來寧家可是在她家丫頭片子身上打過那缺德主意的，只這一樣，以往的情分就沒了，再者，何老娘聽說往牢裡打點都要塞銀子，雖然陳家的銀子不干她的事，可何老娘本著一慣精明的算計，覺得那銀子寧可留下給陳芳添嫁妝裡，也好過扔牢裡強。

柒之章

前塵往事添悵惘

何恭帶著一幫人去沈家拜年，沈家果然開門了，門房裡候著小廝，見是何家人到了，連忙向姑老爺等人請安，一邊嘴皮子俐落地說著吉祥話，一邊將人往裡讓。因是大節下，門外簷角挑著兩個大紅燈籠，及至一路兩旁皆掛著燈火，將整個府邸都照得亮堂。

何家人到時，沈家也吃過餃子了。

何恭帶著一大家子，先向岳父岳母拜年，然後是何子衿帶著弟弟們跟舅舅舅媽拜年，之後就是收紅包的事了。孩子們在一處說話比紅包，大人們在一塊說話。

沈素還說：「昨兒請姊姊、姊夫、親家老太太帶著孩子們一起過年，親家老太太不樂意，今兒中午都過來吃飯。」

沈氏笑道：「今兒還是你們過去。說來是福氣，昨兒晚上得了皇帝老爺賞的一席御膳，家裡可從沒見過這個，都沒敢吃，先供了祖宗。我們老太太說了，今兒中午拿出來嘗嘗。阿素和弟妹、爹娘，你們帶著阿玄他們過去，咱們一塊吃，說來我這輩子也沒吃過御膳呢。」

沈氏至今提起，都覺面上有光。

沈素驚得一個趔趄，「御膳？」

「是啊，昨兒一位于公公送來的，子衿說于公公是皇帝老爺面前往外傳旨送東西的。」

沈老太太連忙道：「這可是難得的體面。」

沈太爺也說：「是啊，聽阿素說，朝中有功之臣，年三十能得陛下賞的福菜，咱們子衿怎麼得了一桌子啊？」

沈氏笑，「這可是不一樣的，咱們如何能跟朝中大人們比。約莫是子衿去宮裡養花，偶與陛下提及過咱家家境，陛下賞了席面。」昨兒一晚上，何家人都找到了此事的合理解釋。

沈太爺和沈老太太雖在帝都住了有些個年頭，礙於沈素官職，本身也不是有啥大見識的人，聽了閨女的話，深覺有理，「那這回可得沾咱們子衿的光，嘗嘗皇帝老爺的吃食。」

何子衿在宮裡留過飯，聞言道：「好吃得不得了，味兒比咱們家裡燒的都好。」

諸人紛紛大笑，皇帝老爺的吃食，哪裡是尋常人家比得的呢？

沈素望著樂呵呵的兩家人，心裡真是愁死了，難道沒人發現這事不對勁嗎？

大年三十，皇帝慣常賞賜福菜，唯功勳大臣可得，而且一家一碟，絕沒有多的。到何家這兒，一賞一席，這裡頭絕對有事。

哪怕拿何子衿去給皇帝陛下養花的事來說，宮裡那麼多花匠，哪個有這般體面？妳也就一平民丫頭小土妞，皇帝陛下怎麼就這般對妳另眼相待啊？

別說看朝雲道長的面子，朝雲道長沒這麼大的面子。也別說何子衿只是朝雲道長名義上的女弟子，就是朝雲道長嫡嫡親的外甥女太子妃殿下，就因著她這母系出身的緣故，立太子都一年了，太子妃娘娘還沒有正式冊封呢。現下帝都權貴圈都懷疑皇室會不會強行給太子換個太子妃啥的，所以說，這裡頭肯定有什麼事。

沈素愁極了，可兩家人都這般喜樂，他也不能說出來，不然這個年就甭過了。

沈素不知道，與他一樣愁的還有一個人，就是他的義子江念。

江念比沈素還愁，這老皇帝隔三差五就要找他家子衿姊姊去宮裡看花，要是種花啥的，咱們畢竟是平民，不敢跟皇帝陛下拗著來，皇帝陛下叫咱進宮照料花草，那也要去的，但有必要去一回就留一回他家子衿姊姊吃飯嗎？還送衣裳送飯菜？一看就是心懷叵測啊！

江念沒有妄想症，但在子衿姊姊的事情上，他的雷達天線格外靈光也是真，尤其老鬼自從子衿姊姊第一次進宮後就開始裝死，他越發篤定，這裡頭肯定有事。

江念懷疑老皇帝是不是瞧上他家子衿姊姊了，決定找時間同他家子衿姊姊談心。

沈素和江念義父子二人憂心忡忡的，好在二人都比較會裝，再如何憂心也沒叫家裡人瞧出來，尤其陳姑丈一張傻老頭的臉孔，中午吃飯時就知道樂呵呵，「哎喲，老漢也沒料到今生還能嘗一嘗御膳的滋味，想都想不到福氣哩。」哪怕是重新熱一遍的御膳，陳姑丈覺得滋味也是特別的好，殊不知這話他每念叨一回，沈素及江念這對義父子的擔憂就增加一成。

沈素那裡何子衿不知道，江念這裡，她看他洗完頭頭髮掉的比平日多，還以為是念書太用功的緣故。非但勸江念勞逸結合，還成天給他喝黑芝麻糊，說是養頭髮的。

沈素見了，也從外甥女這裡要了兩包黑芝麻糊，準備回去也喝一喝。

結果黑芝麻糊沒喝幾天，老皇帝又召何子衿進宮了。

這回何老娘特意叮囑自家丫頭片子：「去了好生給皇帝老爺養那花兒。」

穆元帝照舊是叫了何子衿說閒話，還問了問自己所賜御膳的事。

何子衿道：「當天可是驚著我們一家子了，再沒想到您賞給我家一席御膳呢。我們家除了我，從沒人吃過御膳。我祖母還不知道御膳是啥，後來知道是您吃的膳食，當天就先供祖宗，第二天把我舅舅家還有同鄉都叫到一處吃，都說味兒好得不得了。」

穆元帝笑道：「當天送去就該當天吃的，第二日再熱著吃，味兒就不如當天好了。」

「這就已經很好了，凡事不必太盡。」

說一回話，看一回花兒，吃一回午膳，何子衿下晌就告退回家了。

她這一回家，江念正在院裡轉圈等人呢，大冷的天，也沒戴個帽子，臉上白白的，耳朵凍得通紅，一見到子衿姊姊回來，有些沉重焦急的眼睛裡頓時亮了起來，抬腳就迎上前，握住子衿姊姊的手道：「妳可回來了。」

「我不是說下午就回嗎？怎麼了，可是有事？」

「沒，就是擔心妳。」江念拉著何子衿就往屋裡走，何子衿見他手冰涼，說他：「在外頭等多久了，怎麼這麼涼？」給他套上手捂子，再給他揉揉耳朵。

江念臉上多了幾分笑，「不冷，總在屋裡念書也悶，出來走走反而精神。」

江念晚上私下與子衿姊姊說皇帝總是召見的事，把自己的懷疑說了，他覺得是老皇帝要對他家子衿姊姊圖謀不軌。

何子衿笑道：「你想多了，我都跟陛下說了咱倆的事。再說，陛下都什麼年紀了，他比祖母還老呢。」

江念眼中滿是驚喜，「真的？」原來子衿姊姊說過他倆的事啦？江念歡喜得搓了搓手，何子衿又說：「放心啦，我很小心的。只是陛下宣召，不可不去。」其實世道從未變過，上位者發號施令，平民百姓怎敢不遵？不遵？你日子還過不過啦？

何子衿悄與江念道：「我只跟你一人說，你可不要說出去。我總覺得陛下其實不是對我有好感，他好像在透過我看別人。有一回吃午飯時，他叫我嘗一道玉竹沙參老鴨湯，還說

『妳最愛吃了』。天知道我根本不喜歡喝鴨子湯，我覺得鴨子湯太油了。陛下說完那話後也覺得是說差了，眼中有些傷感，我拿話支應過去了。」

江念若有所思，又有些擔心，道：「那說不得姊姊是像陛下的故人什麼的。」故人也很容易出事啊！江念剛落地的心又重新吊了起來。

何子衿點頭，「我也這樣覺得，興許是我長得有些像陛下的親戚朋友吧。」

江念可沒這麼樂觀，他道：「不可能，妳要是像陛下的親戚朋友，他一準兒就說了，也不用這麼宣召妳還藉著內務司的名義，說不定是陛下的舊情人。」

何子衿曲指搔搔下巴，「倒也有可能。」

江念頓時擔心得不得了，「那以後他總叫妳進宮可怎麼著啊？」然後他想了個主意，「不然咱們還是回老家吧？」

「這主意治標不治本。」何子衿道：「你想一想，就是咱們要回老家，只要陛下一句話，咱們還是得再來帝都。」

江念也知自己出了個餿主意，何子衿倒是安慰他：「你別瞎想，我又不是傻瓜，大不了以後我進宮就跟他說咱倆青梅竹馬的事兒。」

江念另有主意，「要不，咱們提前成親？」

何子衿道：「楊玉環還是唐玄宗的兒媳婦呢，要是帝王有心，啥也沒用，我說你別太擔心了啊！」一看江念眼睛瞪圓的模樣，何子衿拉一拉他的手。

江念輕聲道：「我日夜都擔心，擔心得不得了，都是子衿姊姊太討人喜歡了。」

何子衿笑說：「別人喜歡我沒用，我只喜歡阿念一個。」一句話說得江念耳朵都紅了。子衿姊姊真是的，這麼猝不及防就跟人家說情話，哎喲，心裡甜得快化了。

江念從不擔心子衿姊姊會變心，子衿姊姊不是貪慕富貴之人，若子衿姊姊貪慕富貴，早在先時就上了趙李兩家的當了，而且，當初縣裡好幾家有錢人家相中子衿姊姊，子衿姊姊只跟他好。他跟子衿姊姊是打小兒的情分，縱是皇帝陛下，江念也不信子衿姊姊能移情別戀。皇帝陛下有什麼了不起，說起來，也就是個糟老頭子罷了。

因為得到了子衿姊姊的表白情話，江念心裡美滋滋的，就把心暫放下一些。雖然依舊很擔心，他還得把一半的心擱課業上，然後尋機同義父商量自己同子衿姊姊的親事。

沈素倒也願意讓江念同外甥女提前辦了親事，只是就像何子衿說的，若帝王有心，兒媳婦都能弄到手，何況江念這麼個小舉人。倘因此惹得陛下不悅，反倒不好收場。

沈素勸江念：「眼瞅就是春闈時節，你是個細緻人，我教你個乖。若今上看你不順眼，春闈你必無所獲。若看你順眼，你文章火候是到了的。倘今上對子衿無意，你必名次靠前。」

沈素一語點醒了江念，是啊，如今皇帝當真對他家子衿姊姊有意思，必然不能叫他在春闈上得意，不然這對於皇帝名聲不好。如果皇帝只是單純對著子衿姊姊懷念當年，他真才實學，陛下也不會叫他落榜。至於名次，江念自己有信心，他少年中舉，解元出身，倘若無天分，走不到這步。

江念起身對沈素行一禮，正色道：「多謝義父指點。」

沈素笑，「你也說我是你義父了。」

江念有事還喜歡同沈素商量，家裡岳父性子雖好，卻是與他一樣，正是春闈的節骨眼，而且岳父文章不如他，對子衿姊姊卻一直當心肝寶貝。如果岳父得知此事，只有比他更擔心的。江念不想岳父在這關要處分心，索性跟義父商議。

江念輕聲道：「義父，您有沒有覺得朝雲師傅對子衿姊姊好，可能是有目的？」

江念不了解皇帝陛下有什麼故人，有什麼舊情，他家子衿姊姊也不可能知道，但朝雲師傅呢？他對子衿姊姊好，是不是因為子衿姊姊像陛下的故人？朝雲師傅是不是一直在算計著今日？算計著皇帝陛下必會對子衿姊姊一見如故？

沈素聽了江念的話也沉默起來，這種懷疑不止江念有，沈素也有。

只是事已至此，再追究這些已無意義。

何子衿如今明顯已入局中，身不由己。

如果說何子衿是樂觀主義者，沈素和江念義父子則是標準的悲觀主義者，這兩人想事都會未慮喜先慮憂，這並不是什麼缺點，只是彼此性格不同罷了。

何子衿倒沒覺得日子有這般危機四伏，雖然上元節她又收到皇帝陛下送來的花燈，然後龍抬頭那日，陛下又召她進宮。何子衿生在龍抬頭這日，皇帝請她吃麵條。何子衿發誓，皇帝陛下真是比她前世在電視上所見的到領導人平易近人一千倍。

何子衿當然知道皇帝陛下對別人不會如此，獨對她如此罷了。

穆元帝笑道：「妳這生辰日子好，龍抬頭都要吃春餅的，妳早上吃過春餅了沒？」

「年年吃，今年還買到了魯地的大蔥，有這麼長……」何子衿比劃了一回，「切成絲，咬在嘴裡一點都不辣，是甜的。」

穆元帝道：「嗯，魯地大蔥最好。」

探討了一番大蔥春餅，中午吃了長壽麵，麵還沒吃，太后來了，可是把何子衿給驚了一回。不過，這太后可是上了年歲，一頭的銀絲白髮，頭髮梳得齊整，衣裳頭飾自是華貴，就是眼神不大好，看她半日，問一句：「這是哪個宮妃啊？」合著把她認成宮裡妃嬪了。

何子衿尷尬得不得了，好在有穆元帝替她解圍。不過，何子衿沒料到老太后這般隨意，或者主要是因為老太后出身尋常的緣故吧。因為老太后都能跟何子衿一起探討油渣餅，對於油渣此物，穆元帝根本不知道這是啥，老太后卻能說得津津有味。

哎喲，哄老太太，這是何子衿的專長啊！

如何老娘這般重男輕女的都能被何子衿給收服，在何子衿看來，老太后更是好哄。因為何子衿很快發現，老太后有兩大嗜好，一是憶苦思甜，二是聽別人哭窮來奉承她。

不得不說，這兩樣都是暴發戶就愛幹的事。

有了老太后插一杠，何子衿去宮裡更勤了，不過，江念聽說是去慈恩宮陪老太后說話，放心不少。倒是何老娘，深覺自家丫頭這福氣一步一步往上走。先是太子妃，接著是太子妃她公公，如今又見到了皇帝的老母……哎喲，真是想都想不到的福氣哩！

何老娘真是美死了，尤其沒幾天她家丫頭片子又得老太后賞一瓔珞，這瓔珞又大又好，比去歲太子妃賞的那個更值錢。何老娘覺得，她家丫頭片子以後不愁沒有傳家寶了。

陳姑丈都覺大開眼界，道：「瓔珞我見過成百上千，就是沒見過樣寶光璀璨的，果然是太后娘娘賞的，今兒也叫咱們開了眼！」再誇一回：「子衿丫頭可真有福氣。」然後，再後悔一回，當初怎麼就沒叫閨女嫁何恭？只恨何子衿不是自己外孫女！

何老娘道：「我得拿去給親家母瞧瞧，咱丫頭又得寶貝了，還是太后娘娘賞的！」

何子衿連忙道：「哪裡好這樣顯擺的？」

何老娘堅決要拿去炫耀，道：「我就跟妳外祖母說！這要不叫我說，可得憋死我了！」

何子衿只好不再攔。

何老娘拿去顯擺一通，午飯都多吃半碗。何子衿擔心她積了食，拿了兩粒山楂消食丸給何老娘吃。何老娘咂摸咂摸嘴道：「這丸藥不錯，糖豆似的，再拿一丸給我吃。」

何子衿又拿了一丸，道：「比糖豆貴多了。」

一聽價高，何老娘連忙塞了回去，「那就省著些吧。」

於是，何子衿自己吃了。

何老娘絮叨道：「就知道浪費東西，妳吃這做什麼，這是給我們老人吃的！」

何子衿笑，「是挺好吃，酸酸的，有股淡淡的藥香。」

何老娘高興了，沈老太太也高興，覺得外孫女有運道，還同兒媳婦叨念：「當初妳姊姊生子衿時，我就盼著啊。原是說年底的日子，可年底等啊等，一直等到大年三十，親家也沒著人送信兒，把我急壞了。我著急得不得了，打發阿素去親家家裡瞧了一回。待阿素回家說，原來還沒生呢，這一等就等到了過年。過了年我又開始盼，想著肯定也就是正月裡的日子，可沒想到盼過上元節了，親家那裡依舊沒信兒。我可就坐不住了，讓阿素借了車，一道往親家家裡去瞧。妳姊姊肚子老大了，生產的日子過了半個月仍是沒發動。我著急呀，可這事也不是急得來的。看妳姊姊挺好，能吃能睡的，我也就放心了。一直等到出了正月，二月二前一晚上，我就做了個夢，夢到一隻極漂亮的鳥兒飛到家裡來。後來夢醒了，我就想著約莫是應在這個孩子身上。果不其然，隔日親家就託人送了信兒，說是妳姊姊生了閨女。我想著這孩子生來就不同，後來子衿漸漸長大，小時候就比尋常孩子懂事，說話走路較尋常孩子早，等大些她又有運道，還念了幾年書，識了字人就明理，如今看來，可不就是個有福的？」

沈老太太是想著外孫女出眾，如今又得了貴人眼緣，故而心裡美滋滋的，就同兒媳婦絮叨起來。這不絮叨還好，她老人家一絮叨，眼瞅著何子衿這般運道，江氏就犯了跟陳姑丈一個毛病：悔啊！悔得腸子都青了啊！

早知道何子衿有這運道，當初丈夫要給兒子定下何子衿時，她說什麼也得答應啊！

江氏悔之晚矣，人家子衿姑娘跟江念是青梅竹馬兩小無猜的情分。

再說，就沈玄的親事，即便江氏樂意，何子衿也不樂意，畢竟血緣太近。

不過，江氏悔也晚了，只得默默吞下悔恨的果實，想著，以後給兒子尋親事，必要聽一聽丈夫的意見，丈夫看人還是比她準的。

因著何子衿有出息，江氏現下悔的是自己當初的勢利眼，但有一事，江氏覺得還是做對了的，就是當初把宅子給何家。她原還有些不樂意來著，如今想一想，丈夫這主意拿的對。

子衿得了貴人的眼緣，雖然與自家兒子無緣，但子衿好了，於自家有什麼害處呢？

想通這些，江氏覺得親戚還是要互相幫助的，便對何家越發親近起來。

沈老太太瞧在眼裡，開心不少。她是個軟和性子，這些年跟著兒子住在帝都城，惦記的就是老家的閨女，便是兩家做親的事，不止兒子樂意，她也樂意。只是，阿玄到底是兒子媳婦生的，她做祖母的，不好為阿玄的親事做主，尤其子衿是嫡親的外孫女，現下看她面子，兒媳婦不好說什麼，可以後呢？阿玄是長子，子衿嫁過來做長子媳，再如何分家，父母都是要跟著長子過活的。要是兒媳婦不痛快，自己在時子衿日子好過，倘哪天自己不在了，縱有兒子，到底是男人，管不了多少家裡的瑣事。屆時有了事情，反是不美。故此，沈老太太見兒媳婦似是不樂意，也沒堅持，心下卻是覺得有些對不住閨女和外孫女，畢竟於沈老太太的心裡，是想拉幫一把閨女的。就是外孫女，她也是打心眼裡喜歡，覺得外孫女與孫女相配，才起了做親的心，奈何親事沒做成。

依沈老太太想著，兒子當初為閨女家置下這處大宅子，怕心下也是覺得有些對不住姊姊家的意思。好在子衿自有福分，不說得了貴人的眼緣，就是阿念，年紀輕輕的便是解元，春闈也大有把握，配外孫女也是極好的。瞧著外孫女好，沈老太太才算放下了一顆心。

至於兒媳婦，不管是出自什麼念頭，知道親戚間多親近的道理便也得了。

沈老太太自從閨女一家來了帝都，人就精神不少，每天都要跟何老娘嘮叨嘮叨兒女，兩個老太太都算是有福人了。雖然何老娘經常吹噓自己，因沈老太太性子好，不與她較真，久而久之，何老娘就更有自信了。

家鄉鏢局的師傅帶來老家的信件，有陳家的，也有蔣三妞和胡文夫妻，另有江家寫來的信。厚厚的一疊，沈家又款待了鏢局師傅，然後何家人就開始看信。

陳家的信是陳姑媽叫孫子代筆寫來的，說是知道閨女平安了，家裡放了心，還有陳姑媽的病也無礙了，叫陳姑丈不用惦記。又說待天暖和了就趕緊回來，家裡都記掛他們。

蔣三妞與胡文夫妻則多是問候何老娘及何恭夫婦的，還有沈氏醬鋪子的事，信裡附了醬鋪子的收入，再有就是何子衿與蔣三妞合股的烤鴨鋪收入。蔣三妞說冬天生意格外好，尤其年下生意興隆，把給何子衿的分紅送來了。

江家的事，一封是寫給沈家的江氏，另一封是江仁寫給何子衿的，說的是書鋪的生意。江念與何老娘兩人的書，賣得那叫一個火爆，都二次加印了，故而，年下分紅比往年多些。

其實幾家都是擔心帝都居大不易，生怕他們手頭緊，所以都及時將分紅送了來。

沈氏和何子衿給何老娘瞧了銀票，何老娘瞧著，當真是眼饞啊，只是她素有原則，家裡的田地自然都是她掌著，但兒媳婦的私房，她是一文不動的。至於丫頭片子的私產，她很樂意代丫頭片子管著，奈何丫頭片子不要她管。

何老娘鬱悶了一回，「妳們自己收著吧。」又叮囑自家丫頭片：「妳那銀子省著用。」

何子衿還是按著江仁送的帳本，把何老娘寫的書賣的銀子抽了一成給何老娘，「雖然當初我是花銀子買斷了的，可也沒想到書這麼好賣，這是給祖母的紅包。」

何老娘瞧著銀票就樂了，與沈氏道：「咱丫頭就是敞亮！」

何子衿笑說：「待阿念跟我爹中了，要是咱們的書仍是好賣，我還抽一成紅利給您。」

「那可說定啦！」雖然只有一成，何老娘也不嫌少，畢竟當初丫頭片子鬼精鬼精的付過銀子了。不過，以後再有寫書這事，她才不會賣斷，以後她也要拿分成。

何家人看了信都很高興，收到銀子事小，老家人平安事大。蔣三妞信中還說，他們家那條巷子口的牌坊建好了，說就叫解元牌坊，巷子也改了名字，叫解元巷。

何老娘知道此事，過去同親家絮叨了一回，老親家倆都挺高興。

陳姑丈打算帶著兒女回老家去了，何老娘道：「眼瞅著阿恭和阿念阿洛就要下場，你再多待些日子，待春闈的榜出來，得了喜信再回去，豈不好？到家也跟姊姊說一說帝都的熱鬧，叫她開心。」又私下道：「要是阿恭和阿念有出息，你回鄉也能拿出去說嘴，不會叫人小瞧。便是芳丫頭的親事，趁著這喜慶，也能開始操持了。」

說得陳姑丈心中一熱，低聲道：「我以往糊塗，他舅媽不嫌我，我還能說什麼呢？也就是親的，才能這般為我和芳丫頭想了。」

「說這個做什麼？咱們都是花白頭髮的人了，以後不就圖兒女平安順遂嗎？只是一樣，芳丫頭的婆家，可得好生為她尋摸，不圖大富大貴，人好為要。」

這些天陳姑丈是看得出來的蒼老，當然，他本就較何老娘年歲大。不過，看著陳姑丈一頭白毛，想一想，何老娘是真嫌過陳姑丈，覺得他不辦人事，可有時候，何家也沒少沾陳家的光，別個不說，當初自家丫頭片子能上學，就是多虧了陳家。說到底，親戚就是親戚。陳姑丈能這麼千里迢迢來救閨女，何老娘以往對他的嫌棄也減了許多。

說了些話，陳姑丈便安心住了下來。他是個眼靈心活的人，想著既在帝都，索性採買些東西回去，也能回鄉做些買賣什麼的。

沈何兩家過著小日子，倒是陳姑丈出去採買帶回個消息來，問何子衿：「子衿丫頭，妳還記不記得李五老爺前頭的太太江奶奶不？就是以前代妳賣綠菊的那家。」

何子衿道：「如何不記得？江奶奶人很好，我以前去州府都會去她家拜訪。」

陳姑丈不愧是商賈老手，消息格外靈通，道：「江奶奶現下可是了不得呢！她以前跟著李五爺過日子，不曉得為何，與李五爺和離了，現下嫁了北靖關大將軍紀大將軍，成了正經的誥命夫人啦！」

何子衿道：「江奶奶與我有些恩情，當初趙李兩家算計我，她還託忻姑丈帶信呢。」

陳姑丈一拍大腿，「這可真是巧了，如今江奶奶就在帝都！」接著，就把打聽到的事說出來：「我見著咱們蜀中一個做蜀錦生意的老杜，在一處吃酒時，聽他說的。哎喲，江奶奶可是顯赫得不得了。難得咱們這些老鄉親過去走動，江奶奶還賞臉說話哩。」

陳姑丈是個靈光人，與何子衿道：「妳既然在帝都，又與江奶奶先時有交情，應當過去拜訪。」當然，陳姑丈也想沾光一塊去。

何子衿不笨，立刻道：「待會兒舅舅回來，我跟舅舅商量一下。先遞帖子過去，看一看江奶奶什麼時侯有空閒。」

陳姑丈呵呵笑，「子衿說的對。」

陳姑丈於人情走動上向有心得，「今兒我見著老杜，正好自他那裡選了幾件上等的蜀錦料子，待去江奶奶那裡，妳一併帶去。咱家雖不富裕，家鄉的東西還是能送些的。」

何子衿笑，「讓姑祖父破費了。」

「這話外道。」陳姑丈精神抖擻，寧家一倒，鹽引的買賣是做不得了。不過，如果能搭上北靖大將軍的線，也有的是路子可走。

沈素得知此事，也說：「應該過去拜訪的。」命人取了帖子，就要打發人送過去。

何子衿連忙道：「我寫了封短信給江奶奶，一起送去吧。」

沈素笑，「這也好。」見陳姑丈精神抖擻的模樣，沈素還得提點他兩句，甭以為這位北靖大將軍也是蜀中人就覺得有路子可走。此人可是有名的狠人，紀容原是流犯出身，後軍功累至北靖大將軍之位。能有今日，可想而知是何等人物了。

再者，紀容當初犯的可不是小罪，一刀捅死了蜀中巡鹽御史。當然，這其中亦有內情。說來也是紀容歹命，修來個沒廉恥的親爹。原本紀家是蜀中鹽商之家，頗有家資，因蜀中新任巡鹽御史赴任，紀老爺想巴結，這巡鹽御史偏是個好美色的，別個都沒瞧上，就瞧上紀容兄妹這對鳳龍胎了。紀老爺那品行還不如陳姑丈呢，世人皆重男輕女，到紀老爺這兒，兒女都不重，就他媽重銀子，硬是把一對龍鳳胎獻給了巡鹽御史。這要稍軟弱半分的，估計這兄妹倆就葬送了，偏生紀容不似其父，頗有血性，一刀捅死了巡鹽御史。也是天緣巧合，他竟保得了性命，流放北靖關為奴。到如今又軍功了得，做了北靖大將軍之位。

這樣的人，可不是易與之輩。

當然，紀容的經歷，沈素沒同陳姑丈說，只是提醒陳姑丈謹慎些罷了。

江奶奶回信回得很快，頭一天沈何兩家把帖子遞過去，第二日江奶奶就打發婆子來回信兒了。說是後兒是休沐的日子，紀將軍也在家，請何沈兩家人過去說話。

江奶奶此人，何老娘和沈氏都是見過的，再加上江氏及沈老太太婆媳，還有何子衿，一共五個女人。男人就是沈素、何恭和江念，以及陳姑丈帶著陳大郎，人口頗是不少，就這麼浩浩蕩蕩地去了。

江奶奶夫妻是租了住宅子暫住，宅子不小，也有四進了。因是武將門第，二門外守著紀將軍的親兵。男人由紀將軍接待，女人則去了內宅說話。江奶奶較之先前，打扮越發華麗，氣色亦佳，帶著閨女江贏在身邊。江贏小何子衿兩歲，如今瞧著也是大姑娘了。

大家說起話來也親近，沈氏笑道：「還得多謝江奶奶，讓忻大哥給我家帶信兒。要不是家裡事先做了準備，這丫頭非出事不可，那樣我家這日子可就過不得了。」

何子衿起身向江奶奶福了一禮，江奶奶道：「快莫如此，我也是後來才聞了信兒，不然早請忻大爺帶信兒給你們了。說來慚愧，當初是我見何姑娘花兒種得好，說服了李五爺代何姑娘賣花兒。那兩年何姑娘雖得了些銀子，也不過是賣花之資，李家卻是得了大實惠。後來，李家勾結著李總督府的公子做那些事，我知道後就與李五爺和離了。」

何老娘立刻道：「離得好！那樣心術不正的人配不上妳，妳是有俠氣的人！」

江奶奶笑，「什麼俠氣不俠氣，我也有閨女，倘真坐視這事，哪裡還算個人？」

「這世上就是有畜生披人皮不幹人事。」何老娘道：「現下好了，聽說李總督也倒了楣，現下官兒也沒得做了。」一想到這事，何老娘便倍覺解氣。

大家說一回話，江奶奶也高興在帝都見到熟人，尤其何家她是有些了解的。至於沈家，這是沈氏的娘家，說起話來也是實誠人家。江奶奶中午還留兩家人一道用飯，說到何子衿的親事，聽說已定了解元郎，江奶奶笑道：「再般配不過的，當初何姑娘小小年紀就那樣會侍弄花草，瞧著就有出息。」

何子衿道：「也就是些手藝活兒。」

「我當初做針線養活自個兒，養活贏姐兒，一樣是手藝活兒。」江奶奶不改本色，亦不以自己的經歷為恥，坦蕩大方道：「什麼都沒有時，還就得靠手藝吃飯。」

何老娘一個勁兒點頭，道：「江奶奶這話敞亮，我也說女孩子都要有一技之長才好。用不到則好，用到時沒有，叫人笑話還是好的，遭貶時才知道難呢。」

女人們說說笑笑，男人那裡也是一團和氣。紀將軍面上有道斜劈舊傷，尤其猙獰嚇人，身上煞氣亦足，但說話極和氣。

沈素和何恭都說：「原不知江奶奶來帝都，不然早過來拜見了。」

紀將軍道：「我也是頭一遭來帝都，於帝都不熟，這些個天，除了跑兵部戶部，就是在家待著。倘早知道沈大人何兄弟陳老丈陳兄弟在帝都，咱們該多聚聚。」

何恭又說江奶奶先時相幫之情，紀將軍將手一揮，道：「我娶內子就是看她人品，為人分明。她這人就是如此，見不得昧良心之事。不說何姑娘，就是別人，內子也不會不理。」

陳姑丈連忙道：「當初在蓉城，說起江奶奶，都是這個。」說著翹翹大拇指。

紀將軍道：「男人想活得良心透亮都不容易，何況她一婦道人家？這也是何兄弟你家裡心性清白，倘換第二個人，知道有進宮的好事，怕早就上當了。」

何恭笑，「我就這一個丫頭，只想她留在身邊，近處看著，也省得不放心。」

紀將軍感慨，「可見何兄弟是真正慈父。」紀將軍的人生經歷導致他這輩子最看不上的就是為著富貴賣兒賣女的。何恭瞧著老好人一樣，能不慕權貴，只為女兒終身考慮，紀將軍十分認可何恭的品行，於是，對江念也多讚了幾句。

紀將軍縱對帝都不大熟，也不少人巴結來往，他是當真瞧著何沈兩家人不錯，聽到裡頭妻子留飯，也就留沈素何恭等人吃杯熱酒。至於陳姑丈，那雙精光閃閃的眼睛，紀容不大喜歡，但陳姑丈也是何家親戚，故而，對陳姑丈，紀將軍是話不多罷了。

說來倒有一樁巧事，午飯後兩家人便起身告辭。紀將軍送了兩步，改由親衛代送。那親衛一見何恭就愣了，叫了聲：「恭大叔！」

何恭一看，驚道：「阿涵？你怎麼在紀將軍這裡？」竟是時久未見的何涵。

此事當真一言難盡，紀將軍見他們似有話說，便道：「何涵，你陪何兄弟他們在偏廳坐坐吧。」這麼一叫何涵的名字，紀將軍就覺出來了，這是一個姓啊！再想到何涵也是蜀人，說不得還與何家是親戚哩。

在將軍府，雖紀將軍不在意，何涵也未曾多說，只是略說自己當年出門，跟著鏢局的人去了北靖關，就留下來入了伍，後機緣巧合，做了紀容的親衛長。前番北靖關戰事，何涵殺敵有功，如今也是百戶了。

何恭把家裡住址告訴何涵，再三叮囑他：「待閒了，一定過去說說話。」

兩家人回到家裡，何恭將何涵在紀將軍麾下做百戶的事說了，何老娘深覺太巧了，嘆口氣，恨恨地道：「都是那不著調的賤人！當初定了咱家三丫頭，兩個孩子好得很，她偏嫌貧愛富起了歪心，不然阿涵這孩子也不能離家出走！」當然，蔣三妞後來嫁了胡文，小日子過得也不錯，只是何涵現下畢竟也是官身了。說人家何涵娘嫌貧愛富，在這一點上，何老娘半點也不遜色啊！

何老娘心想，若不是那婆娘出么蛾子，自家三丫頭就是百戶太太了。

再轉念想，若是那婆娘不出么蛾子，何涵根本不會離家，也沒有今日做百戶的福分。

何老娘覺得，人都是有命管著。什麼人該什麼命，倘若何涵有做百戶的命，怎麼都能做得，可這麼一想，豈不是說她家三丫頭沒有百戶太太的命嗎？

思緒混亂之際，何老娘惱羞成怒，乾脆不去想這事了。再怎麼想，她家三丫頭也做不成百戶太太。雖是想通此事，何老娘仍氣難消，覺得是何涵他娘作妖，鬧沒了自家三丫頭的百戶太太命，於是，何老娘越發深恨何涵他娘。

何家實未料到能在帝都見到何涵，見何涵較以往高了也壯了，穿著鎧甲，一副英武的模樣，也都高興，畢竟何涵沒有半點不好，先時的事也怪不得何涵。

再者，三丫頭和胡文小夫妻琴瑟相和，雖然三丫頭沒做成百戶太太，但叫何老娘說，三丫頭現下日子也使得，尤其胡文是個過日子脾氣，很合何老娘的性子。

至於百戶太太，三丫頭兒子都生了，何老娘縱遺憾，也不再多想了。

何涵挑了個輪休的時間，買了幾樣點心過去何家拜訪。知道何涵在北靖關的事，何恭沒什麼高興神色，叫了他去書房單獨說話。

一進書房，何恭便沉了臉道：「聖人說，父母在，不遠遊，遊必有方。你非要出去，你爹娘也不會不允，但總該給家裡送個信兒，叫你爹娘知道。」一句話訓得何涵低下頭去。

好在何涵大了，他道：「先時我是賭了一口氣，後來在北靖關出生入死，想著不知何時我就興許沒了，給家裡送信，他們知道我在北靖關，若哪天有個不好，倒叫他們又一場傷心。倒不若不送信，他們會覺得我一直在外頭，總有一日會回去。」

「傻念頭，哪裡有這般想的？」何恭道：「做父母的，哪怕有孩子的些許風聲，都願意知道的。先時時有人傳，說你在州府，你爹去找你好幾趟，都不見蹤影。這幾年你在北靖關出生入死，你父母又豈是好過的？縱你娘先時有些糊塗，也都是太過疼你所致。你是長子，上有父母，下有兩個妹妹呢。」說得何涵眼眶微紅，哽咽著問：「恭大叔，我家裡可好？」

何恭也沒那些巧話哄，只與他實說道：「自你走後，你爹老了很多，念大哥也就比我大兩歲，這會兒瞧著倒像比我老十歲似的，頭髮都花白了。你娘也鮮少出門了，你妹妹們如今都大了，家裡沒你，她們懂事得很，你妹妹到了說親的年紀，你爹都不敢把她嫁遠了，怕嫁得遠了，家裡沒兄弟，以後受婆家欺負。」

何涵眼淚刷就下來了。

誰說男兒有淚不輕彈，男人女人都一樣，遇著傷心酸楚的事，淚腺一樣會分泌液體。

何涵哭了一回，方抽噎道：「恭大叔，您別說了，我這就託人給我家裡帶信兒。」

何恭道：「這才算明白。你要搏前程，家裡不會拖你後腿，可你也得叫家裡知道。」

何恭又問他親事可定了。

何涵低聲道：「在北靖關，有同袍把妹妹託付給我，我們辦了親事。」

何恭道：「可有兒女了？」

何涵道：「生了個小子。」

何恭很是歡喜，笑道：「你媳婦可與你一道來帝都了？」

何涵道：「這倒沒有，我是將軍的親衛長，去歲隨將軍來帝都述職，今年也會隨將軍回北靖關去。她婦道人家，孩子也小，怕路上奔波，就沒叫她來。」

何恭是個細緻人，又問：「那在北靖關可有人照顧？」

何涵道：「我家裡有一個老媽子一個丫頭，還有岳父岳母，倒不必擔心。」

何恭又問孩子幾歲，這女子是什麼出身。何涵一一答了，何恭見何涵在北靖關也有媳婦有孩子，替他歡喜，笑道：「有個爺們樣兒。」又道：「你嬸子她們也都惦記著你，過去與她們說說話吧。」

何涵起身，要與何恭去內宅，又有些不好意思地問：「恭大叔，三妹妹她……」

「三丫頭也成親了，說的是咱們縣裡的胡家，現也有一子。」

何涵放下心來，何恭笑，「現下想想，為些小兒女事，哪裡值當離家出走呢？」

何涵正色道：「我也不只是為了我跟三妹妹的事，恭大叔，或許我不該說這話。都說天下無不是的父母，要我孝敬父母，這是沒得說，可我，我是個人，不能把我當個物件。我娘可能覺得那家姑娘嫁妝多，我娶來就歡喜。我不是那樣，我要因嫁妝去娶媳婦，我成什麼了？誰給的嫁妝多就給嫁我，這不是把我按斤論兩的賣了嗎？」

何恭嘆口氣，拍拍他的肩，「誰沒個錯處呢？可家裡的人都是血脈至親。你心裡明白，是個爺們兒，以後日子我也不擔心你。就是你娘，你只當她糊塗就是。她用錯了法子，辦了錯事，過而能改，善莫大焉。」

何涵聽得都笑了，「恭大叔還是這樣會講道理。」

何恭瞪他，「本就是這個理。」

何家人見著何涵都高興，何洌小時候常跟何涵一塊玩，親近得不得了，還與何涵打聽在北靖關打仗的事，很有幾分躍躍欲試的意思。

何涵笑道：「我能做將軍的親衛長，能當百戶，除了武功，其實很大原因是因為我以前念過幾年書，識得字。軍中不認得字的弟兄們極多，我認得字，初時從軍，也是給我安排的糧草上抄抄寫寫的差使。要不，憑我啥都不懂，一頭撞進軍中，現下哪裡還有命在？」

沈氏便教導何洌：「你阿涵哥說的再不錯的，就得好好念書，聽到沒？」

在帝都遇到族人，那就是遇到親人，再者，何涵與蔣三妞已各自婚嫁，以往的事沒人再提，叫何涵只管把何家當自己家，輪休時就過來，別來了帝都連個走動的去處也沒有。

何涵很高興，兩家人不只是族人，也是多年的鄰居，雖然因何涵老娘把關係鬧崩了，但何家代表何老娘很明確，她自始至終就討厭何涵他娘王氏一人。何老娘看何涵還是很親熱，覺得自家族裡的孩子，敢這麼老遠出去闖蕩，還得了官兒，也是族裡一等一的出息人。

何涵告辭時，何老娘拿了許多老家的特產給他，什麼筍乾啊泡菜啊醬肉啊，讓何涵帶回去跟同僚們一起吃，有助於增進同僚感情，還特別叮囑他，若是有什麼事，只管來何家。

何涵應了，眼眶有些發紅，抱著大包小包回將軍府當差。

何老娘與沈氏道：「見著阿涵，知道他娶了媳婦生了兒子，我就放心了。他那個死娘雖說討厭，阿涵這孩子卻是好的。就是投胎時沒投好，遇到王氏那婆娘，誤了這孩子。」

沈氏道：「只要阿涵好，也就是了。這些年，阿涵他娘也很不好過。」

何老娘半點也不同情，還說風涼話：「那是她活該，都是自己作的！」

沈氏忍笑，扶著婆婆進屋裡去了。

送走何涵，婆媳倆又開始商量去山上燒香拜佛的事，畢竟春闈近了。

沈氏道：「佛是要拜的，還有一事，如今這也是二月中，還是把阿洛他們接到家裡來，別在聞道堂那邊住著了。到家來，好生調養幾日，就該下場了。」

何老娘道：「這很是。咱們來之前，族長大嫂子可是把阿洛託給咱們了。」

沈氏道：「一會兒我過去跟阿玄他娘商量一下，明兒個派車去。讓小福子和翠兒把先前阿洛他們住的房間再打掃一遍，被褥都翻曬了，到時好用。」

何子衿插嘴道：「還有考試用的考箱，考試時的被褥，也要提前預備呢。」

何家是經過考舉人的陣仗的，這春闈說起來，與舉子試相仿，預備的東西也相仿。

沈氏道：「考箱你爹和阿念的都在，繼續用就是。等阿洛他們來了再問問，要是哪個沒預備，提前幫他們準備。就是春闈時帶的吃食，咱們得備好。」

何子衿道：「這容易，有我呢。」

何老娘道：「一會兒我叫余嬤嬤秤十兩銀子，到時拿去廟裡燒香火錢。」

何子衿頗是驚詫，「祖母好大的手筆。」

何老娘頗是不屑這個馬屁，「該花銀子的時候，我哪裡不捨得過？尤其這上頭的銀子，再不能少的！」對於燒香拜佛，何老娘的確比較大方，但也是現下家裡好過了，又是臨春闈大事，故此大手筆。

何老娘瞅著自家丫頭片子道：「怎麼，妳不拿些銀子給阿念燒個進士香？」

何子衿險些叫她祖母給噎著，目瞪口呆地問：「難不成您這十兩銀子是專給我爹燒的，沒阿念的份？」

何子衿一輩子的驚詫都在這話裡了，何老娘一副理所當然的模樣，「阿念的銀子都是妳收著，妳出點可怎麼了？妳個丫頭片子，別摳門啊，這可是正經事！別就知道攥著銀子，忘了給佛祖上供，到時耽擱了阿念的前程，妳的福氣也就沒啦！」

何子衿扶著額頭道：「十兩算什麼？我拿二十兩給阿念燒進士香！」話到最後，硬是一副財大氣粗的模樣，把何老娘震驚了一回。何老娘很會算帳，眉開眼笑對沈氏道：「丫頭說了，她出二十兩，加上我這十兩，這就是三十兩，足夠給他們翁婿燒香了！」

算計了自家丫頭片子二十兩銀子，何老娘很是高興。

何子衿氣笑，「說我是鐵公雞，我可不出銀子了！」

何老娘瞪眼，「說話哪有反悔的？一口唾沫一個釘，立刻把銀子交出來！」

「我沒事難道在身上帶二斤銀子！」

「銀票我也不嫌。」在銀子上頭，何老娘很好說話。

何子衿道：「我是覺得，用不著花三十兩燒香吧，有個二三兩就夠了，剩下的買肉吃，一個月都夠了。」

何老娘一聽，橫眉厲目，覺得丫頭片子不分輕重，訓道：「妳知道什麼？春闈不是小事，寧可一年不吃肉，也得把燒香的銀子預備出來。人家說心誠則靈，必得誠心，佛祖才能夠保佑。妳個死丫頭，不許胡說！這還是咱家就這個家境，再多也拿不出來了，前鄰梅大人家，人家拿出一百兩去供佛呢！」

何子衿深覺稀奇，「不是說梅家窮得很嗎？」

何老娘鼓了鼓嘴巴，很是不屑道：「聽說他家給家裡哪個姑娘訂了門富親，男家送來了聘禮，銀子自寬敞了。」

說到梅家這事，何子衿又好奇了，「梅家人不是慣常愛去別家做客的，既是家裡有喜事，縱是家裡姑娘訂親，也該置幾席薄酒款待街坊四鄰，怎麼倒沒聽見信兒？」

沈氏嘆道：「我也問妳舅媽了，妳舅媽說，梅家慣常如此。梅大人是個脫俗的人，賞風弄月覺得風雅，擺酒設宴嫌鬧騰。」

何子衿：這是什麼鄰居啊？

何老娘不屑道：「還不如咱們鄉下人呢。就是咱們鄉里人，略要個臉的，也不會貪閨女的嫁妝！」雖然梅家出一百兩銀子給家裡孩子燒進士香讓何老娘眼紅，但一想到她家這銀子是賣閨女得來的，何老娘就不羨慕了。

說到梅家，江氏也道：「他家稀罕事多的很，投生在他家，要是有親娘說得上話的還好，不然真個不知以後怎麼著呢。」

這等奇葩人，何老娘道：「就他家這平日裡不積德的，就是燒一百兩銀子的進士香，佛祖有眼就不能讓他家小子中了！」

燒進士香的事，陳姑丈其實挺想出錢，可何老娘自有原則，說這進士香萬不能要別人家的銀子，須得自家銀子，才顯心誠。

自從何子衿許下二十兩銀子，何老娘是成天追她屁股後頭要帳，何子衿想賴帳，可何老娘的要帳大法，簡直是不給不行啊！

何洛幾人都搬來了何沈兩家住著，幾人在帝都好幾年備考，自然將考前要預備的東西都準備得差不多了，除了吃食由何家人統一準備。譬如，乾的有藕粉、八寶炒麵、年糕以及炊餅，這些都是或煮或熱就可以吃的。菜有切碎的醬菜、切成丁的醬肉，還有沈家曬的乾菜，用水一煮一燙就可以吃的。

待到下場當日，凌晨就要去排隊。兩家人都起了個大早，何涵還特意過來送考。他過來時，就見何家人人一身大紅，何涵有些懵，道：「怎麼今日都穿紅啊？」

何冽道：「吉利！上次我爹跟阿念哥考舉人，我們就是這樣穿的！我爹跟阿念哥的大褲頭都是紅的，祖母說辟邪！」

何老娘十分有經驗地道：「是這話。每年這麼多人考功名，中者不過十之一二。這麼多人中不了，貢院那地方便容易積聚怨氣，故而穿紅避一避怨氣，運道也旺。」

何涵一瞧，果然幾個將要赴考的舉人老爺也是人人一身紅。

何子衿今日也起得很早，她要早起來做及第粥。等及第粥得了，其他包子火燒各樣小菜點心都擺好了。何老娘表情鄭重，一身大紅端坐飯廳，與阿洛等幾個舉子道：「丫頭她爹也是考舉人好幾年不過，就去年我們一家子送考，早上我們丫頭熬了及第粥，她爹和阿念考前一人喝兩碗。呵，這粥可了不得，他們翁婿二人一喝，哎喲，到了貢院，那寫起文章來真是刷刷刷，三下兩下，一個解元，一個三十二名。今兒要不是咱們都是同鄉，這粥你們當真是吃不著哩。來，好生吃兩碗，定都能中的！」

何子衿聽得險些笑場，但顯然這些即將赴考場的舉子們很需要這些話的鼓勵，當真一人吃兩碗，然後吃得飽飽的，就背著考箱，扛著被褥，提著恭桶，趕赴貢院。

其實何老娘很想像去歲在州府一樣去送考，結果人太多，馬車不夠坐，只得作罷。該叮囑的都叮囑了，就是把孩子們送到大門口，送上車，一直到馬車駛出巷子，何老娘才帶著一家子老老小小回屋裡。

何涵很會安慰人，道：「三祖母，您就放心吧，前幾天我去廟裡求了個籤，就是給恭大叔和阿念、阿洛求的，上上籤呢！」

何老娘聽了便極有精神，忙問：「那籤怎麼說的？」

何涵道：「說是，此生若忘凌雲志，自有水到渠成時。後面籤註是，平步青雲，可不就是上上好籤嗎？」

何老娘大喜，拍掌笑道：「這籤好！」又留何涵在家裡喝粥。

何涵倒也不客氣，嘗了嘗何家的及第粥，直讚何子衿手藝好，笑道：「子衿妹妹小時候就極會燒飯，這好幾年不見，燒得更好了。這粥雖是葷的，卻沒有一絲肉腥氣，只覺得香濃適口，亦不油膩。」

何老娘那虛榮心立刻就上來了，假惺惺地謙虛道：「丫頭片子也就這點本事。不過，吃過這粥的人，倒沒一個說不好吃的。」

何子衿聽得直翻白眼，何涵險些把粥笑噴了。

何老娘還說：「現下別笑，等你恭大叔跟阿念中了，有的是笑的時候。」

俊哥兒來了一句：「中！」

何老娘大樂，讚俊哥兒：「我的乖孫！小孩子眼靈心靈，再不錯的！」

反正自從何恭和江念去春闈，何老娘就樣樣都如去歲秋舉一般，非但要家裡頓頓吃及第粥，還人人不許口出惡言，而且就是下人回話，也不能說「是」，要改說「中」。

在何老娘這謎之氣場下，何子衿接到宮裡的又一次宣召，來的仍是內務司牛郎中。何子衿沒法子，只得換身衣裳，跟牛郎中進宮去了。

以往進宮說的無非是些鄉間瑣事，何子衿再未料到，此次進宮會聽到天崩地裂之事。

何子衿向來認為，自己雖無大智慧，但小聰明也是有的。在應付老皇帝一事上，何子衿就覺得自己有些心得，而且她一生兩世，也算見過些世面。雖然來到這封建社會，她也沒幹啥光輝人類事業的大事，主要是她想幹也沒那本事。何子衿穿越十幾年，平生見到的最大官兒就是縣令老爺，以及致仕退休的胡山長，前五品的官身。

這就是何子衿今生的見識啦，其實就是這樣，何子衿也很知足。想她前輩子也沒跟縣長打過交道呢，更何況胡老爺這致仕的前五品知府，怎麼說也是個前市長吧？

雖然何子衿覺得，她一進帝都就開始遭遇狗血，但在何子衿心裡，她依舊是那個本本分分、認認真真過日子的人。前世今生，從未變過。

遭遇狗血時，當然也意味著機遇，何子衿又不傻，她當然能察覺出穆元帝對她的好感，可天地良心，她完全沒有搏富貴的意思。就是穆元帝他娘老太后，給何子衿個瓔珞，何子衿還敢收，老太后要再賞個金釵，她就不敢拿了。何子衿一直非常小心，不要說她是顏控，嫌人家皇帝老啥的，真要想搏富貴，皇帝老，富貴又不老，不要說前世，今生也有多少人哭著喊著想讓皇帝睡呢，何子衿不是這樣的人。

她進宮也有幾回了，這次進宮，何子衿以為還如以往一般，穆元帝叫她進宮來說說話，順便看著她緬懷一下故人。

穆元帝依舊和氣，笑道：「春闈將近，聽說妳家裡有考生，就沒叫妳進宮。」

何子衿笑道：「可不是？近來忙得不得了。先時燒香，準備考場的物件和吃食，一家子忙得人仰馬翻。光燒香就燒了三十兩銀子，夠我家三個月花銷了。」

穆元帝道：「一個月才十兩銀子花銷？」

「十兩就不少了。這也就是在帝都，什麼都要花銀子買，要是在我們老家，一個月頂天也就二三兩銀子，這還是我家裡讀書人多的緣故。不過，這科舉考試時不同，去歲我爹和阿念秋闈，我們一家子都去送考，住在姑祖母家裡。因在州府，也花了些銀子。其實平日裡沒什麼花銷，菜蔬什麼的，我家院子裡都種的，隨吃隨摘，方便又鮮嫩。有時長的太多，怕菜變老，還要提前摘了，或曬乾菜，或醃醬菜。就是雞鴨之類，我家小莊子上哪年也得養百十來隻雞，都是自家吃的。平日裡就是吃魚要現買，還有牛羊肉，這些要買。鄉下東西便宜，故此花銷不多。」何子衿口齒伶俐地同穆元帝介紹著家鄉的生活，又道：「帝都東西貴，這才花的略多一些。陛下只管放心，我家還可以啦，每年莊子鋪子都有收成。」

「那就好。」穆元帝笑，見何子衿一身櫻桃紅的長裙，笑道：「難得穿得這般鮮亮。」

「這不是我爹和阿念去春闈嗎？我們一家從他們去貢院那天起都是紅的，比較旺。」

穆元帝哈哈大笑，笑一時方道：「朕每天見子衿，必能解憂。」

何子衿笑笑不語。

穆元帝又問：「聽說妳去歲與人訂了親？」

「就是阿念，我早與陛下說過的。」何子衿十分懷疑穆元帝的記性，「我們自幼是一起長大的，知根知底，情分也好。」

穆元帝道：「女孩子家，哪裡有這般大咧咧的？」

「這有什麼不好說的，我們親事已定，再說，這也是事實。」

穆元帝莫測高深一笑，「朕之心事，朕不信子衿不明白，何苦總說這位江念舉人？」

何子衿一雙眼睛靈透極了，她脆生生道：「那我的心事，陛下明不明白？」

穆元帝嘆，「子衿，妳知道昭雲是個什麼人嗎？」

「朝雲道長是我的師傅，雖然我沒正式拜過師，可我自小就認得他，我在他的道觀裡看過許多書，也得過他許多教導，他還救過我，給過我許多東西。」何子衿說著，話鋒一轉，又道：「不過，我也知道朝雲師傅自有來歷。我又不是傻子，以前沒看出來，只覺得朝雲師傅那裡藏書甚多，而且，他的藏書不是我們縣城裡書鋪裡的書可以比的。可他的書，只能在道觀裡看，不能拿回家去，我就常抄錄回家，只當練字了。那時我以為他是什麼書香門第的落魄之人，不好問他身世，只當他凋零至此，沒個家眷，就在芙蓉山上做了道士。後來，我漸大了，尤其是小王爺到閩地就藩，從那時起，朝雲師傅就常給我女眷用的衣料首飾，那樣的好東西，州府也買不到呢。我就琢磨著，朝雲師傅想是有些來歷的。只是，他既做了道士，應是有難言之隱，我就更不好問了。後來我種了綠菊，在家鄉有些名聲，就有人要打我的主意。我家什麼樣，陛下也清楚，多虧朝雲師傅救我，我家也躲了一樁劫難。我初見聞道師兄展露武功時，就猜到朝雲師傅的身分定比我想像的還要高貴，可我也沒想到他是您的表弟，太子妃娘娘她舅舅。」

何子衿這話說得很實在，穆元帝自然知道她沒什麼隱瞞。

穆元帝道：「妳如此聰明，難道沒想到昭雲這樣的人於山中一住幾十載，或是有不得已的苦衷，或是有仇家之類。」

「不用想也知道，不然哪個大活人好好的擱山裡不動彈呢？」何子衿道：「就是先時我年少時不懂，後來也懂了。可知道後怎麼辦呢？想到朝雲師傅可能有苦衷有仇家，就從此一刀兩斷，再不往來？不管朝雲師傅如何，他待我終是有恩的，我不能那樣忘恩負義。」

穆元帝笑，「朕並不是要妳忘恩負義，只是妳或許不明白昭雲讓妳來帝都之意。」

何子衿裝傻，「這也不是朝雲師傅讓我來的，是恰好我爹跟阿念要來春闈，我順道幫他給太子妃娘娘帶些東西罷了。」

「妳哪裡明白昭雲，妳與他相識之時，他已是朝雲道長。我與他相識時，他可還是方昭雲。」穆元帝道：「他出身英國公方家，以前方家老英國公有一頭白狼，那頭白狼，除了老英國公，無人能近身。朕彼時年輕，也去見過那狼，頗是凶暴，後來卻是被昭雲馴服了。昭雲與我姑丈一個脾性，自來只喜琴棋書畫，因出身武門，他只是應景學了套方家的傳家槍法，學得亦是稀鬆尋常，就是朕也不知，他是如何馴服那頭狼的。」

何子衿鬱悶道：「陛下，我好端端的一個人。」

「但是妳深受他的影響，妳看的書是昭雲讓妳看的，妳開闊的眼界，是昭雲指點妳開闊的眼界，甚至妳還如此率真，是他保留了妳的率真，不然倘當時他不曾出手相救，妳家又為人要脅，讓妳進宮，妳進還是不進？」穆元帝問。

何子衿道：「我好歹不是個笨蛋吧？再說，我比朝雲師傅還有見識呢，哪裡是他給我開闊的眼界？我看的書是在他書架上選的，也不是他拿給我的。我時常去看他，也很尊敬他，可他的一些臭毛病我是不喜歡的，成天瞎講究。還有，他不吃醬菜，我家開醬鋪子的，我每天都要用醬菜下飯。要是如陛下所說，他就是神仙啦。再說，趙李兩家要我進宮我就進宮啊，我舅舅也是個官兒哩。我家三姊姊嫁給我們縣最顯赫的人家，還是姓胡的，胡姊夫說，他家還曾巴結到承恩公府呢，那可是陛下的舅家。就是趙李兩家有權有勢，他也不敢魚死網破，難道她逼我進宮我就進宮，然後進宮爭寵，報仇雪恨，做朝雲師傅的棋子？怎麼可能？難道我長得像傻瓜？」皇家人實在太有想像力了。

何子衿道：「我明說了吧，朝雲師傅是待我不錯，可我也不能為他賣身。多傻啊，他待我不錯，難道我就待他差了？世間之事，做時便不能想日後報答如何如何的。我知道陛下說的不是假話，我早就猜到，可能朝雲師傅是有些不好的主意，我都已經想通了。他別說只是我師傅了，他就是我親爹，想我為他犧牲也是發夢，沒這樣的事。」

「這全是他一廂情願，陛下放心，我絕不會上他當的。」何子衿聲音一向清脆，這會兒既急且快，抑揚頓挫，當真如珠落玉盤，動聽至極。

穆元帝感嘆，「當年她也是如此。」

何子衿就不曉得要說什麼了。

待穆元帝緬懷完過去，他道：「朕原以為妳年歲還小，不想如此聰敏，不差分毫。」

「這哪裡是聰敏，我糊裡糊塗的，一來帝都就得陛下召見。陛下別看我在您面前還敢說話，心裡也緊張得很呢，我這些天也沒少琢磨。」

「琢磨什麼？」

「琢磨著別人再要緊，也不如我要緊。」何子衿道：「我也知道，陛下不是可輕易糊弄的人。倘朝雲師傅真是別有用心，那麼他既看錯了陛下，也看錯了我。」

何子衿說著，對朝雲師傅很是不滿，先前屁都不放一個，害她在帝都摸不著頭腦。

穆元帝笑，「小小年紀，頗有辯才。」

「不過是有什麼說什麼罷了。」何子衿正色道：「我不喜被人愚弄。」

穆元帝道：「朕有一事，不知當不當立太子妃？」

先時還要打她主意，轉眼又說到立太子妃的國家大事……何子衿肚子裡罵娘，嘴上卻是說道：「陛下，這立太子妃的事，我也不懂啊。這個得是禮，啊，禮部的事兒吧？」

「太后不喜太子妃，太子由此竟與太后生了嫌隙。」

何子衿想起來了，道：「我倒是聽人說過，不是太子殿下不想幹了嗎？原來是為這事？」想到太子妃娘娘是朝雲師傅的外甥女，她暫態便明白，老皇帝是在試探她呢，還以為她是朝雲師傅的探子呢。

何子衿道：「陛下總是有話不能直說，我來帝都這麼久，也知道一些傳聞的。我早說了，別人再要緊都不如我重要，太子妃立與不立，端看了陛下。陛下非要我說，我就一句話，不立立刻殺了她，給她一個體面的結果。我勸您別想那些兩全其美的法子，我就是在民間，也聽說過太子對太子妃的情分。當年劉秀被迫立郭氏女為后，元配陰麗華為貴妃，其後如何？世事本就難兩全，不論陛下如何做，體面些也就是了。」

何子衿說這些話，沒有半點猶豫、掙扎的神色，她本就有些個率真，便是以穆元帝的眼力也看不出何子衿有半分偽色。

穆元帝忽然明白，她是真是這樣想，便如此說了。

穆元帝陡然驚醒，何子衿的性子再如何像她，也並不是她。她可為太子妃去死，何子衿是不會在這件事情上付出半點的。何子衿與她，分明是兩個人。

「子衿啊……」穆元帝感慨道：「這名字取得真好。」

何子衿生怕老皇帝想到詩經裡的情詩，立刻道：「我舅舅單名一個素字，我娘閨名裡是一個青字。我爹總喜歡讀詩啊啥的，就給我取了這個名字。」

穆元帝了然一笑，「倘朕對妳有別個意思，要妳進宮只是一句話的事，何須緊張？」

「陛下是個聖明人，什麼能瞞得過您呢？」何子衿在戴高帽拍馬屁上頗有一手，她覺得自己可以改名為馬屁小能手了。

穆元帝問：「這些年，妳過得好嗎？」

「很好。」何子衿斬釘截鐵。

「那就好，妳去吧。」穆元帝未再留人，打發何子衿去了。

雖然她不是她，穆元帝還是希望，有這樣明媚性子的女孩子能過得好。

何子衿心有餘悸地跟著內侍離開昭德殿，昭德殿外是宏闊的由漢白玉鋪就的廣場，聽說新年到來之際，宮內祭典便在此地舉行。何子衿可以想像那種壯觀莊嚴，那種皇權在上的氣概，是多麼的激蕩人心，以致於連朝雲師傅這樣的人，離開權力中樞多年，都想要在此地翻覆雲雨。唉，能幫的她都幫了，至於效果如果，她就不知道了。

就如同她對穆元帝所說，朝雲師傅再好，她也不會為了朝雲師傅而犧牲自己。

一陣暖春的微風拂來，何子衿攏一攏鬢間細髮，快步離開宮闈。

自此之後，何子衿再未見過這位始終待她不錯的穆元帝。

何子衿偶有進宮侍弄花草，何家對此事也都熟了，故而，現下早就放下心來。不過，何子衿一回家，還是受到何老娘的熱情招呼。何老娘也是鮮少這般熱情的，以前是出自對皇宮的畏懼，關心自家丫頭片子，生怕去宮裡會有不妥當。後來何子衿去過幾次，何老娘也就適應了此事，恢復了往日模樣，不再一驚一乍的了。可今天何子衿一回來，何老娘就招呼余嬤嬤來給何子衿端茶倒水，而且還是蜜水哩。喝完蜜水，余嬤嬤又端來一碟糕，何老娘笑咪咪地道：「快嘗嘗，這是帝都最有名的糕點鋪子八方齋霜糖柿餅和金絲蜜棗。」

何子衿道：「不是說讓您少吃甜的嗎？」何老娘越老越家吃甜食，何子衿經常說她，再者這一看就不是她喜歡的，她根本不喜歡吃太甜的，她喜歡的是八方齋的玫瑰團糕。

何老娘笑咪咪的模樣，「傻丫頭，這是給妳買的，我不吃。」

何子衿拿個不太甜的柿餅吃了，何老娘拈了個蜜棗，也招呼沈氏一塊吃。沈氏笑道：「我不大愛吃甜的，嬤嬤也吃些。」余嬤嬤一輩子跟著何老娘，何家都當余嬤嬤半個長輩。余嬤嬤不愧是何老娘的貼心人，也拿了個蜜棗吃，何老娘還道：「這上了年歲，吃別的沒味兒，也就吃個甜的有些味兒。」

何子衿道：「那也得適量，不要吃太多。」

「知道知道，忒個囉嗦！」何老娘道：「這八方齋的東西貴得緊，就是叫我天天吃，我也捨不得哩。」

待請自家丫頭片子吃過東西，何老娘就把沈氏和余嬤嬤都打發出去，自己跟丫頭片子說話。何老娘打聽：「進宮都跟皇帝老爺說了些什麼啊？」

何子衿自不會與何老娘實說，要不，得把老太太嚇出病來。

何子衿道：「能說什麼，也就是如何侍弄花草的事。」

何老娘一聽這話，立刻一跺腳，低聲道：「真個傻丫頭，妳就沒有跟皇帝老爺提一提妳爹跟阿念考進士的事兒？」

何子衿真是服了何老娘的想像力，她連忙道：「您還說我傻呢！這春闈要是有作弊的，有走後門的，查出來，一輩子抬不起頭！我哪裡會跟陛下說這個？說了，以後豈不是讓陛下輕看我爹跟阿念嗎？」

何老娘嘀咕：「反正以後做官也是給皇帝老爺當差，當初妳和三丫頭去考薛千針的徒弟，我不還買了蛋烘糕過去嗎？」

「這是蛋烘糕能解決的事嗎？」何子衿低語道：「我爹跟阿念都念這麼些年的書了，不走後門照樣能中，何必走後門叫人瞧不起？」

「我這也是未雨綢繆。」

「您這事兒，沒跟別人說過吧？」

「我哪裡會跟人說，就等妳回來問妳。」何老娘自覺也是個有分寸的人，因為受到何子衿的恐嚇，何老娘更是準備把自己有意走後門的事完全忘掉，還叮囑丫頭片子：「那啥，我可沒說過那話啊！」

何子衿很配合地一臉疑惑問：「啥話？我怎麼不知道啊？您剛才不是在跟我說八方齋的玫瑰團糕好吃，要給我買二斤嗎？什麼時候買啊？這可得快點兒。」

何子衿趁機敲詐了何老娘八方齋的玫瑰團糕，何老娘那叫一個肉疼。丫頭片子嘴高，一斤玫瑰團糕的價抵得上二斤蜜棗加二斤柿餅的價了，再加上那東西不太甜，何老娘認為，傻子才會喜歡那種又貴又不大好吃的東西。

可一看丫頭片子的模樣，似是不給她買，她就要出賣老娘一樣。何老娘咬牙擠出個肉疼的笑容來，拉著自家丫頭片子的小肉手道：「現在天氣暖和，東西放不了太久。那團糕是個金貴物，也就剛出爐的時候好吃，放久就變味兒了。先買一斤，待吃完再買。」

何子衿勉勉強強地道：「明早就得買！」

「成！」因減了一斤玫瑰團糕，雖然依舊肉疼，何老娘還是答應了，暗暗地想，要不說丫頭片子是賠錢貨哩，天天就知道算計老娘的銀子！

何老娘還是得叮囑自家丫頭片子幾句：「在娘家貪嘴倒罷了，以後成了親，可不許這樣。銀子哪裡有花的理，得攢著。要都像妳這樣嘴饞，多大的家業也得給妳吃窮。」

何子衿笑嘻嘻道：「這不是祖母您請客嗎？要擱我自個兒，我也捨不得哩。」

何老娘鬱悶，「合著我的銀子妳就捨得啦？」

何子衿立刻道：「當初燒香，我可是出了二十兩的，比祖母您多出一半，那會兒我可說什麼沒？叫您給我買玫瑰團糕，就這麼不爽快，您老怎麼對自己和對別人是兩個標準啊？」

「妳那二十兩銀子我也是要了好幾回，妳哪裡爽快了？」何老娘也很會翻舊帳，尤其她即將出血給丫頭片子買糕，翻起舊帳來更是順暢。

何子衿懷疑的小眼神，「您老不會是想賴掉我的糕吧？」

何老娘板著老臉，「妳以為我像妳啊？」

何老娘自稱是很有信用的人，但第二天何子衿也沒見著那一斤玫瑰團糕。何子衿啥都不說，只當沒有這事一般，倒叫何老娘心虛起來，私下同余嬤嬤商量：「要別個時候，丫頭片子可不吃這樣的虧。阿余，妳說，我沒給她買糕，她咋沒動靜了呢？」

余嬤嬤想了想，「興許咱們姑娘昨兒是跟老太太說笑呢。」

「嘖，我知道這丫頭，她可是半點虧都不吃的。」何老娘絞盡腦汁都想不通，她家丫頭片子可從來不吃虧的，這是怎麼了，是不是憋大招呢？

何老娘想不通，決定去瞧瞧何子衿在做啥，結果一看，何子衿在帶著丸子和翠兒整理那些提前刊印的書籍。就是去歲在碧水縣賣得特好的，她和阿念寫的有關如何考功名的書。

何老娘茅塞頓開，立刻提高聲音吩咐道：「翠兒，我找妳半日啦，原來在這兒！」

翠兒起身笑道：「老太太，是有什麼事？」

「可不是有事嗎？妳去跟小福子說，趕緊去八方齋給妳家姑娘買二斤玫瑰團糕，再買二斤碧玉千層糕，那個妳們姑娘也愛吃！」哎喲，險些上了丫頭片子的當。先時丫頭片子可是承諾過給她一成分紅，要是她不給丫頭片子買糕，估計丫頭片子那分紅就給她賴掉了！

碧水縣第一機智老太太何老娘為了保住自己平生第一著作上的分紅，很是大手筆地給自己的經銷商何子衿何小仙姑娘買了二斤玫瑰團糕和二斤碧玉千層餅。糕餅一買回來，何老娘就慈眉善目地招呼著：「先歇一歇，吃塊糕，不然涼了就不好吃了。小福子在等的是新出爐的糕，嘗嘗，哎喲，這熱呼呼的，香喲！」

何子衿就先去吃糕了，因看何老娘買的多，便叫了丸子翠兒一道吃。何老娘頗是有些心疼，但也沒說啥，還分了忠哥兒一塊，又有沈氏陳芳余嬤嬤，見者有份，不然糕點一冷，的確大失風味。何老娘主要招呼兩個孫子：「好不容易官學放假，在家裡鬆快兩日吧。」

今年開春，何洌和俊哥兒便去官學裡念書了。何洌是插班生，俊哥兒是啟蒙班，他倆當然也經過了考試，但也是走了沈素的後門。沈素兼著國子監的課程，在教育系統裡頭較熟。如今正在春闈，官學裡先生也各有職差，故此，官學乾脆放了假。

俊哥兒是個好小孩，一看家裡有新鮮糕餅，自己手裡拿了一塊，跑去隔壁叫阿玄哥四兄弟一起過來吃了。何老娘這屋裡，一下子就熱鬧起來。家裡孩子們多，四斤糕很快就給分完了。何老娘一看，笑道：「這也省得放冷了。」雖然糕有些貴，可都不是外人吃的。

何老娘見孩子們熱熱鬧鬧地玩耍，心裡也高興，難得關心了兒媳婦一把，問沈氏道：「妳怎麼不吃糕，記得妳也愛吃這口。」

沈氏笑，「叫孩子們吃吧，我近來不大喜歡吃甜的。」

何老娘心裡非常滿意，她既對媳婦表示了關心，媳婦的應答也令她滿意。做媳婦的，可不就得吃苦在前，享樂在後嗎？

吃過糕，何老娘喝口茶水順一順喉嚨，這才關心起丫頭片子賣書的事兒來，問：「都預備得差不多了吧？」

「嗯，我們把書分出來，待阿念跟我爹中了，直接糊個書皮就能賣了。」何子衿自始至終就是一副我爹跟阿念一定能中的模樣。

何老娘道：「怎麼還沒糊書皮呢？」

「現下又不知道我爹跟阿念是個什麼名次，他們倆要是誰能得個三甲，就是一樣書皮。若都是進士，便是另一樣書皮了，這是做兩手準備。」

何老娘樂了，「心眼還挺多的。」

「這不是像祖母嗎？」

「這倒也是。」何老娘向來認為自家丫頭片子是得了她真傳的。

沈氏很關心閨女的生意，因丈夫和女婿更在貢院奮鬥，她是萬不能說半句不吉利的話，但心裡真恨不得再去菩薩那裡燒香，保佑丈夫女婿起碼中一個，不然閨女這生意要賠死了。

沈氏這麼惴惴擔憂著，何老娘已經同自家丫頭商議道：「等妳爹和阿念中了，咱們家可得好生擺幾席酒。」

沈玄插話，「何祖母，我聽說阿念哥和姑丈中舉時，您老在老家擺了三天流水席。」

「是啊！」說到這事，何老娘既喜悅又遺憾，「可惜當初急著收拾東西來帝都，也只勉勉強強擺三天流水席罷了。要不是急著來帝都，我非擺他十天不可。」

沈玄豎起大拇指，誇耀道：「何祖母，您可真是好氣魄！那這回姑丈跟阿念哥中了，您老不得擺半個月流水席啊！」

何老娘別的事情上摳門，在這上頭半點不小氣，只要家裡時有喜事，她還怕出銀子擺席面不成？何老娘道：「要是他們能中，不要說半個月，一個月我也情願！只是一樣，咱們這新搬來的，也就認識街坊四鄰，擺半個月怕沒人來吃。帝都啥都好，就是不如老家熱鬧。」

沈玄卻是道：「帝都也好，地方大，人多！」

「那是，皇帝老爺住的地界哩，能不好？」何老娘道：「你們好生念書，以後也像你子衿姊姊一樣，能進宮見皇帝老爺。」

沈玄哈哈直樂，笑道：「要是像子衿姊姊，那不能是念書，得學養花！」
沈玄很喜歡子衿姊姊，又道：「子衿姊姊，妳教我養花吧。」
「行啊，我屋裡好幾盆月季，既好養，花開的也多，一會兒你挑幾盆。」
翠兒從外頭進來，稟道：「老太太、太太、姑娘，李家老太太、太爺過來說話。」
何老娘懵了，問：「哪個李家？」在帝都不認識姓李的人啊！
翠兒道：「說是蜀中李家。」
何老娘一時想不起是哪個蜀中李家，沈氏道：「莫不是李大嫂子的娘家人？」
「屁咧，她娘家沒好人！」這說的是何忻之妻李氏。李氏十七八歲給何忻做了填房，雖說何忻待李氏不錯，可李氏之所以嫁做填房，皆因她娘家人貪財的緣故。
何家人還尋思是哪家來人，翠兒道：「老太太、太太，要不要請他們進來？」
「哦，當然要請進來。」
何家人做夢也想不到，來的是前蜀中總督李總督，如今的李太爺與前總督夫人李老太太褚氏。老兩口委實不年輕了，皆是一身樸素衣衫，無半分華麗，就是李老太太頭上，亦只一支尋常青玉簪罷了。不過，二人雖氣色有些憔悴，但那種久居上位的貴氣仍非素樸衣衫可掩飾的。待人家老兩口自我介紹後，何家人有些手足無措。何老娘心裡亦是著慌，想著瘦死的駱駝比馬大，李家人怕是來者不善。不過，何老娘雖雖有些怕，還是裝出一副不怕事的模樣，揚起下巴問：「你們這是來報仇啦？」就是打上門，她也不怕，一邊對自家丫頭片子使眼色，讓丫頭片子去沈家叫人手來。

饒是前李總督今李太爺見多識廣，也被何老娘問住了，幸而李太爺有些急智，忙道：「老太太莫誤會，我們是來賠禮道歉的。」

「是啊！」李老太太面露尷尬，正色道：「我們教子無方，先時唐突了何姑娘，特意過來道歉，實在對不住了。」

李太爺一臉愧色，道：「對不住您家了。」說著，老兩口對著何老娘深深一鞠躬。

「哎喲！」反轉太快，何老娘腦袋有些懵的同時，覺得屁股底下的椅子有些坐不住了，一時不知該說什麼好，連忙看向自家丫頭片子：人家向她鞠躬，這可咋辦？

何子衿便過去扶起李老太太，沈玄也伶俐地扶起李太爺。

何子衿一邊扶人坐了，一邊客氣道：「這哪裡使得？您二老這把年紀，這等身分，哪裡能到我家來賠不是？說來事兒也不是您二老做的，依您二老身分地位，也做不出這樣的糊塗事來。我家是小戶人家，去州府去的少，可去一次，也知道州府總有些變化的。連我們縣城去州府的官道，都鋪得齊齊整整，我們小老百姓在家說起來，都說總督大人賢明。您為我們蜀中百姓做的事，樁樁件件，人們心裡都知道，您是個好官呢。」

何子衿這一套話說下來，何老娘都覺得自家丫頭有見識，不愧是見過皇帝老爺的丫頭片子啊。她當然也不喜李家人，可人家這麼上門來道歉，再者，聽說他家後臺大，何老娘覺得自家不一定惹得起，所以也不好得罪他家太過。

李太爺卻是一臉慚愧，「唉，教子無方，教子無方啊！」

李老太太道：「一直不知道貴府也來帝都了，我們原是打發人去蜀中賠罪，這才知道您家來帝都赴考，故而來得遲了。若早知消息，我們早該過來賠罪的。幸而您家姑娘沒出事，不然我們身上的罪孽又重了一層。」

這可真是，李家那位公子，禍害的豈是一家姑娘？當初他們在蜀中騙了多少好人家的姑娘。縱然有那些人家有些想攀慕富貴的虛榮，可話說回來，誰不想過得好一點。就是何子衿這樣的，也樂得過好日子。她只是自幼與阿念一塊長大，不願意進宮來當小老婆罷了。

李家公子夥同趙三騙的那些姑娘都到哪兒去了？

想到這裡，何子衿就有些索然無味，不願意再說什麼虛詞套話，「我是運道好的，僥倖無事，也無須您二老擔憂。您二老的心意，我家裡都明白，您二老不必記在心裡。」

沈氏也道：「是啊，我們丫頭親事也定了，以往的事不必再提了，好在有驚無險。」

何老娘很想發表意見，到底沒說什麼。

李太爺和李老太太親自來致歉，何家人卻是不大熱絡，二人坐了片刻，說些抱歉的話，就起身告辭了。何家人也沒大送，何老娘這才開始直抒胸臆，暢所欲言，道：「剛看他們一把年紀，我有話不好直說。這樣斷子絕孫的事，咱家沒出事，他家過來賠禮道歉有用？其他那些人家的姑娘，好幾年活不見人死不見屍，到底是怎麼著了？這些姑娘家，他們要如何賠罪？自家這麼大的官兒，做著總督，銀錢成山，想要姑娘去找人牙子買就是，結果竟有這樣斷子絕孫的主意，專往好人家去騙。養出這樣的兒子，還有什麼臉出門？」

何老娘越說越氣，又說起何子衿來：「妳也是，還說他是什麼好官！好官能教出這樣的孽障，也好不到哪兒去！」

何子衿道：「也就祖母這樣的實在人，人家說什麼您就信什麼。舅舅早與我說過李家的案子，他家那庶出小子是折進去了，其他人卻是無礙的。李老太太娘家是褚國公府，陛下的元配皇后就是這位李老太太的姊妹。李公子禍害了那麼些人，我就不信李家能挨家挨戶賠禮。他家如今正趕上倒楣，此方來作態罷了。怕是他家聽說陛下曾召見過我，或者是知道了朝雲師傅的事，所以才忙忙過來的，不然就是落架鳳凰也不會來的。面子上過得去算了，又不是要與他家做什麼長久往來，否則他家來了，咱家愛搭不理，反倒結怨。」

何老娘也知是自家丫頭片子說的理，撫一撫胸口道：「我單恨他家做這惡事！」

何子衿道：「李家有這樣不名譽的事，李總督的前程已是完了，就是他家兒孫都要受此影響，報應還在後頭呢。」

何老娘恨聲道：「倘這樣的人家都沒報應，就當真是老天無眼！」

車中，李太爺李老太太也在說話。

李老太太沒什麼精神，李太爺閉目敲敲膝蓋，問：「妳看，何家如何？」

李老太太懨懨道：「何姑娘倒是伶俐，怪道都說她能在御前對答。只是若別個事，咱們豁出老臉還能有用，偏生是這樣丟人現眼的事，何家嘴裡說不計較，心下也對咱家不會有什麼好說辭！」說著，握拳咬牙，氣得渾身顫抖，「平日裡是少他吃還是少他喝，什麼樣的丫頭沒有，缺女人隨他去窯子裡淘弄，你還嫌我當初不讓那孽種進門？你倒是讓他進了家門，如今怎樣？若是當初養在外頭，如今總有個說辭！」

李老太太每想到此事，當真恨得眼中的血。她出身國公府，雖是庶出，丈夫於仕途卻是有出息，不想一時不慎，丈夫養了個窯姐兒的外室，還非要讓孽種進門。出了連累一大家子的醜事，家族皆要受此連累，好不容易把丈夫從官司中擇出來，那孽種自是不能善了的，就是那婊子也已亂棍打死，但李老太太心中恨意仍是在胸腔不停翻騰，沒有半刻停歇。

李太爺嘆口氣，道：「我也只恨當初沒聽妳的，要是早知是這樣的孽障，生下來我便掐死他，也省得今日醜事。」李太爺豈能不恨，只是事到如此，就是把那賤人和這孽障都打死，除了洩憤也沒別個用，只恨家族名譽毀於一旦。

李老太太也知抱怨無用，道：「眼下冊封太子妃的信兒已是允了的，春闈之後就是吉日。咱們如今落魄，好在四郎他岳母正是太子妃娘娘嫡親的姑祖母，不若你給親家去封信。倒也不是讓親家給咱們說好話，只是得把這事跟親家說一說，別叫親家誤會了咱家。」

「妳這話很是。」李太爺也不是生來就是總督，先時做了多年的地方小官，晚年方才得志。故而幾個兒子的姻親都是中不溜的人家。四子結親余家，余親家娶妻謝氏，正是太子妃的嫡親姑祖母。就是四兒媳，先前太子妃在宮外做皇子妃時，四兒媳也是常去請安的。李太爺這把年紀，已死了仕途的心，可心下掂量著，就是幾個兒孫，怕也要受那孽障的影響，前程難免坎坷，今後家裡的希望，怕就要落在四子肩上。

李太爺一路尋思，與老妻商議道：「阿帆那孩子，這些年也頗有出息。」這說的是四郎的大舅兄余帆。余帆一直在禮部當差，當年太子還是掌事皇子時，便是領了禮部差使，余帆那時就頗得還是庶皇子的太子的器重。後太子由庶皇子到嫡皇子到儲君，余帆仕途亦是順遂，今居禮部郎中，以後前程是不愁的。

李太爺感嘆，「還是親家有眼光，強過我多矣。」

李老太太不留情道：「只不納婊子這條，就強你百倍。」

李太爺悵然，「我又何嘗不是悔不當初？」

李老太太冷笑，倘不是那孽種連累了整個家庭，她委實看不出這老東西悔在哪。

何子衿沒有猜錯，李家的確是聽聞何子衿曾在慈恩宮出入的事，連忙過來道歉。倒不是怕了何家還是怎地，只是姿態總要有的。

李家不見得有多少誠心，何家也沒有再與李家打交道的意願。

九天匆匆而過，轉眼三年一度的春闈大比已是結束。

沈家派車去接人，何家燒了好幾大鍋水，又準備了清粥小菜，給諸人沐浴食用。好在諸人都是有考場經驗的，起碼自貢院出來還有個人樣。不過，皆是沐浴過後，就吃些東西，便倒頭睡去了。唯江念撐著問子衿姊姊：「這些天沒事吧？」色皇帝沒又召子衿姊姊進宮吧？

何子衿笑，「沒事，先去睡吧。」

江念拉著子衿姊姊的手，「我還不累，子衿姊姊陪我說說話。」

何子衿讓他去床上躺下，自己坐在床畔聽江念絮絮說著些考場上的事，沒說幾句，江念便沉沉睡了過去。何子衿幫他掖掖被角，便輕手輕腳出了門。

江念是第二日才知道老皇帝宣他家子衿姊姊進宮之事的，不過，聽他子衿姊姊說了宮裡對答，見事情已說清楚，此方放下心來，道：「應是再不會宣子衿姊姊進宮了。」

何子衿道：「虧得先時你提醒過我朝雲師傅的反常，不然我當真得懵。」

「隨他們如何吧，這本不干咱們的事。」江念一身輕鬆，與子衿姊姊道：「我覺得，這回我文章作得不錯。」

何子衿笑，「你都覺得不錯，可見是真不錯。」

江念道：「我這就默出來，一會兒拿過去給義父看看。」

江念自己鋪開紙，拿了枝小狼毫，忽然道：「子衿姊姊，妳幫我研墨吧。」

「這不是還有墨嗎？」

江念有些羞，道：「子衿姊姊今日穿紅，妳幫我研墨，這就叫紅袖添香。」

何子衿曲指敲他大頭一記，笑道：「小小年紀，還挺會想的。」

「好不好嘛？」江念央求。

何子衿見他心情不錯，想是當真考得好，便一笑替他研墨。

江念抿著嘴巴，嘴角抑制不住往上翹啊翹，心下已是美得不得了。

幾人醒後，都默出自己當日破題的文章給沈素品閱。

沈素極是欣賞江念那篇，笑道：「已有三甲風範。」把江念讚得有些不好意思。

江念文章雖好，沈素卻依舊有些擔心，直待放榜當日，沈素心中大石方得落地。

春闈這樣的大事，每個衙門都會收到一份春闈榜單。翰林裡也有些人家子弟或親戚參加春闈的，沈素只是其中之一。沈素在翰林有些年頭了，他也沉得住氣，並不往前擠，只是把脖子伸得略長些罷了。有位許翰林把榜單從上到下，再由下到上看了三遍，見沒自家人的名諱，微嘆一聲，挪開了。

見沈素把脖子伸得老長，許翰林笑，「有好幾個蜀中的，沈翰林瞧瞧可有你家親戚。」

沈素非但脖子長，眼神也好，手裡捏著一柄烏骨摺扇，謙遜一笑，「也是僥倖。」

許翰林頗羨慕，但這也是人家真本事，「聽說是你義子和舅兄赴試，可是都中了？」

沈素笑，「承許兄吉言。」

翰林院不由更熱鬧幾分，紛紛問多少名。沈素不愧是開辦多年補習班的人，江念的名字赫然名列第二位，至於何恭，則要稍差些，已是五十六名，何洛更是在七十九名。其實說起來，名次都不錯。

沈素的義子竟在第二位，縱尚未經殿試，這也是極好的名次了。

當下有人同沈素打聽：「聽說沈翰林義子正是少年英才，不知可定了親事？」

沈素一笑，「正是家外甥女。」

那人雖有些遺憾，卻也只是僥倖一問罷了，知道人家這樣有出息的孩子，便是沒有親事也要精心細選的，遂一笑道：「這可是親上作親，果然是極好的親事。」恭喜了沈素一回。

沈素雖有些個「死要錢」的名聲，可沈素向來會做人，且今他舅兄義子均榜上有名，尤其義子更是高居前位，倘再有些運道，以後前程無限。故而，此際皆是一派恭喜之聲。

當天傍晚落衙回家都走得比以往時快三分，有人笑道：「看沈翰林，恨不得飛回去。」

還有人道：「要是我家有這等喜事，我飛得比沈翰林還快呢。」

沈素是直奔何家去的，兩家人正在何老娘屋裡說笑，見兩家人皆是滿面喜色，沈素先向何老娘作個揖，笑道：「我給大娘道喜了。」

何老娘笑得合不攏嘴，瞇瞇眼更是笑彎成一線，不細看根本看不出是睜著還是閉著的。

何老娘笑，「同喜同喜。」

沈素見何恭和江念不在，便問：「姊夫和阿念呢？」

江氏笑，「這裡坐不開，他們去前頭花廳了，街坊都打發人來道喜，正說話呢。」

沈素便道：「我也去瞧瞧。」

何老娘連忙喊住沈素，道：「那不急！阿素，咱們得先說正事！」

沈素有些摸不著頭緒了，眼下除了他姊夫和義子中進士，還有啥正事？何老娘看沈素竟不能明白，笑道：「看你，平日裡多麼靈光的人，怎麼就把那書的事給忘了？」

「什麼書？」沈素還沒明白。

何老娘大聲提醒：「我和阿念寫的書！」激昂之時，險些把沈素耳朵震聾。

捌之章

金榜登科彰榮耀

沈素被何老娘的高分貝音量嚇了一跳，這才醒過神來，「我以為什麼事呢，這事急什麼？這只是春闈一榜，上這榜的僅是貢生，擇日還要去昭德殿殿試，殿試之後再行排名，方是進士榜。進士榜排出來，還得三天後才是三甲與眾進士簪花誇街，去貢院拜孔聖人。」

何老娘有些懵，問道：「這麼說，現下還不是進士？」

「不是。」

何老娘立刻緊張起來了，也不提賣書的事了，「考舉人時可不是這樣啊，直接考出來，說誰就是誰了。這麼說，阿念榜眼的位置還不準？」

何子衿見她舅進來連口水都沒喝，連忙捧了盞茶水過去。沈素呷一口，見自己姊姊也正瞅著自己，笑道：「進士之後可是直接能做官的，自然要比舉人更難考。不過有個好處，凡上貢生榜的，只要參加殿士，從不黜落，只是重新排名罷了。也就是說，現下的貢生，已是十拿九穩的進士了。」

何老娘拍拍心口，與沈老太太道：「可是嚇死我了。」一想到家裡兩個進士妥妥的了，只是要再考另行排名，便沒有半點懈怠，忙道：「阿素，這上頭你最精通不過，趕緊去知會那幾個傻東西，別跟那些人絮叨了。待他們進士的事兒定下來，還愁沒人來賀嗎？先回屋念書去！九十九都拜了，就差一哆嗦，可別放鬆了。把殿試考下來，要是那名次再能往上挪，豈不是更好？」她甚至想著，明兒再去拜一拜菩薩，聽說三甲是三個人哩，正好兒子一個，阿念一個，阿洛一個，這才光彩。何老娘美滋滋想著，又把兒孫殿試的事兒拜託給沈素了。

沈素將茶吃了半盞，起身道：「大娘放心吧，有我呢。」一笑後去前頭書房了。

何老娘與沈老太太道：「親家誒，妳有福啊，阿素多出息呀！」

沈老太太笑，「看妳說的，女婿難道不好？」

何老娘呵呵笑，「阿恭這孩子，別的好處先不說，疼媳婦是真的。別看我們這些年待在老家，不比親家妳在帝都光鮮，可在老家，咱們日子過得也順溜。有時我都想，阿恭就是一輩子考不中功名，家裡日子也夠過了，哪裡敢想現在呢？」何老娘也是個知足常樂的，只是如今兒子孫女婿都有出息，難免就要翹尾巴了。她老人家此刻卻是無師自通，欲揚先抑道：「要說老何家祖上，其實沒念書的這根筋。」

沈老太太道：「女婿這還算沒念書的筋？多少人考到白頭呢？女婿文章火候是有的，只是前些年時運不濟罷了。」

「不是不是，老何家往上數一千年，一個官兒都沒出過，都是苦哈哈種田的。就他們那族譜，翻開來都是一股土腥味兒。」何老娘絮絮叨叨，正想著如何引出下文，就聽她家丫頭片子道：「可不是？我們老何家是沾了老蔣家的光！祖母，您祖父是前朝大官兒是不是？」

哎呀，丫頭片子太有眼力啦！

何老娘可不正是想說這個嗎？見丫頭片子給自己抬轎，何老娘抬起下巴道：「可不是嗎？我祖父那會兒，官兒還是小的，只是五品。我祖父的祖父，那才是大官呢，官至正二品！那會兒提起芙蓉縣蔣家，就是州府也知道的！」

沈老太太頗是吃驚，「親家，原來妳娘家是那個蔣家啊？那可是大戶人家！」

「祖上是大戶，到我爹的時候就不成了！」何老娘不想提娘家那些糟心事，只看現下，笑呵呵道：「我呀，什麼都從娘家帶了來，就把我們老蔣家的文根也帶來了。」

沈老太太道：「怪道我當初一見女婿就覺得女婿不凡哩。」

何老娘假假謙道：「有啥不凡的？就是個實在人，也就眼睛比人大些，鼻樑比人高些，面皮比人白淨些，身量比人筆挺些罷了。」

何子衿聽這話，忍都忍不住，扭過頭偷偷對她娘笑。

沈氏也是笑彎了眼，忍不住道：「看母親您把相公誇得。」

「哪裡有誇，都是實話！」何老娘斬釘截鐵道，當初她為什麼不樂意親事啊，何老娘看自己兒子如天上神仙，怕唯有王母娘娘家的仙女才能配兒子，結果兒子相中一鄉下村姑，死活要娶，叫哪個做親娘的能願意？不過，很早何老娘就認栽了。

陳芳笑，「以前姑媽還常為了表哥與東頭的何三嬸子拌嘴呢。」

何老娘甭看一把年紀，記性好得很，「就三婆子那德行，慣要拿她家老三與阿恭比，嘖，也不照鏡子瞧瞧，她家老三哪點及得上阿恭啊？」

何老娘又順嘴同親家說了回族裡三婆子如何摳門，如何送一份禮帶一大家子到她家吃席的事兒。至今說起來，何老娘也是有些生氣的。說到三婆子，何老娘不禁想到拖家帶口來她家吃安席酒的梅家，道：「對了，梅家不是也有少爺考春闈嗎？他家中了沒？」

這事兒沈絳最清楚，他道：「我們早去打聽了，梅公子落榜了。」

何老娘將嘴一撇，道：「就他家辦的事，多傷陰德，不落榜才有鬼！拿著姊妹的嫁妝銀子去燒香求菩薩庇佑，菩薩得多缺銀子才受他這香火啊！」

沈老太太也是嘆氣，「雖孩子多，在帝都也還能過下去，要我說，不給別添置也就罷了，這樣把閨女的嫁妝銀子花了，以後嫁到婆家可如何做人呢？」

當年因閨女攀上縣城人家，也就是何家。沈家雖窮，也是盡了最大力陪嫁閨女，還賣了二畝地給閨女買了個小丫鬟翠兒。雖然後來何老娘知道這事後悔得不得了，覺得沈家還不如乾脆陪嫁二畝地實在，但這也正說明沈家厚道之處。如梅家這樣先把女孩兒嫁妝銀子拿出來花用的，委實少見。

說一回梅家落榜的事，何老娘心下越發熨貼了，殊不知此時梅家也在念叨何沈兩家。

梅二太太就與丈夫梅員外郎絮叨道：「當初前頭兩處宅子要賣，我就說家裡人口多，不管怎麼節省些，該再置處宅子。老爺不說話，老太太和太爺上了年紀，不理這事。一個個鐵公雞一般，一毛不拔，結果兩處宅子都被沈大人買了下來，如何？風水頂頂好！沈家自搬來，沈太太連得二子。這些年沈大人非但財運好，官位也是節節升，現下都是從五品了。就沈大人空出的那宅子，前幾年租出去，也是誰家租誰家順當，如今何家住了，更是了不得，也不知他家怎麼這般旺，翁婿同登科！」

梅二太太說著，又是妒又是羨。

梅員外郎拈鬚道：「婦道人家只知神鬼事，二郎文章火候未到，再讀三年就是。」

梅二太太氣得臉色煞白，索性一摔簾子，自己出去了。

何家不知梅家諸事，此次碧水縣除了何洛、何恭、江念三人，還有三個是臨縣的，與何洛相熟，便也一起住在沈何兩家。那三人只一位姚舉人中了，另外兩人落了榜。好在六人能中四個已是極難得的了。那二人雖失落，也並不顯露出來，反是讓四人一意備考殿試，他們幫著在外頭張羅著打打下手，或者想一想下一步是回家待考，還是在帝都備考。

帝都居，大不易。

何家這是有沈家為援手，主要是宅子不用錢，何家也帶足了家用，這才過得略寬鬆，但平日裡也是很節儉的。他們自是願意再試，只是這幾年在帝都得有個生計才行。

沈素倒是樂得助人，問他們可願意去大戶人家坐館，雖是教導孩子們，擠一擠時間，也能研讀學問。還有一樣，在大戶人家坐館，非但每月有束脩拿，筆墨紙硯吃穿用度，都是主家出了。二人想了想，倒也願意，沈素便去給他們安排了。

不過，二人也不急，他們想等著殿試出來，賀一賀何恭幾人，再行坐館不遲，畢竟大家在一起這些日子，交情都不錯，再者，這以後也是人脈。何況何恭幾人眼瞅比自己二人先行踏上仕途，這等關係更當好生經營。

不過待了十來日，便到殿試的日子。

此次殿試不似當初去貢院考試那般，背著書香，扛著被子，拎著恭桶啥的。殿試時什麼都不用帶，筆墨都是宮裡預備，而且貢生們是去宮裡考試，穿戴上得講究，都要穿襴衫。

什麼是襴衫呢？

這是當下學子士人都愛穿的一種衣裳，圓領長袍，用細白棉布做，綴黑邊，交領大袖，中繫玄色腰帶，甭提多俊俏了。這衣裳一穿，便是個醜的也能添三分風采，更不必提何洛和江念正當少年。

何老娘都叫好，讚道：「哎喲，這衣裳真俊！看咱們阿洛，看咱們阿念，哎喲喂！」又叮囑兒子：「出去把阿洛和阿念看好，這樣俊的小子有人搶哩。」把兩人都讚得不好意思了。

何恭年歲長些，但也不過三十出頭，他本就好性子，日子過得也順溜，平日裡就是個溫和模樣，這身襴衫一穿，硬顯出幾分雅致來。沈氏也是怎麼看怎麼喜歡，深覺自己有眼光。

就姚舉人年紀大了些，這身衣裳一穿，也倍顯精神。

陳姑丈讚道：「什麼叫一表人才，這就是一表人才啦！」

當然，一表人才裡穿的都是大紅褲頭，這是何老娘的意見。要知道何老娘當初的種種安排，貢院一去，六中其四。這當然是幾人文章到了，可幾人也難免有些迷信心理，覺得穿紅褲頭比較保險啥的。

因要去殿試，斷不敢遲了的，外頭馬車已備好，四人辭了家人，坐車往宮裡去了。

何恭等人一走，何老娘就張羅著去西山寺上香。那裡菩薩最靈，當初春闈前，何家就是去西山寺上的香，結果翁婿倆都中了。

因殿試就是那九九拜後的最後一哆嗦，孩子們去殿試了，何老娘就打算帶著一家老小去廟裡最後這一哆嗦，一定不能在神明前給孩子扯了後腿。

何老娘揣足了香火銀子，借了沈家的馬車，沈老太太在家也無事，且又是女婿和孫女婿的殿試，她老人家索性帶著江氏一塊去了。西山寺香火極旺，何家只是小戶，排隊燒了香。何老娘捐了十兩香火錢，知客僧還請了兩家人進去奉茶，說了一些佛家因果。何老娘極是喜悅，主要是她抽了個上上籤，聽著僧人解過籤，吃過茶，就帶著一家子下山回去了。

沈老太太見沈氏臉色不大好，問她可是不舒坦，沈氏道：「就是覺得腰痠，累得慌。」

何老娘覺得媳婦有些嬌氣，以前在老家也沒少去上香，什麼事都沒有。就是在帝都，也陪她來西山寺上過香，平日裡都沒事，怎麼跟沈老太太出來就累得慌？

沈老太太心疼閨女，顧不得何老娘怎麼想，連忙令小廝去叫了幾個滑竿，一家子坐著滑竿下的山。回了家，不見沈氏臉色轉好，沈老太太忙讓江氏拿了帖子著人請大夫去。

沈家雖用不起太醫，請的也是宮裡竇太醫家的藥鋪子裡的坐堂大夫，那大夫也姓竇，一搭沈氏的脈便起身向何老娘和沈老太太道喜。

沈老太太還沒明白過來，不由問：「什麼喜？」

竇大夫笑道：「沈奶奶有喜了，可不是大喜？老太太，大喜啊！」

哎喲，何老娘與沈老太太不約而同歡喜起來，何老娘連忙搶著問：「大夫，您好生給我媳婦瞧瞧，我媳婦今天去山上上香，可能是累著了。在廟裡就說累，先時我們也不知道，我要是知道，再不能叫她去的。」

竇大夫道：「沈奶奶脈象倒還安穩，先開劑保胎藥吃一吃。這已三月了，胎兒已是成形，平日裡小心些，並無大礙。」

「三個月了？」何老娘驚嘆，又說沈氏：「怎麼妳也不知道？」

當著大夫的面，沈氏現下怎好答。

竇大夫很快就寫了方子，何老娘命余嬤嬤封個大紅包給大夫，竇大夫一笑謝過，接了紅封。這也是當下習慣，倘是出診遇到孕事，一般人家都要給大夫喜封的。

竇大夫開過方子便告辭了，兩家人高興起來，何老娘搓手直道：「我就說帝都風水好！妳看阿素媳婦，來帝都生兩個兒子！我家一來帝都，這風水也起來啦！」

何子衿在一旁涼涼地道：「哎喲哎喲，就知道生兒子，閨女就不好？」

何老娘哈哈笑，「我哪裡敢說妳不好？閨女小子都一樣，反正有阿冽和俊哥兒了，再來個丫頭，湊一對好！」

沈老太太也高興，坐在閨女床邊，道：「這樣不留心，虧得沒出事，不然怎生了得？」

「是啊是啊，又不是新媳婦，怎麼自個兒都不曉得？」何老娘想起來也是害怕。

沈氏尷尬道：「我這生俊哥兒都七年了，再沒想到能有身子的。這幾個月沒換洗，還時有睏覺，精神頭也不似以往，我以為是到了年紀要絕經呢。」

何子衿笑起來，「娘才三十幾，人家四五十生孩子的都有，怎就想到絕經上頭了？」

沈氏豎起眉毛，「妳個丫頭，怎麼啥都亂說？」

這都還沒成親，閨女打哪兒知道這些？沈氏真是愁得慌。

何子衿笑嘻嘻道：「娘，您就安生養著吧，這是咱們家的大喜事。咱家啥都不缺，就缺孩子。看，連我祖母這重男輕女的，也不嫌您會生閨女。您別有壓力，只管好生養著。」

「去去去！」何老娘把丫頭片子推開，「哪兒都有妳。妳一大閨女，知道啥？去廚下給妳娘燉個雞湯，再叫小福子去把安胎藥抓來。今兒妳娘累著了，可得好生歇一歇。」

沈氏笑，「哪兒就如此了。」

何老娘說什麼都不讓她起身，「今兒正好是殿試的日子，這可不是喜頭嗎？妳躺著吧，等阿恭回來，看他怎麼樂吧。」

沈氏有些不好意思，「我這一把年紀了……」

「在我跟妳娘面前，妳還敢稱一把年紀？」何老娘哈哈笑，也不覺媳婦嬌氣了，「剛丫頭片子說的對，人家四五十還有生孩子的呢。妳啊，就是這種生法。當初生了咱們丫頭，我也是盼了五六年，盼來了阿冽。有了阿冽，妳又沒動靜，隔了四年，才生俊哥兒。今俊哥兒七歲，可不又有了嗎？我今兒還得一上上籤呢，可不就應在咱這孩子身上？」

何老娘越說越高興，待傍晚貢生們回來，都去何老娘屋裡請安。

何老娘瞧著兒子就一臉笑，道：「阿恭先回房，瞧瞧你媳婦去。」

何恭問：「子衿她娘怎麼了？」平日裡媳婦都是在母親這裡陪著的。

何老娘只笑不答，賣起關子來，「你去瞧瞧就知道了。」

何恭有些摸不著頭緒，去看閨女。

何子衿說：「我倒想告訴您，可惜祖母已經用銀子堵了我的嘴，不叫我說哩。」

說到這個，何老娘頓時肉疼，「妳還好意思說？」封口費竟然要一兩銀子！一兩銀子哩，也不怕噎著？何老娘討價還價還到八百錢，也是一筆不小數目啦！怪道說一個閨女三個賊，何老娘現下就想求菩薩保佑再給她生個乖孫，不然再來這麼個丫頭片子……那啥，就是再來個丫頭片子，她老人家也不嫌棄就是啦！

余嬤嬤笑道：「老爺趕緊去吧。」

何恭回房一見媳婦躺在床上，雖有些擔心，可想到剛剛母親閨女都是喜色，便笑道：

「我剛回來，母親就叫我過來看妳，妳怎麼了？」

沈氏頗不好意思，悄悄同丈夫說了有身孕的事。

何恭大喜，他真不愧他娘的親兒子，笑道：「我今兒殿試，乖兒子就來助威了！」

「就知道兒子兒子的！」沈氏嗔一句。

「閨女一樣好。」何恭不介意是兒子還是閨女，他道：「妳看咱們子衿多懂事，也能幹。這樣的閨女，不要說兩個，十個也不嫌多呢。」

沈氏也不愧是何老娘的兒媳婦，儘管婆媳二人脾性不同，但相處多年，沈氏也沾染了些何老娘的毛病，她道：「今兒個陪母親去西山寺上香，母親還抽了個上上籤，然後回家就診出我有了身子，你說，多巧呀。」

何恭立刻道：「這正是應在咱們孩子身上。」

沈氏也是這樣認為的。

夫妻倆說了些貼心話，當晚，何老娘沒叫兒子過去她屋裡吃飯，而是命翠兒端了飯菜到兒子房裡，讓他們夫妻自己用。

就在沈氏有身孕的喜氣中，江念得到了皇帝陛下的召見。

殿試之後得聖上召見，絕對不是壞事。

沈素喜道：「阿念必在前十之列。」又叮囑江念好生準備，一定要搏個好名次。要知道，前十也是不一樣的。狀元榜眼探花，這是一榜三甲，向來人人誇耀。第四名便出了一榜，為二榜傳臚了。再從第五名到第十名，與尋常二榜進士無異。既已到這一步，還是能搏個好名次便要搏個好名次的。

江念也是悉心備考，他不是那種老皇帝你打我家子衿姊姊主意，我一輩子不給你打工的想法。江念的想法是，定要讓老皇帝瞧瞧他的氣度他的學識他的相貌他的年齡，然後證明他家子衿姊姊何等的有眼光。當然，這是不是有可能讓老皇帝因嫉而生恨滅了他，就不在他的考慮當中了，好在江念運氣不錯。

穆元帝不是昏庸之君，不然如果真要對何子衿如何如何，也等不到現在了。其實便是江念在前十之列，也不是穆元帝授意的。這都是太子與副主考等人選出的前十名，穆元帝見有個叫江念的，再看看學籍年紀，就知道是誰了。江念在前十之列，穆元帝依例宣召罷了。至於有沒有私人心思，誰知道呢？

當天，前十名的貢生依舊是穿著襴衫進宮，等著陛下宣召。

江念悄悄打量諸人，見除了他之外，最年輕的也二十幾歲的樣子，就是論模樣，也沒有再比江念好的了，江念就稍稍放了心，不過，也再拔了拔腰，然後慶幸自己這些年每天早起鍛煉身體，晚上堅持吃夜宵，這兩年才長得快。他雖然年歲在十人裡是最小的，個子卻不是最矮的，江念很是高興。

江念胡思亂想著，十人排了兩列，跟著內侍進了御書房。進去不能抬頭，先是向皇帝陛下磕頭請安，待內侍叫起後方得起。

御書房並非穆元帝一人，還有幾位大人在旁站著。

穆元帝道：「你們文章都不錯，朕難以擇之，不如朕再出一題，你們試答一二。」

這十人既得陛下宣召，便知自己是在前十之列，自然都是有學識的人。這幾人也都為御前奏對做了準備，據說以前就是作首詩說說話啥的，從沒有再出題目叫立答的。

幾人緊張著還沒反應過來，內侍已搬來桌椅取來筆墨。江念沉心細聽，老皇帝出完題，有內點了根計時香，老皇帝道：「一炷香的時間。」

雖則大家覺得這回的題目難了些，但也知道皇帝陛下這是要考大家的捷才，都靜心作答起來。這些人都是念書念了十幾年甚至二十幾年三十幾年的，倚馬千言說來也不是吹牛。只是這一炷香內要答完皇帝陛下的題目，委實不易。要知道，春闈第一考會試是九天，第二考殿試是一天，怎麼到御前這一考就成一炷香了？

待得一炷香後，穆元帝親自評卷，還道：「太子也看看。」

當下便商量出了名次，狀元是直隸府人氏，姓段。榜眼與探花之位，穆元帝猶豫了一會兒，方道：「兩卷難分伯仲，只是探花自來要相貌俊俏些方好，江念你年紀小，人也生得好相貌，便居探花吧。」榜眼給了姓荀的貢生，然後接下來定了傳臚與後面五人的名次。

面試就此結束，穆元帝將人都打發了，獨留下江念。

穆元帝呷口茶道：「探花文采人物都好，朕有一愛女，正當妙齡，許與探花如何？」

江念心裡一沉，便知不好，心說老皇帝這是要棒打鴛鴦，拆散我跟子衿姊姊吧？

江念連忙躬身道：「回陛下，學生已有親事在身。」

「不是還沒成親嗎？」

「縱未成親，君子一諾，斷不能悔。何況，學生與內人青梅竹馬，再不相負的。」

穆元帝呵呵兩聲，似是輕笑，又似輕哼。這兩聲一出，江念當初面君前做的種種心理準備，展示風度啦展示才學啦之類的事統統都忘光了，他只覺得如千萬座巨峰壓頂，似是要將他壓成碎片砸入塵埃一般。江念事後回想，或許這就是皇帝的天子之威吧，但現下他可沒空做心理安慰。穆元帝似是看穿了他所有的想法所有的念頭一般，靜寂的御書房內無人說話，只聽得到江念沉重的喘息聲，他知道老皇帝在等他回答。

良久，江念方張張嘴，想說話，喉嚨卻沒發出聲音。他勉強嚥了口吐沫，嘴裡卻是乾巴巴的，啥都沒有，自喉管往上燒出一股熱辣辣的乾嗓來。江念再次張嘴，嗓子已是沙啞了。

江念低聲道：「陛下定知學生家世。學生生父當年慕富貴，棄學生母親而去。學生母親想另謀生路，遂棄學生與義父撫養……」沉一沉心，繼續道：「學生在得知身世之時，就對天發誓。學生這一生定不負人，不棄人。我這一生，永遠不會像我的父母。我絕不會為了富貴，背棄我的妻子。縱拋卻功名前程，我也會先求一個坦蕩心安。」

過了許久，穆元帝道：「記住你的話。」便打發江念出了御書房。

江念經風一吹，方覺汗濕衣衫，不由又是害怕，又有些琢磨不清老皇帝到底是個什麼意思，只得一團迷糊回家去了。

一家人都眼巴巴等著他呢，見江念臉色不大好，何老娘難得善解人意地安慰他道：「別擔心，不是說只要陛見，就是妥妥的前十名嗎？前十名裡占哪個都行，咱都不嫌啊！」這話說得，真叫江氏想翻白眼。前十名還能嫌啊？想當初自己相公春闈也沒這樣的好名次呢。

何子衿遞了杯蜜水給江念，問他：「可是累著了？」

江念一點也不想喝蜜水，他一把摟住子衿姊姊，頭埋在子衿姊姊肩上，一句話都不說。聞著子衿姊姊特有的皂角脂粉香，才漸覺心安。

何老娘可是不淡定了，揮舞著雙臂，恨不得上前把兩人拉開，「哎呀，喜事還沒辦，可不好這樣的！」小孩子家就是這樣，恨不得一天十二個時辰在一塊，一點定力都沒有。

江念咧嘴笑了，直起身接了子衿姊姊手裡的蜜水，灌下大半盞，滋潤了一回喉嚨，聲音卻仍是有些沙啞，說道：「是探花。」

何老娘頓時覺得喜從天降，哎喲喂，原以為三甲無望哩，不想竟是探花！何老娘頓時笑開花，連沈氏江氏沈老太太都覺得，既是意料之中又是意料之外的大好名次。

江念會元便高居第二名，殿試考得好不算稀奇，可聽沈素說，歷來也不乏會試好殿試差的，或者最後一關御前失利，失了三甲之位的。江念雖然沒能考中榜眼，探花也是頂頂好的啊！尤其相對榜眼，探花似乎更多了些風流瀟灑之意。

屋裡頓時就熱鬧得喧囂起來，余嬤嬤翠兒丸子等人也跟著向江念道喜。

何老娘笑著抱怨：「探花多好啊！虧你一回來那樣，我還以為是沒考好呢！」

江念團團作揖，恢復往日活潑，道：「過獎過獎！」

一家子都歡喜得不得了，沈氏還打發小福子先把前兒預備的鞭炮出去放一掛。別的人還好，街坊四鄰聽見何家放起鞭炮來，就有門房下人過來打聽可是有什麼喜事。聽說是江念中了探花，紛紛回去跟主家報信，不一時便有各家打發人來賀。

陳姑丈與江念出去接待官客，何老娘沈老太太沈氏江氏就在屋裡接待女客，故此，雖春闈榜還要明兒個貼，何家先熱鬧了一回。

待得第二日春闈榜一張，江念果然是探花郎，就是何恭和何洛的名次較先時也有進步，何恭考了五十五名，何洛考到了六十八名，即便在二榜，也是極不錯的名次了。

當然，都不能跟江念這探花郎比。

何涵得信後親自過來了一趟，向江念何恭何洛道喜。何恭是族叔，何洛是族兄弟，自小一道長大的，關係自不必說。何涵買了些魚酒，也帶了將軍府的賀禮來，說是紀將軍和江奶奶知道何家這次中了三人，都極高興。待得何家擺酒那日，定親自來吃酒。

何老娘聽了越發歡喜，將軍府如此給面子還在其次，主要是自家孩子有出息啊！因何家這次春闈大豐收，連街坊四鄰也沒少過來。先時彼此來往，其實多有看沈素的面子。人家是官宦之家，何家一平民，身分上便不對等。如今何家除了何恭和江念這對翁婿，族中子弟何洛也中了進士，且名次極佳，有些眼力的都能明白，何家這是一腳踏入官宦門檻兒了，這時候不多來走動，便是傻瓜了。

說來，何家來來往往的，被打聽最多的人倒不是江探花，更不是何恭這拖家帶口的，而是何洛這光棍。凡是聽說阿洛還單著沒訂親的，必要打聽他家裡情形。每逢此時，何老娘便少不得替何洛吹噓一回，把何洛吹得，何洛自己聽著都有些不好意思，還私下勸何老娘稍謙虛些。何老娘道：「你念書的人哪裡懂這親事上的事，這還叫吹？你沒見過媒人說話哩，我這已經算是謙虛啦！」

何洛……

何老娘除了接待過來賀喜的女眷，這些天也沒少忙活，都打聽清楚了，前三甲朝廷還發衣裳哩，屆時還要騎著高頭大馬去街上讓人誇耀。

何老娘與家裡人道：「是在朱雀大街，就是咱們來的時候，那條最寬最寬的街！天啊，我每次出門經過朱雀街，都覺得那街比咱們所有的街加起來都寬！」

沈氏笑，「咱們縣的正街，也就兩輛馬車並行罷了，朱雀街可是十六輛馬車並行的。我不愛走那街，每次出門都遇著貴人出行，前有儀仗後有隨從，咱們讓道就要讓好久。」

何老娘吊著眼睛道：「那是因妳是給貴人讓道的，妳要是成了被讓道的貴人，那就喜歡走啦！」說得沈氏一樂。

何老娘把打聽來的事兒跟家裡人念叨，道：「當天三甲穿的衣裳是朝廷發的官服！咱們阿念這會兒就有官職了，是七品編修，比咱們縣太爺只高不低啊！」又對自家丫頭道：「待阿念忙完了，就把你們的事兒給辦了。」說著，頗是嫉妒地嘀咕一句：「丫頭，妳有福啊，妳馬上就是誥命啦！」

何子衿道：「阿念才十五，著什麼急辦親事，怎麼也要等他十六七才好。」

「妳個傻蛋！」何老娘顧不得嫉妒自家丫頭片子馬上就要是誥命的事了，與她道：「自從阿念中了探花，這些天打聽他親事的沒有一百家也有八十家，咱們好不容易占了先，還不得先把事坐實了。」

「不行不行，阿念還小呢！」

「小什麼？十五六的大小夥子了！」何老娘看自家丫頭片子該機靈的時候反犯了傻，真個急得要命，眼裡就要噴火。沈氏倒是不急，跟閨女說：「阿念私下跟妳爹商量過好幾回了，還央妳舅舅過來說。他這剛中了探花，再把你們的事辦了，豈不是喜上加喜，雙喜臨門？」

「是啊是啊！」何老娘顯然算數也學得不錯，跟著道：「再加上妳爹也中了進士，妳娘還懷了身子，這加起來就是四喜。」

何子衿嘀咕道：「正好做個四喜丸子來吃。」

「妳個不知好歹的臭丫頭！」

何子衿決定私下同江念談談，江念早做足準備了，別看他較子衿姊姊小兩歲，還是封建社會的原住民，沒有子衿姊姊的開掛人生，可這人的心眼啊，不在於穿不穿掛不掛的，甚至不在於年紀有多大。江念自小就心眼多，子衿姊姊拿年紀的事一說，他就把當天陛見的事一五一十跟子衿姊姊說了。

何子衿嚇一跳，問道：「當天你怎麼不說？我說你那天回家怎麼那麼反常呢。」

「祖母這把年紀，岳母又有身子，我要說了，不得嚇著她們？我就想著，咱們還是先把事兒辦了。」江念兩隻眼睛裡滿是懇切。何子衿把江念陛見那事又想了一回，笑道：「陛下那是嚇你呢，他就五位公主，哪裡有第六個女兒，最小的五公主也早嫁了的。」

江念道：「那也得以防萬一啊，我擔心得很，吃不下睡不著的。」

子衿姊姊取笑：「誰中午吃了兩碗飯啊？」

江念一臉憂愁樣，話也不說了，就眼巴巴望著子衿姊姊。何子衿想到老皇帝恐嚇江念的事也有些鬱悶，道：「先辦事，待你過了十六歲，咱們再圓房。」

江念一聽圓房啥的，有些害羞，連忙道：「都聽子衿姊姊的。我就是想先把跟子衿姊姊的名分定下來，咱們成了親，什麼都聽子衿姊姊的。」

何子衿便也對親事沒什麼意見了。先成親也好，省得老皇帝再出么蛾子。

何老娘私下跟兒媳婦嘀咕道：「咱們丫頭瞧著機靈，其實像我，是個心實的。看，咱們怎麼說她都不樂意，阿念一說，她就樂意了。」

沈氏笑道：「他們倆商量妥了也好。阿念是咱們看著長大的，還有什麼不放心的？這事要不是阿念先提，我也沒想這麼早給他們辦。」

雖然近來打聽阿念是否未婚的人多了些，但沈氏也自信自家閨女足夠出挑，她並不如婆婆這樣著急，生怕阿念會跑了啥的。要阿念真是個會變心的，成親前變心，總比成親後變心的好。誰曉得她還沒急，阿念倒先急著辦親事。沈氏很是滿意，覺得阿念是個本分的孩子，縱中了探花，也依舊對她閨女像以前一樣，不是那等略有出息便不知東南西北的貨色，起碼比阿念那個爹強百倍。當年棄了江念母子，如今又怎樣了？家裡孩子可有一個有阿念這樣的出息？沈氏就不信，難道守著元配嫡子，以後就沒前程了？難道個頂個當官的都有靠山有背景不成？再退一步講，縱官場沒助力沒前程，便是守著進士功名回家種田，也是碧水縣一等一的人家。她弟弟沈素也是進士，當初來帝都還是租朝廷的便宜房子過活，現下難道過得就差了，無非就是給忘恩負義尋個理由罷了。

阿念不似其父母，沈氏表示很放心。

兩人的親事就這麼定了，因近來事忙，索性等江念這探花的事兒差不多了，家裡擺過酒席，款待過街坊親朋的，再去算日子不遲。

何老娘把章呈都定下來了，眼下先是天官誇街的事兒，何老娘道：「阿念遊街的時候，咱一家都去看啊！我讓小福子去朱雀街最好的茶樓君子樓包了二樓臨窗的位置，咱們都去！」

何子衿糾正，「祖母，那叫誇街，不叫遊街，犯人才是遊街呢。」

「甭管什麼街吧，反正到時咱一家子都去，叫上妳外祖母妳舅媽他們一塊去！」何老娘把事兒定下來了。

何子衿問：「君子樓的包間很貴吧？」

「還成，早半個月前我就讓小福子定下來了！」提及此事，何老娘頗有些得意，認為自己有先見之明。

何子衿一算日子，道：「那會兒剛出會試榜吧？您老真有遠見。」

「那是！」何老娘沒說是陳姑丈給她提的醒，會試榜一出，陳姑丈就同何老娘把事商量妥了。何老娘還在擔心家裡孩子的名次，陳姑丈勸她道：「孩子們總歸都是進士，聽說那一日熱鬧得不得了，咱們去瞧瞧，也當開了眼界，以後說與子子孫孫，好讓他們上進。」然後提出這事兒必要他請客才是。

何老娘拿眼一翻陳姑丈，道：「我自家喜事，幹嘛要你出銀子，老娘有的是銀錢！」硬是自己拿的私房銀子，孩子們有出息，叫她傾家蕩產她也情願。

何老娘道：「還有阿冽俊哥兒阿玄阿絳他們，有一個算一個，孩子們都去。」又指了陳芳道：「阿芳，妳也去，連妳大哥二哥妳爹都去，看看這只有讀書人才有的榮耀。」

何老娘說起來，唯有一樣遺憾，道：「就是那短命鬼死得早了，早就看他無福，不然若活到今兒個，該有多高興！」

何老娘感慨了一回自己早死的老頭子，何子衿道：「虧得有祖父在地下保佑著咱家，否則咱家哪得這般順順利利的呢？」

何老娘認真點頭，「這也是！」當天晚上又打發兒子，叫去給老頭子牌位前又燒了回香。近些天來因家裡喜事多，何祖父可是沒少吃家裡的香火，想來在地下也是過得滋潤的。

江念是探花，故此，在天街誇官前，先穿上了探花郎的大紅衣裳。官帽一側簪彩花，把何老娘喜得，只覺得兩隻眼睛看不夠。這衣裳這花兒都是朝廷發的，精緻得不得了，江念簪的是彩花，聽說狀元郎用的是金質銀引的簪花，又不知是何等模樣，但只看江念這一身的俊俏風流，何老娘不信還有人能穿得比江念更好，越發覺得自家丫頭片子有福。想著丫頭片子這般運道，要是媳婦再給生個小孫女，能有丫頭片子的運道也是不錯的。

這麼想著，何老娘就轉過頭對沈氏道：「生個丫頭也挺好的。」

沈氏一時都不知要怎麼接話了，何子衿笑說：「祖母，您這今兒叫我娘生兒子，明兒叫我娘生閨女的。我看，乾脆生龍鳳胎吧，兒女雙全。」

何老娘樂得合不攏嘴，「好丫頭，也學會說話了。」又誇何子衿：「妳這輩子就今兒說話叫我高興。」

何子衿道：「您這話可真叫我不高興。」

何老娘才不管何子衿高興不高興，她看不夠江念這一身，還問兩個孫子：「你們阿念哥這身俊不俊？」江念被誇得臉都紅了。

何洌直說好看，還跟阿念哥商量：「阿念哥，你今兒穿過了，明兒給我穿一穿成不？」江念與何洌一起長大，如親兄弟一般，很是大方。更因跟子衿姊姊親事就在眼前了，江念人逢喜事，好說話得很，笑道：「這有什麼不成的，現下給你試都行。」

何老娘平日裡拿孫子當活寶貝，這回卻是對大孫子道：「這話沒出息，你好生念書，以後自有你穿這衣裳的一日！」

何洌笑嘻嘻地應聲是，還是決定晚上就去阿念哥屋裡借衣裳臭美一回。俊哥兒還沒臭美的心思，他好奇地問：「不是說阿念哥跟姊姊成親時才會穿紅嗎？怎麼現在就把喜服穿出去啦？」逗得一屋子人都笑了，沈玄笑得尤為大聲，險笑破肚皮。

何洌指著江念的衣裳說俊哥兒：「這不是喜服，是探花服，你看前面繡的紋彩多好。」江念臉紅成個番茄，何恭幫江念解圍，道：「我跟阿念阿洛還有姚兄要去宮裡了，還得在昭德殿聽著宣讀名次，然後自宮裡出朱雀門，到朱雀街，這才是天街誇官呢。」

何老娘也知道這些流程，亦擔心誤了時辰，連忙讓他們都進宮去了。

待新科進士們去了，何家也要收拾收拾準備去茶樓裡看進士遊街，不，是誇街了。

當天進士誇街時的場景就甭提了，何老娘若干年後都能回憶得一絲不漏，就是在江念誇街時有件趣事，後來還被記入野史哩。話說江念是個有心的孩子，知道家裡就在君子樓二樓雅間等著看他，故而尤其注意行程。到了附近，就往君子樓看去，不知是哪家激動過度的女眷，以為探花郎在看自己，一激動，鮮花玉墜扇子香包的招呼，然後多半是招呼完了，抄起果碟裡的蘋果就擲了過去。那些鮮花玉墜啥的，根本到不了江念跟前就掉地上了。蘋果不一樣啊，這東西有分量，嗖一蘋果過去，江念幸而是自小練健身拳的人，反應亦是機敏，身子往下一矮，那蘋果啪一聲，把狀元郎自馬上砸了下去。

這就是當天的著名蘋果事故了。

於是，繼蘇不語的柚子事故後，蘋果也被列入了殺傷性水果的黑名單之一。

江念傍晚回家猶心有餘悸，何老娘也說：「幸虧阿念你機靈，要不被砸下馬，真是丟臉丟回老家嘍！」狀元被沒被砸暈，就是一時沒料到會有暗器出現，直接自馬上跌了下去。幸虧宮裡的馬溫馴，用何子衿的話說，也就比木馬多口氣罷了，所以狀元郎沒受重傷，就是腦袋上砸出個青紫大包來，那帽側簪的金質銀引的簪花也摔壞了一支，然後整個人灰頭土臉帶著新科進士們走完剩下的路程，連何老娘都對狀元郎此等不幸遭遇表示了深深的同情。

何老娘同情了狀元郎一回，然後說：「你們不是說古代有一姓潘的俊郎君，每回出門都能得半車水果，都是別人砸給他的。如今想來，這姓潘的俊郎君定然身手不錯。」

何子衿為啥得何老娘青睞啊，主要是她簡直就是何老娘的小知音。一聽何老娘這話，別人還沒明白呢，何子衿就接話道：「可不是嗎？專業打鐵的。」

「怪道！」何老娘一拍大腿，覺得自己所料不差，便做一總結：「阿冽和俊哥兒，咱家雖沒鐵給你們打，你們以後早上也要好生打拳，不然以後誇街，會被人從馬上砸下來。」說得好像三甲是他老何家的囊中之物一般。

江念這天街誇官的事結束，接著何恭和何洛、姚進士又參加了庶起士的考試。姚進士沒考中庶起士，準備謀個實缺。何恭與何洛都不錯，進了翰林做庶起士。

庶起士的事兒一定，便是諸進士漫長的兩個月假期，這兩個月可以稱為衣錦還鄉假。許多進士這會兒還鄉，那必是春風得意，榮耀非常。

何老娘原也極想回去顯擺的，要是回鄉，她保准要擺半個月的流水席，可她家在帝都還有生意，實在是忙得分身乏術，再說一家子都在帝都，也沒啥好回去的。

你說什麼生意？

就是何老娘與新科探花郎那書的生意啊！

哎喲喂，那書現下帝都大賣呢！

江念這一中探花，何家眾人，沈氏這有身子的除外，都投入了賣書的光輝事業中去。春闈榜一貼，何子衿就把她家的書連帶她舅的書一塊上市了。是的，在何子衿的鼓動之下，沈舅舅也寫了一本介紹春闈經驗的書，何子衿還跟書鋪約定，三本書一起買打九折。

同時，她傳授了葛掌櫃許多賣書的竅門。時下賣書的鋪子一般也兼賣文房四寶，故此書鋪是個文雅的地方，不興大聲吆喝。何子衿看葛掌櫃那一身長衫的斯文樣，猜測他也不是個會吆喝的，但不讓吆喝，又不是說不讓打廣告。

何子衿感慨一聲：「酒香也怕巷子深啊！」然後她弄了許多油布，寫大布條，什麼「當界探花親傳讀書經驗」，什麼「如何把你的孩子培養成探花」，還有「進士堂的不傳之祕」。幾幅一房高的油布廣告掛出來，趁著春闈東風，簡直不火都難。

何子衿還精明地把書分成兩種，一種普通讀本，一種精裝讀本，任君挑選。

要是尋常文人這樣賣書，肯定覺得臉都沒了，江念不愧是沈素的義子，完全不在乎。沈素在帝都人稱「死要錢」，江念頗有其風範，並不覺這般賣書如何不好意思。江念還計畫好，他跟子衿姊姊就要成親了，待賣書得了銀子，他們就在帝都郊外置些田地，也就有自己的產業了。他雖是住在岳家，卻也不能白吃岳家的。男子漢大丈夫，得能自己養活妻兒才成。

江念自小就是個有志氣的孩子，倒是後鄰梅家十分看不上何家這種行為，梅員外郎還親自來勸了一回，「汝何人也？當朝探花郎是也，焉能用此銅臭腌臢之氣擾君一身清白？」

江念心說，我可算知道你家日子咋越過越一清二白了。

江念耐心地道：「晚輩勉強在念書上有些心得，從老家到帝都都有人同我問起念書可有要訣，故此想寫出來。倘能有益於學子，豈不好？晚輩一番好意，不知又何來腌臢之處？」

江念自稱晚輩委實是客氣，這位梅員外郎年紀不輕了，頭髮都是花白的，瞧著也就略比何老娘略年輕些罷了。入仕途的確比江念早，但梅員外郎身上並無功名，這樣的官員，倘是高官則罷，如梅員外郎這六品官，也就比江念高兩級而已。可論起出身來，梅員外郎在江念這當朝探花面前充大輩就有些可笑了。江念是想著街坊四鄰住著，且梅員外郎這把年紀，便給梅員外郎留足了面子。

梅員外郎並不是個知進退的，還繼續勸道：「既是想有益學子，如何能去外面書鋪大肆買賣，行商賈之事？」

江念有些不明白，不賣難道白送？

江念道：「我生來父母早亡，孤身一人，今寄居岳家，便想自食其力罷了。何況，書只是印出來，給書鋪代售罷了。」

「便是自食其力，也不能失你我這樣人家的體統啊！」梅員外郎語重心長道。

江念唯有耐著性子聽他絮叨幾句，心說，這帝都當真是奇人多，以往在老家都以吃不上飯為恥，哪裡管什麼商賈不商賈的，就是阿文姊夫家也有好幾處買賣呢，怎麼在帝都倒是以賺錢為恥了？

江念與沈素說起此事，沈素笑道：「那等酸生，何必理他。家裡都要花用閨女的聘禮了，還往你這兒來講體統？聖人都說，倉廩實而知禮節。餓著肚子說些空話，有啥用？哪天家小都餓死了，看他怎生是好。」

何沈兩家的書，非但在沈素於郊外的書鋪賣得好，到帝都城內的推廣更是順利極了。商人多精明，春闈東風尚在，可想而知這探花以及探花奶奶、進士堂最有名的沈翰林的書有多好賣了。何老娘見自家丫頭片子成天撥拉算盤珠子，就湊過去問：「如何？賺了多少？」

「勉勉強強吧。」何子衿揮著鵝毛筆刷刷刷在帳本上記了個數字，「祖母，明兒個家裡擺酒不？」江念天街誇官結束了，探花的名兒也坐實了，何家有何恭和何洛、江念這三個進人，自然要擺酒慶賀的。

何老娘擺擺手，「那不急，我都安排好了。快說，到底賺了多少銀子？」

「總共就印了五千本書，沒曾想不大夠賣，又去加印了五千冊，銀子都在周轉呢，現錢也就二百兩。」何子衿道。

何老娘瞪大眼，「就這幾日，妳就賺了二百兩？」天啊，丫頭片子還真有財運哩。

「也沒多少。」何子衿道：「您不曉得，帝都地貴，我原想要是能賺到五百兩，到時找一找牙人，看可能買個鋪面來，也能讓三姊姊和阿文哥一道過來。咱們的烤鴨鋪子，在老家能有多少生意？這帝都卻是沒有專做烤鴨生意的鋪子，要是咱們開個這鋪子，也能賺些花用，不然以後阿念和我爹都在帝都做官，翰林俸祿有限，總不能都指著老家捎銀子過來。」

何老娘感動了一把，「丫頭片子會過日子哩。」又道：「妳先時說要給我一成分紅，妳當給我四十兩的，這樣吧，給妳減十兩。等妳書都賣完了，給我三十兩就行。」

聽這話，何子衿都快感動死了。

其實何老娘雖有些摳門還有些貪財，卻很有原則，起碼何子衿賣花的銀子她不伸手，當然，一半是給她老人家拿去置了地的，但地契都是何子衿的名字。而且，這些年何老娘也沒朝沈氏的醬菜鋪子伸過手。何老娘是那有啥說啥的性子，別人聽到何家祖孫就在屋裡討論銀子能嚇死，可何家這樣慣了，反是分明，從不會因銀錢壞了情分。

何子衿手裡積蓄其實也有一些，她先時賣花的銀子，一半給何老娘在老家置的地，另一半是給她娘收著的。還有何子衿在老家出租鋪子、交給江仁經營的書鋪子的收入，每年雖不多，也是銀子啊。她手裡還有阿念的私房，林林總總算起來，並不是沒銀錢的人。

既然是在帝都過日子了，勉強糊口，坐吃山空，跟把日子過好是兩回事。

江念的書賣得如火如荼，一時間，江探花的名字竟比被蘋果砸下馬的段狀元響亮幾分。

第二日就是家裡擺席慶賀的日子，家裡中了三個進士，擱誰家都得樂瘋了，故此，這酒宴是早定下了的。何家選了個休沐的日子，街坊四鄰都來了，連帶著先時說要來的紀將軍夫婦和何涵，還有沈舅舅的朋友孫御史，以及小唐大人夫婦。唯後鄰的梅員外郎沒來，梅員外郎覺得自己苦口婆心勸過江念後，江念仍要行商賈事賣書，一身銅臭，非是可交之人，死活不肯過來吃酒，把梅二太太氣了個倒仰，梅二太太只得自個兒帶著兒女們來了。一過來見到紀太太江氏和唐太太鐵氏，將梅二太太驚嚇得不得了。紀太太是正經的三品淑人，小唐太太還不是誥命，但她爹是當朝左都御史，正二品高官。鐵氏跟小唐大人的媒，是當朝太子妃做的，而小唐大人的爹，是當今戶部尚書。

一看今天的來人，梅二太太就恨不得立刻回去掐死丈夫，那沒出息的東西！

小唐跟著媳婦進來見了何老娘，一見何老娘便作揖行禮，笑道：「老太太，您寫的書我已經看啦！寫得真好，我看過之後立刻又命人訂了五十套，送給我在外地的兄長侄兒們，以後我就按您寫的那書教導我家兒子。老太太，您有大學問哩！」

何老娘聽這話，險些笑成個花椒，假假謙虛道：「小唐大人客氣啦！也就是有啥說啥，沒藏一丁點兒的私！」心說，小唐大人可真是既有眼光又有銀錢的大好人，一下買她家五十套書，哎喲，大主顧，世間就需要多幾個像小唐大人這樣的可人兒才好！

小唐道：「有學問，真有學問，您不愧是培養出探花郎的老太太呀！您是咱們帝都清流界裡老太太裡頭的楷模！」

「不敢當不敢當，比起狀元他祖母，榜眼他祖母，我差得遠哩。」何老娘道：「我這些年也就培養出一個探花、一個庶起士罷了。」

「您可別這麼說，我要能跟您似的培養出一探花來，這輩子也值啦！」

「這事對別人來說不容易，對小唐大人你來說，已經成一半啦！」何老娘道：「看你跟你媳婦都生得這般清俊，孩子必然長得好。聽說這做探花，除了文章好，相貌也得出眾，不然長個鍾馗樣，也只好去做狀元啦！」

小唐哈哈大笑。

何子衿：咱家快把狀元得罪完了好不好？

小唐與何老娘頗有些高山流水遇知音之感，不過眼下客人頗多，不好深談，小唐略說幾句，便去外頭同男人們說話了。後來何子衿才知道，為何小唐大人這麼與何老娘說得來，原來小唐大人也出過書，而且，那文采，哎喲喂，反正看了就知道了。

丈夫去了外頭，鐵氏終於能說些正常人該說的話了，她笑著與在座諸位太太打過招呼，尤其多與何子衿說了幾句話。見紀太太與何家頗是相熟，鐵氏這才知道紀太太與何家在蜀中就相識的，還是老鄉來著。

因有鐵氏和江奶奶在場，整個宴席的檔次就高大上許多，好在何家別個不講究，唯在吃食上是極講究的。再加上有何家的不傳之祕脆皮烤鴨，故而，鐵氏雖覺得何家是小戶人家，但一家子都是實在人，就是飲食上也算可以。

更甭提戶部主事家的陳太太與武官家出身的祁太太對鐵氏與江奶奶有多麼的熱情了，鐵氏主要是她公公唐尚書正管著陳主事，陳太太自然奉承她。祁太太的丈夫祁副將則是在禁衛軍當差，說來與紀將軍並沒什麼關聯，可紀將軍已是北靖大將軍，都是武將一途，祁太太自然願意交好紀太太，所以，這場席面是吃得熱鬧無比。

外頭男人們那裡更不必說，小唐是個好熱鬧的，孫御史也是個會樂的，宋翰林雖然是翰林，卻並非梅員外郎那等迂腐之人，大家更是將一席酒吃到了下晌去。待得告辭時，男人們都有些微醉，幸而街坊們離得都近。小唐是坐車來的，紀將軍酒量好，並不覺如何。

待得客人們散了，說到今日吃酒的事，何老娘對小唐大人讚譽有佳，一個勁兒說：「小唐大人這樣的人，當真值得深交啊！有眼光，人也好！」

何子衿道：「不就是誇您書寫得好嗎？您這愛聽好話的毛病，什麼時候能改啊？」

「嘖，誰不愛聽好話啊？」何老娘理所當然道：「何況，小唐大人可是大師的徒孫，他難道會說假話？」

何老娘振振有辭道：「知道那位大師多有名不，跟薛帝師齊名的大師哩！」說著話，忽然腦洞大開，問自家丫頭片子：「妳說，我那書是不是給大師看過了？」

何子衿表示：……

其實何老娘的話是有幾分道理的，甭看小唐說話口無遮攔的樣子，人家可是正經江北嶺的徒孫，而且是正經二榜的進士出身。

雖然後來何子衿看過小唐大人出的第一本書《情義賦》，非常之肉麻，但後來小唐大人出的遊記啊，地理方面的書，都是很不錯的。

經小唐大人一提醒，何子衿才發現，此次書籍大賣，出名的非但有近來在帝都頗有名氣的今科探花江念，還有一直在帝都補習界執牛耳沈素沈翰林，同時藉著此次賣書，名聲毫不遜色於二人的，就是何老娘了。

何子衿發現，她家祖母出大名啦。

連整條巷子最酸的梅家二太太，都會過來跟何老娘請教科舉時的心態問題之類的事。

何老娘甭看勉強算個半文盲，她守著兒孫考這許多年，當真是十分有經驗的。她說起話來還一套一套的，何老娘道：「最要緊的是，別讓孩子怕考試。許多人平日裡文章寫得好，可一進貢院就不成了，文章孬得很，為啥？心思重！其實想一想，這有什麼好怕的？我常說，你要把眼睛放在秀才上，你肯定見到縣太爺就怕。你把眼睛放到舉人上，你肯定見到知府老爺就膽小。要是把眼睛放到春闈上，那一見皇帝老爺必得癱了，這就是眼光不夠長遠。你得讓孩子這樣想，以後咱是去朝廷當大官的，在朝廷當大官的人，那天天能見著皇帝老爺的。要這樣想，還怕考秀才不？還怕考舉人不？還怕考進士不？所以說，不論念書，還是科舉，先把心沉下來……」

何子衿聽到何老娘這番話時，先是覺得她家祖母無師自通學會了用排比句很不可思議，然後細分析一下，何老娘雖然說得質樸，但把這「明志」和「立志」都說到了。

梅二太太這種向來以書香門第自詡的，都愛到何家來串門了。

真正的書香門第，同巷子宋翰林家的宋太太也喜歡過來說話，因各家都有念書的孩子，大家一起探討如何把孩子培養得出息。梅宋二位都很擅長養孩子，衣食住行都講究細緻。可要說到科考上的經驗，她們二位當真不如何老娘曾親力親為，經歷過無數打擊波折的。

因為梅宋二人給了何老娘不少啟發，何老娘同自家丫頭片子商量：「我這心裡又有許多想寫的事，丫頭，妳說，我能再寫一本書不？」

何子衿目瞪口呆。

何老娘有言在先：「這回出書，咱們都按分成，妳可不能再買斷了啊！」

何子衿：……

何老娘寫書的熱情不是一般的高漲，以致於她連陳姑丈和何洛一行人要回鄉的事也顧不得張羅了，只是略叮囑兩句，便又拉著自家丫頭籌備她的出書大業去了。

這期間還發生一件叫何老娘引以為傲的事，這事發生在小唐大人與何老娘之間。縱多年以後，何老娘提及小唐大人也是滿口親切，就因為二人的忘年交情有個非常良好的開端。

在何家的酒宴擺完後的第二天，小唐大人打發人送了何老娘一本書，那便是小唐大人自己寫的書。書外頭弄了個極漂亮的包裝，上面寫了四個字：何先生收。

何老娘還以為是送給自己兒子的，後來問明白唐家下人，才知道是送給她的。待打發了唐家下人，何老娘才問自家丫頭片子：「咋管我叫先生呢？先生不是男的嗎？」

何子衿道：「先生可不分男女，一般管有學問的人便叫先生。」

何老娘心頭一喜，感覺自從進入出版業後，果然不同啦，連小唐大人這樣有眼光的人都稱她老太太為「先生」，何老娘頗是喜悅，很珍惜地撫摸了小唐大人的書一回。打開來，字有一小半不大認得，想著等有空了，讓丫頭片子念給自己聽才好。然後，她老人家也要多學著認字，不能叫人小瞧了去。

何老娘把小唐大人送的書小心翼翼收好，準備有空時再看，接著就跟自家丫頭商議：「小唐大人專給我送書來，這可怎麼回禮呢？」

何子衿道：「把您的書回小唐大人一套就是。」

「小唐大人說他買了五十套哩。」

「那不一樣，這套書祖母簽上您的名字，獨送給小唐大人。」

何老娘道：「那我得把名字練好。」於是，每天除了要操心寫書的事，還要苦練簽名。

何老娘這般忙碌著，陳姑丈與何洛已經收拾好東西，準備錦衣還鄉。

陳姑丈深覺這趟帝都沒有白來，非但救出了閨女，連帶著見識了天街誇官的景象，最重要的是，內侄何恭中了進士，阿念中了探花，連不大熟的何洛也中了進士。

他們碧水縣這就是出了三個進士。

先不說自家的好處，這是何等的體面？肯定把相鄰的縣城都比下去了。

陳姑丈恨不得現下就飛回去把這消息告訴家人，雖然知道家裡人大概也快能知道了，但這種充斥在胸腔裡的激動、喜悅，讓陳姑丈整個人的精氣神都不一樣。特別是在帝都以來，豈止開闊眼界這般簡單，先時陳姑丈在碧水縣為第一富戶，他覺得他這輩子也算不錯了，但一到帝都，後來沾何家的光，竟能見到這麼些官老爺將軍大人，陳姑丈就覺得，他先時的人生目標太過短淺啦！

哎，他這代是把陳家的日子過起來了，但人生在世，賺銀子不能是最終目標，還是得督促著孩子們考功名。看看帝都城的這些官老爺們，何等體面？看看新科進士誇街的場景，倘有朝一日能見到自家兒孫排進進士行列，縱叫自己折壽十年，自己也是願意的。

念書，還是得念書啊！

陳姑丈已經打定主意要在自家後代教育中追加教育投資了。

陳姑丈走前，何老娘沒什麼話要叮囑他的，他一老賊，做生意這些年，風風雨雨見識過不少，無甚可說的。就是陳芳，何老娘讓余嬤嬤收拾了個包袱給她，私下與她道：「舅媽沒什麼好東西，我已與妳爹說了，叫他回去後給妳擇一戶安穩人家。妳也大了，這會兒不是羞臊的時候了。」何老娘瞧著陳芳微紅的臉頰，有些不適應。她家丫頭片子這才十七，說到成親嫁人的事就不知羞臊為何物。見慣了自家丫頭那沒心沒肺，再看這個外甥女，何老娘難免多跟她說幾句，覺得外甥女素來是個軟弱人，不放心。

何老娘道：「妳雖要再嫁，身子卻是清白的，但也得學著自己做主。以後日子都是自己過的，記著，咱不是不講理的人，可也不會好性子叫人欺負。眼下我在帝都事多，還得寫書，書商催著呢，也沒空回老家去。」還是忍不住炫耀了一句，然後繼續轉入正題道：「所以，妳的親事，我怕是趕不上了，這是給妳的添妝，自己收著。回去跟妳娘說，我這裡什麼都好。要什麼時候妳爹再來帝都，讓妳娘一起來，咱家裡有的是屋子，夠住哩。」說著說著，何老娘既自豪又傷感，這個外甥女實在忒命苦。

陳芳也紅了眼圈，點頭道：「舅媽的話我都應了，舅媽也保重自個兒。待有機會，我定要再過來看望舅媽，報答舅媽。」

「傻孩子，說什麼報答不報答的話，豈不生分？」

何老娘絮絮叮囑陳芳許多話，然後把自己跟阿念還有沈舅舅的三本一套的精裝本送了十來套給陳芳，讓她拿回去送人。

陳姑丈很是喜悅地代閨女收了，道：「只十套，不大夠送哩。」

何老娘不願意白給陳姑丈，道：「物以稀為貴哩。」又說：「這是給阿芳的，叫她自己拿著，你甭自己做人情。」

陳姑丈笑咪咪地應了。

何家及沈家都有信託陳姑丈帶回去，何家的信既有寫給蔣三妞和胡文的，也有寫給江仁的，還有就是寫給沈山的，以及讓何洛交給何族長家的信，沈家則主要是寫給江家的家書，陳姑丈承諾定會一一帶到。

沈氏叮囑何洛幾句，道：「這一來一回的，雖難免奔波，回家看看也好，你家裡人都盼著呢。」她又拜託陳姑丈路上多照顧何洛，這話不必沈氏說，陳姑丈都會的。

待一行人告辭回鄉，何老娘滿面遺憾，「真可惜咱們不能回老家，要是能回老家，我非擺他半個月的流水席不可。就是三婆子再只上一份禮，帶著一家子來咱家吃酒，我也不給她臉色看了。」可惜不能回啊！未能衣錦還鄉，何老娘遺憾得要命。

見母親這般不歡喜，何恭最是個孝順的，便道：「子衿她娘不好行遠路，要是娘想回鄉，我陪您回去也行的。」他一樣有進士假期。

何老娘聽此話卻是將臉一板，抬起下巴道：「不知道我要寫書嗎？回鄉雖要緊，有我寫書要緊嗎？」說著一副兒子不理解我事業的模樣，帶著自家丫頭片子去書房忙活了。

是的，因此處宅子寬敞，何老娘自從出書後，就將自己歸到了書香人的類別裡，所以她在自己與丫頭片子的院子裡硬拗出了一間書房，平日裡寫書就在此處。

何老娘雖然寫書熱情高漲，但熱情之後，何老娘陷入了寫書人的瓶頸期。因是初初寫書，一遇瓶頸，何老娘就有些著急。

一把年紀了，哪裡著得了這種急。何老娘是個實在人，著實也是著實在急，那是急得直上火，嘴角起了一溜燎泡，把何恭嚇得，趕緊請了大夫來給他娘開敗火的藥，還私下同自家丫頭片子商量：「妳可別鼓動妳祖母寫書了，看把妳祖母給累壞了。」

何子衿道：「哪裡是我鼓動的，祖母自個兒願意寫，我成天被她叫著聽她口述，我給她做記錄。她那不是累的，是憋的。寫不出來，可不急嗎？」

何恭很不理解他娘，道：「寫不出來就歇歇啊！」

「我也這麼說，可得要她聽哩。」何子衿到底有法子，她給何老娘畫個餅，「我已經幫祖母您聯繫好了，待您嘴上這燎泡好了，咱們就去講學。」

何老娘頓時來了興致，捂著嘴角問：「啥講學？」

「這讀書不得從娃娃抓起嗎？是聞道堂附近的蒙學，我跟他們說了，您可不一般，您是培養出一探花一進士的人，您還出了暢銷書，現下帝都誰不知道您？我就去跟那書院的院長談了，待您這火消下去，就去書院給孩子們講講平日裡如何學習的事。」何子衿道。

何老娘生就是個愛顯擺的性子，她心下是極樂意，又有些擔心，道：「寫書的事我還成，這給孩子們講這個，我不知成不成啊！」

「這有什麼不成的？我爹和阿念他們小時候如何念書的，您不記得啦？」

「這怎麼能忘？」何老娘這輩子最關注的就是孩子們的前程問題，她也同自家丫頭實話實說：「我雖懂些道理，到底沒念過書，學問上怕有不足。」

「讀過多少書的人也沒祖母您明白呢。」何子衿道：「這有沒有學問，不在於念多少書，而在於這人有多少見識。像祖母，您是書念的少，可您知道怎麼教孩子，是不是？」

「這倒也是。」何老娘那虛榮心就上來了，就要開始預備演講的事。是的，現下可還沒有「演講」這個詞，但也差不多這個意思啦。

何子衿道：「這急什麼，磨刀不誤砍柴工！您這嘴這樣，養不好就開不了口，怎麼給孩子們講學呢？」

何老娘為了去給孩子們講學，認認真真休養，兢兢業業準備，為此還做了身新衣裙，務必要準備得充分再充分，不然都對不住第一次講演。

要真叫個進士什麼的去給蒙童演講，進士不一定樂意，但何老娘不會在意這個，她這把年紀，最喜歡的就是孩子們了，而且她不是說那些文謅謅的話，而是平易近人的大白話。講的也不是深奧難懂的事，就是何恭小時候念書與江念小時候念書的事。告訴孩子們，其實進士的童年和探花的童年與他們現下沒什麼不一樣，只要讀書努力，以後都會有前程的。就是不喜歡學習的孩子們，也要多識字，以後幹自己喜歡的事才能有出息，又拿何涵舉了例。

何老娘說話風趣，又很會吹牛，尤其她可是進士的娘與探花的祖母，於是，當真把小孩子們糊弄得聽入了神。

何老娘還讓他們不要一味念書，該休息時休息，該鍛煉時鍛煉，先養好身子骨，以後念書才事倍功半。事倍功半這詞，還是跟她家丫頭片子學來的。

別說，何老娘這大白話的演講效果很不錯，待她講完，書院的院長還親自送她出來，直呼她為「老人家」，可是把何老娘美壞了。

就是何老娘寫書上的瓶頸，因這麼講演了一番，也頓覺思維開闊起來。於是，她繼續開始了自己的寫書過程，還給自己的書分了章節，先是寫了教導小孩子常遇到的問題，然後還無師自通學會了體驗生活，提取素材。她因為在蒙童書院講演過，就常過去看那裡的孩子，給送些水果之類的東西，那書院的夏院長也與何老娘熟了。

夏院長是位老進士，據說年輕時做過一二任小官，後來便回來家鄉，一直致力於教育工作，今為蒙童書院院長，也是五十出頭的人了。另外再說一句，他喪偶。

何老娘常來，因何老娘是寫過教育類書籍的人，夏院長也時常說些孩子們的事，何老娘還能給他提意見哩。這些她提的意見，夏院長說的事件，何老娘都會記得清清楚楚，回家說與丫頭片子記在紙上，待得日後整理好成冊。

故而，何姑娘一家來帝都述職時，何老娘的第二本著作已完成，在進行第二遍校稿了。

這倒不是何老娘寫書快，主要是這年頭書都寫得短，何老娘這已算是長的了。她打算聽丫頭片子的建議，分成上下冊。

何姑媽與馮姑丈是找上沈家來的，到了沈家還跟江氏打聽：「路上看了今科的進士名單，阿恭和阿念都在榜上，親家妹妹，不知我弟弟他們可還在帝都？」

江氏直笑，「在呢。」就在隔壁！

何姑媽與馮姑丈帶著兩個兒子到娘家時，把何家一家人都給驚喜著啦。

何老娘見著閨女女婿外孫，那真是喜上眉梢，笑出眼淚來，道：「你們怎麼來帝都啦？先前一點信兒都沒有！」

沈氏見何老娘抓著何姑媽的手就開始絮叨，邊上馮姑丈和馮翼馮羽兄弟倆都還站著呢。沈氏笑道：「母親，咱們坐下說話吧，姊姊、姊夫都來了，還怕沒說話的時候？」

「是哦，我歡喜得都忘了。」何老娘拉閨女與自己一起在榻上坐著，馮姑丈帶著兒子與岳母見禮，何老娘擺擺手，「免啦免啦！」又拉過馮翼和馮羽來看，歡喜得不知看哪個好，連聲道：「翼哥兒都這般高大了，這孩子怎麼瘦啦？」

其實馮翼現下是標準身材，但他以前是個黑胖，所以何老娘看來就是瘦了。

何姑媽見著何子衿就是眼前一亮，一邊與母親道：「阿翼可不瘦，他是高了，這兩年個子長得快。」又拉了何子衿到身邊，讚道：「我的乖乖，子衿咋長得這麼好啦？小時候就是個尖兒，大了比小時候更好看。」

何子衿笑嘻嘻地道：「姑媽，我主要是長得像祖母。」

何姑媽看一眼她娘的瞇瞇眼，再瞧一回何子衿的桃花眼，笑道：「妳又哄妳祖母開心。」她只有兒子沒有閨女，見著何子衿這等相貌人才，又是自家侄女，真正長臉。何姑媽委實得意，與沈氏道：「子衿這孩子打小就出息，現下就得加個更字。弟妹，妳好福氣。」

沈氏笑得謙虛，「鄉下丫頭罷了。」

「咱們雖老家在鄉下，可子衿這相貌，誰敢說是鄉下丫頭呢？」何姑媽愛她愛得不行，手上擼下金鐲給何子衿戴腕上。何子衿連忙道：「姑媽，這可太貴重了，我不能收。」

「貴重什麼，我又不是別人，妳親姑媽哩。」

何老娘也道：「妳姑媽給妳，妳只管收下，咱們又不是外處。」

何子衿福身一禮方收下。

說一回話，才知道馮姑丈是外任到期，來帝都候缺的。原來馮姑丈這些年做官已經做到知府了，雖不是大府城，現下也是五品官了。

何老娘讚道：「女婿有出息！」想在碧水縣，胡親家致仕時不也才是個知府的官兒嗎？女婿這才四十來歲，就已是知府，可見以後比胡親家更有前程。

「這做官也是看運氣，前幾年江南打仗，正好我們都在南邊，兵荒馬亂的，相公就帶著百姓躲到了山裡去，後來遇著朝廷的將軍，這才算平安了。相公也算小有功勞，後來就升了同知，趕上知府大人半道死了，朝廷就讓他代了知府。這一任到了期，就得來帝都候缺。」

何姑媽解釋完又問道：「娘，我們在半路上就看到了榜單，是不是阿恭和阿念都中了？」

說到這個，何老娘就眉飛色舞起來，整個人彷彿會發光一般，「可不是嗎？這回妳弟弟和阿念的運道也好，去歲在咱們州府，阿念就是解元，妳弟弟三十多名。在咱老家，大家都說他們翁婿火候到了，乾脆一起來帝都考春闈。哎喲喂，這一場可了不得，阿念中了探花，阿恭也考中了庶起士。你們要是早兩天來，還能見著阿洛，他也考上了庶起士。近來進士們都有兩個月探親假，阿洛回鄉去了。」

何姑媽聞言很是驚喜，笑問：「阿恭和阿念怎麼不在？」

「進士們天天有事兒，什麼喝茶作詩的，他們一大早就出去了，下晌就能回來。」何老娘很是欣喜在帝都見到閨女一家，這才想起，同沈氏道：「打發四喜去找一找，叫阿恭和阿念回家來，咱們一家子中午好吃酒。」

沈氏笑，「剛我已叫翠兒打發四喜去了，想來一會兒就能回來。」

何姑媽連忙道：「不必不必，我們已是到了，什麼早一會兒晚一會兒的，既是進士們的茶會，還是叫他們參加完才好。」

「這無妨，成天的有茶會。」何老娘道。

何姑媽笑，「相公當年中進士，我們急著回鄉，倒不知這個。」

何老娘又是一臉遺憾，「要不是實在太忙，妳弟妹也有了身子，咱們定要回去的。」

「哎呀，弟妹又有了？」何姑媽問。

「可不是嗎？我早就說帝都風水好，這不，剛來帝都就有了好消息。她人生得細條，就不大看得出來。」何老娘不待沈氏說話，自己搶先同閨女道。何老娘這裡同閨女說著話，馮翼馮羽就跟何子衿說話去了。馮翼見著何表妹也覺得驚喜，同何表妹道：「妹妹小時候胖得跟球一樣，這大了，怎麼這般瘦了？」

「說得好像表哥以前瘦過似的。」何子衿強調：「我早也不胖。」

馮翼就是一笑，他已經十九，是個穩重的大男孩了，這也只是逗一逗何家表妹罷了。何子衿拿點心給馮羽吃，斯文秀氣的馮羽很喜歡這個漂亮表姊。

待何恭和江念翁婿回來，自然又是一番熱鬧。

馮翼見著江念就說：「阿念，你這麼早就中了探花，我以後壓力更大了。」

江念笑，「子衿姊姊說，有壓力才有動力。」

馮翼道：「你小時候就天天子衿姊姊前，子衿姊姊後的，這會兒怎麼還這樣？」

何老娘笑，「以後更得這樣。」就把何子衿與江念的喜事說了，「哪天我有空，一道去西山寺，請高僧給算個吉日，趁你們也在帝都，把兩個孩子的喜事給辦了。」

何姑媽驚訝道：「阿念跟子衿竟然訂親了？」她還想晚上跟母親打聽侄女的親事呢，不想早有主了。但看看新科探花江念，不論學識還是相貌，同侄女也是極般配的。

何姑媽只得嚥下遺憾，笑讚道：「果然是極般配的！」

馮翼瞅瞅江念，再瞅瞅何表妹，深覺江念好命。

如此，何姑媽一家就在何家住了下來。按何老娘的話說，反正宅子大，有的是院子。後來知道這宅子是沈素送給自家侄女的，何姑媽又是一番感慨。既感慨沈素出手大方，又感慨自家侄女當年做的事仁義。

何家一家安頓下來，候缺可不是一日兩日的事，先把名字報交吏部，然後等著缺下來。眼下正值朝廷冊封太子妃，各種忙活。馮姑丈託人打聽了，一時怕是有得等了。

馮翼已是秀才，正在準備舉人試中，馮羽也正是念書的年紀。他們不會在帝都常住，所以官學那裡不好插班，但在家裡悶頭念書，不如在學堂裡有先生教導的好。何姑媽就想給兒子附近尋個館附讀，別荒廢了光陰。這事後來讓何老娘解決了，何老娘找了聞道堂附近的蒙學書院的院長。說是蒙學書院，夏院長自己也是進士出身，裡面有小學生，可也有如馮翼這般已有秀才功名，正繼續攻讀的學子。再者，書院離聞道堂近，而聞道堂眾所周知，那裡是有學問的人聚集的地方。

何老娘通過夏院長，把外孫子安排去做了插班生。

何姑媽多年不見老娘，突然驚覺老娘非但成了出版界名人，竟還認識了書院先生，委實驚訝得不得了。

何老娘與閨女道：「近來實在忙，我沒多少空招待妳，妳就跟妳弟妹說話去吧，我那書得過三稿了。哎，這出書也真是不容易哩，好幾個書商要代理我這書，真叫人煩惱。」說著還一臉強憋得意地攤手作無奈狀。

何姑媽：我不認識我娘了……

（未完待續）

漾小說 209
美人記 5

國家圖書館出版品預行編目資料

美人記/ 石頭與水著. -- 初版. -- 臺北市：
晴空, 城邦文化出版：家庭傳媒城邦分公司發行,
2019.02
　冊；　公分. --（漾小說；209）
ISBN 978-986-96855-7-3（第5冊：平裝）

857.7　　　107018411

原著書名：《美人记》，由北京晉江原創網絡科技有限公司授權出版。

作　　者　石頭與水
封面繪圖　畫措
責任編輯　施雅棠
國際版權　吳玲瑋　蔡傳宜
行　　銷　艾青荷　蘇莞婷
業　　務　李再星　陳紫晴　陳美燕
編輯總監　劉麗真
總 經 理　陳逸瑛
發 行 人　涂玉雲
出　　版　晴空
城邦文化事業股份有限公司
104台北市中山區民生東路二段141號5樓
電話：（886）2-2500-7696　傳真：（886）2-2500-1967
發　　行　英屬蓋曼群島商家庭傳媒股份有限公司城邦分公司
104台北市中山區民生東路二段141號2樓
客服服務專線：（886）2-25007718；25007719
24小時傳真專線：（886）2-25001990；25001991
服務時間：週一至週五上午09:00~12:00；下午13:00~17:00
劃撥帳號：19863813；戶名：書虫股份有限公司
讀者服務信箱：service@readingclub.com.tw
晴空部落格　http://blog.yam.com/readsky
香港發行所　城邦（香港）出版集團有限公司
香港灣仔駱克道193號東超商業中心1樓
電話：852-25086231　傳真：852-25789337
E-mail：hkcite@biznetvigator.com
馬新發行所　城邦（馬新）出版集團【Cite (M) Sdn Bhd】
41, Jalan Radin Anum, Bandar Baru Sri Petaling,
57000 Kuala Lumpur, Malaysia.
電話：(603) 9057-8822　傳真：(603) 9057-6622
Email：cite@cite.com.my
美術設計　洸譜創意設計股份有限公司
印　　刷　沐春行銷創意有限公司
初版一刷　2019年01月23日
定　　價　350元
I S B N　978-986-96855-7-3